T0284222

A la caza del
PRÍNCIPE DRÁCULA

Kerri Maniscalco creció en una casa semiembrujada en las afueras de Nueva York, donde comenzó su fascinación por la ambientación gótica. En su tiempo libre lee todo lo que encuentra, cocina todo tipo de comida con su familia y amigos y bebe demasiado té mientras discute con sus gatos sobre los aspectos más delicados de la vida. Es autora superventas del *New York Times* y el *USA Today* gracias a las sagas *A la caza de Jack el Destripador* y *El reino de los malditos*.

Nube de tags
Thriller – Misterio – Asesinato
Código BIC: YF | Código BISAC: JUV000000
Diseño de cubierta: Jeff Miller, Faceout Studio
Foto de cubierta: Carrie Schechter

A la caza del PRÍNCIPE DRÁCULA

KERRI MANISCALCO

Traducción de María Celina Rojas

Argentina – Chile – Colombia – España
Estados Unidos – México – Perú – Uruguay

Título original: *Hunting Prince Dracula*
Editor original: JIMMY Patterson Books / Little, Brown and Company
Traducción: María Celina Rojas

1.ª edición en **books4pocket** Julio 2024

Todos los nombres, personajes, lugares y acontecimientos de esta novela son producto de la imaginación de la autora o son empleados como entes de ficción. Cualquier semejanza con personas vivas o fallecidas es mera coincidencia.

Publicado en virtud de un acuerdo con la autora, a través de
BAROR INTERNATIONAL, INC., Armonk, Nueva York, U.S.A.

Plaza de los Reyes Magos, 8, piso 1.º C y D – 28007 Madrid
www.mundopuck.com
www.books4pocket.com

Fotografías por cortesía de Wellcome Library, Londres (pp. 2, 26, 158, 186, 214, 238, 284, 324, 249); Sebastian Nicolae/Shutterstock (p. 34); dominio público (pp. 129, 398).

Map by Tim Paul

ISBN: 978-84-19130-29-7
E-ISBN: 978-84-17780-08-1
Depósito legal: B-12.527-2024

Fotocomposición: Urano World Spain, S.A.U.

Impreso por Novoprint, S.A. – Energía 53 – Sant Andreu de la Barca (Barcelona)

Impreso en España – *Printed in Spain*

A mi madre y a mi padre,
por enseñarme que existen innumerables aventuras
en las páginas de los libros.

Y a mi hermana,
por viajar conmigo a cada tierra misteriosa, real e imaginaria.

«Oh, muerte soberbia, ¿qué festín se prepara en tu antro eterno, para que así de un golpe hayas derribado tan ferozmente a tantos príncipes?».

—*Hamlet*, acto V, escena II

William Shakespeare

Brasov
R U M A N I A
Castillo de Bran
1
2
3
4
5
6
7
8
9
1. Aposentos de Audrey Rose en la torre.
2. Aposentos de Thomas.
3. Morgue del sótano / entrada a los túneles subterráneos.
4. Depósitos de alimentos.
5. Clase de Radu.
6. Anfiteatro quirúrgico de Percy.
7. Aposentos de Anastasia.
8. Biblioteca principal.
9. Túneles subterráneos.
copyright 2017 Tim Paul

Vista panorámica, Bucarest, Rumania. c. 1890.

1
FANTASMAS DEL PASADO

EXPRESO DE ORIENTE
REINO DE RUMANIA
1 DE DICIEMBRE DE 1888

Nuestro tren se abrió paso a chirridos por los rieles congelados hacia los colmillos nevados de los montes Cárpatos. Desde nuestra ubicación en las afueras de Bucarest, la capital de Rumania, los picos tenían el color de magulladuras decoloradas.

A juzgar por la fuerte nevada que caía, era probable que estuvieran tan fríos como carne muerta. Lo que era un pensamiento bastante apacible para una mañana tempestuosa.

Una rodilla golpeó *nuevamente* el costado del panel de madera tallada de mi compartimento privado. Cerré los ojos y rogué que mi compañero de viaje se volviera a dormir. Una sacudida más de sus largas extremidades podía hacerme perder la compostura. Apoyé la cabeza contra el respaldo del asiento y me concentré en el terciopelo suave, para no verme tentada de pinchar la pierna transgresora con el alfiler de mi sombrero.

Al percibir mi molestia, el señor Thomas Cresswell cambió de posición y comenzó a golpetear los dedos enguantados en el alféizar de nuestro compartimento. *Mi* compartimento, en realidad.

Thomas tenía uno propio, pero insistía en pasar cada hora del día junto a mí en caso de que un asesino en serie abordara el tren y desatara una carnicería.

Al menos esa era la excusa ridícula que le había ofrecido a nuestra carabina, la señora Harvey. Ella era la mujer encantadora de pelo plateado que cuidaba de Thomas cuando él se alojaba en su apartamento de Piccadilly en Londres, y en ese momento dormía su cuarta siesta del día. Lo cual era una hazaña, teniendo en cuenta que no había pasado mucho tiempo desde el amanecer.

Padre se había enfermado en París y había depositado su confianza y mi virtud tanto en las manos de la señora Harvey como en las de Thomas. Eso decía mucho acerca del respeto que Padre le tenía a este último y acerca de cuán inofensivo y encantador podía ser mi amigo de manera convincente cuando la ocasión lo requería. De pronto, sentí las manos cálidas y sudorosas dentro de mis guantes.

Apartándome de ese sentimiento, mi mirada se deslizó del pelo castaño oscuro de Thomas y de su inmaculado chaqué hacia su sombrero de copa y un periódico rumano. Había estudiado el idioma lo suficiente como para entender la mayor parte de lo que decía. El título rezaba: «¿Ha regresado el príncipe inmortal?». Había aparecido un cuerpo apuñalado con una estaca en el corazón cerca de Brașov —el pueblo hacia el que viajábamos—, lo que había conducido a los supersticiosos a creer en lo imposible: Vlad Drácula, el príncipe de Rumania muerto desde hacía siglos, estaba vivo. Y a la caza.

Era una ridiculez destinada a infundir miedo y a vender periódicos. No existía nada como un ser inmortal. Los hombres de carne y hueso eran los verdaderos monstruos, y podían morir con mucha facilidad. Al final, incluso Jack el Destripador había sangrado como todos los hombres. Aunque los periódicos todavía afirmaban que acechaba las calles neblinosas de Londres. Algunos, incluso, decían que había viajado a Estados Unidos.

Ojalá eso fuera cierto.

Una punzada de dolor demasiado familiar me apuñaló el pecho y me quitó el aliento. Siempre me sucedía lo mismo cuando pensaba en el caso del Destripador y en los recuerdos que agitaba en mi interior. Cuando me miraba al espejo, veía los mismos ojos verdes y los labios color carmesí; las raíces indias de mi madre y la nobleza británica de mi padre se evidenciaban en mis pómulos. De acuerdo con mi apariencia, yo todavía era una jovencita de diecisiete años llena de vida.

Y, sin embargo, mi alma había sufrido un golpe devastador. Me preguntaba cómo podía parecer tan compuesta y serena en la superficie cuando por dentro me agitaba en aguas turbulentas.

Tío había notado el cambio en mí, se había percatado de los errores que había empezado a cometer en su laboratorio forense durante los últimos días. Fenol que había olvidado utilizar a la hora de limpiar nuestros bisturíes. Muestras que no había recolectado. Un corte dentado que había hecho sobre piel fría como el hielo, algo muy inusual para mi precisión normal con los cuerpos alineados en su mesa de examen. No había dicho nada, pero sabía que estaba decepcionado. Se suponía que yo debía tener un corazón que se endureciera frente a la muerte.

Quizás no estaba preparada para una vida de estudios forenses después de todo.

Tap. Tap-tap-tap. Tap.

Apreté los dientes mientras Thomas golpeteaba *tap-tap-tap* al ritmo del traqueteo del tren. Me parecía algo increíble que la señora

Harvey pudiera dormir con tanto barullo. Al menos él había logrado sacarme de ese profundo pozo de emociones. Emociones demasiado oscuras y silenciosas. Estancadas y putrefactas como el agua de los pantanos y pobladas de criaturas de ojos rojos que acechaban en las profundidades. Una imagen muy apropiada para el lugar hacia el que nos dirigíamos.

Pronto descenderíamos en Bucarest, para viajar el resto del camino en carruaje hacia el Castillo de Bran, hogar de la Academia de Medicina y Ciencias Forenses, o *Institutului Național de Criminalistică și Medicină Legală*, como se la denominaba en rumano. La señora Harvey pasaría una noche o dos en Brașov antes de regresar a Londres. Una parte de mí anhelaba ir con ella, aunque nunca lo admitiría en voz alta frente a Thomas.

Sobre nuestro compartimento privado, un opulento candelabro se balanceaba al ritmo del tren, sus cristales entrechocaban y acompañaban los golpeteos en *staccato* de Thomas. Aparté su melodía incesante de mis pensamientos y observé cómo el mundo exterior se tornaba borroso por las nubes de vapor y las copas afiladas de los árboles. Las ramas deshojadas estaban revestidas de un blanco centelleante, y sus reflejos relucían contra el azul pulido casi ébano de nuestro tren de lujo a medida que los vagones delanteros se curvaban mientras atravesaba la tierra espolvoreada con escarcha.

Me incliné y me di cuenta de que las ramas no estaban cubiertas de nieve, sino de hielo. Atrapaban la primera luz del día y prácticamente se incendiaban por el brillante amanecer rojizo anaranjado. Era una imagen tan pacífica que casi podía olvidar... ¡lobos! Me puse de pie de manera tan abrupta que Thomas se sobresaltó en su asiento. La señora Harvey soltó un ronquido fuerte, semejante a un gruñido. Parpadeé y las criaturas habían sido reemplazadas por ramas que se balanceaban mientras el tren avanzaba a los traqueteos.

Lo que había creído que eran colmillos resplandecientes eran tan solo tallos grises. Exhalé. Había escuchado aullidos fantasmales durante toda la noche. Ahora también estaba viendo cosas que no existían durante las horas del día.

—Iré a… estirarme un poco.

Thomas enarcó las cejas oscuras, sin duda observando —y admirando, probablemente— mi absoluto rechazo por los buenos modales, y se inclinó hacia delante, pero antes de que pudiera ofrecerme su compañía o despertar a nuestra carabina, yo corrí hacia la puerta y la abrí.

—Necesito unos minutos. A solas.

Thomas me observó unos segundos más de lo necesario antes de responder.

—Intenta no echarme de menos, Wadsworth. —Se recostó un tanto decepcionado, y si bien su semblante recobró su aire juguetón, la ligereza no llegó a sus ojos—. Aunque esa quizá sea una tarea imposible. Yo, por mi parte, me echo de menos terriblemente cuando duermo.

—¿Qué has dicho, querido? —preguntó la señora Harvey, parpadeando detrás de sus gafas.

—He dicho que debe intentar contar ovejas.

—¿Me he dormido de nuevo?

Aproveché la distracción, cerré la puerta detrás de mí y recogí mi falda. No quería que Thomas leyera la expresión de mi rostro. La que todavía no dominaba en su presencia.

Me paseé por el corredor estrecho, asimilando apenas la magnificencia mientras me abría paso hacia el vagón comedor. No podía quedarme allí afuera sin mi carabina durante mucho tiempo, pero necesitaba un escape. Aunque tan solo fuera de mis propios pensamientos y preocupaciones.

La semana anterior había visto a mi prima Liza subiendo las escaleras de mi casa. Una imagen tan normal como cualquier otra, excepto que ella se había marchado al campo semanas atrás. Unos días más tarde sucedió algo un poco más oscuro. Me había convencido de que un cadáver había levantado la cabeza hacia mí en el laboratorio de Tío, con la mirada fija e inundada de rencor frente al bisturí que yo sostenía, y había escupido gusanos sobre la mesa de examen. Después de parpadear, todo estaba bien.

Había traído varios libros de medicina para el viaje, pero no había tenido la oportunidad de buscar mis síntomas debido a que Thomas me observaba de manera muy abierta. Había dicho que necesitaba encarar mi duelo, pero yo todavía no estaba lista para reabrir esa herida. Algún día, quizás.

En unos cuantos compartimentos más adelante, una puerta se abrió y me arrastró de vuelta al presente. Un hombre de pelo cuidado de forma delicada salió de la recámara y se movió con prisa por el corredor. Su traje era de color carbón y estaba confeccionado con una tela refinada, lo que se evidenciaba en la forma en que caía sobre sus hombros anchos. Cuando sacó un peine plateado de su levita, casi solté un grito. Algo en mi pecho se retorció de manera tan violenta que se me doblaron las rodillas.

No podía ser cierto. Había muerto semanas atrás en ese horrible accidente. Mi mente era consciente de la imposibilidad que se encontraba delante de mí, alejándose con su perfecto cabello y prendas a juego, pero mi corazón se rehusaba a entrar en razón.

Recogí mi falda de color crema y corrí. Hubiera reconocido ese andar en cualquier lugar. La ciencia no podía explicar el poder del amor o la esperanza. No existían fórmulas ni deducciones para comprenderlo, no importaba lo que Thomas afirmara con respecto a la ciencia versus la humanidad.

El hombre levantó su sombrero a modo de saludo a los pasajeros que estaban sentados tomando el té. Yo solo me percaté a medias de sus miradas boquiabiertas mientras corría tras él, con mi sombrero de copa inclinándose hacia un lado.

El hombre se acercó al salón para fumar cigarros y se detuvo un instante para abrir la puerta exterior que conectaba los vagones. El humo se filtró desde el salón y se mezcló con una ráfaga gélida de aire, y el olor tuvo la intensidad suficiente para revolverme el estómago. Extendí los brazos, hice girar al hombre, lista para arrojarme a él y estallar en llanto. Los acontecimientos del mes anterior habían sido solo una pesadilla. Mi...

—*Domnișoară?*

Las lágrimas me escocieron las retinas. El peinado y la vestimenta no le pertenecían a la persona que yo creía. Me enjugué los primeros atisbos de humedad que se derramaron por mis mejillas, sin que me importara emborronar el kohl con que me había acostumbrado a delinear los ojos.

El hombre levantó un bastón que tenía una cabeza de serpiente y lo cambió de mano. Ni siquiera había estado sosteniendo un peine. Yo estaba perdiendo el contacto con la realidad. Retrocedí con lentitud y noté el parloteo tranquilo del vagón detrás de nosotros. El entrechocar de las tazas de té, los acentos mezclados de los viajeros del mundo, todos los sonidos *in crescendo* en mi interior. El pánico me dificultó la respiración más que el corsé que me contenía las costillas.

Respiré de forma entrecortada e intenté inspirar el aire suficiente para aquietar mis nervios turbados. El estrépito y las risas se elevaron hasta alcanzar un tono agudo. Una parte de mí deseaba que esa cacofonía ahogara el pulso que golpeteaba en mi cabeza. Estaba a punto de vomitar.

—¿Se encuentra bien, *domnișoară*? Parece…

Reí, sin tomar en cuenta que él se apartaba de pronto a causa de mi repentino estallido. Ay, si existía algo como un poder superior, se estaba divirtiendo a mi costa. Al final, logré interpretar «*Domnișoară*» como «señorita». Ese hombre ni siquiera era inglés. Hablaba rumano. Y su cabello no era rubio en absoluto. Era de color castaño claro.

—*Scuze* —dije, y me forcé a salir de mi estado de histeria con una disculpa exigua y una leve inclinación de la cabeza—. Lo he confundido con otra persona.

Antes de avergonzarme aún más, bajé el mentón y me dirigí con rapidez hacia mi vagón. Mantuve la cabeza gacha e ignoré los susurros y risitas, aunque ya había escuchado suficiente.

Debía recomponerme antes de ver de nuevo a Thomas. Aunque él fingiera lo contrario, había visto cómo la preocupación surcaba su frente. El cuidado extremo que ponía al hacerme una broma o intentar fastidiarme. Sabía lo que él hacía cada vez que me irritaba. Teniendo en cuenta lo que mi familia había atravesado, cualquier otro caballero me hubiera tratado como a una muñeca de porcelana, frágil y descartable por estar rota. Sin embargo, Thomas era diferente a cualquier otro joven.

Con rapidez llegué a mi compartimento y eché los hombros hacia atrás. Era hora de vestir el semblante frío de una científica. Se me habían secado las lágrimas y mi corazón ahora era algo sólido en mi pecho. Inspiré y exhalé. Jack el Destripador nunca regresaría. Era un hecho tan real como cualquier otro.

No había asesinos en serie en ese tren. Ese era otro hecho.

El Otoño del Terror había finalizado el mes anterior.

Los lobos sin duda no estaban cazando a nadie en el *Expreso de Oriente.*

Si no tenía cuidado, pronto comenzaría a creer que Drácula había vuelto.

Me permití respirar hondo una vez más antes de abrir la puerta y reprimí todos los pensamientos de príncipes inmortales mientras entraba en el compartimento.

2
AMADO INMORTAL

EXPRESO DE ORIENTE
REINO DE RUMANIA
1 DICIEMBRE DE 1888

Thomas mantuvo con terquedad la mirada fija en la ventana. Sus dedos enguantados aún tamborileaban a un ritmo irritante. *Tap. Tap-tap-tap. Tap.*

Como era de esperarse, la señora Harvey había cerrado los ojos una vez más. Sus resoplidos suaves indicaban que había dormido durante los pocos minutos en los que yo había estado ausente. Observé a mi compañero, pero él me ignoraba dichosamente o tal vez fingía hacerlo mientras yo me deslizaba en el asiento opuesto al suyo. Su perfil era un estudio de líneas y ángulos perfectos, cuidadosamente dirigidos hacia el mundo invernal exterior. Sabía que percibía mi mirada en él, ya que su boca se había curvado con demasiado regocijo como para estar sumido en pensamientos intrascendentes.

—¿Necesitas continuar con ese golpeteo insufrible, Thomas? —pregunté—. Está volviéndome tan loca como uno de esos desgraciados personajes de Poe. Además, la pobre señora Harvey ha de estar soñando cosas horripilantes.

Thomas centró su mirada en mí, y sus ojos color café se volvieron pensativos por un instante. Era esa mirada en particular —cálida y tentadora como un rayo de luz solar en un frío día de otoño— la que me metía en problemas. Casi podía ver cómo su mente viraba hacia cosas descaradas, mientras elevaba un costado de su boca. Esa sonrisa torcida invocaba pensamientos que Tía Amelia hubiera considerado indecentes. Y la manera en la que sus ojos se dirigían a mis labios indicaba que él era consciente de ello. Diablillo.

—¿Poe? ¿Me arrancarás el corazón y lo guardarás debajo de la cama, entonces, Wadsworth? Debo admitir que no es la manera ideal de entrar en tus aposentos.

—Confías demasiado en tu habilidad de encantar cosas que no sean serpientes.

—Admítelo. Nuestro último beso fue bastante apasionante. —Se inclinó hacia delante y acercó demasiado su apuesto rostro. Sin tomar en cuenta a nuestra carabina. Mi corazón se aceleró cuando me fijé en las motas diminutas en sus iris. Eran como pequeños soles dorados que me atraían con sus rayos encantadores—. Dime que no te atrae la idea de otro.

Mi mirada recorrió con prisa sus rasgos esperanzados. Lo cierto era que, pese a todas las cosas oscuras que habían acontecido el mes anterior, realmente me atraía la idea de otro encuentro romántico con él. Lo que de alguna manera traicionaba mi período de duelo.

—Primer y último beso —le recordé—, producto de la adrenalina que corría por mis venas después de casi morir a manos de esos dos rufianes. *No* de tus poderes de persuasión.

Una sonrisa pícara elevó las comisuras de su boca.

—Si encontrara otro peligro para nosotros, ¿lograría atraerte de nuevo?

—Sabes, prefería tu compañía cuando no hablabas.

—Ah… —Thomas se recostó y respiró hondo—, de cualquier forma me prefieres.

Hice mi mejor intento por esconder una sonrisa. Debí haber sabido que el bribón encontraría una manera de girar nuestra conversación hacia temas impropios. De hecho, me sorprendía que le hubiera llevado tanto tiempo ser vulgar. Habíamos viajado desde Londres a París con mi padre para que pudiera vernos marchar en el impresionante *Expreso de Oriente*, y Thomas se había comportado como un caballero encantador durante todo el camino. Apenas lo había reconocido mientras charlaba cálidamente con Padre a la vez que comían *scones* y bebían té.

Si no hubiera sido por la curva traviesa de sus labios que se dejaba ver cuando Padre no miraba, o por las líneas familiares de su mandíbula terca, hubiera asegurado que era un impostor. No había posibilidad de que *ese* Thomas Cresswell pudiera ser el mismo joven fastidioso e inteligente al que yo le había tomado tanto afecto durante el último otoño.

Me coloqué un mechón suelto de cabello negro detrás de la oreja y miré por la ventana una vez más.

—¿Acaso tu silencio significa que has estado considerando otro beso?

—¿No puedes deducir mi respuesta, Cresswell? —Lo miré con fijeza, enarcando una ceja desafiante, hasta que se encogió de hombros y continuó golpeteando sus dedos enguantados contra el alféizar.

Este Thomas también había logrado convencer a mi padre, el formidable lord Edmund Wadsworth, de que me permitiera asistir a la Academia de Medicina y Ciencias Forenses con él en Rumania. Un hecho que mi mente aún no podía comprender; era demasiado fantástico para ser real. Incluso teniendo en cuenta que me encontraba sentada en un tren que iba camino a la academia.

Mi última semana en Londres había estado repleta de pruebas de vestidos y embalaje de baúles. Lo que al parecer les había dejado tiempo para conocerse aún más. Cuando Padre había anunciado que, debido a su enfermedad, Thomas me acompañaría a la academia junto con la señora Harvey, yo casi me había atragantado con la sopa mientras él me guiñaba un ojo por encima de su plato.

Apenas había tenido tiempo de dormir por la noche, y mucho menos de pensar en la relación incipiente entre mi irritante amigo y mi adusto padre. Estaba ansiosa por abandonar la casa, ya que su silencio atroz evocaba demasiados fantasmas de mi pasado reciente. Algo de lo que Thomas estaba muy al tanto.

—¿Sueñas con un nuevo bisturí o esa mirada solo busca cautivarme? —preguntó Thomas y me apartó de mis pensamientos oscuros. Sus labios se curvaron ante mi ceño fruncido, pero tuvo la inteligencia suficiente como para no esbozar del todo una sonrisa—. Ah. Un dilema emocional, entonces. Mi favorito.

Lo observé tomar nota de la expresión que yo intentaba controlar con empeño, de los guantes de satén con los que no dejaba de juguetear y de la postura rígida con la que estaba sentada en nuestro reservado, que no tenía relación con el corsé que ceñía la parte superior de mi cuerpo ni con la mujer mayor que ocupaba gran parte de mi asiento. Su mirada se fijó en la mía, sincera y rebosante de compasión. Podía ver promesas y deseos hilvanados allí, y la intensidad de sus sentimientos fue suficiente para hacerme temblar.

—¿Nerviosa por las clases? Los cautivarás a todos, Wadsworth.

Era un alivio leve que a veces interpretara de forma errónea mis emociones. Prefería que creyera que el temblor se debía a los nervios por las clases y no a su creciente interés por un compromiso. Thomas había admitido su amor por mí, pero tal como me sucedía respecto de muchas cosas durante el último tiempo, yo no estaba segura de que fuera real. Quizás él solo se sentía en deuda conmigo por compasión después de todo lo que había sucedido.

Jugueteé con los botones de mis guantes.

—No. No realmente.

Enarcó las cejas, pero no dijo nada. Volví a echar un vistazo por la ventana y el mundo inhóspito al otro lado. Deseaba perderme en la nada un tiempo más.

De acuerdo con los libros que había leído en la inmensa biblioteca de Padre, nuestra nueva academia se encontraba en un castillo de aspecto macabro ubicado en la cima de la glacial cadena montañosa de los Cárpatos. Quedaba demasiado lejos de casa o de la civilización, en caso de que alguno de mis nuevos compañeros de clase no fuera hospitalario. El hecho de ser mujer seguramente sería visto como una debilidad entre mis pares masculinos... ¿y qué sucedería si Thomas se olvidaba de nuestra amistad una vez que llegáramos allí?

Quizás descubriría lo raro que era que una joven abriera a los muertos y les quitara los órganos como si fueran zapatos que debía probarse. No me había importado cuando ambos habíamos sido aprendices de Tío en su laboratorio. Pero quizás las mentes de los estudiantes de la prestigiosa Academia de Medicina y Ciencias Forenses no fueran tan modernas.

Manipular cuerpos ni siquiera era una actividad muy apropiada para un hombre, y mucho menos para una joven de alta cuna. Si Thomas me retiraba su amistad en la academia, me hundiría en un abismo tan profundo del que temía no resurgir.

La joven socialmente educada que había en mí detestaba admitirlo, pero sus coqueteos me mantenían a flote en un mar de sentimientos conflictivos. La pasión y el fastidio eran un fuego que estaba vivo y crepitaba con poder. Un fuego que respiraba. El duelo era una cubeta de arenas movedizas; cuanto más luchaba contra ellas, más profundo tiraban hacia abajo. Pero prefería estar rodeada por el fuego que enterrada viva. Y la mera *idea* de estar en una posición comprometedora con Thomas era suficiente para encender mi rostro.

—Audrey Rose —dijo Thomas, luchando con los puños de su chaqué, y luego se pasó una mano por su pelo oscuro, lo que era una acción extraña en mi usualmente arrogante amigo. La señora Harvey se removió sin despertarse, y por primera vez deseé que lo hiciera.

—¿Sí? —Me senté más derecha aún y las varillas de mi corsé actuaron como una armadura. Thomas no me llamaba por mi nombre de pila, a menos que algo espantoso estuviera a punto de suceder. Meses atrás, durante una autopsia, nos habíamos enfrascado en una disputa de ingenio (que por entonces yo había creído ganar pero en el presente no estaba tan segura) y le había permitido que me llamara por mi apellido. Un privilegio que él también me había concedido, y algo de lo que ocasionalmente me arrepentía cuando me llamaba Wadsworth en público—. ¿Qué sucede?

Lo observé respirar con profundidad, y mi mirada recorrió su vestimenta, cuya confección era magnífica y elegante. Estaba muy bien ataviado para nuestra llegada. Su traje de color azul medianoche le quedaba de tal forma que hacía que uno se detuviera y admirara tanto el traje como al joven que lo llevaba puesto. Estiré la mano hacia mis botones, y después me contuve.

—Hay algo que he querido decirte —anunció, y se movió en su asiento—. Yo… creo que es justo que te revele esto antes de que lleguemos.

Su pierna volvió a chocar contra el panel de madera, y vaciló. Quizás ya se daba cuenta de que estar asociado a mí le ocasionaría un problema en la academia. Me preparé para ello, como si se aproximara el tijeretazo del hilo que me ataba a la cordura. No le pediría que se quedara y fuera mi amigo. Aunque eso me derrotara. Me concentré en mis respiraciones y conté los segundos entre una y otra.

La abuela afirmaba que la frase «Conocidos por su terquedad» debía estar inscrita en todas las lápidas Wadsworth. Yo no estaba en desacuerdo. Levanté el mentón. El traqueteo de las ruedas contaba cada latido amplificado de mi corazón, que bombeaba adrenalina hacia mis venas. Tragué saliva varias veces. Si no hablaba pronto, temía vomitar sobre su espléndido traje.

—Wadsworth. Estoy seguro de que tú… quizás debería… —Sacudió la cabeza y luego rio—. La verdad es que me has poseído. Cuando me quiera dar cuenta estaré componiendo sonetos y lanzando miradas enamoradas. —La vulnerabilidad desapareció de su rostro de forma abrupta, como si se hubiera frenado antes de caer por un precipicio. Se aclaró la garganta, y su voz sonó más suave de lo que había sonado un instante atrás—. Lo cual es inconveniente, ya que mis noticias son un tanto… bueno, quizá sean una pequeña… sorpresa.

Fruncí el ceño. No tenía idea de adónde se dirigía la conversación. Podía estar a punto de declarar nuestra amistad como inquebrantable o de dejarla de lado para siempre. Me aferré al borde de mi asiento, con las palmas humedeciendo mis guantes de satén una vez más.

Se inclinó hacia delante, preparándose.

—Mi madre, bueno, su f…

Algo pesado chocó contra la puerta de nuestro compartimento, y la fuerza casi partió la madera con el impacto. Al menos así pareció… la puerta estaba cerrada para mantener alejado el bullicio del vagón comedor, que se encontraba cerca. La señora Harvey, bendita fuera, aún seguía profundamente dormida.

No me atreví a respirar y esperé a que sobrevinieran más sonidos. Cuando no se oyó ninguno, me puse de pie y me olvidé por completo de la confesión truncada de Thomas, con el corazón latiéndome al doble de su velocidad normal. Imaginé cadáveres levantándose entre los muertos, golpeando nuestra puerta con la esperanza de beber nuestra sangre y… *no*. Obligué a mi mente a pensar con claridad. Los vampiros no eran reales.

Quizá solo fuera un hombre que había consumido demasiadas bebidas espirituosas y se había tropezado con la puerta. O tal vez un carro de postres y té que se había descarriado. Supuse que incluso era posible que una joven hubiera perdido el equilibrio a causa del movimiento del tren.

Exhalé y me senté de nuevo. Necesitaba dejar de pensar en asesinos acechando en la noche. Me obstinaba en convertir cada sombra en un demonio sediento de sangre cuando no era nada más que ausencia de luz. Pero al igual que mi padre, no podía evitarlo.

Otro objeto chocó contra las paredes exteriores de nuestro compartimento, seguido por un grito ahogado, y luego nada. Se me erizó la piel de la nuca, lejos de la seguridad de mi cuerpo, mientras los ronquidos de la señora Harvey se sumaban a la atmósfera amenazante.

—En nombre de la reina, ¿qué sucede? —susurré y maldije haber guardado mis bisturíes en un baúl al que no podía acceder con facilidad.

Thomas se llevó un dedo a los labios y señaló la puerta para anticipar cualquier otro movimiento. Nos quedamos sentados allí mientras los segundos pasaban en un silencio doloroso. Cada tictac del reloj parecía un mes agonizante. Apenas podía soportar un instante más.

Mi corazón estaba a punto de escapar de sus confines. El silencio era más aterrador que cualquier otra cosa, mientras los segundos se convertían en minutos. Permanecimos sentados, con la mirada fija en la puerta, esperando. Cerré los ojos y recé no estar experimentando otra pesadilla despierta.

Un grito rasgó el aire y me heló hasta los huesos.

Olvidándose de los buenos modales, Thomas se estiró hacia mí a través del compartimento, y la señora Harvey finalmente despertó. Cuando Thomas sujetó mis manos supe que eso no era producto de mi imaginación. Algo muy oscuro y muy real estaba con nosotros a bordo del tren.

3
MONSTRUOS Y ENCAJE

EXPRESO DE ORIENTE
REINO DE RUMANIA
1 DE DICIEMBRE DE 1888

Me puse de pie de un salto, miré por la ventana, y Thomas hizo lo mismo. La luz solar deslustraba el mundo dorado en tonos siniestros de gris, verde y negro a medida que el sol se elevaba más allá del horizonte.

—Quédate aquí con la señora Harvey —ordenó Thomas. Lo miré con brusquedad. Si creía que yo simplemente me quedaría sentada mientras él investigaba, era evidente que se encontraba más trastornado que yo.

—¿Desde cuándo me crees incapaz? —Pasé junto a él y tiré de la puerta con todas mis fuerzas. La maldita cosa no se movía. Me quité los zapatos de viaje y me preparé, lista para arrancarla de sus bisagras de ser necesario. No me quedaría atrapada en esa bonita jaula ni un minuto más, fuera lo que fuese aquello que nos esperaba para darnos la bienvenida.

Lo intenté una vez más, pero la puerta no cedía. Era como todo en la vida; cuanto más luchaba uno, más difícil se volvía. De pronto el aire pareció demasiado pesado hasta para respirar. Tiré con más fuerza, pero mis suaves dedos resbalaron en el enchapado color oro, más suave aún. Mi respiración se entrecortó en el pecho y quedó atrapada en las varillas rígidas de mi corsé.

Tuve el impulso salvaje de arrancarme las enaguas, mandando al demonio a las normas de la sociedad educada. Necesitaba escapar. De inmediato. Thomas se colocó junto mí al instante.

—No… creo… que… seas… incapaz —aseguró mientras intentaba abrir la puerta conmigo, controlando el enchapado suave con sus guantes de cuero—. Para variar, me gustaría ser el héroe. O al menos fingir serlo. Tú… siempre… me… salvas. Un tirón más a la cuenta de tres, ¿de acuerdo? Uno, dos, tres.

Finalmente, conseguimos abrirla juntos y me abalancé hacia el corredor, sin prestarle atención a la multitud de pasajeros que me observaba y lentamente se alejaba de mí. Debía verme peor de lo que imaginaba, pero no podía preocuparme por eso. Respirar era mucho más importante. Con suerte, no habría ningún miembro de la sociedad londinense en ese vagón que pudiera reconocerme. Me doblé en dos y deseé haber escogido un vestido sin corsé, mientras respiraba de un modo que no me aliviaba en absoluto. Unos susurros en rumano alcanzaron mis oídos: «Teapa».

—*Ţepeş*.

Respiré rápido y me enderecé, y retrocedí de inmediato al descubrir aquello que tenía a los pasajeros paralizados, con los rostros sin color.

Allí, entre el angosto corredor y nuestra puerta, yacía un cuerpo desplomado. Hubiera creído que el hombre estaba ebrio si no hubiera sido por la sangre que se filtraba desde una gran herida en el pecho y manchaba la alfombra persa.

La estaca que sobresalía de su corazón era un indicador flagrante de asesinato.

—Por todos los santos —balbuceó alguien, apartándose—. Es el Empalador. ¡La historia es cierta!

—*Voivode* de Valaquia.

—El Príncipe de la Oscuridad.

Algo apretó *mi corazón. Voivode* de Valaquia… Príncipe de Valaquia. El título dio vueltas en mi mente hasta que aterrizó en las clases de Historia y se aferró con estacas al sector en el que se alojaba el miedo. Vlad Țepeș. *El Empalador*.

Algunos lo llamaban Drácula. Hijo del Dragón.

Tantos nombres para el príncipe medieval que había masacrado a más hombres, mujeres y niños de los que podían contarse. Su método de ejecución le había valido el apodo de Țepeș: *Empalador*.

Fuera del Reino de Rumania, se rumoreaba que su familia estaba compuesta por criaturas demoníacas, inmortales y sedientas de sangre. Pero comparado con lo que yo había aprendido, la gente de Rumania pensaba cosas muy diferentes. Vlad era un héroe nacional que había luchado por sus compatriotas, utilizando todos los medios necesarios para derrotar a sus enemigos. Algo que otros países y sus adorados reyes y reinas también habían hecho. Los monstruos varían de acuerdo al cristal con que se los mirara. Y nadie quería descubrir que su héroe era el verdadero villano de la historia.

—¡Es el príncipe inmortal!

—¡Vlad Țepeș vive!

¿Ha regresado el príncipe inmortal? El título del periódico cruzó por mi mente. No podía estar sucediendo de nuevo. No estaba lista para estar de pie ante el cuerpo de otra víctima de asesinato tan pronto, después del caso del Destripador. Examinar un cadáver

en el laboratorio era diferente. Estéril. Menos emocional. Ver el crimen en el sitio en el que había ocurrido volvía todo demasiado humano. Demasiado real. Alguna vez lo había deseado. Pero en ese momento era algo que quería olvidar.

—Esto es una pesadilla. Dime que es un sueño horripilante, Cresswell.

Por un instante, Thomas parecía desear sujetarme entre sus brazos y aquietar mis preocupaciones. Luego, la fría determinación cayó sobre él como una tormenta de nieve sobre las montañas.

—Te has enfrentado al miedo y a su desagradable rostro y lo has hecho temblar. Superarás esto, Wadsworth. *Superaremos* esto. Ese es un hecho más tangible que cualquier sueño o pesadilla. He prometido no mentirte. Pretendo hacerle honor a mi palabra.

No podía desviar la vista de la creciente mancha de sangre.

—El mundo es despiadado.

Sin encontrarse intimidado por los pasajeros curiosos que nos rodeaban, Thomas apartó un rizo de mi rostro con la mirada pensativa.

—El mundo no es ni amable ni cruel. Simplemente existe. Nosotros podemos verlo como queramos.

—¿Hay un médico a bordo? —gritó en rumano una mujer de pelo oscuro que rondaba mi edad. Fue suficiente para hacerme salir de la desesperanza—. ¡Ese hombre necesita ayuda! ¡Que alguien busque ayuda!

No conseguí decirle que la ayuda no le serviría de nada a esa víctima.

Un hombre con cabello revuelto se sujetó la cabeza y la sacudió como si pudiera hacer desaparecer el cuerpo con la fuerza de su negación.

—Esto… esto… ha de ser el acto de un ilusionista.

La señora Harvey se asomó por el corredor, con los ojos bien abiertos detrás de sus gafas.

—¡Ay! —chilló. De inmediato, Thomas la acompañó de vuelta al compartimento y le susurró palabras suaves mientras caminaban.

Si no hubiera estado tan aturdida, hubiera gritado. Por desgracia, no era la primera vez que me topaba con un hombre que había sido asesinado unos minutos antes. Intenté no pensar en el cuerpo que habíamos encontrado en un callejón de Londres y en la culpa rabiosa que aún me carcomía. Él había muerto a causa de mi curiosidad mezquina. Yo era un monstruo repugnante envuelto en un delicado encaje.

Y sin embargo... no pude reprimir la burbujeante sensación que afloró en mi piel al observar su cuerpo y la cruda estaca. La ciencia me daba un propósito. Era algo en lo que podía perderme, más allá de mis propios pensamientos.

Respiré y dirigí mi mirada al horror desplegado ante mí. No era momento para que las emociones me nublaran el juicio. Aunque una parte de mí deseaba llorar por el hombre asesinado y por quien fuera que lo extrañara esa noche. Me pregunté con quién habría estado viajando... o con quién habría planeado reunirse.

Detuve mis pensamientos justo allí. *Concéntrate*, me ordené. Sabía que eso no era obra de un ser sobrenatural. Vlad Drácula había muerto cientos de años atrás.

Murmurando algo sobre la sala de máquinas, el pasajero despeinado corrió en esa dirección, probablemente para hacer que el maquinista detuviera el tren. Lo observé zigzaguear entre el resto de pasajeros, la mayoría de los cuales se encontraba inmóvil a causa del horror.

—La señora Harvey se ha desmayado —anunció Thomas al salir del compartimento y sonrió con tranquilidad—. Tengo sales aromáticas, pero creo que será mejor dejarla dormir hasta que esto…

Observé las emociones reprimidas en su garganta, que subía y bajaba. Me arriesgué a un acto impropio —suponiendo que el gentío estaba preocupado por el cuerpo y no por mi falta de discreción— y sujeté un momento su mano enguantada. No fue necesario pronunciar palabras. No importaba cuánta muerte y destrucción encontrara uno, nunca era fácil. Al principio. Pero él tenía razón. Superaríamos eso. Lo habíamos hecho varias veces antes.

Ignorando el caos que se desataba alrededor, me armé de valor para encarar la imagen aberrante y me distancié de mis emociones. Las clases en las que Tío me había enseñado a moverme en una escena del crimen eran recuerdos automáticos, no necesitaba pensar, simplemente actuar. Estaba ante un ser humano que necesitaba ser estudiado, eso era todo. Los pensamientos acerca de la sangre, la violencia y la desafortunada pérdida de la vida se cerraron como puertas simultáneamente en mi cerebro. El resto del mundo, mis temores y la culpa se desvanecieron.

La ciencia era un altar ante el cual yo me arrodillaba, y ella me bendecía con su consuelo.

—Recuerda —dijo Thomas, y echó un vistazo hacia un lado y hacia el otro del pasillo, intentando bloquear el cuerpo de los ojos de los pasajeros—, es solo una ecuación que resolver, Wadsworth. Nada más.

Asentí, luego me quité con cuidado mi sombrero de copa y eché atrás mi larga falda de color crema, retirando con la tela todo tipo de emoción. Mis puños negros y dorados de encaje rozaron la levita del fallecido, su delicada confección ahora establecía una incongruencia horrible con la dura estaca que sobresalía del pecho. Intenté no distraerme con la mancha de sangre que le teñía el cuello almidonado. Mientras buscaba un pulso que sabía que no encontraría, desvié la vista hacia Thomas y noté que sus labios normalmente carnosos estaban apretados formando una línea delgada.

—¿Qué sucede?

Thomas abrió la boca y después la cerró, mientras una mujer espiaba lo que sucedía desde el compartimento adyacente, con un gesto altanero.

—Exijo saber qué… ah. Ay, Dios.

Observó al hombre desplomado en el suelo, jadeando como si su corsé de pronto restringiera el flujo de aire hacia sus pulmones. Un caballero la atrapó antes de que cayera al suelo.

—¿Se encuentra bien, señora? —preguntó con acento estadounidense, y le dio unos golpecitos en la mejilla con gentileza—. ¿Señora?

Una furiosa nube de vapor siseó cuando el tren chirrió hasta detenerse. Mi cuerpo se balanceó hacia un lado, luego hacia el otro, mientras la gran fuerza de la propulsión se detenía, y el candelabro del pasillo tintineaba de forma salvaje sobre nuestras cabezas. Su entrechocar hizo que mi pulso latiera más rápido a pesar de la quietud repentina del entorno.

Thomas se arrodilló junto a mí, con la mirada fija en el difunto mientras me ayudaba a recuperar el equilibrio con su mano enguantada y susurraba:

—Has de estar alerta, Wadsworth. Quienquiera que haya cometido este acto probablemente se encuentra en este corredor con nosotros, observando cada uno de nuestros movimientos.

Sic obit, extento qui sydera respicit arcu,
Securus fati quod iacet ante pedes. Alciatus.

Hinc simile est epigramma Græcum Antipatri Sidonij de Alcimene aucupe, qui cùm arcu & funda peteret aues in altum speculatus, ictus à Dipsade interijt, quem sic loquentem facit,

Καί με τὶς ὀτήτειρα παρὰ σφυρὰ διψὰς ἔχιδνα
Σαρκὶ τὸν ἐγχεύων πικρὸν ἐνεῖσα χόλον
Ἠελίου χήρωσεν· ἴδ᾽ ὡς τὰ κατ᾽ αἰθέρα λεύσσων,
Τὼν ποσὶν οὐκ ἐσιδὼν πῆμα κυλινδόμενον.

DE DRACONE.

Una serpiente, una serpiente alada y un dragón, c. década del 1600.

4
ALGO MALVADO

EXPRESO DE ORIENTE
REINO DE RUMANIA
1 DE DICIEMBRE DE 1888

El mismo pensamiento había cruzado por mi mente. Estábamos a bordo de un tren en movimiento. A menos que hubiera saltado de la unión de los vagones y echado a correr por el bosque, el asesino aún estaba allí. *Esperando. Disfrutando del espectáculo.*

Eché un vistazo alrededor, observando cada rostro y catalogándolo como futura referencia. Había una mezcla de jóvenes y personas mayores, gente sencilla y gente llamativa. Hombres y mujeres. Mi atención se centró en una persona —un joven de nuestra edad que tenía el pelo tan negro como el mío— que cambió de postura y tiró del cuello de su chaqué, sus ojos se desplazaban con prisa entre el cadáver y la gente que lo rodeaba.

Parecía estar a punto de desmayarse. Sus nervios podían deberse a la culpa o al miedo. Dejó de moverse lo suficiente como para encontrar mi mirada, y sus ojos vidriosos se fijaron en los míos. Había algo turbado en él que hizo que mi pulso se acelerara. Quizás conocía a la víctima que yacía a mis pies.

El corazón me golpeó con fuerza el esternón al mismo tiempo que el conductor hacía sonar un silbato de advertencia para que regresáramos a nuestros compartimentos. Durante los segundos que me llevó cerrar los ojos y recobrar la compostura, el joven nervioso había desaparecido. Me quedé mirando el lugar en el que había estado de pie antes de alejarse. Thomas cambió de postura y su brazo rozó sutilmente el mío.

Nos quedamos junto al cuerpo, sumidos en nuestros propios pensamientos tumultuosos, asimilando la escena. Bajé la mirada hacia la víctima, con el estómago revuelto.

—Ya había fallecido cuando se abrió nuestra puerta —subrayó Thomas—. No existe una cantidad suficiente de puntadas que puedan volver a unir su corazón.

Sabía que lo que Thomas decía era cierto, pero podría haber jurado que los ojos de la víctima habían parpadeado. Respiré hondo para aclarar la mente. Volví a recordar el artículo del periódico.

—El asesinato de Braşov también ha sido un empalamiento —informé—. Dudo que se trate de asesinatos aislados. Quizás el asesino de Braşov viajaba a otra ciudad, pero se encontró una oportunidad demasiado tentadora como para ignorarla.

Pero ¿por qué escogería a esa persona como víctima? *¿Habría sido un objetivo antes de tomar el tren?*

Thomas observó a todos con su mirada calculadora y resuelta.

El pasillo se despejaba, y podía inspeccionar al fallecido en busca de pistas. Rogué tener la capacidad de ver la verdad delante de mí en lugar de verme envuelta en otra fantasía de un cadáver recobrando la vida. A juzgar por su apariencia, la víctima no tenía más de veinte años. Semejante pérdida sin sentido. Estaba bien vestido, tenía los zapatos lustrados y un traje inmaculado. Su pelo de color marrón había sido cuidadosamente peinado hacia un lado y moldeado a la perfección con cera.

En las cercanías, un bastón cuya cabeza exhibía a una serpiente enjoyada observaba de forma ausente a los pasajeros que permanecían en el pasillo y miraban con fijeza a su antiguo dueño. El bastón era notable. Y familiar. Mi corazón dio un golpe seco mientras mi mirada iba hacia el rostro del cuerpo. Me tambaleé contra la pared, respirando hondo. No había prestado atención durante el caos inicial, pero ese era el hombre al que antes había confundido con otra persona. No había transcurrido más de diez o veinte minutos.

Me resultaba incomprensible cómo había pasado de estar vivo camino al salón de cigarros a aparecer muerto junto a mi compartimiento. En especial cuando se parecía tanto a...

Cerré los ojos, pero las imágenes grabadas allí eran peores, así que observé la herida de entrada y me concentré en la sangre que se coagulaba y enfriaba.

—¿Wadsworth? ¿Qué sucede?

Me llevé la mano al estómago y la dejé allí un momento.

—La muerte nunca es fácil, pero hay algo... infinitamente peor cuando alguien joven pierde la vida.

—La muerte no es lo único a lo que debemos temer. El asesinato es peor. —Thomas buscó mi rostro, luego echó un vistazo al cuerpo y su expresión se suavizó—. Audrey Rose...

Me di la vuelta con prisa antes de que él expresara con palabras mi sufrimiento.

—Fíjate lo que puedes deducir, Cresswell. Necesito unos minutos.

Lo sentí merodear detrás de mí, deteniéndose durante el tiempo suficiente como para escoger sus palabras con cautela, e intenté no tensionarme.

—¿Te encuentras bien?

Ambos sabíamos que no solo me preguntaba por el fallecido que yacía a mis pies. Estaba a punto de ser arrojada al oscuro abismo sin fondo de mis emociones. Necesitaba controlar las imágenes que me acechaban tanto de día como de noche. Lo encaré, procurando mantener estables mi voz y mi expresión.

—Por supuesto. Solo me estoy recuperando.

—Audrey Rose —dijo Thomas con suavidad—, no debes…

—Me encuentro bien, Thomas —afirmé—. Solo necesito un poco de silencio.

Apretó los labios respetando mi deseo de no seguir hablando del tema. Me incliné una vez más, analicé la herida e ignoré el inquietante parecido con mi hermano. Necesitaba recuperar mi equilibrio. Localizar la puerta de mis emociones y sellarla hasta que mi inspección hubiera finalizado. Luego podría encerrarme en mi recámara y llorar.

Alguien soltó un grito ahogado mientras yo desabotonaba parte de la camisa de la víctima para inspeccionar mejor la estaca. Las formas civilizadas claramente eran más importantes que descubrir cualquier pista, pero no me importó en absoluto. Ese joven merecía algo mejor. Ignoré a la gente que permanecía en el corredor y fingí que estaba sola en el laboratorio de Tío, rodeada por frascos repletos de muestras de tejidos que apestaban a formaldehído. En mi imaginación, los especímenes animales me observaban parpadeando con sus lechosos ojos muertos, mientras juzgaban cada uno de mis movimientos.

Apreté los puños. *Concéntrate.*

La herida del pecho de la víctima era más horripilante de cerca. Unas pequeñas partes de la madera se habían astillado, tomando la apariencia de zarzas con tallos espinosos. La sangre se había secado y había adquirido un color negruzco alrededor de la estaca. También me percaté de dos líneas carmesí saliendo de su boca. No era sorprendente. Semejante herida habría causado *un sangrado interno considerable.*

Si su corazón no hubiera sido perforado, probablemente se hubiera ahogado en su propia fuerza vital. Era una forma terrible de morir.

Un olor acre, que no tenía nada que ver con el hedor metálico de la sangre, flotó en torno a la víctima. Me incliné sobre el cuerpo e intenté distinguir el olor mientras Thomas observaba a los pasajeros que aún nos rodeaban. Me tranquilizaba saber que él podía deducir pistas de los vivos tanto como yo podía descubrir información de los muertos.

Algo asomaba de las comisuras de los labios del fallecido, lo que llamó mi atención. Por amor a Inglaterra, deseaba que no fuera algo que mi mente hubiera conjurado. Trastabillé sobre la víctima al acercarme aún más. Sin duda había algo grueso y blanquecino dentro de su boca. Parecía de naturaleza orgánica, algo similar a unas raíces. Si conseguía abrirla...

—¡Damas y caballeros! —El conductor había ahuecado las manos alrededor de su boca y gritaba desde el final del corredor. Su acento evidenciaba que era francés. Algo poco sorprendente, ya que habíamos salido desde París—. Por favor, vuelvan a sus compartimentos. Los miembros de la guardia real necesitan el área libre de... contaminación.

Le eché un vistazo nervioso al hombre de uniforme que había junto a él, quien lanzó miradas fulminantes a los pasajeros hasta que estos volvieron con lentitud a sus compartimentos privados, como sombras hundiéndose en la oscuridad.

El guardia parecía tener unos veinticinco años. Tenía el pelo más negro que una noche sin estrellas y lo llevaba brillante y pegado a la cabeza. Puros ángulos, líneas puntiagudas y rasgos *ásperos*. Aunque no cambió su expresión anodina, el nerviosismo en su interior era evidente, como un arco tensado para disparar y matar. Noté la musculatura firme debajo de su vestimenta y callos en sus manos, sorprendentemente sin guantes, cuando las levantó y nos hizo una seña para que nos retiráramos. Era un arma afilada por el Reino de Rumania, lista para abalanzarse sobre cualquier amenaza.

Thomas se me acercó y su respiración me causó un cosquilleo en la nuca.

—Un hombre de pocas palabras, por lo que veo. Quizá sea el tamaño de su… arma lo que resulta tan intimidante.

—¡Thomas! —susurré con rudeza, horrorizada por su falta de decoro.

Señaló la espada descomunal que colgaba de la cadera del joven, divertido. Mis mejillas se encendieron mientras Thomas chasqueaba la lengua.

—Y después dices que *yo* tengo la mente podrida. Qué escandaloso de tu parte, Wadsworth. ¿En *qué* estarías pensando?

El guardia le dedicó una mirada severa a Thomas, y por un instante sus ojos se agrandaron antes de que apretara la mandíbula.

Observé que los dos se medían, como dos lobos alfa moviéndose en círculos y gruñendo para conseguir el liderazgo ante la manada. Al final, el guardia inclinó un poco la cabeza. Su voz era profunda y retumbaba como un motor a vapor.

—Por favor vuelva a su compartimento, *Alteță*.

Thomas se quedó inmóvil. Era una palabra con la que no estaba familiarizada. Había comenzado a estudiar rumano hacía poco, y no tenía idea de cómo lo había llamado el guardia. Podía ser algo tan simple como «señor» o «estúpido arrogante».

Cualquiera que fuese el insulto, mi amigo no permaneció mucho tiempo congelado de la sorpresa. Se cruzó de brazos cuando el guardia dio un paso adelante.

—Nos quedaremos inspeccionando el cuerpo. Somos bastante buenos en revelar los secretos de los muertos. ¿Le gustaría descubrirlos?

La mirada del guardia se deslizó con pereza hacia mí, sin duda creyendo que una joven ataviada con un hermoso vestido sería lo opuesto a algo útil. Al menos en lo que se refería a la ciencia o a la investigación aficionada.

—No es necesario. Podéis retiraros.

Thomas se incorporó hasta alcanzar la totalidad impresionante de su altura y observó desde arriba al guardia. Él también había detectado la intención que se escondía detrás del desdén del hombre. Y nada bueno salía de su boca cuando adoptaba esa postura. A riesgo de parecer indecente, sujeté su mano. El guardia frunció los labios, pero no me importó en lo más mínimo.

No estábamos en Londres, rodeados por personas que podían asistirnos y liberarnos de problemas en caso de que Thomas ofendiera a la persona equivocada con su encanto habitual. Terminar en un calabozo rumano no estaba en mis planes para esta vida. Había visto el desolador interior de Bedlam —un horrible manicomio en Londres cuyo nombre se había vuelto sinónimo de «caos»— y podía imaginar muy bien lo que encontraríamos allí. *Yo quería estudiar cadáveres, no especies diferentes de ratas en una celda olvidada y subterránea. O arañas.* Un riachuelo de temor recorrió mi espalda ante ese pensamiento. Prefería encarar mis fantasmas que estar atrapada con arañas en un lugar confinado y oscuro.

—Vamos, Cresswell.

Los hombres se miraron con fijeza un instante más, manteniendo sus posturas rígidas en una disputa silenciosa. Quería poner los ojos en blanco ante su ridiculez. No podía comprender la necesidad masculina de andar siempre buscando pequeñas extensiones de tierra en las que construir un castillo para gobernar. Adoptar una postura dominante sobre cada centímetro de espacio debía resultar extremadamente agotador.

Al final, Thomas cedió.

—Muy bien. —Miró al guardia entrecerrando los ojos—. ¿Cuál es su nombre?

El guardia reveló una sonrisa cruel.

—Dăneşti.

—Ah. Dăneşti. Eso lo explica, ¿no es así?

Thomas giró sobre sí mismo y desapareció dentro de su compartimento, dejándome con interrogantes no solo acerca del cuerpo que yacía junto a mi puerta, sino también sobre el aura extraña que nos había envuelto desde que habíamos entrado en Rumania. ¿Quién era el amenazante joven guardia y por qué su nombre había suscitado semejante fastidio en Thomas? Dos guardias reales más flanquearon a Dăneşti, quien al parecer estaba a cargo, mientras vociferaba órdenes en rumano y gesticulaba hacia el cadáver con movimientos precisos.

Supe que era mi oportunidad de retirada. Cerré la puerta de mi compartimento y me detuve en seco. La señora Harvey estaba recostada. Su pecho subía y bajaba a un ritmo estable lo que indicaba un sueño profundo. Pero no fue su postura lo que me sorprendió. Había un trozo de pergamino arrugado encima de mi asiento. Quizás veía cosas fantasmagóricas de vez en cuando, pero tenía la certeza de que no había habido ningún pergamino allí *antes de que descubriéramos el cuerpo.*

Sentí escalofríos. Eché un vistazo alrededor, pero no había nadie allí excepto mi carabina dormida. Sin permitir que el miedo me sobrepasara, fui hacia el papel y lo alisé para abrirlo. Sobre él estaba dibujada la imagen de un dragón, con la cola enroscada alrededor de su cuello grueso. Una cruz formaba la curva de su columna. Casi la había confundido con escamas.

Quizás Thomas lo había dibujado, pero lo hubiera visto hacerlo, ¿o no?

Me dejé caer sobre el asiento, intentándolo descifrar, y deseé volver al momento en el que mi única preocupación había sido el incesante golpeteo de Thomas. Al parecer, no podría obtener ninguna certeza. Escuché que arrastraban el cuerpo por el corredor. Intenté no pensar en cómo los guardias destruían cualquier pista a medida que los sonidos de sus zapatos deslizándose por la alfombra se desvanecían hacia el silencio.

Si alguien que no era Thomas había dibujado la imagen del dragón, cómo había logrado dejarla en mi compartimento y desaparecer sin que nos diéramos cuenta era otro misterio que resolver.

Uno que me helaba hasta la médula.

Castillo de Bran, Transilvania, Rumania.

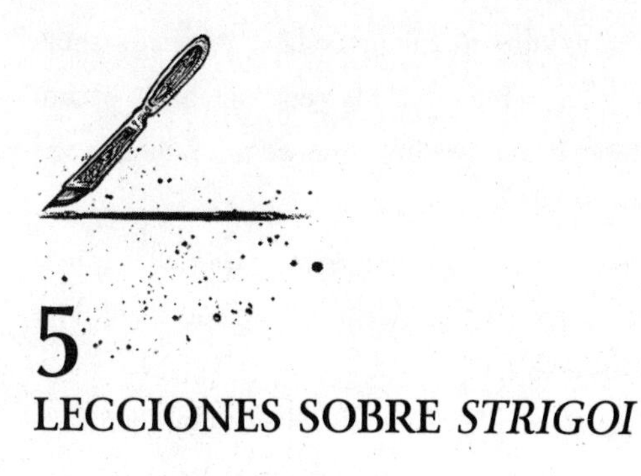

5
LECCIONES SOBRE *STRIGOI*

EN LAS AFUERAS DE BRAŞOV
TRANSILVANIA, RUMANIA
1 DE DICIEMBRE DE 1888

El Clarence —frecuentemente llamado «Growler», gruñón, por el ruido que hacía— era lo más cómodo que podía ser un carruaje que saltaba y se sacudía durante horas sobre un terreno irregular y trepaba por montañas empinadas y colinas que se alejaban de Bucarest.

Debido a mi absoluto aburrimiento, me encontré fascinada por el movimiento oscilante de las borlas doradas que sujetaban las cortinas de color púrpura. La tela tenía bordados unos dragones dorados de cuerpos serpenteantes y refinados. La señora Harvey, que por milagro había estado despierta desde hacía media hora, gruñó cuando rebotamos en una pendiente particularmente extensa del camino y volvió a tirar de su manta hacia arriba.

Enarqué las cejas casi hasta la línea de mi cabello cuando sacó una petaca de su abrigo de piel y bebió largos tragos. Un líquido transparente se derramó sobre ella, llenando el pequeño espacio de un hedor intenso que solo podía provenir del alcohol. Sus mejillas se ruborizaron de un rojo vibrante mientras daba golpecitos sobre el líquido derramado y luego me ofrecía la petaca grabada. Sacudí la cabeza, incapaz de evitar que las comisuras de mis labios se elevaran. Esa mujer me gustaba demasiado.

—Tónico para viajes. Para enfermedades ocasionadas por el movimiento —aclaró—. Ayuda a las personas de salud frágil. Y es ideal para este clima miserable.

Thomas resopló, pero noté que revisaba el ladrillo caliente recién cambiado debajo de sus pies para asegurarse de que aún emanara calor. La nieve caía con un poco más de intensidad a medida que subíamos por las montañas, y nuestro carruaje estaba helado.

—La señora Harvey también utiliza su tónico de viaje antes de retirarse a su habitación. Algunas noches, cuando vuelvo del laboratorio del doctor Wadsworth, hay galletas recién horneadas en el vestíbulo —informó—. Pocas veces recuerda cómo las ha hecho.

—Ay, *shhh* —protestó la señora Harvey, pero sin reproche en la voz—. Me han recetado este tónico para el viaje. No divulgues verdades a medias, es impropio. Siempre recuerdo lo que horneo y solo bebo un sorbo más tarde. Y cocino esas galletas porque *alguien* es muy goloso. No deje que la engañe, señorita Wadsworth.

Solté una risita mientras la amigable señora daba otro sorbo a su «tónico de viaje» y se acomodaba de nuevo bajo las gruesas mantas de lana, con los párpados ya pesados. Eso explicaba la inspiradora y sorprendente capacidad para dormir que había exhibido durante la mayor parte del viaje. Se hubiera llevado muy bien con mi Tía Amelia, una gran aficionada a la bebida espirituosa antes de dormir.

Thomas estiró las piernas delante de mí e invadió mi asiento, aunque por una vez pareció ignorar su transgresión. Había permanecido inusualmente aplacado durante la mayor parte del trayecto.

Viajar no le sentaba bien, y en particular esa etapa de la excursión no le hacía ningún favor. Quizás él también necesitaba beber un poco del tónico de la señora Harvey. Tal vez nos ofreciera a ambos algo de paz antes de llegar a la academia.

Lo observé sumido en sus pensamientos. Tenía la mirada distante... estaba conmigo, pero su mente no se encontraba cerca. Yo misma atravesaba un momento particularmente difícil intentando no pensar en la víctima del tren. O en el raro dibujo del dragón. Quería hablar con Thomas al respecto pero no deseaba hacerlo frente a nuestra carabina. Lo último que necesitaba la pobre señora Harvey era quedar expuesta a más situaciones desagradables. Cuando nos habíamos detenido para que descansaran los caballos y con el fin de comer algo ligero hacía apenas un rato, ella casi no había probado bocado y se había encogido al escuchar los ruidos provenientes de las ajetreadas cocinas de la posada.

Thomas contempló los bosques y la nieve que caía en el exterior. Yo quería observar los árboles descomunales, pero temía las imágenes que mi mente perturbada pudiera inventar. Animales galopando a través de la maleza, cabezas decapitadas incrustadas en picas y otros trucos e ilusiones espeluznantes.

—¿Te sientes descompuesto?

Su mirada se posó en mí.

—¿Esa es tu forma de decir que no tengo mi mejor apariencia?

Sin querer, presté atención a su chaqué. El chaleco a juego que llevaba puesto en el mismo tono medianoche combinaba bien con sus rasgos oscuros, y tenía la sensación de que él era consciente de eso. La forma en la que su mirada se detuvo en mis labios confirmó esa teoría.

—Pareces ausente, eso es todo. —No me molesté en puntualizar que nuestro Growler alquilado era un trozo de hielo y que, si no tenía fiebre, debía llevar su abrigo puesto en lugar de utilizarlo como manta. Dejando pasar esa observación, levanté un hombro y procedí a ignorarlo. Él se inclinó hacia delante, apartando su atención de la señora Harvey.

—¿No te has dado cuenta? —Golpeteó los dedos en el muslo. Parecía que creaba alguna clase de epopeya utilizando el código Morse, pero no lo interrumpí—. No he tocado un cigarro en días. Este exceso de energía nerviosa es un… fastidio.

—¿Por qué no intentas dormir, entonces?

—Se me ocurren algunas cosas más interesantes que hacer para pasar el rato que no involucren dormir, Wadsworth. Braşov se encuentra a unas cuantas horas de distancia.

Suspiré con pesadez.

—Lo juro, si se te ocurriera algo menos repetitivo, te besaría solo por el estímulo intelectual.

—Hablaba de algo diferente. Algo sobre mitos y leyendas y otros temas notables para ayudarte con tus estudios rumanos. Tú has asumido que hablaba sobre besarnos. —Se recostó con una sonrisa de satisfacción y continuó inspeccionando el bosque mientras avanzábamos lentamente—. Hace que me pregunte con cuánta frecuencia piensas en ello.

—Has descubierto mi secreto. Pienso en eso de forma constante. —No me molesté en esbozar una sonrisa y disfruté de ver la confusión en su rostro ante mi sinceridad—. Se suponía que dirías algo digno de notar. —Parpadeó como si yo hubiera hablado un lenguaje que él no pudiera identificar—. Difícil de creer, lo sé.

—Yo, como el noble ejemplar que soy, estaba a punto de hablarte sobre los *strigoi*. Pero me gusta más desenterrar tus secretos. Cuéntame sobre *tus* pensamientos.

Se permitió recorrerme con la mirada, al parecer para extraer mil detalles. Una sonrisa lenta curvó sus labios.

—A juzgar por cómo te has enderezado y por la leve inspiración de aire, diría que al menos estás *considerando* besarme en este momento. Wadsworth, sí que eres traviesa. ¿Qué diría tu piadosa tía?

Mantuve la mirada fija en su rostro y evité el deseo de mirar su boca carnosa.

—Cuéntame más sobre los *strigoi*. ¿Qué son?

—Los *strigoi* —me corrigió Thomas con un acento rumano perfecto— son muertos resucitados que adoptan la forma de aquellos en los que confías. Aquellos a quienes te sentirías feliz de invitar a tu hogar. Luego atacan. En general, es un pariente que ha fallecido. Es difícil para nosotros rechazar a quienes amamos —agregó con cautela, como si supiera lo profundo que podían herirme esas palabras.

Intenté, sin éxito, no recordar cómo las extremidades de mi madre habían temblado cuando la electricidad había atravesado su cuerpo. *¿Habría yo aceptado su regreso desde el Reino de la Muerte, sin importar cuán aterrada estuviera?* La respuesta me perturbaba. No creía que existiera una línea que uno no cruzara cuando se trataba de seres queridos. Las normas morales se derrumbaban frente al dolor del corazón. Algunas fisuras en nosotros eran irreparables.

—Debe existir una explicación para esto —dije—. La verdad es que dudo que Vlad Drácula se haya levantado de su tumba. Los muertos resucitados solo son historias góticas creadas para atemorizar y entretener.

Thomas me miró a los ojos. Ambos sabíamos que a veces las historias y la realidad chocaban, y tenían efectos devastadores.

—Estoy de acuerdo. Por desgracia, algunas personas del pueblo no lo creen así. Cuando se descubre un *strigoi*, la familia entera, o cualquiera que haya sido afectado, viaja a la tumba del sujeto en cuestión, lo desentierra, le arranca el corazón putrefacto y lo quema en el lugar. Ah —agregó, inclinándose hacia delante—. Casi lo olvido. Una vez que la familia ha quemado al «monstruo» no resucitado, se bebe las cenizas. Es la única manera de asegurarse de que el *strigoi* no puede volver o invadir a otro huésped.

—Suena un poco… demasiado —dije, y arrugué la nariz.

Una sonrisa se extendió con lentitud en el rostro de Thomas.

—Los rumanos nunca hacen algo a medias, Wadsworth. Ya sea ir a la guerra o luchar por amor.

Parpadeé ante la sinceridad de su tono. Antes de que pudiera hacer un comentario, el cochero les silbó a los caballos, tiró de sus riendas y detuvo el carruaje. Me enderecé, con el corazón latiendo con fuerza mientras mi mente era asediada por pensamientos de bandas de ladrones ambulantes y asesinos.

—¿Qué sucede? ¿Por qué nos hemos detenido?

—Quizás haya olvidado mencionar… —Thomas hizo una pausa y se colocó con tranquilidad el abrigo que había utilizado como manta antes de colocar el ladrillo en mis pies—… que nos mudaremos a un carruaje más apropiado.

—¿A qué te refie…? —Los relinchos de los caballos y unas campanillas tintineantes interrumpieron mi pregunta. Espié junto a Thomas por la ventana, y nuestras respiraciones crearon remolinos opacos. Él limpió el vidrio con la manga de su abrigo y observó mi reacción con una sonrisa en el rostro.

—Sorpresa, Audrey Rose. Espero que sea agradable. No estaba seguro de…

Un magnífico trineo tirado por caballos se deslizó hasta detenerse junto a nosotros. Los rojos, ocres y azules tenues eran un homenaje a los huevos rumanos pintados. Dos inmensos caballos de color blanco puro olfateaban el aire, y sus respiraciones salían como nubecitas delante de ellos mientras pisoteaban la nieve. Llevaban coronas de plumas blancas de avestruz, un poco maltrechas por el clima despiadado.

—¿Tú… tú has hecho esto?

Thomas me miró primero a mí y después al trineo, y se mordió el labio.

—Creí que lo disfrutarías.

Enarqué una ceja. *¿Disfrutarlo?* Era una escena tomada de un cuento de hadas. Estaba completamente embelesada.

—Me fascina.

Sin pensarlo dos veces, abrí la puerta y acepté la mano extendida del cochero, y trastabillé con el metal resbaladizo antes de recuperar el equilibrio. El viento soplaba con ferocidad, pero apenas lo noté mientras el cochero volvía al carruaje. Me sujeté bien el sombrero y contemplé maravillada la vista espectacular que tenía delante de mí. El conductor del trineo sonrió cuando me alejé del costado protector del Growler y me adentré en la tormenta.

Al menos me pareció que sonreía. No había forma de saberlo con certeza, ya que la mayor parte de su rostro enrojecido y de su cuerpo estaban cubiertos para resguardarlos del clima áspero. Nos saludó con la mano mientras Thomas se abría paso hasta llegar a mi lado e inspeccionaba al trineo y al conductor con su forma calculadora característica.

—Parece un medio de transporte tan decente como cualquier otro. En especial tomando en cuenta que esta tormenta no amainará en el corto plazo. Deberíamos llegar con tiempo de sobra. Y tu expresión ha valido mucho la pena. —Me giré hacia él con lágrimas de gratitud, y observé cómo el pánico se adueñaba de su rostro al verme esbozar una sonrisa genuina. Volvió a meter la cabeza en el carruaje y batió palmas—. Señora Harvey. Hora de despertarse. Permítame ayudarla a descender.

En ese momento, una brisa helada atravesó el bosque como una cuchillada, lo que hizo que las ramas silbaran. Enterré el rostro en la piel que bordeaba mi capa de invierno. Estábamos en la espesura del bosque, en mitad de picos montañosos enfrentados. Si bien quedaban algunas horas de luz, la oscuridad tejía su camino alrededor. La montaña era tan temperamental como mi amigo.

Thomas hizo un gesto hacia los baúles mientras ayudaba a nuestra carabina a descender del carruaje. Ella frunció el ceño ante la nieve, que no dejaba de caer, y bebió un sorbo de su tónico.

Él siguió mi mirada de un árbol crujiente al próximo. Había algo raro en esos bosques. Parecían poseídos con el espíritu de algo que no era ni bueno ni malo. Se percibía un aura antigua, que hablaba en susurros sobre guerras y matanzas.

Nos habíamos adentrado en el corazón del territorio de Vlad el Empalador, y era como si la tierra quisiera advertirnos: respetad este suelo o sufrid las consecuencias.

Probablemente fuera un truco de la luz, pero las pocas hojas que quedaban parecían del color de heridas secas. Me pregunté si el follaje se habría acostumbrado al sabor de la sangre después de que decenas de miles de vidas se hubieran perdido allí. Un pájaro chilló sobre nuestras cabezas, e inspiré una bocanada de aire frío.

—Tranquila, Wadsworth. El bosque no tiene colmillos.

—Gracias por recordarlo, Cresswell —respondí con dulzura—. ¿Qué haría sin ti?

Me miró con una expresión tan seria como nunca antes le había visto.

—Me echarías de menos terriblemente y lo sabes. Tal como yo te extrañaría de formas que no puedo imaginar, si nos separáramos.

Thomas sujetó a la señora Harvey del brazo y la guio hacia adelante mientras el conductor del trineo nos hacía señas para que nos sentáramos. Permanecí de pie un instante, con el corazón al galope. Thomas hacía sus confesiones de manera tan natural que me dejaba aturdida.

Me tomé un momento para aquietar mi corazón y acaricié el hocico suave del caballo más cercano a nosotros antes de subir al trineo. No estaba cerrado por completo como el carruaje, pero había más mantas de piel en el pequeño espacio de las que alguna vez hubiera visto. Quizás no tuviéramos un techo para resguardarnos, pero no nos congelaríamos con todas esas pieles con las que envolvernos. La señora Harvey se tambaleó hacia el interior del trineo y se acurrucó a un lado, dejando el resto del asiento libre para nosotros mientras acomodaba los calentadores para pies.

Mi cuerpo se paralizó cuando me di cuenta de lo cerca que tendríamos que sentarnos Thomas y yo. Deseé que el director no nos esperara en el exterior para recibirnos; apenas sería decente que me encontrara apiñada a Thomas, incluso en presencia de una carabina. Como si ese mismo pensamiento hubiera cruzado su mente sucia, él dibujó una sonrisa traviesa, levantó el borde de una inmensa manta de piel y dio unos golpecitos al espacio junto a él. Apreté la mandíbula.

—¿Qué? —preguntó, y fingió inocencia mientras yo colocaba las pieles a mi alrededor, interponiendo bultos entre nosotros para construir una barrera mullida. Como era de esperarse, la señora Harvey ya dormitaba. Me pregunté si Thomas habría llegado a una clase de acuerdo con ella para que estuviera presente solo en forma física—. Estoy siendo caballeroso, Wadsworth. No hay necesidad de que me apuñales con esa mirada afilada que tienes.

—Creí que querías actuar con tus mejores formas en honor a mi padre.

Se llevó una mano al corazón.

—Me hieres. ¿No se enfadaría tu padre si te dejara morir congelada? El calor corporal es científicamente la mejor forma de mantenerse caliente. De hecho, existen investigaciones que sostienen que quitarse la ropa por completo y presionar la piel contra la piel es con certeza la mejor forma de evitar la hipotermia. Si en algún momento eres víctima de eso, utilizaré todos los medios necesarios para salvarte. Es lo que cualquier joven caballero decente haría. Me parece un acto muy valiente, si me lo preguntas.

Mi mente traicionera divagó hacia la imagen de Thomas sin vestimenta e hizo que mi compañero sonriera ampliamente, como si estuviera al tanto de mis pensamientos escandalosos.

—Quizás le escriba a Padre para ver qué piensa de esa teoría.

Thomas resopló y arrojó la manta sobre sus hombros, lo que lo hizo parecer como un rey salvaje de bestias salido de un poema homérico. Yo me acurruqué en una piel extremadamente grande, inspiré el hedor del cuero curtido e intenté no hacer arcadas. No era el viaje más placentero en términos de olores, pero llegaríamos a la academia antes de la medianoche. Había soportado peores fragancias estudiando cadáveres pútridos con Tío. No sería difícil tolerar piel animal durante otro par de horas.

Por extraño que pareciera, por la mañana echaba de menos el ligero olor a descomposición mezclado con formaldehído. No veía la hora de llegar a la academia y verme una vez más rodeada por los estudios científicos. Una atmósfera nueva quizás curara mis padecimientos. Al menos esperaba que lo hiciera. No podía continuar con las prácticas forenses si me atemorizaban los cuerpos reanimados.

Eché un vistazo a las pieles grisáceas y un pensamiento me hizo fruncir los labios.

—¿No es raro tener tantas pieles de lobos?

Thomas levantó un hombro.

—Los rumanos no les tienen cariño a los lobos grandes.

Antes de pedirle una aclaración, el conductor cargó los últimos baúles y se subió al trineo. Dijo algo rápido en rumano, y Thomas respondió antes de inclinarse contra mí. Su respiración me erizó la piel. Me estremecí ante la emoción inesperada.

—Próxima parada, el Castillo de Bran. Y todos los bribones que estudian allí.

—Nosotros estamos a punto de estudiar allí —le recordé.

Se acurrucó en su manta e intentó infructuosamente esconder su sonrisa.

—Lo sé.

—¿Cómo hablas rumano tan bien? —pregunté—. No sabía que tuvieras fluidez en otra cosa que no fuera el sarcasmo.

—Mi madre era rumana —informó Thomas—. Solía contarnos toda clase de fábulas. Aprendimos el idioma desde la cuna.

Fruncí el ceño.

—¿Por qué no lo has mencionado antes?

—Estoy lleno de sorpresas, Wadsworth. —Thomas tiró de la manta hasta cubrirse la cabeza—. Te espera una larga vida de revelaciones placenteras. Mantiene la chispa y el misterio vivo.

Con un chasquido de riendas partimos, y nos deslizamos sobre la nieve mientras nuevos copos volaban junto a nosotros como latigazos. El viento gélido me hizo escocer las mejillas y de mis ojos brotaron brillantes riachuelos de lágrimas, pero no evité contemplar cómo pasaba el bosque a toda velocidad. Cada poco, hubiera jurado que algo nos seguía el ritmo dentro de los límites del bosque, pero el día se había vuelto demasiado oscuro como para afirmarlo.

Escuché un aullido distante y me resultó difícil distinguir si era el viento o una manada de lobos hambrientos que perseguían a su próxima comida caliente. Quizás el asesino resucitado, Vlad Drácula, y los fantasmas de sus víctimas no fueran las únicas cosas aterrorizantes por las que debíamos preocuparnos en ese país.

El tiempo transcurrió en minutos congelados y cielos cada vez más oscuros. Ascendimos por empinadas pendientes montañosas y descendimos sobre valles más pequeños. Hicimos una parada en Braşov, donde —tras un debate sobre la cuestionable decencia de llegar a la academia sin una carabina— Thomas ayudó a la señora Harvey a conseguir una habitación en una taberna, y nos despedimos de ella. Después nos alejamos del pueblo mientras ascendíamos hacia la cima de la montaña más grande que alguna vez hubiera visto.

Cuando por fin la alcanzamos, más tarde, la luna estaba en su punto más alto. Gracias a su luz distinguí los muros pálidos de las torrecillas del castillo que alguna vez había sido el hogar de Vlad Ţepeş. Estaba rodeado por un bosque negro azabache, una fortaleza natural que resguardaba la creada por el ser humano. Me pregunté si Vlad habría obtenido de allí la madera necesaria para empalar a sus víctimas.

Sin preocuparme por parecer indecorosa, me acerqué más a Thomas y aproveché su calor. No lo había pensado antes, pero Braşov estaba muy cerca de nuestra academia. Quien había asesinado a la primera víctima, había escogido un lugar cercano al castillo de Drácula.

Deseaba que eso no fuera una señal de que sobrevendrían asesinatos peores.

—Al parecer alguien ha dejado la luz encendida para nosotros. —Thomas hizo un gesto hacia las dos farolas resplandecientes que anunciaban los portones de entrada a la guarida de Satán.

—Parece… acogedor.

Serpenteamos por el estrecho camino que se alejaba de los bosques y cruzaba una extensión pequeña de césped y finalmente le pusimos freno a nuestro viaje en el exterior del castillo. La luz de la luna subió por los capiteles, deslizándose por el techo y proyectando las sombras del trineo y la de los caballos con formas siniestras. El castillo era inquietante, y ni siquiera habíamos entrado.

Por un instante, anhelé esconderme debajo de las pieles y volver al pueblo colorido y bien fortificado cuyas luces parpadeaban como luciérnagas en el valle de abajo.

La idea de volver a Inglaterra con la señora Harvey no me desagradaba. Podía encontrarme con mi prima en el campo. Pasar el rato juntas charlando y cosiendo artículos para nuestros arcones no era una actividad terrible. Liza era capaz de convertir las tareas más mundanas en una aventura romántica, y la echaba de menos con pesar.

Una punzada de nostalgia me golpeó el pecho, y luché contra el impulso de doblarme por la mitad. Eso era un error. No estaba lista para ser arrojada en esa academia para hombres jóvenes. Cuerpos alineados en mesas y anfiteatros quirúrgicos. Todos recordatorios del caso que no podía superar. Un caso que había destruido mi corazón.

—Los deslumbrarás, Wadsworth. —Thomas me apretó la mano con gentileza antes de soltarla—. Estoy ansioso por ver cómo los opacas a todos. Yo incluido. Aunque te pido que seas amable conmigo. Finge que soy maravilloso.

Reprimí mis nervios y sonreí.

—Será una tarea monumental, pero intentaré tener piedad de ti, Cresswell.

Descendí del trineo con fortaleza renovada y me abrí paso hacia arriba por las escaleras de piedra, mientras Thomas le pagaba al conductor y gesticulaba para que descargaran nuestros baúles. Esperé que me alcanzara, sosteniendo mi falda por encima de la nieve que se acumulaba. No quería cruzar sola ese umbral lúgubre. Los dos estábamos allí. Enfrentaríamos mis demonios juntos.

Dos faroles flanqueaban una puerta inmensa de roble, y había un llamador gigante justo en el medio. Parecía como si dos cuerpos de serpiente con forma de C se hubieran convertido en un rostro siniestro.

Thomas sonrió al observar el llamador.

—Acogedor, ¿no te parece?

—Es una de las cosas más abominables que he visto.

Mientras levantaba esa cosa horripilante, la puerta se abrió con un crujido y reveló a un hombre alto y delgado que tenía un profundo ceño fruncido y cuyo pelo plateado se derramaba como una sábana sobre el cuello de su vestimenta. El fuego chisporroteaba detrás y bañaba en oro las líneas de su rostro angosto. Su tez oscura relucía con un brillo leve de sudor que él no se molestaba en enjugar.

No me atreví a adivinar qué habría estado haciendo.

—Las puertas se cierran en dos minutos —anunció con un marcado acento rumano. Su labio superior se curvó como si supiera que yo luchaba contra el impulso de retroceder. Podría haber jurado que sus incisivos tenían el filo suficiente como para perforar la piel—. Le sugiero que se apresure a entrar y a cerrar esa boca antes de que algo desagradable se introduzca allí. Tenemos algunos problemas con los murciélagos.

6
AGRADABLE COMO UN CADÁVER PUTREFACTO

ACADEMIA DE MEDICINA Y CIENCIAS FORENSES
INSTITUTULUI NAȚIONAL DE CRIMINALISTICĂ ȘI MEDICINĂ LEGALĂ
CASTILLO DE BRAN
1 DE DICIEMBRE DE 1888

Cerré la boca de inmediato, más a causa de la conmoción ante semejante bienvenida que de la obediencia.

Qué hombre tan maleducado. Inspeccionó a Thomas con una mueca igual de condescendiente. Desvié la atención de él, temerosa de convertirme en piedra si lo miraba demasiado. Hasta donde sabía, podía ser un descendiente de las míticas gorgonas. Sin duda era tan encantador como Medusa, a quien me había recordado el llamador de la puerta.

Atravesamos el umbral y esperamos en silencio mientras el hombre caminaba hacia una criada y le ordenaba algo en rumano. Mi amigo trasladó su peso de un pie a otro pero permaneció callado. Era tanto un pequeño milagro como una bendición.

Eché un vistazo alrededor. Estábamos de pie en un recibidor semicircular, y varios corredores oscuros se extendían a derecha e izquierda. Al frente, en línea recta, una escalera sencilla se dividía en dos y conducía a los pisos superiores y a los inferiores. Una chimenea inmensa compensaba las escaleras, pero ni la atmósfera apetecible de la madera crepitante evitaba que se me erizara la piel. El castillo parecía enfriarse con nuestra presencia. Creí sentir una ráfaga de aire ártico proveniente de las vigas. La oscuridad crecía en los sectores a los que la luz del fuego no llegaba, densa y espesa como una pesadilla de la que no se podía despertar.

Me pregunté dónde guardarían los cuerpos que estudiaríamos.

El hombre levantó la cabeza y encontró mi mirada, como si hubiera escuchado mis pensamientos y se burlara de ellos. Deseé que la inquietud no se filtrara por las grietas de mi armadura. Tragué saliva con esfuerzo y solté un suspiro cuando él desvió la vista.

—Tengo una sensación extraña con respecto a él —susurré.

Thomas viró su atención hacia el hombre y hacia la criada, que asentía ante lo que fuera que le estuvieran indicando.

—Este vestíbulo es igual de encantador. Los candeleros son todos dragones. Mira esos dientes que lanzan llamas. Apuesto a que el mismísimo Vlad los encargó para este castillo.

Había antorchas encendidas en intervalos regulares por todo el vestíbulo de recepción. Unas vigas de madera oscura bordeaban los techos y puertas, y me recordaban a encías oscurecidas. No pude evitar sentir que el castillo se regocijaba en devorar sangre fresca tanto como su ocupante anterior disfrutaba derramándola. Era un escenario fatal para cualquier escuela, y mucho más para una que estudiaba a los muertos.

El limón y el antiséptico cortaban los aromas a piedra húmeda y parafina, dos materiales de limpieza cuyos propósitos eran muy diferentes. Me percaté de que el suelo del vestíbulo de recepción estaba mojado a causa de —supuse— la llegada de otros estudiantes empapados por la tormenta.

Sentí un aleteo proveniente de los techos cavernosos, lo que atrajo mi atención hacia arriba. Había una ventana abovedada en lo alto de la pared, y las telarañas eran visibles desde mi posición. No vi ningún murciélago, pero imaginé ojos rojos fulminándome desde las alturas. Esperaba no toparme con tales criaturas durante mi estadía. Siempre me habían atemorizado sus alas curtidas y sus dientes afilados.

La criada hizo una reverencia y se escabulló por el corredor de la izquierda.

—No esperábamos a una esposa. Puede quedarse dos pisos más arriba.

El hombre me despidió con un movimiento rápido de la muñeca. Al principio lo había considerado mayor por su cabello. Pero veía que su rostro era terso, más joven. Era probable que tuviera la edad de mi padre, no más de cuarenta.

—Los estudiantes de Medicina Forense se encuentran en el ala este. O mejor dicho, los estudiantes que competirán por un lugar en nuestro programa forense se alojan allí. Vamos —le hizo un gesto a Thomas—, debe venir. Le enseñaré sus aposentos. Puede visitar a su esposa solo luego de que terminen las clases.

Los ojos de Thomas resplandecieron con un brillo odioso, pero esa no era su batalla. Di un paso delante de él y me aclaré la garganta.

—En realidad, los dos estamos inscritos en el programa forense. Y no soy su esposa, señor.

El desagradable hombre se detuvo de manera abrupta. Giró lentamente, lo cual produjo un chirrido agudo con las suelas de sus zapatos. Entrecerró los ojos como si fuera imposible que me hubiera escuchado correctamente.

—¿Disculpe?

—Mi nombre es Audrey Rose Wadsworth. Tengo entendido que la academia recibió una carta de recomendación de mi tío, el doctor Jonathan Wadsworth de Londres. He sido su aprendiz durante un tiempo considerable. Tanto el señor Cresswell como yo hemos asistido a mi tío y a Scotland Yard en la investigación forense durante los asesinatos del Destripador. Estoy segura de que el director ha recibido la carta, pues he recibido su respuesta.

—Ah, sí.

Su entonación dio a entender que no era una pregunta, pero fingí no notarlo.

—Así es.

Observé cómo desaparecía la expresión anodina del hombre. Una vena de su cuello saltaba como si fuera a estrangularme. Si bien no era inaudito que una mujer estudiara Medicina o Ciencia Forense, él claramente no era un hombre moderno al que lo complaciera ver cómo jovencitas vestidas de encaje invadían su club masculino. Jovencitas que evidentemente no sabían que el lugar adecuado para ellas era una casa, no un laboratorio médico. Qué descaro asumir que me encontraba allí solo porque Thomas me había llevado con él. Deseaba que no fuera un profesor. Estudiar bajo su tutela sería una tortura perversa que prefería evitar.

Levanté el mentón y me rehusé a desviar la mirada. No me intimidaría. No después de lo que había atravesado con Jack el Destripador el otoño anterior. Enarcó una ceja a modo de evaluación. Tenía la sensación de que pocas personas —hombres o mujeres— lo habían desafiado alguna vez.

—Ah. Está bien, entonces. No creí que llegaría hasta aquí. Bienvenida a la academia, señorita Wadsworth. —Intentó sonreír pero parecía que se hubiera tragado un murciélago.

—Usted ha mencionado algo sobre competir por un lugar en el programa —dije, ignorando su expresión amarga—. Creíamos que habíamos sido aceptados.

—Sí. Bueno. Una lástima para ustedes. Hay cientos de estudiantes que desean formarse aquí —aseguró elevando el mentón con arrogancia—. No todos entran. Cada temporada ofrecemos un curso de evaluación para determinar quiénes se convertirán *realmente* en estudiantes.

Thomas hizo un gesto de sorpresa.

—¿No tenemos garantizados las plazas?

—En absoluto. —El hombre esbozó una sonrisa amplia. Su imagen era terrible—. Tienen cuatro semanas para probar su valía. Al final de ese período, decidiremos quién será admitido.

Mi estómago se contrajo.

—Si todos los estudiantes aprueban el curso de evaluación, ¿entrarán todos?

—Hay nueve en esta ronda. Solo dos lo conseguirán. Ahora sígame, señorita Wadsworth. Sus aposentos se encuentran en el tercer piso en la torre del ala este. Estará sola. Bueno, no por completo. Almacenamos muchos cadáveres en ese piso. No deberían molestarla... demasiado.

A pesar de las nuevas circunstancias, conseguí dibujar una pequeña sonrisa. Los muertos eran libros que tanto mi tío como yo disfrutábamos leer. No me asustaba pasar tiempo a solas con ellos, leyéndolos detenidamente en busca de pistas. Aunque últimamente... Mi sonrisa desapareció, pero reprimí la inquietud. Esperaba controlar mis emociones, y estar rodeada de cuerpos quizás podía curarme.

—Serán más agradables que otra gente. —Thomas hizo un gesto obsceno a espaldas del hombre y por poco me atraganté con una risa, pero él me fulminó con los ojos.

—¿Qué ha dicho, señor Cresswell?

—Si insiste en saberlo, he dicho que usted es…

Sacudí levemente la cabeza intentando trasmitirle a Thomas la necesidad de que dejara de hablar. No deseábamos convertir a ese hombre en un enemigo.

—Disculpe, señor. Le preguntaba…

—Dirigíos a mí como director Moldoveanu, o seréis enviados de vuelta al foso negro de alta cuna del que hayáis salido. Dudo que alguno de vosotros logre completar el curso. Tenemos alumnos que estudian durante meses y aun así no lo logran. Decidme, si sois tan buenos en lo que hacéis, ¿dónde está Jack el Destripador? ¿Por qué no estáis en Londres, cazándolo? ¿Será que le teméis, o habéis escapado cuando las cosas se han puesto demasiado difíciles?

El director esperó un instante, pero no esperaba una respuesta de nosotros. Sacudió la cabeza, con una expresión incluso más contraída que antes.

—Su tío es un hombre sabio. Me resulta sospechoso que no haya podido resolver esos crímenes. ¿Acaso el doctor Jonathan Wadsworth se ha rendido?

Una esquirla de pánico rasgó mi interior y punzó mis órganos, que intentaban huir mientras yo buscaba la mirada atónita de Thomas. No le habíamos contado a Tío cuál era la verdadera identidad del Destripador, aunque sin duda lo sospechaba.

Thomas apretó los puños a los lados de su cuerpo pero mantuvo su problemática boca cerrada. Había comprendido que yo podía ser castigada, tanto por su insubordinación como por la mía.

Bajo circunstancias diferentes, me hubiera impresionado. Era la primera vez que lo veía conteniéndose.

—Imaginé que no tendrían una respuesta. Muy bien, entonces. Síganme. Sus baúles les esperarán en sus habitaciones. La cena ya ha sido servida. Lleguen a tiempo para el desayuno, apenas amanezca, o también se lo perderán. —El director Moldoveanu se dispuso a caminar hacia el corredor del ala este pero se detuvo. Sin girarse, dijo—: Bienvenidos al *Institutului Național de Criminalistică și Medicină Legală*. Por ahora.

Me quedé inmóvil durante unos segundos, con el corazón al galope. Era absurdo que ese hombre repugnante fuera nuestro director. Sus pasos hicieron eco en el recinto cavernoso, como *gongs* condenatorios anunciando la hora del terror. Thomas respiró hondo y posó su mirada en la mía. Esas cuatro semanas serían largas y tortuosas.

• • •

Tras dejar a Thomas en su piso, subí por la escalinata austera ubicada al final de un pasillo largo y amplio que me había señalado el director. Los escalones eran de madera oscura, y las paredes, de un deprimente color blanco, no tenían nada que se pareciera a los tapices carmesí que habíamos visto en los pasillos inferiores. Las sombras se extendían entre los candeleros ubicados en lugares inoportunos, al ritmo de mis movimientos. Me recordó a los pasillos desolados de Bedlam.

Ignoré el temor en mi pecho, recordando a los ocupantes de ese manicomio y la forma calculadora en la que algunos merodeaban detrás de los barrotes oxidados. Como ese castillo, la construcción me recordaba a un organismo vivo. Uno que tenía conciencia pero que carecía del sentido del bien y del mal. Me pregunté si no necesitaba un baño caliente y una buena noche de sueño.

La piedra y la madera no eran equivalentes a huesos y a carne.

Moldoveanu me había indicado que mis aposentos se encontraban en la primera puerta a la derecha, antes de marcharse con rumbo incierto. Quizás dormía cabeza abajo colgado de las vigas junto con el resto de los de su especie. «Tal vez». Había dicho eso en voz baja y él me había mirado con furia. Las cosas habían comenzado de maravilla.

Llegué al pequeño rellano que albergaba mi habitación y a una segunda puerta ubicada a pocos metros de distancia antes de que la escalera continuara hacia arriba. No había ninguna antorcha encendida al final del pasillo, y la oscuridad era opresiva. Permanecí de pie, congelada, segura de que las sombras me observaban con detenimiento, y yo a ellas.

Mi respiración salía en una sucesión de volutas blancas. Supuse que el frío se debía en parte a que el castillo estaba muy alto en las montañas, y en parte debido a los cuerpos que se almacenaban allí.

Quizás eso era lo que me había atraído a la oscuridad. Cerré un instante los ojos, y me asaltaron imágenes de cadáveres levantándose de mesas de examen y cuerpos medio descompuestos. Más allá de mi sexo, si alguno de mis compañeros sospechaba que le temía a los cadáveres, sería el hazmerreír de la academia.

Sin preocuparme más por ello, abrí la puerta y recorrí el espacio con la vista. La primera ojeada me indicó que la habitación servía como sala de estar o salón. Igual que en el resto del castillo, las paredes eran blancas y estaban bordeadas por una madera de color marrón. Me asombré de lo oscura que estaba la habitación, incluso con las paredes pintadas de color pálido y un fuego crepitando en la chimenea.

Las estanterías ocupaban la pared más pequeña, y a la izquierda había una puerta que conducía a lo que supuse sería mi dormitorio. Con rapidez crucé la sala de estar —amueblada con un sofá de brocado— e inspeccioné lo que efectivamente eran mis aposentos. Resultaban acogedores y estaban diseñados para un estudiante diligente. Había un pequeño escritorio con una silla a juego, un armario diminuto, una cama individual, una mesilla de noche y un baúl, todo hecho de un roble oscuro que probablemente había sido talado del bosque que rodeaba el castillo.

Una imagen de cuerpos apuñalados con estacas negras cruzó mi mente como un destello antes de que pudiera reprimirla. Esperaba que ninguna de esas piezas de madera hubiera sido reutilizada en el castillo. Me preguntaba si la persona que había empalado al hombre en el pueblo no habría tomado también algunas ramas de por ahí.

Aparté mis pensamientos de la víctima del tren y de la mencionada en el periódico. No había nada que pudiera hacer para ayudarlos, por mucho que deseara hacerlo.

Después de echarle un vistazo rápido a la segunda puerta —sin duda el cuarto de baño que el director Moldoveanu había dicho que estaba junto a mis aposentos— volví la mirada a la sala de estar. Divisé una ventana pequeña cerca de las vigas expuestas que daba a la vasta cordillera de los Cárpatos. Desde ahí, las montañas parecían blancas y serradas, como dientes partidos. Una parte de mí deseaba trepar por ellas y contemplar el mundo invernal que yacía debajo, ignorante de mi humor perturbado.

Deseaba con ansias pedir agua caliente para el lavabo y enjuagarme el polvo del viaje. Pero primero necesitaba encontrar la forma de hablar con Thomas. Aún no había tenido la oportunidad de enseñarle la ilustración del dragón que había encontrado y me volvería loca si no lo debatíamos pronto. Por no mencionar que sentía curiosidad por su extraña reacción frente al nombre Dănești, y quería preguntarle al respecto.

Toqué el pergamino guardado en mi bolsillo y me aseguré de que fuera real y no producto de mi imaginación. Me aterraba que pudiera conectarse con el asesino del tren. No me atrevía a pensar qué mensaje se suponía que debía transmitir al haber sido depositado en mi compartimento. O quién había merodeado por allí sin mi conocimiento.

Me coloqué frente a la chimenea y su calidez me envolvió los huesos mientras pensaba un plan. Una vez en el castillo, Moldoveanu no había mencionado que teníamos un horario límite. O que no tenía permitido vagar por los pasillos. Si alguien me descubría sería un escándalo, pero podía escabullirme a los aposentos de Thomas en…

El crujido de las tablas de madera en mis aposentos hizo que mi corazón golpeara mi pecho con violencia. Volvieron las imágenes de asesinos merodeando en los vagones del tren y dejando notas crípticas con dibujos de dragones. Él estaba ahí. Nos había seguido a ese castillo y me empalaría a mí también. Había sido una tonta por no contarle lo sucedido a Thomas mientras la señora Harvey dormía. *Respira*, me ordené. Necesitaba un arma. Había un candelabro al otro lado de la habitación, pero demasiado lejos para sujetarlo sin que me viera quien fuera que acechaba en mi alcoba o en mi cuarto de baño.

En vez de acercarme a aquellas habitaciones sin un arma, agarré un libro de los estantes, dispuesta a estrellarlo contra la cabeza de alguien. Golpearlo o aturdirlo era lo mejor que podía hacer.

Recorrí la sala con la mirada. Estaba vacía. Absolutamente vacía de cualquier ser vivo, como había comprobado. Un vistazo rápido a la alcoba arrojó el mismo resultado. No me molesté con el cuarto de baño; probablemente fuera demasiado pequeño como para albergar una amenaza real. Era probable que el crujido hubiera sido producto de las instalaciones del castillo. Suspiré y devolví el libro a su estantería. Iba a ser un invierno espeluznante.

Agradecí contar con la chimenea. Apaciguaba mis nervios. Incluso en el estrecho espacio, el calor me hacía sentir que estaba en una isla en los trópicos y no en una torre solitaria de un castillo gélido, escuchando cosas que no eran tan aterradoras como mi propia imaginación.

Me masajeé el entrecejo haciendo círculos pequeños. Recordaba los momentos finales de Jack el Destripador en ese laboratorio alejado de la mano de Dios mientras accionaba el interruptor... me detuve justo allí. El duelo debía liberarme de sus garras tenaces. No podía seguir haciéndome eso noche tras noche. Jack el Destripador nunca volvería. Sus experimentos se habían terminado. Tal como su vida.

Lo mismo se podía aplicar a ese castillo. Drácula no estaba vivo.

—Todo es tan condenadamente difícil —maldije mientras me desplomaba en el sofá. Creía que estaba sola, hasta que alguien contuvo una risita detrás de una puerta cerrada. Se me ruborizaron las mejillas mientras sujetaba el gran candelabro y me dirigía a toda prisa hacia el apenas iluminado cuarto de baño—. ¿Hola? ¿Quién está allí? Exijo que reveles tu rostro de inmediato.

—*Imi pare rău domnișoară.* —Una joven criada se puso de pie de manera abrupta desde su posición cercana a la tina y se disculpó mientras su trapo de limpieza caía sobre una cubeta. Unos ojos grises me devolvieron la mirada. Llevaba puesta una blancuzca blusa de campesina metida en una falda hecha de retazos sobre la cual tenía un delantal bordado—. No fue mi intención escucharla. Mi nombre es Ileana.

Su acento era suave y agradable, un dejo de aire veraniego susurrando en una desolada noche invernal. Tenía el pelo negro trenzado y enroscado debajo de su cofia de criada, y su delantal estaba manchado con ceniza, al parecer a causa de la chimenea flameante que había avivado antes de que yo entrara en la habitación. Solté un suspiro.

—Por favor no te molestes en llamarme «señorita». «Audrey Rose» o solo «Audrey» está perfectamente bien. —Eché un vistazo al cuarto de baño recién aseado. Unas llamas líquidas se reflejaban sobre cada superficie oscura y me recordaban a sangre derramada bajo la luz de la luna. Al igual que los fluidos corporales que habían emanado de las víctimas del doble asesinato cometido por Jack el Destripador. Tragué saliva y reprimí la imagen. El castillo causaba estragos en mi ya macabra mente—. ¿Te han asignado a esta torre?

Un rubor floreció en su piel cuando asintió, lo que se hizo evidente incluso debajo de capas de ceniza y suciedad.

—Sí, *domnișoară*… Audrey Rose.

—Tu acento inglés es excelente —comenté, impresionada—. Tengo la esperanza de mejorar mi rumano mientras me encuentre aquí. ¿Dónde has aprendido el idioma?

Cerré la boca de golpe después de preguntar. Era algo maleducado de señalar. Ileana simplemente sonrió.

—La familia de mi madre se lo enseñó a cada uno de sus hijos.

Resultaba raro para una familia pobre del pueblo de Brașov, pero lo dejé pasar. No deseaba seguir insultando a una potencial amiga nueva. Me sorprendí jugueteando con los botones de mis guantes y me detuve.

Ileana levantó una cubeta, la apoyó en su amplia cadera e hizo un gesto hacia la puerta.

—Si no termino de encender las chimeneas de las habitaciones de los hombres, estaré en problemas, *dom…* Audrey Rose.

—Por supuesto —dije, retorciendo las manos. No me había dado cuenta de lo sola que me sentía sin Liza, y cuánto anhelaba tener una amiga mujer—. Gracias por la limpieza. Si me dejas algunos elementos, puedo ayudarte.

—Ay, no. El director Moldoveanu no lo aprobaría. Debo ocuparme de las habitaciones cuando estén desocupadas. No la esperaba sino hasta dentro de unos minutos. —Mi rostro debió haber transmitido decepción. Su expresión se suavizó—. Si es de su agrado, podría traerle el desayuno a su alcoba. Lo hago para la otra joven de aquí.

—¿Otra joven se quedará este invierno?

Ileana asintió lentamente y su sonrisa se volvió más amplia para igualar la mía.

—*Da, domnişoară.* Es la pupila del director. ¿Le gustaría conocerla?

—Eso suena maravilloso —asentí—. Me gustaría mucho.

—¿Necesita asistencia para cambiarse antes de dormir?

Asentí, e Ileana se puso a trabajar con mi corsé. Una vez que consiguió quitarlo y yo me quedé vestida con mi camisola, le di las gracias.

—Yo me encargo de ahora en adelante.

Ileana abrió la puerta con un empujoncito de la cadera y luego me deseó las buenas noches en rumano.

—*Noapte bună.*

Eché un vistazo hacia el cuarto de baño, y me di cuenta de que también había llenado la tina con agua caliente. El vapor se elevaba en zarcillos, invitándome a entrar. Me mordí el labio y contemplé el agua caliente. Supuse que sería demasiado impropio dirigirme a los aposentos de Thomas tan tarde por la noche, y no deseaba verme condenada por la sociedad a causa de mi impaciencia. El dibujo del dragón seguiría allí por la mañana…

Me quité la ropa interior y dejé que la calidez del agua y de la amistad surtiera efecto en mis huesos exhaustos.

Quizás las siguientes semanas no serían tan horrendas como había anticipado.

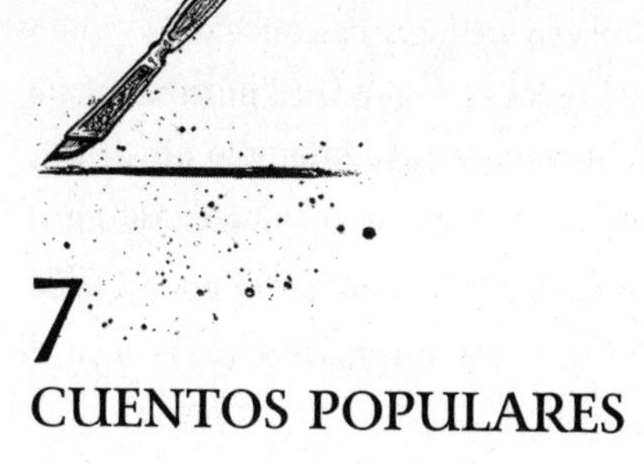

7
CUENTOS POPULARES

APOSENTOS DE LA TORRE
CAMERE DIN TURN
CASTILLO DE BRAN
2 DE DICIEMBRE DE 1888

La neblina se elevó de los árboles que rodeaban el castillo y se depositó en las montañas como la niebla de los callejones de Londres, mientras yo permanecía sentada en el sofá e intentaba no moverme a causa de los nervios.

Ileana había dicho que volvería para el desayuno, pero ya casi era el amanecer y todavía no la había visto. Hasta donde sabía, la podían haber demorado en otra parte del castillo. Di unos golpecitos en el suelo con el pie. El director Moldoveanu me dejaría afuera del salón comedor si llegaba tarde. Mi estómago gruñó su propio descontento mientras esperaba. Decidí que le daría dos minutos más antes de dirigirme al salón comedor. Necesitaba estar bien alimentada si quería sobrevivir las próximas semanas y mantener mi buen juicio.

Caminé hasta mi alcoba y acomodé los pocos elementos personales que había traído conmigo; en particular, una fotografía de

Padre junto a Madre, tomada hacía tiempo. La apoyé en mi mesilla de noche y me sentí menos sola en ese lugar desconocido.

Muy pronto se oyó una llamada en mi puerta mientras el sol bañaba las montañas de dorado al otro lado de la ventana de mis aposentos de la torre. Gracias a los poderes superiores. Me moví con rapidez hacia la otra habitación y pasé una mano por mi falda de invierno de color verde. Unas voces susurradas se callaron en el instante en el que abrí la puerta.

Ileana cargaba una bandeja cubierta y le sonrió a una joven que se encontraba a su lado.

—Ella es la señorita Anastasia. Es la…

—La pupila del director Moldoveanu, o, como me gusta llamarlo, el Hombre Menos Agradable de la historia de Rumania. —Hizo un gesto de desdén con la mano y entró. Su acento era un tanto diferente al de Ileana, pero conservaba una esencia similar—. Para ser sincera, no es tan malo como parece. Solo es… cómo decirlo…

—¿Malhumorado? —ofrecí. Anastasia rio, pero no agregó otro comentario.

Ileana sonrió.

—Dejaré esto por aquí.

La seguí hasta el pequeño sofá mientras Anastasia inspeccionaba mis estantes. Era sencilla pero muy bonita, tenía el pelo del color del trigo y unos brillantes ojos azules. Sin duda sabía cómo utilizar sus atributos a su favor, en especial cuando esbozaba su sonrisa contagiosa.

—¿Buscas algo en particular? —pregunté al notar la forma metódica con la que su mirada recorría los lomos de mis libros.

—Me alegra mucho de que estés aquí. Los chicos son… *fără maniere*. —Levantó un hombro y se dio cuenta de la confusión que debió haber transmitido mi rostro—. La mayor parte de ellos no son muy agradables ni educados. Quizá se deba a la falta de oxígeno. O de mujeres. Los hermanos italianos son la decepción más grande. Tienen las narices metidas en los libros en todo momento. ¡Nunca me miran! Ni siquiera cuando hago alarde de mis más preciados atributos.

Sujetó un libro de la estantería y lo presionó, abierto, contra su rostro, caminando de manera exagerada y soltando risitas. Ileana dejó caer la mirada al suelo con una sonrisa bien amplia.

—Esperaba encontrar una novela gótica para pasar el rato mientras asistes a tus clases —comentó, y dejó el libro a un lado—. Por supuesto que Tío Moldoveanu no tendría algo tan frívolo aquí. ¿Por casualidad has traído alguna novela gótica?

Sacudí la cabeza.

—¿Tú también asistirás a clases?

—Por supuesto que no. Tío cree que es impropio para una joven de mi posición. —Anastasia puso los ojos en blanco y se dejó caer en el sofá con un resoplido—. Pero no me importa. Me sentaré en algunas clases, solo para fastidiarlo. No puede estar en todos lados al mismo tiempo.

—¿Han llegado todos?

—Los que provienen de familias importantes sí, creo. Esta vez es un grupo pequeño. Se rumorea que Tío está en busca de… *sânge*.

—¿Por qué creerían que está en busca de sangre? —pregunté. Ileana levantó la cubierta de la bandeja y dejó al descubierto pastelillos y tartas de carne, fijando la mirada en ellos. Con educación mordí un bocado de un sabroso pan relleno de carne e intenté no devorarlo por completo. Lo que sea que fuera, era delicioso.

—Solo son cotilleos del castillo que he escuchado mientras me aburría hasta la muerte. Hasta ahora todos los que asistirán al curso son nobles o campesinos de supuestas conexiones con la nobleza. Bastardos. Nadie sabe cuál es la razón de toda esa realeza, si es que siquiera existe. Ni me preguntes sobre los hermanos italianos. No han hablado con nadie excepto entre ellos. No sé cuál es su historia.

Anastasia mordió un bocado de pan y gimió de placer.

—Aunque algunos creen que es parte de las pruebas —continuó—. Tío disfruta de los juegos y de la intriga. Encontrar factores comunes que resulten beneficiosos al rastrear asesinos es una habilidad que él cree que todo estudiante forense debería poseer. —Me dedicó una mirada evaluativa—. Es evidente que tú provienes de alta cuna. ¿Cuál es el nombre de tu familia?

—Wadsworth. Mi padre es…

—¿No tienes conexiones con Rumania?

Parpadeé.

—No que yo sepa. Mi madre tenía ascendencia india, y mi padre es inglés.

—Interesante. Quizás no todos sean descendientes de esta región.

Anastasia le dio otro mordisco al pan.

—He escuchado que llegasteis a medianoche, tú y un joven. ¿Estáis comprometidos?

Casi me atraganté con el siguiente bocado.

—Somos… amigos. Y compañeros de trabajo.

Anastasia sonrió.

—Se dice que es muy apuesto. Quizás me case con él si solo sois *compañeros de trabajo*. —No estaba segura de lo que vio en mi rostro, pero añadió con prisa—: Es broma. Tengo mi corazón puesto en otra persona, aunque él finja que no existo. ¿Qué tal tu viaje hasta aquí?

Una visión del cuerpo empalado cruzó mi mente. Dejé a un lado mi bocadillo de carne, de pronto había perdido el apetito.

—Terrible, de hecho. —Le ofrecí un relato detallado del hombre del tren y de las heridas que había sufrido. El rostro bronceado de Ileana se volvió tan pálido como el de un espectro—. No pude ver exactamente qué le habían introducido en la boca. Pero creo que era de naturaleza orgánica y tenía un color blanquecino. Sin embargo, el hedor era... fuerte, pero familiar.

—*Usturoi* —susurró Anastasia con los ojos abiertos.

—¿Cómo?

—Ajo. Leí que se introduce en las bocas de aquellos que parecen ser... Los ingleses los llaman vampiros.

—En realidad eso es de una novela gótica —rio Ileana—. A los *strigoi* se los trata de una forma diferente aquí.

Volví a pensar en la sustancia orgánica. Sin duda encajaba con la descripción del ajo, y eso explicaba el hedor.

—Mi amigo me ha contado que queman a los *strigoi* —comenté con cautela—. Y todos aquellos que resultan afectados beben las cenizas.

—Qué cosa más vil. —Anastasia se inclinó hacia delante, deseosa de obtener mayor información. Me recordaba a mi prima, excepto porque Liza estaba obsesionada con el peligro entremezclado con el romance, y Anastasia parecía entusiasmarse solo con la parte peligrosa—. ¿Acaso los campesinos siguen haciendo tales cosas por aquí? En Hungría, algunos pueblerinos están aferrados a sus antiguas costumbres. Son muy supersticiosos.

—¿Eres húngara? —pregunté. Anastasia asintió—. ¿Y hablas rumano?

—Por supuesto. Nos lo enseñan junto con nuestra propia lengua. También sé bastante italiano. Aunque no pueda utilizarlo con tus compañeros de clase. —Desvió su atención hacia Ileana. Observé cómo la criada retorcía la servilleta sobre su regazo y hacía su mejor esfuerzo por evitar la mirada intensa de Anastasia—. ¿Qué hacen los habitantes del pueblo para identificar a los *strigoi* en la ciudad? ¿O es una sociedad secreta como la de los draconianos?

Mi mirada volvió a Anastasia. Hubiera jurado que la ilustración hacía un agujero ardiente en el bolsillo de mi falda. Por un instante, sentí la necesidad de proteger el dibujo, de mantenerlo escondido de todos hasta descubrir sus orígenes. Lo que no tenía ningún sentido. Sujeté el pergamino y lo apoyé en la mesa.

—Alguien ha dejado esto en mi compartimento del tren después del asesinato. ¿Sabes qué significa, si es que significa algo?

Anastasia observó con atención el dibujo. Tuve dificultades para interpretar la expresión que contenía. Transcurrió un instante.

—¿Has escuchado hablar de la Orden del Dragón? —preguntó. Sacudí la cabeza—. Bueno, son…

—Es tarde. —Ileana se puso de pie de un salto y señaló el reloj ubicado sobre la repisa del hogar—. Moldoveanu me echará si no me pongo a trabajar. —Recogió con prisa nuestras servilletas y tapó la bandeja con brusquedad, haciendo un ruido metálico que me dio escalofríos—. Ambas deberían dirigirse a la *sală de mese*. Moldoveanu estará observando.

—¿Quieres decir que el director no cierra el salón comedor con llave después de un cierto tiempo?

Ileana me dedicó una mirada de compasión.

—Suelta amenazas pero no las cumple.

Sin pronunciar otra palabra, salió con prisa de la habitación. Anastasia sacudió la cabeza y se puso de pie.

—Los campesinos son supersticiosos. La sola mención de cosas sobrenaturales los pone nerviosos. Ven —entrelazó su brazo al mío—, vamos a presentarte a tus encantadores compañeros.

• • •

—Parece como si una pequeña horda de elefantes marchara por el salón comedor —le dije a Anastasia mientras merodeábamos en el exterior. Se escuchaban pasos fuertes y un entrechocar de bandejas, y el sonido de la charla despreocupada zumbaba por encima del estrépito.

—Con seguridad se comportan como un conjunto de animales.

La ansiedad se abrió paso por los corredores de mis entrañas. Espié entre las grandes puertas de roble. Algunos jóvenes estaban sentados en las mesas, y otros buscaban bandejas para el desayuno formando una hilera junto a la amplia pared del fondo, pero Thomas no estaba entre ellos. No comprendía cómo tan pocos hombres podían hacer tanto ruido en un espacio tan inmenso. El salón comedor era imponente y tenía los techos abovedados blancos y las mismas paredes bordeadas de madera oscura que revestían todo el interior del castillo.

Mis pensamientos viraron hacia cuentos de hadas y folclore. Podía comprender que un castillo así hubiera inspirado a escritores como los hermanos Grimm. Con seguridad, tenía la oscuridad suficiente para evocar una atmósfera macabra. Intenté no pensar en Padre y en Madre. En como solían leernos aquellas historias a Nathaniel y a mí antes de dormir. Debía escribirle pronto a Padre; esperaba que se sintiera mejor. Su recuperación había sido lenta, pero constante.

De pronto, me empujaron contra la pared, lo que me hizo abandonar mi ensoñación de un salto y me dejó conmocionada, no solo porque alguien había chocado conmigo, sino también porque había reído por lo bajo como si su acción no hubiera sido una afrenta hacia una joven.

Anastasia suspiró.

—Señorita Wadsworth, permítame presentarle al profesor Radu. Le enseñará *folclor* para completar su curso de evaluación.

—Ay, querida. No la había visto. —El profesor Radu jugueteó con una servilleta e involuntariamente dejó caer un trozo de pan de su bandeja. Me incliné para recogerlo al mismo tiempo que él, y nuestras cabezas chocaron. Ni siquiera parpadeó. Su cráneo debía estar hecho de granito. Me masajeé el chichón que ya se formaba en mi cabeza e hice una mueca de dolor ante las palpitaciones—. *Imi pare rău.* Me disculpo, señorita Wadsworth. Espero no haber derramado mi avena sobre su adorable vestido.

Miré hacia abajo, y sentí alivio de que no hubiera ninguna odiosa mancha de avena en mi falda. Extendí una mano con el trozo de pan y con la otra tanteé de nuevo la magulladura que se formaba debajo de la línea de mi cabello. Esperaba que el golpe me hubiera concedido más sentido común y no lo contrario. Pero el dolor que sentía me hacía dudar.

—Por favor no se preocupe, profesor —dije—. Me temo que lo único que se encuentra dañado es su pan. Y quizá su cabeza, por culpa de la mía.

—Para empezar, no estoy segura de que alguna vez estuviera en condiciones —susurró Anastasia.

—Eh… ¿cómo ha dicho? —preguntó Radu, y desvió la mirada con rapidez desde el pan hasta Anastasia.

—He dicho que seguramente todavía sabe delicioso —mintió ella.

El profesor asió el pan manchado de suciedad de mis dedos como uno sujetaría una uva de un viñedo y le dio un mordisco. Deseaba que mi labio no estuviera curvándose como el de Anastasia; no quería revelar la repugnancia que revolvía mi estómago.

—*Langoși cu brânză* —dijo el profesor con la boca llena de pan, y sus cejas frondosas se elevaron con gusto—. Masa frita con queso feta. Debe probar un poco… tenga.

Antes de que pudiera rechazarlo con educación, me colocó un trozo de pan en las manos y lo estrujó al apretar mis dedos con entusiasmo. Hice mi mayor esfuerzo por sonreír, aunque un poco de grasa se filtró en mis guantes.

—Gracias, profesor. Si nos disculpa, iremos a conocer a los demás estudiantes.

El profesor Radu empujó sus gafas hacia arriba por la nariz, y dejó una mancha de grasa sobre uno de los cristales.

—¿Acaso el director no se los ha contado? —Nos miró con detenimiento y luego soltó una risita—. Todos se irán ahora. Algunos visitarán Brașov, en caso de que quieran ir con ellos. No les apetecerá caminar por la montaña a solas, ¿o sí? Los bosques están repletos de criaturas que roban niños del camino y mordisquean la piel de sus huesos. —Se lamió la grasa de los dedos en un espectáculo medieval—. Lobos, en su mayoría. Entre otras cosas.

—¿Los lobos se comen a los estudiantes? —preguntó Anastasia, y el tono de su voz dejó entrever que no creía ni una palabra—. ¡Y pensar que Tío no me ha advertido nada!

—¡Ay! *Pricolici!* Ese será el primer mito que veamos en clase —afirmó—. Existen tantas historias folclóricas y leyendas maravillosas que pregonar y debatir.

La mención de lobos que robaban niños me congeló la sangre. *Quizás* había visto señales de ellos mientras viajaba en tren, y luego en los bosques cercanos.

—¿Qué significa *prico…*?

—Los *pricolici* son los espíritus de los asesinos que vuelven bajo la forma de lobos gigantescos no muertos. Aunque algunos también creen que *son* lobos y que se convierten en *strigoi* cuando los matan. Espero que disfruten la clase. Ahora, recuerden, manténganse en el camino y no se aventuren en el bosque, no importa lo que vean. ¡Existen muchos, muchos peligros gloriosos allí!

Se alejó al trote, tarareando una melodía alegre para sí mismo. Durante un instante, me pregunté qué se sentiría al estar así de perdido en sueños y en ficciones. Luego recordé las visiones fantásticas que mi mente había producido durante las últimas semanas y me reprendí.

—¿Por qué enseñan folclore y mitología cuando el curso solo dura cuatro semanas?

—Supongo que es parte del misterio que debes desentrañar. —Anastasia levantó un hombro—. Aunque Tío cree que la ciencia explica la mayor parte de las leyendas.

Una creencia con la que yo estaba de acuerdo, aunque detestara concordar con cualquier cosa que Moldoveanu dijera. Observé cómo el profesor dejaba caer otra vez su desayuno.

—No puedo creer que se haya comido ese trozo de pan —declaré—. Estoy segura de que tenía un insecto pegado.

—No pareció importarle —respondió Anastasia—. Quizás disfrute de un poco de proteína extra.

Hice una mueca cuando el profesor chocó contra otro estudiante, un joven corpulento de pelo rubio cuya mandíbula era demasiado cuadrada como para que ser considerado apuesto.

—*Ai grijă bătrâne* —siseó el mastodonte a Radu antes de abrirse paso con los hombros hacia el salón comedor, golpeando a un estudiante más pequeño que no recibió disculpa alguna. Bruto desagradable. Gracias a mi aceptable conocimiento de rumano supe que le había dicho al viejo profesor que se fijara por dónde caminaba.

—Ese ejemplar encantador pertenece a la nobleza rumana —informó Anastasia mientras el joven rubio desaparecía en el salón comedor—. Sus amigos son un poco mejores.

—No veo la hora de conocerlos —dije con frialdad. Deposité el trozo de pan en un cubo de basura y sequé la mancha de mis guantes. Necesitaría otro par antes de salir—. ¿Por qué crees que los estudiantes viajan al pueblo?

—No lo sé y no me interesa. —Anastasia levantó la nariz con un gesto falso de realeza—. No saldré con esta nevada. Dudo que los demás se aventuren lejos de sus recámaras. ¡Ay! Se suponía que le preguntaría a Radu si podía presenciar sus clases. —Se mordió el labio—. ¿Te importaría si te alcanzo en un rato? ¿Te quedarás?

—Si no es una obligación, entonces no veo por qué me iría. Preferiría explorar el castillo. Vi una sala de taxidermia que me encantaría inspeccionar.

—*Extraordinar!* —exclamó Anastasia, y besó mis mejillas—. Te veré pronto.

Unas risas estrepitosas hicieron eco en el salón mientras observaba cómo Anastasia corría tras el profesor. Aunque no deseaba hacerlo sola, era hora de hacerle frente a mis miedos y de presentarme a mis compañeros de clase. Gradualmente. Por el momento les enseñaría mi rostro y empezaría desde allí poco a poco. Además, no era que no conociera a nadie. Thomas seguro aparecería pronto.

Con la cabeza en alto, me dirigí hacia el salón comedor. Cinco hileras de mesas largas alojaban a estudiantes curiosos que se quedaron callados cuando me abrí camino hacia el extremo opuesto. En una mesa había tres jóvenes, y uno de ellos era el corpulento maleducado del pasillo.

En otra mesa estaban sentados dos jóvenes de pelo castaño que no se molestaron en levantar la mirada de sus libros, por lo que supuse que serían los italianos. Su piel era de un color bronce intenso, como si fueran nativos de un lugar cercano al océano. Uno de ellos era el estudiante menudo a quien el bruto había chocado sin disculparse.

Un enjuto joven de piel de color café se encontraba sentado frente a otro que llevaba gafas y tenía unos gruesos rizos pelirrojos. Siguieron devorando sus comidas, pero levantaron la vista para observar detenidamente mi llegada.

Me ruboricé cuando el roce de mi falda se elevó por encima de los susurros dispersos. Al menos tenía a Thomas. Incluso si debíamos competir para conseguir lugares en la academia, podíamos luchar juntos. Y compartir confidencias con Anastasia también era algo que deseaba con ansias.

Uno de los jóvenes de la mesa de Corpulento soltó una risita bastante fuerte, luego me silbó como si llamara a un perro común. *Maldito sea...* Dejé de caminar y le dediqué una mirada fulminante, que terminó con su sonrisa burlona al instante.

—¿Sucede algo divertido? —pregunté, y noté el silencio que descendía sobre ellos como si fueran soldados a los que acababan de alistar para la guerra. Como no respondió, pregunté una vez más con mi mejor rumano, y mi voz sonó estridente en el silencio repentino.

Los labios del joven temblaron mientras lo observaba. Tenía el pelo más oscuro que el de Thomas, y sus ojos eran de un color marrón más profundo. Su tez, de un tono oliva intenso, lo volvía atractivo de una manera que la mayoría disfrutaba contemplar en un héroe oscuro. Era tosco, aunque supuse que ostentaría un alto rango, basándome en lo que Anastasia había mencionado.

Corpulento soltó una risita junto al joven de pelo oscuro, con el labio superior torcido. Tenía la sensación de que esa era su expresión normal, obra de la genética, y que no debía sentirme ofendida por ella. Qué desafortunado para sus padres.

Esperé que el joven de pelo oscuro desviara la vista, pero en cambio fijó sus ojos en los míos con terquedad. Un desafío para evaluar con cuánta facilidad podía quebrarme, o algo más insinuante, pero no me importó. No toleraría ser atosigada a causa de mi sexo.

Todos estábamos allí para aprender. Él era quien tenía el problema, no yo. Quizás era hora de que los padres les enseñaran a sus hijos a comportarse en presencia de las jóvenes. No habían nacido superiores, más allá de lo falsamente que la sociedad los hubiera condicionado en ese sentido. Todos éramos iguales allí.

—¿Y bien?

—Estoy decidiendo, *domnișoară*. —Lentamente recorrió cada centímetro de mi cuerpo con la mirada y me inspeccionó de cerca. Después tosió contra su mano, sin duda susurrando algo indecoroso mientras Corpulento estallaba en risas.

Un joven delgado y pálido se encontraba sentado a su otro lado, y su mirada fue desde el joven de pelo oscuro a mí y luego a sus manos, formando un gesto contrariado con la boca. Algo en su estructura ósea me hacía pensar que estaban emparentados. Sin embargo, su semblante era muy diferente. Echó un vistazo a su alrededor como si una mosca se posara en diferentes lugares y luego se alejara fuera de su alcance. Me resultaba tan familiar…

Solté un grito ahogado cuando lo reconocí.

—Tú. Te conozco. —Lo había visto en el tren. Estaba segura de eso. Era el pasajero nervioso al que yo había querido interrogar. Se movió en su asiento, miró con fijeza las vetas de la madera y me ignoró por completo. Su piel pareció oscurecerse ante mi mirada.

Me había olvidado ya del irritante joven de pelo oscuro, y casi me perdí el fuego que iluminó sus ojos, cuando recogí mi falda y me dirigí a buscar una mesa propia.

8
UN VILLANO CON ROSTRO DE HÉROE

SALÓN COMEDOR
SALĂ DE MESE
CASTILLO DE BRAN
2 DE DICIEMBRE DE 1888

—Tú sí que haces las mejores entradas, Wadsworth. La mitad de los jóvenes de esa mesa quiere casarse contigo. Tendré que trabajar el doble con mis habilidades de esgrima para defender tu honor.

Dejé escapar un suspiro mientras Thomas se doblaba sobre sí mismo para sentarse delante de mí. Su plato rebosaba de bocadillos de diferentes regiones, destinados a complacer a estudiantes de toda Europa. Y de postres. La señora Harvey estaba en lo cierto sobre su afinidad por lo dulce. Yo había estado tan distraída con el joven que estaba a bordo del tren que no me había dado cuenta de que Thomas se encontraba cerca del bufé.

—No creo que eso sea verdad. Solo me he creado enemigos, créeme. —Le robé un *scone* de su plato después de untarle mantequilla—. En fin, me han desagradado *todos* los hombres de esa mesa, Cresswell. Por ahora no hay necesidad de que conviertas tu bisturí en un florete.

—Seré prudente entonces. Has expresado los mismos sentimientos cautivadores acerca de mí. Me pongo celoso con facilidad. Quiero tener un duelo, no demoler la academia o incendiarla hasta los cimientos. Aunque quizás eso mejore la actitud de Moldoveanu, ahora que lo pienso. ¿Prometes visitarme en mi celda?

Sonreí a pesar del tema de conversación e inspeccioné a mi amigo.

—Sabes que nadie podría fastidiarme tanto como tú, Cresswell. Con suerte, se lo pensarán dos veces antes de burlarse de mí de nuevo.

—Estoy seguro de que no será la última vez que se burlen de ti. —Thomas sonrió mientras untaba otro *scone* con mantequilla—. Los hombres disfrutan de la caza. Has probado que no eres una presa fácil de ganar, lo que te convierte en un desafío interesante. ¿Por qué crees que hay tantas cabezas colgando de las paredes? Exhibir trofeos de nuestros logros es como decir «Soy fuerte y viril. Solo observa la cabeza de ciervo que hay en mi estudio. No solo lo he cazado, también he dispuesto la trampa y lo he atraído a mi guarida. Aquí tienes un poco de *brandy*, golpeemos nuestros pechos y disparémosle a algo».

—¿Dices que te gustaría cazarme y colgar mi cabeza cortada sobre la repisa del hogar, entonces? Eso es muy romántico. Cuéntame más.

—*Ejem*. —Alguien se aclaró la garganta y nos interrumpió—. ¿Os molesta si me siento aquí? *Vă rog?*

Aunque estaba sentado, Thomas se las arregló para mirar de arriba abajo al joven de pelo oscuro que groseramente se había reído de mí antes y ahora estaba de pie junto a nuestra mesa. Ya no había ligereza en la cara de Thomas.

—Si prometes ser agradable. —Thomas echó su silla hacia atrás con lentitud, y las patas chillaron contra el suelo en señal de protesta. No se había alejado lo suficiente como para permitirle al joven interponerse entre nosotros. En ese momento recordé lo alto que era y lo largas que eran sus extremidades, y cómo podía utilizarlas como otra arma de su arsenal—. Odiaría ver cómo la señorita Wadsworth te avergüenza. Otra vez.

La tensión emanó de él en olas inmensas, tan oscuras y turbulentas que casi me ahogaron. Nunca había visto a Thomas demostrar emociones tan intensas y creí que quizás había algo más detrás del fastidio que enseñaba en mi nombre. Quizás él ya se había topado con el joven y el encuentro no había sido satisfactorio.

No me llevó mucho tiempo deducir que eso no terminaría bien. Lo último que necesitábamos era enfrentarnos a que Thomas fuera expulsado por… lo que fuera que estuviera a punto de desatar. En ese momento era el villano con rostro de héroe.

—¿En qué podemos ayudarlo, señor…? —Dejé la pregunta suspendida en el aire.

Como si el infierno no hubiera estado a punto de estallar a su alrededor, el joven se inclinó hacia mí de una manera demasiado íntima, y reconsideré quién corría peligro de ser expulsado: quizás fuera Thomas el que evitara que *yo* propinara una merecida bofetada.

—Me disculpo por mi comportamiento, *domnișoară* —dijo con acento suave y rítmico—. También le suplico disculpe a mis compañeros. Andrei —señaló al bruto, quien asintió secamente a modo de respuesta— y Wilhelm, mi primo.

Le eché un vistazo al joven pálido del tren. El color de Wilhelm era más oscuro que antes. Un tono raro. Parecía que se había manchado el rostro con tierra rojiza. Nunca había visto un sarpullido tan horripilante. Unas gotas de sudor le empapaban la frente.

—Tu primo parece descompuesto —puntualizó Thomas—. Quizás deberías preocuparte por él.

Observamos a Wilhelm echarse una capa negra sobre los hombros y dirigirse encorvado hacia la puerta. Necesitaba hablar con él, descubrir qué sabía sobre la víctima del tren.

El joven de pelo oscuro se interpuso.

—*Permite-mi să mă prezint.* Eh… permítame presentarme adecuadamente.

Me dedicó una sonrisa tímida, pero se desdibujó al ver que yo mantenía mi expresión neutral. Si creía que mostrarse encantador le ganaría mi visto bueno, estaba equivocado. Se enderezó, y un aire de grandeza cayó sobre él como una capa de terciopelo.

—Mi nombre es Nicolae Alexandru Vladimir Aldea. Príncipe de Rumania.

Thomas resopló, pero el joven príncipe mantuvo su mirada fija en la mía. Yo inhalé de manera abrupta, pero me aseguré de que la sorpresa no se hiciera evidente en mis rasgos, suponiendo que él había pronunciado su título con la esperanza de ver la misma reacción que había suscitado en otros hombres y mujeres jóvenes.

Mi sospecha quedó confirmada cuando su sonrisa flaqueó y fue desapareciendo en la medida en que yo tardaba en reaccionar. No permitiría que me trataran de manera tan grosera para mostrarme embelesada al instante siguiente. Su título podía comprar muchas cosas, pero no mis afectos.

El salón entero se sumió en un silencio sepulcral mientras todos esperaban que yo respondiera. O hiciera una reverencia. Era probable que estuviera rompiendo todas las reglas del protocolo al no ponerme de pie de inmediato y dejarme caer en una genuflexión. Sonreí con dulzura y me incliné.

—Diría que ha sido un placer conocerlo, su alteza, pero me han enseñado que no debo mentir.

Para evitar ser maleducada, le ofrecí una leve inclinación de cabeza y me enderecé. La expresión del rostro del príncipe Nicolae fue excepcional. Como si me hubiera quitado el guante y lo hubiera abofeteado frente a todos esos testigos. Casi sentí pena por él, quizás era la primera vez que alguien lo ofendía de esa manera. ¿Qué haría con alguien que no estaba pendiente de sus palabras principescas?

—Señor Cresswell —moví la cabeza hacia mi amigo—. Lo esperaré afuera.

El joven de rizos pelirrojos, que estaba sentado cerca, sacudió la cabeza cuando recogí mi falda. No supe si estaba impresionado o indignado por mi audacia. Sin mirar atrás, abandoné el salón. El sonido del entrechocar de tenedores sobre platos mezclado con la risita profunda de Thomas me acompañó hacia el vestíbulo, donde me permití soltar una carcajada leve. Incluso los hermanos italianos habían levantado la mirada de sus estudios, con los ojos abiertos como placas de Petri.

Mi satisfacción se vio interrumpida de pronto cuando vi al director Moldoveanu cerca de la puerta abierta, con una vena palpitándole en la frente. Se movió con prisa hacia mí, y hubiera jurado que una bestia alada acechaba detrás y arañaba la piedra con sus garras. Parpadeé. Era su sombra, que se había vuelto descomunal a la luz de la antorcha.

—Cuidado con los enemigos que hace, señorita Wadsworth. Odiaría que ocurrieran más tragedias en su familia ya quebrada. Según tengo entendido, el nombre Wadsworth y su linaje casi han sido borrados de la existencia.

Hice una mueca. Padre había publicado un obituario un tanto vago en referencia a la muerte de mi hermano, aunque el director sonaba como si sospechara juego sucio. Me inspeccionó de cerca, con los labios hacia atrás formando una mueca burlona o una sonrisa.

—Me pregunto qué fortaleza le quedaría a su padre si algo terrible le sucediera a su último descendiente. El opio es un hábito desagradable. Es muy difícil recuperarse de su adicción. Pero estoy seguro de que está al tanto de eso. Parece inteligente para ser una jovencita. Espero haber sido claro.

—¿Cómo sabía que…?

—Es mi deber investigar a mis posibles estudiantes. Y me refiero a cada mínimo detalle. No cometa el error de creer que sus secretos le pertenecen. Los descubro tanto de los muertos como de los vivos. La verdad paga bien una vez descubierta.

Una espiral de temor resbaladizo se enroscó en mis intestinos. Me amenazaba, y no había nada que pudiera hacer al respecto. Me miró un segundo más, como si pudiera fulminarme, y luego se marchó hacia el salón comedor. Bajé la guardia cuando llegó al otro lado del salón.

—El desayuno ha terminado —anunció—. Podéis hacer lo que gustéis el resto del día.

Rápidamente corrí a mi habitación para sujetar mi abrigo de invierno y un nuevo par de guantes, deseosa por dejar atrás ese castillo despreciable y a sus miserables habitantes.

9

CIUDAD CORONA

CAMINO A TRAVÉS DEL BOSQUE
POTECĂ
BRAȘOV
2 DE DICIEMBRE DE 1888

—El príncipe Pomposo quizás no sea tu admirador más ferviente, Wadsworth. —Thomas me dio un empujoncito con el hombro, intentando esconder su deleite ante mi nuevo enemigo mortal—. Cuando Moldoveanu se retiró, rompió un plato contra la pared y se cortó los dedos. Su sangre salpicó los huevos. Muy dramático.

—Suenas celoso por no haber sido el primero en romper la cristalería.

Trastabillé con un adoquín cubierto de hielo, Thomas me ayudó a mantener el equilibrio y luego soltó mi brazo y se colocó a una distancia casi respetable. El entusiasmo se percibía en cada uno de sus movimientos. Prácticamente daba saltitos hacia Brașov, también conocida como Ciudad Corona, según su cotorreo interminable.

Había observado a Wilhelm escapar del castillo con prisa, tambaleándose un poco aquí y allá, y había corrido a buscar a Thomas.

Deseaba hablar con el joven y preguntarle qué había visto en el tren, aunque él parecía decidido a evitarme. Eso solo hacía que su culpabilidad fuera incluso más probable.

La piel de Wilhelm parecía un tanto… no podía estar segura. El tono oliva parecía como si hubiera sido reemplazado por parches oscuros. Como si la fiebre le hubiera provocado un rubor intenso. Hubiera jurado que estaba incluso peor que en el salón comedor. Intenté pensar en una infección conocida que causara dos sarpullidos diferentes, pero no recordé siquiera una. Con seguridad no era fiebre escarlata, hubiera reconocido esos síntomas en cualquier lado.

Seguimos a Wilhelm durante un recorrido tan largo que, o no se percató de nuestra presencia, o supuso que nos dirigíamos al pueblo por nuestros propios motivos. Quería investigarlo, ver adónde iba. Entonces quizás obtendríamos información. Si lo atacábamos a preguntas era probable que cambiara de rumbo. Le había contado a Thomas mis sospechas, y él había estado de acuerdo en que era el mejor plan de acción.

Mantuve la mirada fija en el suelo y observé las huellas que Wilhelm dejaba en la nieve recién caída y las zancadas parejas. El balanceo parecía haberse detenido, aunque vi una mancha fresca de vómito humeante al lado del sendero. No lo inspeccioné de cerca y seguí andando tan rápido como pude. Quizás Wilhelm simplemente iba a ver a alguien que le pudiera dar un remedio para su enfermedad. Aunque era raro que viajara al pueblo y no pidiera un médico en el castillo.

Metí las manos en los bolsillos y casi resbalé de nuevo. Me había olvidado del pergamino con todo el revuelo del salón comedor. Eché un vistazo a mi alrededor y me aseguré de que Thomas y yo estuviéramos solos en el camino excepto por Wilhelm, quien se encontraba demasiado lejos como para divisarnos. Me detuve, hurgué en mi bolsillo y me di cuenta de que el papel ya no estaba allí.

—Dime que no he abandonado mi indecoroso hábito de fumar solo para que tú lo adoptes.

—¿Perdón? —Palpé los bolsillos de mi falda y los de los interiores de mi abrigo. Nada. Mi corazón latió con fuerza. De no habérselo enseñado a Anastasia y a Ileana más temprano, me hubiera preocupado haberlo imaginado. Di la vuelta los bolsillos, pero estaban vacíos.

—¿Qué buscas, Wadsworth?

—Mi dragón —respondí, intentando recordar si lo había vuelto a colocar en mi bolsillo antes de dirigirme al salón comedor—. Debí haberlo dejado en mis aposentos.

Thomas me observó un instante con expresión extraña.

—¿Dónde has encontrado un dragón? Estoy seguro de que toda clase de científicos querrá hablar contigo y ver el ejemplar. Además, es tan pequeño que cabe en tu bolsillo. Qué descubrimiento más increíble.

—Era un dibujo que apareció en mi compartimento del tren —indiqué, y dejé escapar un suspiro profundo—. Lo encontré después de que los guardias aparecieran para llevarse al cuerpo.

—Ah. Ya veo. —Giró y continuó su camino hacia el pueblo, dejándome boquiabierta.

Sujeté mi falda, cautelosa de no exponer ningún sector por encima de mis botas y me apresuré a seguirlo.

—¿Qué ha sido eso?

Thomas hizo un gesto hacia la maleza al costado del camino. Seguí su mirada y divisé lo que parecían ser las huellas frescas de un perro grande en la nieve cercana al límite del bosque. Parecían seguir un rastro de vómito de Wilhelm. Esperaba ser capaz de evitar contraer lo que fuera que lo tuviera enfermo tanto como encontrarme con el animal que lo seguía. Observé al joven tambalearse una vez más por el camino, casi llegando a la cima de la colina. Quería correr tras él y ofrecerle mi brazo, no parecía estar bien.

Thomas caminó a través de la nieve con los ojos fijos en nuestro compañero.

—No queremos que nos atrapen aquí afuera una vez que el sol se ponga —dijo Thomas—. Es invierno, y la comida es escasa en el bosque. Será mejor no tentar al destino arriesgándonos a un encuentro con lobos.

Estaba demasiado molesta como para imaginar al bosque cobrando vida con la presencia de bestias. Aceleré el paso con la vista centrada en Thomas, mientras intentaba alcanzarlo.

—¿Vas a fingir que no te he preguntado por ese dragón?

Dejó de caminar, levantó el sombrero de su cabeza y lo sacudió para quitar la nieve que había caído desde las ramas antes de colocárselo de nuevo.

—Para que sepas, yo lo he dibujado.

—Ah. —Mis hombros se desplomaron. Debí haberme alegrado de que el dibujo no significara algo siniestro, tendría que haberme aliviado el hecho de que no hubiera sido un asesino el que se había escabullido en mi compartimento dejando una pista burlona. Pero no podía negar mi decepción—. ¿Por qué no me lo has dicho antes?

—Porque no tenía la intención de que lo vieras —respondió con un suspiro—. Parecía un tanto grosero decir: «Lo siento. Por favor no preguntes sobre el dragón. Es una temática muy sensible en este momento».

—No sabía que dibujaras tan bien.

Mientras lo decía algo despertó mi memoria. Thomas encorvado sobre un cadáver en el laboratorio de Tío, dibujando imágenes asombrosamente precisas de cada autopsia con las manos manchadas de tinta y del carboncillo que no se molestaba en limpiar.

—Sí, bueno. Es un talento familiar.

—Era... precioso —aseguré—. ¿Por qué un dragón?

Thomas apretó la boca hasta formar una línea seria. No esperaba que respondiera, pero inhaló y dijo con suavidad:

—Mi madre tenía una pintura así. Recuerdo haberla contemplado mientras ella yacía al borde de la muerte.

Sin pronunciar otra palabra, se alejó a través de la nieve. Así que eso era todo. Nos habíamos acercado demasiado a un muro emocional que él había erigido hacía mucho tiempo. Nunca hablaba de su familia, y yo anhelaba conocer más detalles de cómo había llegado a ser lo que era hoy. Me recompuse y corrí tras él, y me percaté con un sobresalto de que Wilhelm ya no estaba a la vista. Me moví tan rápido como pude, aunque una parte de mí consideraba que no había habido nada fuera de lo ordinario en el viaje en tren de Wilhelm. Que había sido otra fantasía inventada por mi imaginación maldita.

Nos encontrábamos cerca de Brașov, y estaba muy cansada de chapotear en nieve y hielo. Tenía el dobladillo de mi falda empapado y rígido como los dedos de un cadáver. Haberme puesto pantalones ceñidos y mi vestimenta para montar hubiera sido una mejor idea. En realidad, haberme quedado en el castillo a estudiar las vitrinas de anatomía y los salones de taxidermia hubiera sido la mejor idea de todas. No solo perdíamos el tiempo siguiendo a un joven enfermo, también nos sentíamos miserablemente helados y empapados. Estaba casi convencida de que podía sentir la preocupación de mi padre de que yo fuera a contraer alguna enfermedad.

—Ah. Allí está. —Divisé las construcciones que Thomas me señalaba, y su sonrisa se volvió más franca. Solo veía destellos de color entre los árboles, pero el entusiasmo hizo que mis pies se movieran más rápido. Después, mientras bajábamos por otra colina, pude ver la gema que se escondía entre las montañas escarpadas.

Fuimos con dificultad por el camino cubierto de nieve, con la mirada fija en el pueblo colorido. Las construcciones se apiñaban como hermosas damas de compañía, con exteriores pintados de salmón, manteca y azul océano pálido. También había otras casas hechas de piedra y techos de color terracota.

La iglesia era la vista más grandiosa de todas. Su capitel gótico apuntaba a los cielos. Desde nuestra ubicación, podíamos ver su techo de tejas rojas extenderse sobre una construcción inmensa hecha de piedra clara que tenía vidrieras. Me ardieron los ojos y parpadeé para salir de mi asombro. Quizás el viaje no había sido una completa pérdida de tiempo después de todo.

—*Biserica Neagră* —informó Thomas con una sonrisa—. La Iglesia Negra. Durante el verano, la gente se reúne para escuchar la música del órgano que se filtra desde la catedral. También tiene más de cien alfombras de Anatolia. Es absolutamente increíble.

—Conoces los detalles más inusuales.

—¿Te impresiona? Aún no he dicho que fue renovada después de un gran incendio, y que sus paredes ennegrecidas le valieron su nombre. No quería dejarte demasiado embelesada. Debemos interrogar a un sospechoso.

Sonreí, pero me quedé en silencio. No quería compartir el miedo que sentía de que hubiéramos viajado en vano. Quizás Wilhelm solo había sido un pasajero del tren que estaba enfermo. Su malestar explicaba sus acciones nerviosas, bien podía haber estado sintiéndose débil y el estrés de presenciar un asesinato tal vez había sido demasiado para él.

Caminamos en silencio hasta el antiguo pueblo. Ya no tenía los pies adormecidos pero sentía que había estado pisoteando trozos de vidrio en calcetines. A Liza le hubiera encantado ver cómo la nieve se depositaba sobre los techos, como un espolvoreo de azúcar iluminado por los rayos del sol. Le escribiría más tarde esa noche.

Aminoré la marcha hasta detenerme y observé las calles adoquinadas en busca de la capa negra de Wilhelm. Vi un destello de tela oscura desaparecer en una tienda cuyo letrero no alcanzaba a leer. Se lo señalé a Thomas.

—Creo que ha entrado allí.

—Te sigo, Wadsworth. Yo solo te acompaño por mi fuerza bruta y encanto.

Entramos a una tienda que vendía pergaminos, cuadernos y toda clase de cosas necesarias para escribir y dibujar. No era raro que un estudiante la visitara. Wilhelm podía estar necesitando material para las clases. Me deslicé por los pasillos estrechos repletos de papel enrollado.

La tienda tenía un aroma agradable a tinta y a papel que me recordaba la sensación de hundir la nariz en un libro antiguo. Ese aroma debía ser embotellado y vendido a aquellos que lo adoraban.

Le sonreí al dueño de la tienda, un anciano arrugado de sonrisa generosa.

—Buscamos a nuestro compañero de clase. Ha estado aquí hace un instante.

El hombre frunció el ceño y respondió con prisa en rumano, con palabras demasiado rápidas como para que yo las comprendiera. Thomas dio un paso adelante y habló con la misma velocidad. Continuaron intercambiando palabras hasta que Thomas se giró y me hizo un gesto hacia la puerta. Había logrado comprender lo esencial, pero él me tradujo la conversación de todas maneras.

—Ha dicho que su hijo acaba de entregar un pedido nuevo, y que nadie más ha entrado en la tienda en el transcurso de la mañana.

Eché un vistazo por la ventana hacia una hilera de tiendas. Sus letreros y escaparates dejaban en claro qué artículos vendían. Bocadillos, telas, sombreros y zapatos. Wilhelm podía haber entrado en cualquiera de ellas.

—Será mejor que nos separemos y las inspeccionemos a todas.

Nos despedimos del anciano y salimos a la calle. Caminé hasta la siguiente tienda y me detuve. Un vestido hecho para la realeza colgaba con orgullo en el centro de la ventana en voladizo, y me quitó el aliento. Tenía un corsé amarillo pálido incrustado con piedras preciosas que gradualmente se estrechaba y adoptaba tonos manteca y blanco nieve en la cintura. La falda parecía tener nubes de tul color blanco, crema y amarillo mezcladas para formar el degradé más maravilloso.

Sus costuras habían sido realizadas por una mano diestra, y no pude evitar acercarme para mirarlo de cerca. Casi apoyé el rostro contra el cristal grueso que me separaba del vestido. Las piedras estaban incrustadas en todo el corsé escotado, como estrellas dispuestas contra la luz solar.

—¡Qué obra maestra exquisita! Es… celestial. Un sueño en forma de vestido. O luz solar.

Era tan precioso que olvidé nuestra misión por un instante. Cuando Thomas no respondió ni se burló de mí por distraerme, me giré hacia él. Me observó divertido antes de salir de un sobresalto de su propia ensoñación. Se enderezó hasta alcanzar su altura completa y señaló el próximo escaparate con el pulgar.

—El escote de esa belleza sin duda causará un alboroto. Y bastantes… fantasías. —Me dedicó una sonrisa lobuna mientras yo me cruzaba de brazos—. No quiero decir que no puedas valerte por ti misma para alejar a las hordas de pretendientes. Creo que te encargarías muy bien de eso. Tu padre, sin embargo, *sí* me ha pedido que te acompañe a todos lados y te mantenga fuera de problemas.

—Si eso es cierto, entonces no debería haberte pedido que fueras mi guardián.

—¿Eh? ¿Qué quieres de mí? ¿Debería renunciar a los deseos de tu padre?

El destello de un desafío inesperado iluminó sus rasgos. No había visto una expresión tan seria desde la última vez que me había tenido en brazos y yo había permitido que sus labios se tomaran la libertad de comunicarme sus deseos más profundos sin palabras. Me quedé momentáneamente sin aliento al recordar —con detalles vívidos— la sensación y lo apropiado que había sido nuestro beso tan poco decente.

—¿Qué quieres de mí, Audrey Rose? ¿Cuáles son tus deseos?

Di un paso atrás con el corazón al galope. Quería con ansias contarle lo aterrada que me sentía por mis apariciones recientes. Quería que me asegurara que sanaría con el tiempo. Que alguna vez volvería a blandir mi bisturí sin miedo a que los muertos se levantaran. Deseaba que me prometiera que nunca me enjaularía si alguna vez nos comprometíamos. Pero ¿cómo podía pronunciar esas cosas cuando él se mostraba tan vulnerable? ¿Cómo podía admitir que la fisura en mi interior seguía creciendo y que no sabía si alguna vez estaría curada? ¿Que quizás terminaría destruyéndolo a él junto conmigo?

—¿Ahora mismo? —Me acerqué y observé que su garganta se tensionaba mientras asentía—. Deseo saber qué ha visto Wilhelm en el tren, si es que ha visto algo. Quiero saber por qué han asesinado a dos personas, apuñaladas en el corazón con una estaca, como si fueran *strigoi*. Y quiero encontrar pistas antes de que tengamos otro caso del Destripador en nuestras manos.

Thomas exhaló demasiado fuerte como para que sonara casual. Una parte de mí deseaba retractarse, decirle que lo quería y que deseaba todo lo que él me ofrecía con la mirada. Quizás era la peor de las tontas. Mantuve la boca cerrada. Para él sería mejor estar un tiempo consternado antes que herido de forma permanente a causa de mis emociones vacilantes.

—Vamos a cazar, entonces. —Me ofreció el brazo—. ¿De acuerdo?

Dudé. Por un instante creí haber visto una sombra acercándose hacia nosotros desde el otro lado de la tienda. Mi corazón se aceleró mientras esperaba que su dueño apareciera. Thomas siguió mi mirada, frunciendo el ceño, antes de volver a girar para observarme de cerca.

—Creo que será mejor que nos separemos y encontremos a Wilhelm, Cresswell.

—Como la dama desee.

Thomas me observó un momento demasiado largo, y luego depositó un beso casto en mi mejilla antes de que yo supiera qué hacía. Retrocedió con lentitud. La picardía destellaba en sus ojos y miré con rapidez alrededor para ver si alguien había presenciado semejante gesto. La sombra que había jurado ver moviéndose en nuestra dirección había desaparecido.

Librándome de la sensación de ser observada por cosas que no podía ver, admití que había sido superada por mi imaginación una vez más, y entré en la tienda de vestidos. Rollos de tela de colores vivos caían de sus soportes como si fueran sangre de seda derramándose a borbotones. Pasé las manos por el satén y por los tejidos finos mientras me abría camino hacia la mesa de trabajo cerca del fondo de la tienda.

Una mujer baja y robusta me saludó.

—*Buna*.

—*Buna*. ¿Sabe si alguien ha estado por aquí? ¿Un hombre joven? Muy enfermo. Eh… *foarte bolnav*.

La mujer de pelo gris mantuvo su sonrisa marcada por hoyuelos, y deseé que hubiera entendido mi rumano. Su mirada me recorrió con prisa, como si evaluara si yo tenía una serpiente escondida en las mangas u otro truco desagradable del que tuviera que cuidarse.

—No ha venido ningún joven por aquí en el día de hoy.

En la pared detrás de ella, un bosquejo de una joven me llamó la atención. Había una serie de notas en rumano alrededor de la imagen. Un escalofrío se apoderó de mi piel. El pelo rubio de la mujer me recordaba a Anastasia de alguna manera.

—¿Qué dice allí?

La dueña de la tienda apartó algunos retazos de tela, hizo un gesto hacia el calendario que tenía sobre la mesa y señaló con las tijeras la palabra *vineri*. Viernes.

—Desaparecida desde hace tres noches. Se la vio caminando cerca del bosque. Luego *nimic*. Nada. *Pricolici*.

—Eso es horrible. —Se me cortó la respiración un instante. Esa mujer creía de verdad que un lobo muerto resucitado merodeaba por la zona cazando víctimas. Sin embargo, fue el pensamiento de estar perdida en aquellos terribles bosques lo que hizo que mis extremidades se debilitaran. Deseaba por el bienestar de la joven que hubiera llegado a un lugar seguro. Si la nieve y el hielo caían esa noche, sobrevivir sería imposible.

Escogí calcetines nuevos y, después de pagar, reemplacé los míos empapados. Los nuevos eran gruesos y cálidos y me hicieron sentir mejor, como si mis pies estuvieran envueltos en nubes suaves.

—Gracias… *mulţumesc*. Espero que encontréis a la joven pronto.

Una conmoción en el exterior llamó mi atención. Vi a hombres y a mujeres correr por la calle adoquinada con los ojos como platos. La dueña, de apariencia agradable, sujetó un barrote de hierro de detrás del mostrador con la boca apretada en una línea firme.

—Retroceda, jovencita. Esto no tiene buen aspecto. *Foarte rău.*

El miedo dio puntadas en mis venas, pero las deshice una por una. No sucumbiría a esas emociones allí. Me encontraba en un lugar nuevo y no caería en hábitos del pasado. Aunque estuviera ante algo considerado muy malo. No había nada a qué temerle que no fueran las propias preocupaciones. Estaba convencida de que no había nadie cazando gente en esas calles, en especial durante las horas del día.

—Estaré bien.

Sin vacilar, empujé la puerta, recogí mi falda y corrí hacia el pequeño grupo que de pronto se había congregado cerca de un callejón al final del distrito comercial.

Un escalofrío invadió las grietas de mi armadura emocional y deslizó sus dedos gélidos por mi piel. Me rendí y me estremecí en la luz menguante de la mañana.

Otra tormenta se acercaba. Las esquirlas de hielo y de nieve se precipitaron delante de una enfadada nube gris, como una advertencia de que se avecinaban cosas peores. Cosas mucho peores.

10
MUY PECULIAR

CALLES DEL PUEBLO
STRĂZI DIN SAT
BRAȘOV
2 DE DICIEMBRE DE 1888

Me incliné lo suficiente como para espiar entre las personas mientras se movían alrededor de la escena. Lo primero que vi que les había llamado la atención fue un pie que le pertenecía a alguien cuyo cuerpo yacía en el suelo cubierto de nieve.

A juzgar por el mocasín, los presentes miraban a un hombre. El pánico volvió a calar hondo cuando eché un vistazo rápido al gentío.

Buscaba a un hombre alto. Uno que tenía las cejas rectas y una expresión de picardía en la boca. Thomas no estaba por ningún lado. Él *siempre* se encontraba donde acechaban los problemas. Algo frío y pesado se asentó en mi pecho.

—No.

Arremetí hacia delante como si fuera una marioneta pendiendo de una cuerda. Si algo le sucedía a Thomas… no pude terminar el pensamiento. El miedo me golpeó.

Aprovechando mi pequeñez, me abrí paso a los empujones entre los jóvenes. El terror me daba fortaleza y una determinación de acero mientras serpenteaba entre sus cuerpos. Empujé a uno que no se movía, y él trastabilló con alguien más. Comenzaron a gritar en rumano y, por lo que interpreté, no intercambiaban cumplidos. Sabía que estaba siendo grosera, pero si Thomas había sido herido, era capaz de arrasar con el país entero de ser necesario, dejando huesos y cenizas a mi paso.

Cuando el cuerpo por fin estuvo a la vista, apreté los dientes y reprimí la conmoción. Wilhelm yacía desplomado e inmóvil. Cerré los ojos, aliviada de que no fuera Thomas, y me sentí horrible por ello. Yo era despreciable, y no era la primera vez que experimentaba alivio a costa de alguien más.

Cuando pasó ese sentimiento monstruoso, centré mi atención en el joven. No había ninguna herida discernible desde mi ubicación. A juzgar por su inmovilidad, Wilhelm no respiraba; ninguna nubecilla salía despedida hacia el aire gélido. Sí parecía levemente decolorado y había espuma saliendo de su boca.

En la nieve que lo rodeaba no había nada. No habían intentado revivirlo o siquiera tocarlo. Pero a menos que hubiera un médico cerca, nadie tendría el entrenamiento necesario. Era probable que los habitantes de ese pueblo se hubieran visto demasiado asustados como para acercarse. Los músculos de mi abdomen se retorcieron. Era tan joven. Debí haber confiado en mis instintos antes, al verlo tan afligido.

Me acerqué un poco más, y a unos metros divisé un conjunto de huellas que conducían hacia el callejón. Entrecerré los ojos y me pregunté si ese sería el camino que había tomado el asesino. Quizás Wilhelm había muerto de causas naturales, aunque en general los hombres jóvenes no desfallecían caminando por un pueblo. Su piel había tenido un tinte rojizo, pero no parecía tan enfermo como para sufrir una muerte súbita.

Hojeé páginas de teorías médicas y diagnósticos mentalmente. Supuse que no se podía descartar por completo un aneurisma; eso quizás explicaría la falta de una herida visible y la leve espuma que escapaba de su boca. Pero no respondía el misterio de la decoloración.

Alguien tenía que llamar al director. Uno de sus estudiantes estaba *muerto*. Y no existía un mejor lugar para investigaciones forenses que nuestra academia cercana. Al menos eso era un destello positivo entre tanto horror.

Me incliné e hice mi mejor esfuerzo por no tocar a Wilhelm, para no correr el riesgo de contaminar la escena. Las clases de Tío se habían grabado a fuego en mi cerebro. Si había intenciones infames involucradas, era probable que el asesino estuviera presente, observando. Eché un vistazo hacia el gentío, pero nadie me pareció sospechoso.

Hombres y mujeres, de variadas edades y tamaños, observaban la escena con detenimiento. Susurraban en un idioma foráneo, pero pude leer la desconfianza en sus rostros. Cómo entrecerraban los ojos, las veces que se persignaban o tocaban de manera ausente los amuletos religiosos que llevaban puestos, como si así se aseguraran de que Dios estaba presente.

Dejando al Señor fuera de la ecuación, intenté recordar una enfermedad súbita que pudiera haberse llevado a mi compañero de clase. Dudaba que un infarto de miocardio lo hubiera matado. A menos que hubiera tenido un corazón débil desde la infancia. Una posibilidad tan válida como cualquier otra.

Mi madre había sufrido de tal enfermedad; habíamos tenido suerte de que no nos abandonara tan pronto. Nathaniel había dicho que era su voluntad de hierro lo que la había mantenido con vida tanto tiempo.

Volví a mirar las huellas con pesar en el estómago. Era probable que no estuvieran relacionadas y que Wilhelm hubiera sucumbido ante lo que fuera que hubiese estado sufriendo. El asesinato que había tenido lugar antes en el pueblo había sido brutal. El corazón de un hombre había sido atravesado por una estaca, no había muerto de una forma no identificable que se asemejaba a causas naturales.

—¿Tiene problemas de audición, señorita Wadsworth?

Ante el sonido de la voz profunda de Moldoveanu me alejé del cuerpo de un salto y me enderecé. Se me incendiaron las mejillas cuando me di cuenta de que debía de haberme estado llamando durante bastante tiempo como para inyectar ese veneno en su tono. El director había llegado a la escena con rapidez. Su cuerpo era imponente, y se cernía tanto sobre mí como sobre el cadáver a mis pies. Un mecanismo innato me hizo retroceder. Eché un vistazo alrededor y busqué a Thomas.

—No, director. Solo pensaba.

—Claramente, esa no es su fortaleza, señorita Wadsworth. —La mirada del director Moldoveanu me partió por la mitad—. Muévase y déjeme hacer el trabajo real.

Nunca en mi vida había tenido una necesidad tan salvaje de atacar verbalmente a alguien. Insinuaba de forma directa que los hombres podían hacer un mejor trabajo.

Una mujer cerca del cuerpo enjugó lágrimas del rostro de su hijo, y chilló algo que hizo que la gente se sumiera en otra ráfaga de discusiones. Moldoveanu vociferó órdenes en rumano para que todos se alejaran, y así evitar que causaran mayor agitación.

—Salga de mi camino de una vez antes de que me muera congelado. —Apretó los dientes y habló un inglés lento, como si yo fuera una completa idiota—. Esta no es una excursión a la costurera, aunque quizá sea allí donde usted pertenece.

El calor me incendió una vez más. Di un paso a un lado, pero me rehusé a moverme hacia el anillo exterior de curiosos. No me importaba si me expulsaba del curso por mi insubordinación. No se dirigiría a mí como si mi mente fuera inferior porque había sido bendecida con la capacidad de tener hijos. Me obligué a dejar atrás el comentario, pero no pude obedecer su orden, al diablo con las consecuencias.

Me enderecé.

—Yo pertenezco al lugar en el que pueda blandir mi bisturí, señor. No tiene derecho a…

Miré con el rabillo del ojo y hubiera jurado que el dedo de la víctima se había movido. La sangre se me congeló junto con las severas palabras que pretendía decirle al director. Imágenes de máquinas mortales, corazones a vapor y órganos robados pasaron como un destello por mi mente. Todo a mi alrededor se sumió en un silencio ensordecedor: el tono de los murmullos, la burla de Moldoveanu, las plegarias resopladas y susurradas, el sonido del aguanieve cayendo sobre los adoquines, todo fue reemplazado por una vasta sensación de nada, mientras mi mente me torturaba con el cuerpo sin vida de mi madre que luchaba por volver de la muerte.

Todavía podía ver sus brazos y su torso sacudiéndose sobre esa mesa. Todavía podía percibir el olor punzante a piel y a pelo chamuscados que inundaba el laboratorio. Dulce y repulsivo. El sentimiento aterrador y angustiante de miedo y de esperanza mientras tanteaba en busca de un pulso que se había detenido hacía tiempo.

Una cortina se soltó en el medio de una ráfaga de viento y golpeó una ventana oscurecida que daba al callejón. Las cortinas volaron hacia dentro, y estuve casi segura de haber visto a una silueta cubierta con un manto desaparecer entre los pliegues sombríos. Me tambaleé hacia atrás e ignoré los susurros maliciosos de la gente que perforaron mi muro emocional, y me alejé corriendo.

Necesitaba respirar. Necesitaba dejar reposar las imágenes. De lo contrario, sentía que me convertiría en el fracaso que el director Moldoveanu creía que era. Giré en la esquina corriendo, me detuve y jadeé mientras miraba una pared de ladrillos. No era religiosa, pero recé para no descomponerme. No allí, delante del terrible director.

Una lágrima salió con fuerza de mis ojos. Si no encontraba una forma de desterrar mis fantasmas, no sería capaz de aprobar el curso para ser admitida en la academia.

Sombras densas como el alquitrán cruzaron mi visión, y supe quién era antes de que hablara. Sostuve la mano en alto para detenerlo.

—Si dices una sola cosa sobre lo que ha sucedido allí, no volveré a dirigirte la palabra, Cresswell. No me presiones.

—Saber que no soy el único caballero a quien le dice cosas tan adorables es reconfortante, *domnișoară* Wadsworth. Aunque no totalmente sorprendente.

Me giré y me asombré al encontrarme con el príncipe Nicolae.

Un músculo se movió en su mandíbula como si se contuviera de decir algo más grosero. Su expresión era una daga meticulosamente afilada, y cortaba cada sector de mi rostro por el que deslizaba su hoja.

—Escuché rumores de que estuvo involucrada en los asesinatos del Destripador. Si bien aún no estoy impresionado, seguiré observándola. —Caminó en círculos lentos alrededor—. La vi siguiendo a mi primo; no puede negarlo. Después espió su cuerpo como si fuera una delicia próxima a ser saboreada. Quizás usted le proporcionó algo fatal. Me contó que usted había estado en el tren, viajando con él a Bucarest. Una oportunidad, ¿no es así?

Lo miré parpadeando. Él no podía creer que yo abandonaría el estudio de la muerte para provocarla.

—Yo...

—Está *blestemat* —soltó casi gruñendo—. Maldita. —Un sollozo interrumpió mis pensamientos mientras el príncipe se enjugaba los ojos con enfado y se daba la vuelta.

Cerré la boca. Lo que fuera que decía, la ira y las acusaciones, eran producto del dolor intentando golpear. Buscando algún sentido en una parte de la vida sobre la que no tenía control. Conocía ese sentimiento demasiado bien. Quise acercarme a él, y luego dejé caer la mano enguantada. Ese era un dolor que no deseaba compartir con nadie. Ni siquiera con un enemigo.

—Lamento su pérdida. Sé que las palabras son vanas, pero lo siento de verdad.

El príncipe Nicolae levantó la mirada y apretó los puños.

—No tanto como lo lamentará.

Dio marcha atrás por el callejón y me dejó temblando. Si no estaba maldita antes, sentía que se había desatado una oscuridad sobre mí con esa declaración. La nieve y el hielo comenzaron a caer con más fuerza, como si el mundo lamentara mi futura pérdida.

Thomas se volvió mientras derrapaba en la esquina en el momento exacto en el que el príncipe salía del callejón y lo golpeaba con su hombro. Mi amigo ignoró la falta de respeto y caminó hacia mí, con las comisuras de sus labios inclinadas hacia abajo ante lo que fuera que hubiera visto en mi expresión.

—¿Te encuentras bien, Wadsworth? Estaba en una discusión interesante con el… panadero y he venido tan rápido como he podido.

Mi respiración se empañó. No deseaba saber por qué había discutido con un panadero. O si era cierto, basándome en su leve vacilación. Era difícil mantener cualquier sentimiento de preocupación con esa imagen ridícula grabada en la mente.

—El príncipe Nicolae cree que soy la responsable de la muerte de Wilhelm. Al parecer, nos vio seguirlo y yo no parecí tan consternada en presencia del cadáver de su primo.

Thomas quedó un instante sumido en un silencio inusual y observó mi rostro con cautela. Luché contra el instinto de moverme con nerviosismo bajo su inspección.

—¿Y cómo te has *sentido* al ver el cuerpo?

La nieve caló en mi abrigo y me causó un estremecimiento involuntario. Thomas quiso ofrecerme el suyo de lana, que era más cálido, pero sacudí la cabeza; no me había gustado el trasfondo de su pregunta. No había forma de que pudiera enfrentarme a esa academia y a su mezquindad si sabía que él también dudaba de mí.

—Me siento como cualquier estudiante de ciencias forenses debería sentirse. ¿Qué me preguntas en realidad, Cresswell? ¿Me crees incapaz, como nuestro director?

—En absoluto. —Señaló con un gesto hacia el final del callejón, donde el gentío crecía a cada instante—. Estar de duelo o afectada por algo no te vuelve débil, Wadsworth. A veces la fortaleza es saber cuándo ocuparse de uno mismo.

—¿Es eso lo que debería hacer? —pregunté con voz extremadamente baja.

—¿Quieres que te diga la verdad? Sí. —Thomas se enderezó más—. Creo que sería sanador para ti reconocer el hecho de que solo han pasado algunas semanas desde tu pérdida. Necesitas tiempo para llorar. Creo que debemos volver a Londres, podemos solicitar el ingreso a la academia de nuevo en primavera.

Me quedé allí de pie, con la mente dando vueltas. Seguramente no discutíamos sobre lo que *él* consideraba que era mejor para mí. Pero antes de que pudiera formular una respuesta, él continuó hablando.

—No hay razón para que estemos aquí ahora, Wadsworth. Tu tío es un maestro excepcional, y continuaremos aprendiendo bajo su tutela hasta que te encuentres bien. —Respiró hondo, como reuniendo el coraje para continuar—. Le escribiré a tu padre de inmediato y le informaré sobre nuestro cambio de planes. Es lo mejor.

Unos barrotes imaginarios brotaron alrededor y me sentí enjaulada. Esa era la razón de mis dudas respecto a un compromiso. Sentía que mi autonomía se escurría entre mis dedos cada vez que Thomas me ofrecía consejos acerca de lo que yo *debía* hacer. ¿No era así cómo sucedía? Los derechos y deseos básicos se veían erosionados poco a poco por la opinión de alguien más sobre cómo uno debía actuar.

Yo nunca sabría qué era mejor para mí si alguien me ofrecía su consejo no solicitado a cada paso que daba. Los errores eran una experiencia de aprendizaje, no el fin del universo. Entonces, ¿qué sucedía si estaba cometiendo uno en ese momento, lanzándome hacia delante en lugar de confrontar los fantasmas del pasado? Esa elección era mía, no la de alguien más. Creí que Thomas lo sabría. Y de hecho lo había sabido, pero no estaba pensando con su cabeza. En algún momento, al señor Thomas Cresswell —en realidad al autómata sin sentimientos que había sido acusado de ser— le había crecido un tierno corazón humano.

No podía soportar que jugara un papel masculino socialmente aprobado y me tratara como si yo fuera algo que necesitara protección y amparo. Yo lo respetaba y admiraba y esperaba lo mismo a cambio. Sabía que necesitaba ser dura para hacer que él volviera a ser él mismo, aunque no me entusiasmara la tarea.

Los corazones eran maravillosamente feroces, pero también frágiles. Y no deseaba romper el de Thomas.

—Si hay algo que debe escuchar, señor Cresswell —dije con la voz inmutable—, es esto. Por favor, no cometa el error de decirme qué es lo mejor para mí, como si usted fuera la única autoridad en la materia. Si quiere volver a Londres, tiene la libertad de hacerlo, pero yo no lo acompañaré. Espero haber sido perfectamente clara.

No esperé que respondiera. Giré sobre mis talones y me dispuse a caminar hacia el castillo, dejando atrás a Thomas y a nuestro compañero fallecido mientras mi propio corazón vacilaba.

11
ALGO MALVADO

APOSENTOS DE ANASTASIA
CAMERA ANASTASIEI
CASTILLO DE BRAN
2 DE DICIEMBRE DE 1888

—Ileana dice que el príncipe Nicolae no ha hecho más que destruir su habitación desde que trajeron de vuelta el cuerpo de Wilhelm. Tu clase hará la autopsia mañana, después de que Tío lo inspeccione.

Anastasia despidió a su criada de manera abrupta, se colocó frente al espejo, se quitó las hebillas de sus trenzas doradas y las reacomodó en un diseño intrincado cerca de su coronilla. Sus aposentos eran más grandes que los míos y estaban en el piso ubicado encima de nuestros salones de clase. Moldoveanu se aseguraba de que a su pupila no le faltara nada. Era una prueba de que tenía un corazón, después de todo.

Mi nueva amiga siguió parloteando sobre los cotilleos del castillo sobre el príncipe, pero mi mente divagaba en pensamientos sobre el edificio. Si bien la academia estaba bastante vacía por las vacaciones de Navidad —excepto por nuestro grupo de estudiantes esperanzados y el personal básico del castillo— los corredores que conducían a esos aposentos estaban llenos de recovecos que albergaban esculturas tanto científicas como religiosas. Tapices que representaban empalamientos y otras escenas macabras colgaban por allí. Anastasia me contó que eran sucesos del reinado de Vlad, victorias inmortalizadas en los pasillos.

Sobre un pedestal se exhibía un tórax protegido por una caja de cristal, en tanto que los pulmones se encontraban sobre otro. Uno que no me atreví a inspeccionar de cerca contenía a una serpiente enroscada en una cruz. Algunas partes del pasillo me recordaban al laboratorio de Tío y a su colección de especímenes. Otros sectores me erizaban la piel. Pero prefería estar perdida en mis pensamientos sobre el castillo tétrico en lugar de encarar la conversación sobre Nicolae.

—El comportamiento violento es un indicador de inestabilidad emocional, según un libro que he leído el último verano —comentó Anastasia, impávida ante el hecho de que yo no respondiera—. Es probable que afecte a sus posibilidades de conseguir un lugar aquí. Dudo que recobre la compostura antes de que termine el curso de evaluación. Qué lástima por él. Pero no es algo tan terrible para el resto de vosotros.

Cotillear sobre el príncipe mientras él lloraba la pérdida de su primo hizo que mi estómago se retorciera de culpa. Quería ganarme un lugar en la academia, pero no quería que mi entrada fuera el fruto de una competición injusta. O de la falta de ella producto de una muerte repentina. Supuse que también me sentía un poco afectada por la forma en la que le había hablado a Thomas antes de dejarlo en el callejón. El cuerpo sin vida de Wilhelm atravesó mi mente como un destello. Tampoco podía dejar de preocuparme por mi reacción ante su cadáver. Cada vez que me acercaba a un cuerpo, me encontraba con recuerdos de lo que deseaba olvidar.

Si no lidiaba con esos terrores pronto, no sobreviviría a la academia. Algo que, supuse, alegraría al director Moldoveanu. Cambié de posición en el sillón y recorrí sus brazos de madera con las manos enguantadas.

—¿Por qué tu tío permite que entren mujeres en la academia si detesta su presencia?

—Técnicamente no está emparentado conmigo. —Anastasia buscó su cuaderno—. Aunque lo habría estado si no hubieran asesinado a mi tía.

—Lamento escuchar eso —dije, sin ganas de ahondar en detalles potencialmente escabrosos—. Perder a un ser querido es una de las cosas más desgarradoras que puede atravesar una persona.

—Te lo agradezco. —Me ofreció una sonrisa triste—. Mi tía no tenía interés en ser una dama consentida, enjaulada y manipulada por su marido. Moldoveanu la respetaba. Nunca la presionó para que permaneciera a su lado.

Anastasia se colocó un mechón de cabello dorado detrás de la oreja, y yo agradecí la pausa en la conversación. Me encontraba momentáneamente aturdida. La situación de Moldoveanu con su antigua prometida era similar a la razón por la que me había enfadado con Thomas. No perdonaba al director por su comportamiento, pero lo entendía un poco más.

—Después de que descubrieran su cuerpo, él cambió —informó Anastasia—. Sé que es difícil de creer, pero se comporta de manera fría porque cree que eso puede salvar una vida algún día. También explica por qué no tengo permitido ser estudiante, aunque a veces me deja escabullirme en las clases.

Anastasia abrió su cuaderno, y no la presioné para que me diera más información sobre el asesinato de su tía. Eché un vistazo alrededor en busca de una distracción propia y divisé un libro de frases en latín que yacía abierto sobre la mesa que tenía delante. Debíamos hablar latín con fluidez para aprobar el curso. Cosa que necesitaba perfeccionar, aunque tenía un conocimiento básico y decente gracias a las clases de mi tío. Transcurrieron unos segundos interminables sumidos en silencio. No podía dejar de ver la mirada de dolor en el rostro de Thomas.

Jugueteé con el encaje de mis guantes.

—Me pregunto cuál será la causa de muerte de Wilhelm. Su piel tenía un color muy raro. —Sentí un cosquilleo pero contuve mis miedos—. No recuerdo haber visto un cuerpo en tal estado.

—Espeluznante. —Anastasia arrugó la nariz—. Me olvidé que habías inspeccionado el cuerpo antes de que Tío te obligara a volver. Nunca había leído sobre síntomas como esos. —Comenzó a hablar en rumano demasiado rápido como para que la pudiera comprender, luego apretó los labios—. Disculpa. Me olvido de que no tienes fluidez todavía. ¿Te gustaría visitar la biblioteca? Quizás encuentres algo allí que explique algo sobre enfermedades raras.

—Tal vez mañana. Estoy cansada. —Me puse de pie e hice un gesto hacia la puerta—. Creo que iré a disfrutar de un baño. Quizás podamos ir por la mañana.

—*Măreț!* ¡Darse un baño es una idea maravillosa! Tal vez haga lo mismo. Me encanta.

—¿Te veo en el desayuno?

—Por supuesto. —Las comisuras de sus labios se inclinaron hacia abajo un instante antes de dedicarme una sonrisa completa.

Se dejó caer en el sillón con la gracia de una bolsa de patatas y alzó el libro de latín—. Intenta descansar, ha sido un día trágico. Con suerte mañana todo irá mejor.

• • •

Las antorchas del corredor casi se habían extinguido cuando salí de los aposentos de Anastasia. El aire de la medianoche era bendecido por corrientes heladas, lo que me erizó la piel mientras me deslizaba por el pasillo vacío y oscuro. Unas sombras negras merodeaban alrededor de las esculturas, más grandes que los objetos sobre los cuales hacían guardia. Sabía que eran solo sombras, pero a la luz suave y parpadeante, parecían criaturas sobrenaturales acechándome. Observando.

Recogí mi falda y me moví tan rápido como me atreví. Sentía como si me vigilaran. Y no me importaba distinguir quién o qué lo hacía. Había ojos que controlaban mis movimientos; sentí su fuerza mientras me retiraba. No era posible, lo sabía, y sin embargo… trastabillé como un cervatillo recién nacido que es consciente de que un depredador oculto lo persigue.

«No es real —susurré—. No es…».

Un breve crujido en los tablones de madera detrás de mí disparó una descarga de adrenalina en mis venas. Eché un vistazo alrededor, mi pulso retumbaba. Vacío. El corredor estaba vacío de cualquier cosa excepto de mis nervios. Ninguna sombra se movió. El castillo pareció contener la respiración, en sintonía con mi estado de ánimo. Me quedé allí de pie, congelada, mientras transcurrían los segundos. Nada.

Exhalé. Era solo un pasillo. No había vampiros ni hombres lobo. Y ninguna fuerza malévola me seguía hasta mis aposentos. A menos que tuviéramos en cuenta mi desdichada imaginación. Me apresuré, y el sonido sibilante de mi falda hizo que mi corazón se acelerara pese al intento de mi mente de aquietar mis miedos.

Pasé por el piso de los hombres y continué ascendiendo por las escaleras sin detenerme, hasta que escuché el clic suave de mi puerta que se cerraba. Apoyé la espalda contra la madera y cerré los ojos.

Un chasquido me obligó a abrirlos de nuevo y observé la sala. Mi mirada se centró en la chimenea, en las ramas que brillaban de un color casi blanquecino, naranja y rojizo. El sonido misterioso no era más que el chisporroteo de la leña en el hogar. Un sonido normal que debía ser reconfortante en una noche tempestuosa. Suspiré, y me dirigí a mi habitación. Quizá si me metía en la cama y dejaba atrás ese día, las cosas mejorarían por la mañana, tal como me había asegurado Anastasia.

Cuando entré en mi habitación, me di cuenta de que algo había cambiado. Mi cama estaba intacta, el armario y el baúl cerrados. Pero sobre mi mesilla de noche había una carta apoyada contra una lámpara de aceite, con mi nombre escrito en una letra que reconocía con tanta facilidad como la mía. Lo había visto escribir notas médicas durante las autopsias realizadas con Tío el otoño anterior. Mi corazón se aceleró por una razón completamente nueva una vez que la leí.

Ven a mis aposentos a medianoche.

Siempre tuyo,
Cresswell.

El calor crepitó debajo de mi piel y me inundó el pecho. Dirigirme a la habitación de Thomas tan tarde por la noche era...

imprudente y con seguridad sería mi ruina. Estaba segura de que también justificaría mi expulsión de la academia. Por no mencionar el fin de mi reputación. Ningún hombre decente me querría como su mujer, no importaba lo inofensivo que fuera el motivo de nuestro encuentro. Todo eso era mucho más peligroso que cualquier fantasma inmortal que acechara el castillo, y sin embargo me resultaba menos atemorizante. Quería ver a Thomas, disculparme por haber reaccionado de forma exagerada antes. Él no merecía sufrir los embates de mi ansiedad.

Caminé de un lado a otro en mi habitación con la carta aferrada contra el pecho. No soportaba la idea de cómo reaccionaría Padre ante mi nombre mancillado, y sin embargo la propuesta de Thomas se arraigaba y no cedía. Si tanto me preocupaba el matrimonio, que me atraparan quizás no sería la causa de mi muerte. Bien podía ser mi renacimiento.

Me miré en el espejo. Mis ojos verdes titilaron con esperanza. Y entusiasmo. Había pasado demasiado tiempo desde la última vez que había visto esa chispa de curiosidad.

Sin otro pensamiento, dejé mi habitación y me encontré golpeando la puerta de Thomas mientras el reloj del patio anunciaba la medianoche. La puerta se abrió de golpe, antes de que tuviera tiempo de bajar la mano. Thomas me hizo un gesto para que pasara, y echó un vistazo al pasillo detrás de mí como si esperara que alguien más pasara por el corredor tan tarde por la noche.

Quizá se sentía tan nervioso como yo. Inspeccioné con sutileza su habitación. Su levita yacía sobre uno de los tres sillones de cuero. Un juego de té respiraba vapor sobre una mesilla. En un aparador había algunas fuentes de comida y una jarra de vino. Parecía que Thomas estaba listo para alimentar a un pequeño ejército. Lo encaré e intenté no prestar atención al hecho de que tenía desabotonado el cuello y eso revelaba una pequeña porción de piel.

—Thomas... debo disculparme...

Levantó la mano.

—Está bien, no tienes por qué disculparte.

—¿Perdón? —pregunté aliviada—. Si no buscas una disculpa, ¿qué es tan importante que me has convocado aquí de manera tan dramática? Si estás implicando que esto es un encuentro romántico, te juro que... que... no estoy segura. Pero no será nada bueno.

—Tienes que trabajar más tus amenazas, Wadsworth. Aunque la forma en la que tus mejillas se ruborizan cuando dices «encuentro romántico» me divierte bastante. —Le dedicó una gran sonrisa a mi ceño fruncido—. Muy bien. Te pedí que vinieras porque quiero hablar sobre la muerte de Wilhelm. Nada demasiado romántico, espero.

Se me aflojó el cuerpo. Por supuesto.

—He intentado pensar en enfermedades que tengan esos síntomas, pero no he tenido éxito.

Thomas asintió.

—Yo no lo observé demasiado, pero parecía bastante pálido. Apostaría a que eso no se debía solo a su enfermedad. Aunque tal vez sea algo tan simple como el clima helado. Sin embargo, sus labios no habían adquirido un tono azul todavía. Eso es muy raro.

Incliné la cabeza.

—¿Sugieres algo más siniestro, entonces?

—Yo... —Rio, y el sonido me alteró y me obligó a enderezarme—. En realidad, no lo sé. No me he sentido yo mismo desde que llegamos. —Thomas caminó de un lado a otro a lo largo del perímetro de la habitación, con las manos golpeando sus costados. Me pregunté si no sería esa la verdadera razón por la que había sugerido con tanta prisa que abandonáramos la academia—. No haber sido capaz de relacionar los síntomas con los hechos con mayor anticipación. Yo… es desagradable. ¿Cómo tolera la gente… esa incapacidad de deducir lo evidente?

Conseguí poner los ojos en blanco solo una vez.

—De alguna manera sobrevivimos, Cresswell.

—Es abominable.

En lugar de seguir fomentando su ego, hice que nuestra conversación regresara a la extraña muerte de Wilhelm.

—¿Crees que hubiéramos podido ayudarlo? No dejo de pensar en que si no lo hubiéramos perdido, podríamos haber hecho algo para evitarlo.

Thomas dejó de caminar y me encaró.

—Audrey Rose, no debes…

—Buenas noches, Thomas. —Una voz seductora se escuchó desde la puerta.

Nos volvimos y una mujer joven de pelo oscuro se deslizó en la habitación. Su rostro era tan anguloso como refinado. Una contradicción que no era desagradable a los ojos. Todo, desde su cabello perfectamente peinado hasta el enorme rubí que tenía en su gargantilla gritaba riqueza y hedonismo. Y la forma en la que se conducía, con los hombros hacia atrás y el cuello arqueado, rezumaba la confianza de una reina. Levantó su pequeña y coqueta nariz hacia arriba y sonrió ante sus súbditos.

Observé cómo el rostro de Thomas se iluminaba de una forma que nunca había visto antes. Retrocedí, perturbada. Era evidente que se tenían cariño, y sin embargo eso despertó algo incómodo en mi interior. Algo en lo que no me atrevía a pensar demasiado.

Thomas se quedó de pie como si fotografiara cada detalle del momento para revisitarlo una y otra vez durante los meses gélidos del invierno. Un ápice de calidez a la cual aferrarse cuando la nieve congelara su pequeño corazón negro. Hasta que salió de su ensoñación.

—¡Daciana!

Sin reparos, Thomas se abalanzó sobre la joven y la levantó en un abrazo giratorio, dejándome olvidada casi por completo.

12
ENCUENTROS DE MEDIANOCHE

APOSENTOS DE THOMAS
CAMERA LUI THOMAS
CASTILLO DE BRAN
3 DE DICIEMBRE DE 1888

Mientras observaba cómo Thomas y la belleza de pelo oscuro se enfrascaban en una conversación susurrada, mi corazón se marchitó dentro de mi piel celosa. Él podía coquetear con quien fuera de su gusto. No se había hecho ninguna promesa.

Y sin embargo… mi estómago se retorció al ver a Thomas con alguien más. Era libre de hacer lo que deseara, pero eso no significaba que yo tuviera que presenciarlo. En especial a medianoche en sus aposentos.

Permanecí de pie cerca de un sillón azul oscuro, obligándome a esbozar una sonrisa, pero sabía que era demasiado frágil. No era culpa de la joven el hecho de que Thomas le prestara tanta atención, y me negué a demostrarle antipatía a causa de mi recién descubierta inseguridad. Tras lo que pareció un año de tortura lenta, Thomas se liberó del abrazo de Daciana. Dio dos pasos hacia mí y después se detuvo, con la cabeza inclinada hacia un lado mientras me observaba.

Me llevó casi todo mi esfuerzo no cruzarme de brazos y fulminarlo con la mirada. Observé cómo absorbía cada maldito detalle, cada muestra de emoción que yo fallaba en esconder ante su lectura exhaustiva.

—Sabes que esa expresión es mi favorita. —Me dedicó una gran sonrisa, y deseé que cien cosas desagradables le ocurrieran de pronto—. Tan exquisita.

Se acercó dando grandes pasos, con confianza en su andar y sin dejar de mirarme, como si yo fuera un ejemplar de nuestro antiguo laboratorio. Pero antes de que pudiera detenerlo, llevó mi mano a sus labios y depositó un largo y casto beso en ella. Algo cálido subió desde los dedos de los pies hasta la raíz de mi cabello, pero no retiré la mano.

—Daciana —sonrió con suficiencia ante la reacción que había provocado en mí—, ella es la mujer encantadora sobre la que te he estado escribiendo. Mi adorada Audrey Rose. —Mantuvo mi mano enganchada en su brazo y asintió hacia la joven—. Y ella es mi hermana, Wadsworth. Creo que viste su fotografía en el apartamento de nuestra familia en Piccadilly Street. Te dije que era casi tan hermosa como yo. Si la miras con detenimiento, verás los irresistibles genes de los Cresswell.

El recuerdo de haber visto la fotografía pasó como un destello, y la vergüenza me cerró la boca. Tenía un sabor amargo y repugnante. ¡Qué estupidez por mi parte! Su hermana. Le lancé una mirada desdichada mientras retiraba la mano, y él soltó una risa descarada. Disfrutaba demasiado de la situación. Me di cuenta de que había planificado el encuentro para evaluar mi reacción.

Qué demonio.

—Es un placer conocerte —dije e hice un esfuerzo terrible por mantener la voz equilibrada—. Por favor, disculpa mi sorpresa; Thomas mantuvo en secreto tu visita. ¿Tú también estudiarás aquí?

—Ay, por todos los cielos, no. —Daciana rio—. Estoy viajando por el continente con amigos, haciendo el Gran Tour. —Apretó el brazo de su hermano de forma cariñosa—. Thomas se dignó a enviarme una carta y dijo que debía visitarlo si me encontraba en la zona. Por suerte para él, estaba en Bucarest.

—Mi prima Liza se pondrá verde de la envidia cuando le escriba —comenté—. Ha estado intentando convencer a mi tía durante años de que la envíe a un Gran Tour. Juró que escaparía con el circo si eso significara visitar países nuevos.

—Para ser sincera, es la mejor forma de cultivarse. —Daciana me miró de arriba abajo. Una sonrisa pícara igual a la de su hermano iluminaba sus rasgos—. Le escribiré a tu tía y le suplicaré en representación de tu prima. Me encantaría tener otra compañera de viaje.

—Eso sería maravilloso —dije—. Aunque Tía Amelia puede ser un poco… difícil de persuadir.

—Por fortuna, he tenido experiencia con personas difíciles. —Lanzó una mirada hacia su hermano, quien hizo su mejor esfuerzo por fingir que no la había escuchado.

Thomas se sirvió una taza de té en el otro extremo de la habitación, y yo sentí su mirada mientras Daciana me abrazaba acercándome a ella. La calidez del breve contacto unió mis fragmentos. No me habían abrazado de verdad desde hacía tiempo.

—Así que… —dijo arrastrando las palabras, y enganchó su brazo en el mío—. ¿Qué tal el viaje con mi hermano y la señora Harvey? ¿Bebió su tónico todo el camino?

—Así es. —Reí—. Thomas se comportó como… Thomas.

—Es muy especial. —Me dedicó una sonrisa de comprensión—. Me alegra de verdad que no te haya asustado con sus místicos «poderes de deducción». Es muy dulce una vez que atraviesas ese exterior amargo.

—Ah, ¿es así? No había notado su mítico lado dulce.

—Detrás de esos muros que erige para trabajar, es una de las mejores personas del mundo —afirmó Daciana con orgullo—. Pero como soy su hermana, no soy imparcial, naturalmente.

Sonreí. Sabía que él todavía nos observaba, su atención era una caricia suave desde el momento en el que su hermana me había abrazado, pero yo fingía no notarlo.

—Tengo curiosidad, ¿qué más ha dicho de mí? —Al fin miré en su dirección, pero él estaba ensimismado en su taza, como si pudiera leer las hojas de té y adivinar su futuro.

—Ah, *muchas* cosas.

—¿Qué tenemos aquí? —interrumpió Thomas, y quitó la tapa de una de las fuentes con un sonido metálico—. He pedido tu favorito, Daci. ¿Quién tiene hambre?

Antes de que Daciana pudiera ofrecerme nuevos secretos, Thomas le entregó una copa de vino y nos hizo un gesto para que nos acercáramos a la mesilla.

Ella bebió un gran trago de su copa, y su mirada me analizó casi de la misma forma en la que lo hacía Thomas. La observé mientras contemplaba con detenimiento el anillo con forma de pera que llevaba en el dedo, una de mis posesiones más preciadas.

Luché contra el impulso de esconder las manos debajo de la mesa por temor a que Daciana se ofendiera, cuando esa no era mi intención. Su mirada se deslizó hacia mi relicario con forma de corazón, otra pieza que casi nunca me quitaba. No tenía la intención de hablar de mi madre esa noche o de permitir que mis pensamientos trastabillaran en esos oscuros callejones de recuerdos traicioneros.

—Lo siento —dijo—, pero ¿acaso tu afección por la medicina forense tiene algo que ver con la pérdida que has sufrido? —Hizo un gesto hacia el anillo—. Supongo que el diamante perteneció a tu madre. ¿Y ese collar también?

—¿Cómo...? —Le lancé a Thomas una mirada acusadora mientras llevaba la mano de forma inadvertida hacia el corazón que colgaba de mi cuello.

—Tranquila. Es un talento familiar, Wadsworth —explicó Thomas, y me sirvió un plato de comida—. Sin embargo, dudo que mi hermana te impresione tanto. Yo soy mucho más inteligente. Y atractivo. Por supuesto.

Daciana le lanzó a su hermano una mirada de exasperación.

—Disculpa, Audrey Rose. Solo noté el anillo y su estilo, y supuse que tu madre había fallecido. No fue mi intención ofenderte.

—Tu hermano notó lo mismo meses atrás —comenté, y dejé caer la mano—. Me sorprendió el comentario, eso es todo. Él no había mencionado que tenías la misma... habilidad para detectar lo evidente.

—Un desagradable talento de hermanos. —Daciana sonrió—. ¿Acaso te ha contado algo al respecto?

Sacudí la cabeza.

—Es más fácil sonsacarle información a los muertos que hacer que Thomas se abra y hable con sinceridad sobre sí mismo.

—Esa es la pura verdad. —Daciana echó la cabeza hacia atrás y rio—. Era algo a lo que solíamos jugar de niños. Durante las cenas con invitados, observábamos a los adultos alrededor, adivinábamos sus secretos y ganábamos monedas a cambio de guardarlos. A los nobles no les gusta que sus asuntos privados se hagan públicos. Nuestra madre solía ser la anfitriona de las fiestas más emocionantes. —Hizo girar el vino en su copa—. ¿Thomas te ha contado…?

—¿Que quizás el vino no sea una idea tan buena si lo bebes con el estómago vacío? —dijo Thomas, deseando claramente alejar la conversación de su madre.

El destino parecía estar a su favor. Un golpe en la puerta nos interrumpió de pronto e Ileana entró bajando la cabeza.

—Sus aposentos se encuentran listos, *domnişoară*.

Daciana sonrió con alegría.

—Ha sido maravilloso conocerte, Audrey Rose. —Le susurró algo en rumano a Ileana y me dedicó otra sonrisa—. Ah, quizás haya una sorpresa esperándote en tu habitación. Un pequeño regalo por mi parte. Disfrútalo.

—Quizás debería acompañar a Audrey Rose a su habitación —dijo Thomas con inocencia—. Sería prudente asegurarse de que la sorpresa no tenga colmillos. O garras.

—Buen intento, hermano. —Daciana le dio unos golpecitos cariñosos en la mejilla—. Procura mantener la apariencia de caballero.

Le deseé las buenas noches a Thomas mientras subía las escaleras en soledad hacia mi torre. Una vez dentro, la fragancia me invadió de inmediato. Entré en mi cuarto de baño y me detuve.

Unos pétalos de flores tan profundamente rojos que parecían negros flotaban en el agua aromatizada mientras el vapor se elevaba en grandes nubes; alguien acababa de llenar la bañera y de espolvorear en ella esencias perfumadas. El regalo de Daciana eran pétalos aromatizados, un lujo para una estudiante de medicina forense en las montañas.

Me quité los guantes, acaricié con gentileza la superficie del agua y disfruté las ondas que dejaban mis dedos a su paso. Todo mi cuerpo gritaba del deseo. No veía la hora de meterme en la bañera. Había sido un día muy largo, y el cadáver de Wilhelm, una visión espeluznante... Un baño removería todo, me limpiaría y reconfortaría.

Eché un vistazo al reloj que se encontraba sobre la repisa de la habitación. Eran casi las doce y media. Podía deleitarme en el agua durante media hora y estaría en la cama antes de que fuera horriblemente tarde. Sin pensarlo más, desabotoné mi vestido y dejé que cayera al suelo, agradecida de poder hacerlo sin ayuda. La criada de mi casa y yo habíamos escogido vestidos simples que pudiera manipular por mi cuenta; no creía que la academia me ofreciera una asistente personal.

Dejé en el suelo mis capas de satén y pisé el agua caliente, y el líquido me envolvió como lava derretida mientras me ataba el cabello a la altura de la coronilla y me hundía hasta los hombros. Al principio el agua estaba tan cálida que me causó un cosquilleo en la piel, y no descifré si la sensación nueva era buena o mala.

Sin duda era buena para mis músculos cansados. Gemí ante lo reconfortante que era.

Al ritmo de respiraciones relajantes, mi mente vagó en todas las direcciones de su preferencia. Por un instante escandaloso, me imaginé a Thomas metiéndose en esa misma bañera y me pregunté cómo se verían los planos de sus hombros desnudos al encontrarse con el vapor. ¿Me dedicaría una sonrisa engreída como la que llevaba en público, o el atisbo inusual de vulnerabilidad se haría presente en su boca sensual antes de que la posara en la mía?

Con el corazón al galope, me salpiqué agua aromatizada en el rostro. El canalla tenía poder sobre mis sentidos incluso cuando no estaba presente. Recé para que no fuera capaz de deducir mis lujuriosas ensoñaciones por la mañana.

Mientras apartaba esos pensamientos de mi mente, unos más oscuros llenaron las grietas. Cada vez que cerraba los ojos veía los cadáveres de las prostitutas asesinadas por el Destripador, sus cuerpos salvajemente abiertos. Cuando estaba sola, volvía a visitar las escenas del crimen y me preguntaba si había algo que pudiera haber hecho de forma distinta. Alguna pista que hubiera pasado por alto y que lo hubiera detenido antes. El arrepentimiento no podía traer de regreso a los muertos, lo sabía, pero aun así no podía dejar de volver a examinar mis acciones.

«¿Y si…?» eran las dos palabras más trágicas de la existencia cuando se las pronunciaba juntas. «Si tan solo hubiera…» no eran mejores. Si tan solo hubiera visto las señales antes. Quizás podría haber…

Chuf-rum. Chuf-rum.

Me puse de pie de una sacudida y el agua goteó ruidosamente de mi cuerpo a la tina. Cada gota parecía hacer eco en el pequeño recinto, lo que disparaba mi adrenalina. Contuve el aliento y escuché con atención, esperando que el sonido inconfundible se manifestara una vez más. Un par de ramas crepitaron en el hogar, y me sobresalté, lo que casi me hizo resbalar en la escurridiza superficie. Respiré hondo, exhalé y escuché mientras la sangre me latía en los oídos.

Nada. No había escuchado nada.

No había ningún corazón a vapor. Ningún laboratorio siniestro. Ninguna maquinaria cubierta de piel. Solo mi mente burlándose de mí con imágenes que deseaba olvidar mientras iba del sueño a la vigilia. Me llevé una mano temblorosa a la cabeza y noté que la piel ardía ante mi roce. Se me erizó la piel en los brazos y en las piernas. Esperaba no haberme contagiado de lo que fuera que hubiera consumido a Wilhelm.

Eché un vistazo alrededor hasta encontrar mi bata de color orquídea, que colgaba de un gancho en la puerta. Deslicé la seda fría sobre mi cuerpo y luché contra los escalofríos mientras salía del cuarto de baño. Di las gracias por no haberme mojado el pelo. Apoyé las manos en mi pecho con la esperanza de aquietar mis nervios.

Y en ese momento lo escuché. Un sonido que no era causado por los espectros que albergaban mis pensamientos. Se oyeron voces susurradas en la sala contigua. Estaba segura de eso. La sala en la que se guardaban los cuerpos. Me moví con cautela hacia la pared del dormitorio y apoyé la oreja contra ella. Alguien mantenía una pelea acalorada. Era física, no verbal, por lo que se podía deducir.

Algo golpeó contra la pared, y retrocedí con el pulso rugiente. ¿Era un cuerpo?

La curiosidad me invadía como una plaga a la que debía encontrarle cura. Me di cuenta de que no me enteraría de nada quedándome donde estaba, así que me dirigí a la sala de estar, sujeté un atizador y abrí un poco la puerta. Apenas podía pensar con el coro de ansiedad que cantaba en mis venas. Por fortuna, no se oyó ningún crujido delator cuando abrí la puerta por completo; mi corazón hubiera explotado de haber hecho algún ruido. Esperé un instante, escuchando con atención, antes de asomar la cabeza al pasillo, con las manos húmedas que sujetaban firme el atizador.

Sin dudarlo más, avancé con sigilo por el corredor, manteniéndome en las sombras, y me detuve delante de una puerta parcialmente cerrada. Escuché el roce de una tela, seguido de un gemido suave. Imaginé que sucedía algo espeluznante. Lo que parecía hacerse en realidad en los sonidos provenientes de la sala. Alguien soltó una exclamación ahogada, solo para que alguien más la sofocara, como una vela apagada por la noche.

Me percaté de que mi propia respiración se había vuelto entrecortada. ¿Acaso el asesino del tren nos había seguido hasta allí? Quizás el sonido del roce fuera el de un asesinato en curso. Mi mente racional me aconsejó volver a la cama y me aseguró que mi imaginación se desbocaba una vez más, pero no podía irme sin averiguar qué sucedía.

Me deslicé hacia los sonidos, sujetando mi arma, mientras la sangre golpeaba con fuerza mis venas. Casi me encontraba en la puerta de la morgue, abierta por una rendija. Me acerqué para espiar. Un paso más. Se me cortó la respiración, pero me rehusé a ceder. Me preparé para encontrar algo espantoso y asomé el cuello por el marco de la puerta. Recuerdos fugaces de haberme escabullido en un lugar cuando no debería haberlo hecho cruzaron por mis pensamientos. Hice una pausa y me permití respirar. Ese no era el caso del Destripador. No estaba a punto de descubrir su laboratorio infame.

Parecía que nunca aprendería la lección, que nunca correría en busca de ayuda antes de zambullirme en aguas turbulentas. Me armé de valor y abrí la puerta un poco más. Juré que mi corazón corría en la dirección opuesta.

Gritaría tan fuerte como pudiera y blandiría mi atizador. Luego saldría corriendo.

Me preparé para lo peor, y eché un vistazo. Dos siluetas estaban entrelazadas en una esquina oscura, con las manos de una recorriendo el cuerpo de la otra como si estuvieran… solté un grito ahogado.

—L-lo siento tanto. —Parpadeé, totalmente desprevenida ante la imagen—. Creía que…

Daciana se tocó la boca carmesí con su mano libre, sonrojándose mientras soltaba la falda que aferraba con el otro puño.

—Yo… yo puedo explicarlo.

13
ATRAPADAS IN FRAGANTI

MORGUE, RECÁMARAS DE LA TORRE
DEPOZIT DE CADAVRE, CAMERE DIN TURN
CASTILLO DE BRAN
3 DE DICIEMBRE DE 1888

—Yo… lo siento, escuché ruidos y creí que… lo siento terriblemente —tartamudeé unas disculpas, y mi mirada fue del pelo despeinado de Daciana a la mujer a la que había estado besando. Sus manos aún estaban entrelazadas y las faldas arrugadas.

Aparté los ojos de sus vestimentas desarregladas, sin saber hacia dónde mirar. Estaba bastante segura de que la invitada misteriosa no llevaba nada puesto debajo de su camisa. Aquellos ojos color piedra me devolvieron la mirada…

—¿Ileana?

La conmoción debió haberme desconcertado para no reconocerla de inmediato.

—Yo… yo no quise… entrometerme. —Hundí los dientes en mi labio inferior con tanta fuerza que casi brotó sangre al tiempo que Ileana hacía una mueca de incomodidad—. No vi… nada.

Daciana abrió la boca y luego la cerró.

—Yo… —Busqué algo para decir, algo que rompiera la tensión que se había arremolinado alrededor de nosotras, estrangulando las palabras, pero no sabía por dónde comenzar. Cada intento por disculparme parecía poner a Ileana más y más nerviosa. Temía que si intentaba otra disculpa saliera corriendo y nunca más volviera.

Como si se recuperara de su propia sorpresa por haber sido descubierta, Daciana se incorporó de pronto y levantó el mentón.

—No me disculparé, si eso es lo que buscas. ¿Tienes algún inconveniente con nuestro amor?

—P-por supuesto que no. —Parpadeé, horrorizada por su conclusión—. Jamás lo tendría.

Eché un vistazo a los dos cadáveres que se encontraban encima de las mesas cercanas cubiertos con sábanas blancas. Era un lugar macabro para tener un encuentro romántico, y donde era menos probable que los ocupantes entrometidos del castillo las descubrieran. Hubiera sido perfecto, si yo no hubiera aparecido. Me ardía el rostro.

Estaba paralizada por la indecisión sobre cómo salir de la morgue. Ambas jóvenes me miraron con fijeza —después se miraron entre sí— y deseé que el suelo se transformara en una boca gigantesca y me tragara entera. Era una lástima que la magia no existiera cuando uno necesitaba un escape rápido. Todo mi cuerpo estaba encendido de la humillación después de haber sido atrapada espiando.

—Yo… espero veros a las dos mañana —dije, y me sentí la persona más incómoda del planeta—. Buenas noches.

Sin esperar una reprimenda, me abalancé hacia el pasillo y corrí a mis aposentos. Cerré la puerta, apoyé la espalda contra ella y me cubrí el rostro con las manos. Si Daciana o Ileana querían mantener su relación conmigo después de eso, sería lo más cercano a un milagro que el mundo hubiera conocido. Qué tonta. ¡Había sido tan ridícula y estúpida dejándome tentar por la curiosidad! Por supuesto que allí no había ningún intruso asesinando a mis compañeros de clase. Jack el Destripador estaba muerto. El asesino del tren no tenía interés en cazar estudiantes de la academia.

Era hora de que aceptara eso y siguiera adelante con mi vida.

Me mordí el labio inferior e intenté ponerme en la situación de ellas. El escándalo de una mujer soltera descubierta a solas en compañía de un hombre arruinaría su reputación. Pero ser descubierta en una relación romántica con otra mujer… la sociedad era una bestia despiadada que acabaría con ellas y se regocijaría destruyéndolas.

Caminé de un lado a otro en la pequeña alfombra de mi habitación, dividida entre volver y disculparme o encerrarme para siempre y perecer de la vergüenza y la culpa. Al final, decidí meterme en la cama. *No* quería arriesgarme a interferir de nuevo en caso de que hubieran retomado lo que yo tan groseramente había interrumpido.

Una nueva ola de fuego destelló en mi piel cuando pensé en su beso. Tan pasional. Parecían estar perdidas en el alma de la otra. No pude evitar pensar en encontrarme en una posición similar con Thomas.

Nuestro beso en el callejón había sido agradable, pero el peligro nos había acorralado. ¿Cómo se sentiría tener el pelo enredado en su puño, la espalda contra una pared y nuestros cuerpos entrelazados como la enredadera se adhiere al ladrillo?

Yo aún no sabía si quería algo para siempre —o si alguna vez querría casarme— pero ciertos sentimientos se hacían… más claros. Una parte de mí anhelaba recorrer su rostro con los dedos sin guantes, aprender cada curva de sus huesos de una manera íntima. Deseaba la presión de su calidez cuando su chaqué cayera al suelo. Quería saber cómo sentiría su cuerpo mientras nuestra amistad se embebía en petróleo crudo y se prendía fuego. Lo que era *completamente* indecente.

Reprimí esa imagen de la mente y tiré de las mantas hacia arriba.

Tía Amelia sin duda me obligaría a asistir a las misas de la iglesia en su próxima visita y balbucearía infinitas plegarias por mi moral en desgracia. Más allá de lo mortificada que me sentía por haber cedido ante la intriga, esbocé una sonrisa lenta en la oscuridad. Era una de las primeras noches en que me dormía pensando cosas que no giraban en torno a artilugios eléctricos fallidos, prostitutas muertas y cuerpos destripados.

Esa noche me quedaría con la imagen de unos ojos moteados de dorado y una boca traviesa. Y pensando en todas las formas maravillosas en las que algún día exploraría aquellos labios en habitaciones oscuras y vacías. Nuestra pasión ardería con más brillo que todas las estrellas del cielo.

Que los santos me arrastraran al infierno.

14
REUNIÓN OBLIGATORIA

APOSENTOS DE LA TORRE
CAMERE DIN TURN
CASTILLO DE BRAN
3 DE DICIEMBRE DE 1888

Había estado despierta antes de que el sol se dignara a salir, caminando de un lado a otro delante de la chimenea de mis aposentos.

Mi falda de terciopelo era de un color azul oscuro para combinar con mi estado de ánimo fatal. No estaba segura de si Ileana vendría para el desayuno, y la idea de perder a una amiga que acababa de conocer hizo que me cambiara de guantes por segunda vez. Caminé hacia un lado, luego hacia el otro. Mi falda murmuraba sus propias quejas. Por la noche me había dormido pensando en mil maneras de disculparme por mi intrusión cuando las viera de nuevo a las dos.

Por la mañana ninguna me parecía adecuada. Me cubrí el rostro y me obligué a respirar. Liza hubiera sabido qué hacer de haber estado en mi lugar. Tenía un don para las situaciones sociales, y para ser una buena amiga. Me forcé a sentarme e intenté no llevar mi atención al reloj con cada segundo que pasaba. El amanecer llegaría pronto. Y con él, la sentencia por mi curiosidad sería impartida. Por fin terminaría mi desdichada aflicción.

Alguien llamó a la puerta con confianza un instante más tarde, y mi corazón clamó en respuesta cuando crucé la habitación a toda prisa y abrí la puerta.

Me eché hacia atrás y solté un suspiro agitado.

—Ah, hola.

—No es la reacción que esperaba, Wadsworth. —Thomas bajó la mirada hacia su chaqueta y pantalones oscuros, ambos le quedaban de todas las formas correctas. Su chaleco rayado también estaba muy a la moda—. Quizás debí haberme puesto el traje gris. La verdad es que con ese estoy increíble.

Lancé una mirada en dirección al pasillo, esperando a medias que Daciana merodeara detrás, preparándose para un ataque verbal con respecto a mi curiosidad. Volví a suspirar. El pasillo estaba vacío excepto por Thomas. Al final volví a posar mi mirada en él.

—¿A qué debo el honor de tu presencia tan temprano por la mañana?

Sin esperar invitación, entró a mis aposentos e hizo un gesto hacia el espacio.

—Acogedor. Mucho mejor que la imagen que tenía en mente de las recámaras de la torre y de las preciosas doncellas que necesitan que las… bueno, tú no necesitas que te rescaten, pero diría que un poco de entretenimiento no te vendría mal.

Se sentó en el sillón y cruzó una de sus piernas largas sobre la otra.

—Mi hermana me ha informado sobre la aventura que habéis tenido anoche. —Sonrió cuando el color se agolpó en mi rostro—. No te preocupes. Vendrá en unos instantes. Yo no quería perderme la diversión. Pedí que me trajeran café turco hasta aquí.

—Nunca me había sentido tan desdichada en toda mi vida. ¿Me odia?

Thomas tuvo la audacia de soltar una risita.

—Al contrario. Te adora. Dijo que adquiriste casi todos los tonos de rojo y adoptaste un tartamudeo maravilloso. —Su tono ligero fue reemplazado por algo feroz. Estaba a punto de enseñarme una faceta que no había visto en él hasta ese momento: la de hermano protector—. La mayoría de las personas las hubieran mirado como si estuvieran equivocadas por vivir su amor. Falso, naturalmente. La sociedad en general es muy obtusa. Si uno siempre acude a otros en busca de sus opiniones, entonces pierde la capacidad de pensar de forma crítica. El progreso no sería posible si todos parecieran y pensaran y amaran de la misma manera.

—¿Quién eres tú, y dónde se encuentra el señor Cresswell, siempre tan torpe en cuestiones sociales? —Nunca había estado más orgullosa de mi amigo por su determinación al reprender las fallas de la sociedad.

—Estos temas me vuelven algo pasional —dijo Thomas, y un poco de ligereza volvió a su voz—. Supongo que me cansé de que unos pocos selectos nos gobiernen a todos. Las normas son restricciones impuestas por hombres privilegiados. Yo disfruto de tomar mis propias decisiones. Todos deberían tener el mismo derecho humano. Además —me dedicó una sonrisa diabólica—, cuando hablo de esta manera mi padre se vuelve absolutamente loco. Altera sus creencias rígidas de una forma maravillosa. Aún no acepta que el futuro estará gobernado por los que piensan como nosotros.

Se oyó otra llamada a la puerta. De alguna manera logré abrirla sin desmayarme de los nervios. Daciana me miró con vacilación y luego hizo un gesto hacia su hermano.

—*Bună dimineața.* ¿Cómo han dormido? ¿Ha sucedido algo emocionante?

Me dedicó una sonrisa juguetona, y la tensión que anudaba mi pecho se aflojó.

—Sinceramente, no me puedo disculpar lo suficiente —me apresuré a decir—. Había escuchado ruidos y creí… no lo sé, me preocupó que alguien estuviera… bajo ataque.

Thomas estalló en risas.

Enarqué una ceja cuando él casi cayó de su asiento. Nunca antes había presenciado semejante ataque emocional de su parte. Daciana simplemente puso los ojos en blanco. Thomas casi se había quedado ronco cuando consiguió recomponerse lo suficiente como para hablar.

Si su risa sincera no hubiera sido tan encantadora, le hubiera propinado un golpe con el dedo. Sin duda se sentía mejor aquí, más relajado consigo mismo y menos reservado que cuando estaba en Londres. No podía negar que me intrigaba esa faceta de él.

—Me gustaría guardar la expresión de tu rostro, Wadsworth. Es del tono más adorable de rojo que haya visto alguna vez. —Cuando creí que se había recompuesto, volvió a estallar en risas—. Bajo ataque, claro que sí. Parece que deberías trabajar un poco en tu coqueteo, Daci.

—Ay, cállate, Thomas. —Daciana se giró hacia mí—. Ileana y yo nos conocemos desde hace un tiempo. Cuando supo que Thomas asistiría a la academia, solicitó un puesto de trabajo. Era una forma conveniente para que nos viéramos. Lamento haberte asustado. Debió haber sido espantoso creer que algo siniestro sucedía en la morgue. En especial después de los asesinatos del Destripador.

Una expresión adorable iluminó su rostro, y me asombró la punzada de envidia que revolvió mi interior. Quería que alguien tuviera aquella mirada de completo deseo cuando pensara en mí. Respiré hondo y me recompuse. No, alguien no. Thomas. Lo quería a él. No me atreví a mirar en su dirección por miedo de que aquellas emociones indecorosas se volvieran evidentes.

—Supongo que nos dejamos llevar un *poquito* anoche —reconoció Daciana—. Ha pasado tiempo desde que tuvimos una noche entera a solas. Es solo que… la adoro de todas las formas posibles. ¿Acaso nunca has mirado a alguien y sentido una chispa dentro de tu corazón? Ella hace que quiera conseguir grandes cosas. Esa es la belleza del amor, ¿no es así? Saca a relucir lo mejor de uno.

Pensé en esa última parte un instante. Si bien coincidía por completo en que ella e Ileana formaban una pareja preciosa, también creía que las grandes proezas podían lograrse si uno escogía permanecer sin compromisos. Tener un compañero romántico no debía impedir ni facilitar el crecimiento interno.

—Estoy de acuerdo con que el amor es maravilloso —comencé a decir con lentitud, sin querer ofenderla—, pero también existe cierta magia en encontrarse conforme con la compañía de uno mismo. Creo que la grandeza reside en el interior. Y es nuestra para aprovecharla o darle rienda suelta según nuestra voluntad.

Los ojos de Daciana brillaron con aprobación.

—Así es.

—Si bien podríamos charlar sin parar sobre el amor —dijo Thomas con un resoplido falso—, su encuentro romántico de medianoche me está poniendo celoso.

Una tercera llamada a la puerta interrumpió a Thomas antes de que pudiera decir algo inapropiado. Se puso de pie, y adoptó un semblante serio que lo cubrió como si hubiera accionado un interruptor. Aunque su hermana se encontraba allí, de todas maneras sería considerado indecoroso que estuviéramos juntos sin una carabina.

Contuve el miedo y dije:

—¿Sí?

—*Bună dimineața*, señorita… Audrey —saludó Ileana, y se ruborizó—. Yo…

—Buenos días para ti, Ileana —la saludó Thomas, a mi lado—. No sabía que trabajabas en este lugar hasta que apareció mi hermana con sus ojos enamorados y soñadores. Debí haber sabido que no había venido para bendecirme con su brillante personalidad.

Para mi completa sorpresa, Ileana esbozó una sonrisa genuina.

—A mí también me alegra verlo. —La sonrisa se le desdibujó con rapidez—. Se necesita de inmediato vuestra presencia abajo. Una reunión obligatoria. Moldoveanu no está de humor. No deberían llegar tarde.

—Mmm —dijo Thomas—. Esto será interesante. Yo tenía la sensación de que él nunca estaba de humor.

Daciana se dejó caer en el sillón y apoyó los zapatos de seda en la mesilla baja.

—Suena maravilloso. Envíale mis saludos. Si me necesitáis, estaré recostada junto al fuego.

Thomas puso los ojos en blanco.

—Eres como un gato doméstico. Siempre durmiendo siestas en parches de luz solar o descansando delante del fuego. —La expresión pícara de sus labios me hizo sacudir la cabeza antes de que volviera a abrir la boca—. Por favor, intenta no aliviar tus necesidades en los muebles.

Thomas nos hizo un gesto a mí y a Ileana para que saliéramos antes de que Daciana pudiera responder, e intenté con todas mis fuerzas no reír de las cosas infames que le gritó en rumano cuando cerramos la puerta.

• • •

Cuando Thomas y yo entramos al salón comedor, Anastasia ya se había colocado entre Nicolae y el inmenso bruto, Andrei. Enarqué las cejas ante su decisión de asistir a la reunión con su tío. Era una maniobra audaz. Claramente no le daría a Moldoveanu la oportunidad de dejarla fuera de las intrigas del castillo. Me imaginé que estar atrapada en sus aposentos todos los días sería insoportablemente aburrido.

Al igual que el día anterior, las mesas estaban ocupadas por las mismas parejas. Me di cuenta de que no conocía el nombre de nadie más y decidí que me presentaría esa noche. El joven de rizos pelirrojos estaba sentado junto al joven de piel oscura. Los hermanos italianos se encontraban apiñados, estudiando. Y Thomas y yo nos sentimos momentáneamente inseguros, sin saber dónde colocarnos.

Sin dejarse intimidar por las miradas de reojo que Andrei le dedicaba, Anastasia nos hizo señas con gran entusiasmo para que nos sentáramos con ellos. Nicolae levantó la vista de su plato y miró con furia en nuestra dirección. Thomas lo ignoró y se concentró en mí. Sentarse con el príncipe parecía lo último que él hubiera querido hacer, pero me dejaba la decisión a mí. Era una ofrenda de paz después de haber insistido con volver a Londres, y le agradecí el gesto.

Si bien no me deleitaba la idea de ser la mejor amiga de Nicolae, tampoco quería que fuera mi enemigo. Si Anastasia tenía la fortaleza de incorporarse al grupo en contra de los deseos de su tío, seguiría su ejemplo.

Nicolae sujetó un bocadillo de carne, lo partió y jugueteó con las migajas en su plato. En ningún momento le dio un bocado. Una parte de mí se suavizó. Perder a un ser querido no era fácil y en general sacaba a la luz cualidades de las que no nos sentíamos orgullosos.

El enfado era un muro detrás del cual se escondía el dolor. Yo sabía eso de primera mano.

Caminé directamente hacia su mesa y me senté.

—Buenos días.

—*Bună dimineața* —respondió Anastasia, y su voz alegre hizo eco en el salón casi vacío. Su vestido era de un color carmesí brillante, un desafío cuidadosamente elaborado para alcanzar un efecto máximo. Se giró hacia Thomas y lo recorrió de prisa con la vista—. Tú debes ser el apuesto compañero de viaje.

Thomas se deslizó en la silla junto a mí, con expresión insípida.

—Con Audrey Rose me gusta considerarme un «apuesto compañero de vida».

Mi rostro se encendió ante el uso íntimo que hizo de mi nombre de pila, pero nadie pareció darse cuenta. Andrei rio por lo bajo, y se contuvo al percatarse del asiento vacío junto a Nicolae. Mientras Anastasia hablaba con Thomas en rumano, observé con disimulo a Andrei y me pregunté lo cercano que había sido él de Wilhelm. Unas ojeras oscuras mancillaban su rostro, lo que me hacía imaginar que se había tomado las noticias con tanto pesar como el príncipe. Eso no podía ser fácil para ellos, estar sentados allí en vez de estar llorando su muerte.

Esperaba que el director nos anunciara que pospondría nuestro curso. Quizás cancelaría el semestre de invierno y nos invitaría de vuelta la siguiente temporada. Una parte pequeña de mí se decepcionó ante ese pensamiento. Nicolae no dejaba de pellizcar y destrozar su bocadillo, con la atención posada en algún lugar interno y lejano.

Quería acercarme y decirle algo reconfortante, algo que quizás también me ayudara a sanar a mí, pero Moldoveanu entró en el salón comedor y se hizo el silencio. Incluso Andrei se acomodó en el asiento, y una o dos gotas de sudor cayeron por su frente amplia.

Moldoveanu empleó muy poco tiempo en nimiedades. Comenzó a hablar en rumano, y su lentitud me permitió comprender gran parte de lo que decía. Las clases empezarían de inmediato.

Nos enseñarían en inglés, ya que era la lengua común de todos los países presentes, pero también incluirían secciones en rumano para los que todavía no tuvieran fluidez.

—Vuestra primera clase será con el profesor Radu —continuó en inglés—. El conocimiento básico de folclore ayuda cuando se investigan escenas en pueblos en los que la superstición se antepone a la sensibilidad lógica y científica. —Echó un vistazo a cada uno de nosotros, y me sorprendió darme cuenta de que su desdén se dirigía al grupo entero. Como si todos le hiciéramos perder su preciado tiempo—. Debido al desafortunado fallecimiento de vuestro compañero de clases, he decidido invitar a otro estudiante a ocupar su espacio. Llegará hoy.

Unas campanas dieron la hora con tanta fuerza que obligó al director a comprimir los labios. Le eché un vistazo rápido a Nicolae, quien tenía la mandíbula apretada con firmeza. No podía imaginarme en su lugar, escuchar cómo el director desestimaba la muerte de su primo con tanta facilidad. Me parecía descarado invitar a estudiantes nuevos con tanta displicencia, como si Wilhelm simplemente se hubiera escapado y decidido no continuar con el curso.

Cuando el repique cesó, Moldoveanu fijó la mirada en cada uno de nosotros.

—Sospecho que algunos de vosotros estáis un tanto… distraídos por los sucesos de ayer, y lo comprendo. Las pérdidas no son algo para tomar a la ligera. Tendremos una vigilia al atardecer para honrar a Wilhelm. El profesor Radu os ofrecerá más detalles. Inmediatamente después de su clase tendréis que asistir a su primera lección de autopsias. Luego tendréis una clase de Anatomía dictada por quien os habla. Podéis retiraros.

Sin pronunciar otra palabra, el director salió del salón y sus zapatos golpearon contra el suelo mientras sus pasos fueron desvaneciéndose por el pasillo.

Vlad Ţepeş, c. siglo XIX.

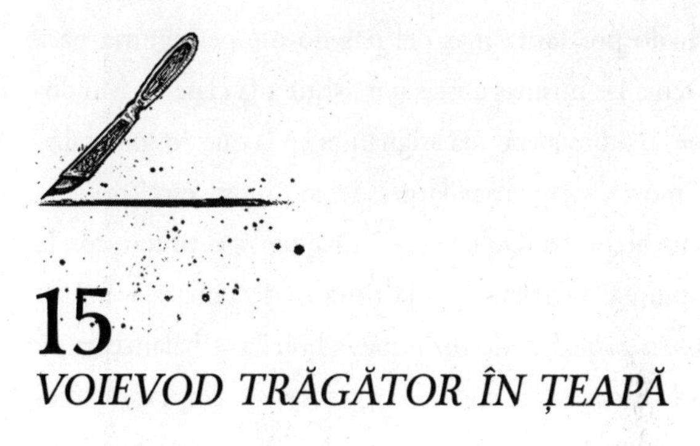

15
VOIEVOD TRĂGĂTOR ÎN ȚEAPĂ

CLASE DE FOLCLORE
CURS DE FOLCLOR
CASTILLO DE BRAN
4 DE DICIEMBRE DE 1888

—Los bosques que rodean el castillo están repletos de huesos.

El profesor Radu no se percató de que la mitad de sus estudiantes tenían el mentón contra el pecho mientras él hojeaba las páginas de su descomunal libro de folclore. Nos leía como si fuéramos bebés de pecho en lugar de estudiantes responsables de Medicina. En ese momento, me costaba un gran esfuerzo evitar reírme mientras nos entretenía con cuentos fantásticos de criaturas y príncipes inmortales.

Lo único que quería hacer era adelantar el tiempo hasta el período siguiente de clase en el laboratorio. Había un cadáver listo para investigar, y no veía la hora de poner en uso mis bisturíes nuevos. Solo habían pasado dos semanas desde mi última autopsia con Tío, y sin embargo parecían dos décadas.

Necesitaba ver si podía hacer a un lado mis dificultades y estudiar a los muertos como solía hacerlo. O si mi comportamiento torpe y acechado por fantasmas del pasado me perseguiría para siempre. No tenía las mismas ansias por asistir a la clase de Moldoveanu, aunque Anatomía era una asignatura en la que yo sobresalía.

Thomas movió las piernas largas debajo de su escritorio, lo que despertó mi atención. Golpeó con tanta fuerza el tintero con la punta de su pluma que temí que la tinta se derramara sobre su pergamino. Otro golpe rápido hizo que la botella se balanceara de manera precaria hasta que la enderezó y comenzó a golpear de nuevo. Se había mostrado un tanto distante desde que se había escapado a hablar con Radu antes de la clase, y su rápida marcha cuando salimos del salón comedor nos había dejado a Anastasia y a mí desconcertadas.

—¿Alguno de vosotros ha escuchado rumores de que Vlad Țepeș vive en estos bosques? —preguntó el profesor Radu a la clase medio adormecida. Exhalé. Para ser sincera, me resultaba sorprendente que alguien creyera semejantes tonterías. Anastasia me dedicó una sonrisa de complicidad desde el asiento contiguo. Al menos no era la única de la clase que pensaba que eso era una completa ridiculez.

Thomas movió el cuello de un lado a otro, lo que hizo posar mi atención nuevamente en él. Estaba apagado de forma inusual. Habíamos compartido las clases de Tío al comienzo de los asesinatos del Destripador, y nadie había podido mantenerlo quieto en ese entonces. En general, levantaba la mano con tanta frecuencia que yo tenía el impulso de echarlo de la clase. Me pregunté si no estaría sintiéndose enfermo.

Busqué su mirada, pero él fingió estar distraído. Le di golpecitos al tintero con mi pluma, entrecerrando los ojos. Que Thomas Cresswell fallara en detectar algo, en especial mi atención, era problemático. La intranquilidad llegó a mis pensamientos.

—¿Acaso nadie ha escuchado esos rumores? —Radu se tropezó en un pasillo y después en el siguiente, y su cabeza miró de un lado a otro—. Me cuesta creerlo. Vamos. No seáis tímidos. ¡Estamos aquí para aprender!

Andrei bostezó de manera grosera en la primera fila, y el profesor prácticamente se desinfló delante de nosotros. Si no hubiera estado tan horriblemente aburrida, hubiera sentido lástima por ese hombre. Debía ser difícil enseñar ficción y mitos a una clase que estaba más interesada en la ciencia y en los hechos.

—Muy bien, entonces. Os contaré una historia demasiado fantástica como para creer en ella.

Nicolae se revolvió en su asiento. Me di cuenta de que intentaba observarme con disimulo, pero fallaba de manera considerable. Era probable que Wilhelm, por más desafortunada que hubiera sido su muerte, hubiera muerto a causa de una enfermedad extraña. No de un asesinato. Y con seguridad no había sido obra de fuerzas místicas que se habían confabulado para asesinarlo en mi nombre. Esperaba que el príncipe no difundiera rumores de mi supuesta maldición; ya tenía suficientes obstáculos que sortear por mi cuenta.

—Los habitantes del pueblo creen que los huesos que se encontraron en los bosques exteriores al castillo son los restos de las víctimas de Vlad. Hay quienes afirman que su tumba está vacía. Y otros aseguran que está repleta de esqueletos animales. La familia real se niega a permitir que exhumen el cuerpo o abran el cajón para comprobarlo. Algunos dicen que no lo permiten porque saben qué encontrarán allí. O mejor dicho, qué *no* encontrarán. Están quienes creen que Vlad se ha levantado de entre los muertos, que su sed de sangre ha desafiado a la mismísima muerte. Otros declaran que es blasfemo profanar el lugar de descanso de un hombre tan importante.

El profesor Radu continuó relatando la leyenda del supuesto príncipe inmortal. Cómo había hecho un pacto con el Diablo y, a cambio de la vida eterna, necesitaba robar la sangre de los vivos y beberla fresca. Sonaba como la novela gótica de John William Polidori: *El vampiro*.

—Se creía que *Voievod trăgător în țeapă* o, haciendo una traducción rápida, el Lord Empalador, bebía de los cuellos de sus víctimas cuando aún estaban vivas. Al parecer, su intención era infundir miedo en aquellos que buscaban invadir nuestro país. Pero la historia dice que su método preferido era mojar el pan en la sangre de sus enemigos e ingerirla de esa forma más... civilizada.

—Ah, sí —le susurré a Thomas—. Cenar sangre es más civilizado cuando uno moja el pan en ella como si fuera un sabroso guiso de invierno.

—En lugar de llamarlo un precursor del canibalismo. Primero bebes sangre, luego terminas salteando carne de algún órgano —respondió Thomas con un balbuceo—, y más tarde cocinas un pastel de carne.

—Científicamente improbable —susurró Anastasia.

—¿Qué es improbable? ¿El pastel de carne? —preguntó Thomas—. No es así. Es uno de mis favoritos.

Anastasia pareció aturdida un instante antes de sacudir la cabeza.

—Ingerir sangre como Radu está describiendo conduciría a tener demasiado hierro en el organismo. Me pregunto si no se bañaba en ella. Eso hubiera sido más lógico.

—¿Qué clase de libros lees? —pregunté en voz baja, y le dediqué a Anastasia una mirada curiosa.

Sonrió.

—Hay un número limitado de novelas en este castillo. Leo lo que puedo.

—Por desgracia para nuestro querido amigo Vlad —dijo Thomas con un susurro fuerte—. Sus flatulencias debieron haber sido legendarias.

Oculté mi sonrisa detrás de mi pluma mientras el profesor trastabillaba una vez más. Pobre. Sus ojos se iluminaron como si le hubieran ofrecido un regalo brillante con forma de Thomas caído del cielo. Era una lástima que Thomas no hiciera comentarios útiles acerca del tema. Podía tolerar solo una cantidad limitada de fantasía. En todo caso, me impresionaba que le hubiera llevado un tiempo tan largo hablar. Al menos Nicolae parecía un tanto divertido. Eso era mejor que la expresión horrible de ojos vidriosos que había llevado en el rostro desde la muerte de su primo.

—¿Alguien ha dicho algo? —preguntó Radu, y sus cejas de ciempiés se enarcaron hacia el cielo.

Thomas tamborileó los dedos en su cuaderno y se mordió los labios como si pudiera evitar que brotaran sus comentarios. Me senté más derecha; las cosas se estaban volviendo interesantes. Thomas era un géiser a punto de estallar.

—Hablábamos sobre flatulencias.

Solté una risa poco femenina y la contuve tosiendo cuando Radu giró hacia mí con los ojos parpadeando, expectantes.

—*Scuzele mele* —dije—. Lo siento, señor. Decíamos que quizás Drácula se bañaba en sangre.

—Creo que confundís a Vlad Drácula con la condesa Elizabeth Báthory —indicó Radu—. A veces se la llama Condesa Drácula, y se rumorea que se bañaba en la sangre de las sirvientas que asesinaba. Casi setecientas de ellas, si los informes son precisos. ¡Un asunto muy muy desagradable! Pero es un tema para otra clase.

—¿Señor? —El joven de rizos pelirrojos habló con acento irlandés—. ¿Cree que los registros históricos que indican que Vlad bebía sangre se hayan mezclado con el folclore?

—¿Mmm? Ah, ¡casi lo olvido! —El profesor Radu se detuvo junto al escritorio de Thomas, con el pecho inflado del orgullo mientras se dirigía a Nicolae—. Tenemos a un integrante de la familia Țepeș entre nosotros. Quizás quiera aportar algo a la leyenda. ¿Acaso el infame Lord Empalador bebía sangre? ¿O el mito ha surgido de las mentes fantasiosas de los campesinos que necesitaban un héroe más atemorizante que los invasores otomanos?

El príncipe miraba hacia el frente, con la mandíbula apretada. Dudaba que quisiera ofrecernos algún secreto de la familia Țepeș, en especial cuando se rumoreaba que sus ancestros disfrutaban de delicias sangrientas. Lo observé con detenimiento, y pensé que no me sorprendería saber que el también disfrutara bebiendo sangre.

—¿Y qué sucede con la *Societas Draconistrarum*? —interrumpió Anastasia, virando su atención hacia Nicolae—. He escuchado que combaten esos mitos. ¿Cree que Vlad era en realidad *strigoi*?

—Ay, no, no, no, querida joven —negó Radu—. No creo tales rumores. Vlad no era un vampiro, no importa lo cautivadora que sea la leyenda.

—Pero ¿dónde se han originado esos rumores? —insistió Anastasia—. Deben haberse fundado en algún hecho.

Radu mordisqueó el interior de su mejilla y pareció considerar sus palabras con mayor cuidado que antes. Era una expresión seria que aún no había visto en él, y me intrigó el cambio sutil. No lo había creído capaz de ser otra cosa que disperso.

—En una época los hombres necesitaron explicaciones para la oscuridad y los baños de sangre en tiempos de guerra. Se apresuraron a culpar de sus problemas a cualquier cosa que no fuera su avaricia. Así que se sentaron e inventaron a los vampiros, criaturas siniestras que brotaron de las retorcidas profundidades de sus corazones oscuros reflejando su propia sed de sangre. Los monstruos son tan reales como las historias que les dan vida. Y solo vivirán mientras nosotros las contemos.

—¿Y los draconianos comenzaron estas leyendas? —preguntó Anastasia.

—No, no. No he querido decir eso. Me enredo en mis mitos. La Orden del Dragón es una historia para otro momento. —Se dirigió a la clase y pareció volver a ser él mismo—. Para los que no la conocéis, eran una sociedad secreta compuesta por la nobleza selecta. Con frecuencia llamada *Societas Draconistrarum*, o, haciendo una traducción rápida, la Sociedad del Dragón. Luchaban por defender ciertos valores durante las épocas de guerra e invasión. Segismundo, el rey de Hungría, utilizó a los cruzados como modelo cuando fundó el grupo.

—¿Cómo es eso pertinente, señor? —preguntó Nicolae, y arrastró las palabras de forma marcada y desdeñosa.

—¡La Orden cree que esta academia les enseña a los jóvenes, y a las jóvenes, no me he olvidado de usted, señorita Wadsworth, a ser herejes! En reiteradas ocasiones he escuchado que la gente del pueblo cree que si Vlad estuviera vivo, estaría horrorizado por esta escuela y sus enseñanzas blasfemas. Sus familiares eran cruzados del cristianismo, lo cual explica cómo se involucraron con la Orden. Todos sabemos lo que piensa la sociedad de la práctica de abrir a los muertos para estudiarlos. El cuerpo es un templo y todo eso. Una completa herejía.

Tragué saliva con esfuerzo. Hacía poco, la sociedad también le había dado la espalda a Tío, lo había despreciado por su práctica de autopsias. No le encontraban sentido a los cuerpos que abría sobre su mesa, o a las pistas que pudiera desenterrar acerca de sus muertes. Radu observó mi expresión consternada y sus ojos se agrandaron.

—¡Ah! Por favor, no se preocupe, señorita Wadsworth. El señor Cresswell me ha informado sobre lo delicado que ha sido para usted el caso del Destripador y las consecuencias perturbadoras que le ha ocasionado. Definitivamente no quiero afectar su naturaleza frágil, como me ha advertido el señor Cresswell.

Por un instante interminable, un sonido punzante me retumbó en la cabeza.

—¿Mi... *qué*?

Thomas cerró los ojos, como si pudiera deshacer las palabras de Radu. Era totalmente consciente de que mis compañeros de clase se habían girado en sus asientos para mirarme con fijeza, como si vieran una de sus obras favoritas y el héroe estuviera a punto de caer.

—Ah, nada de lo que avergonzarse, señorita Wadsworth. La histeria es un malestar común entre las jóvenes no casadas —continuó Radu—. Estoy seguro de que si evita cansarse mentalmente, sus emociones volverán pronto a la normalidad.

Algunos de los jóvenes rieron con descaro, sin molestarse en maquillar su deleite. En mi interior, la cuerda que me ataba a Thomas vibraba de furia. Mi peor pesadilla se había vuelto realidad, y no había nada que pudiera hacer para salir de ella.

—Audrey Rose...

Apenas podía mirarlo; temía estallar en lágrimas, pero quería que viera el vacío profundo que yacía en mi interior. Me había traicionado. Le había dicho a nuestro profesor que un caso me había afectado. Que mi *naturaleza* estaba dañada. Ese era mi secreto. *No* algo para compartir. Era evidente que su lealtad hacia mí no significaba nada. No podía creer —después de haberle pedido que no interfiriera con mis elecciones— que hubiera hablado a mis espaldas y compartido información personal.

Algunos estudiantes más soltaron risitas. El Corpulento Andrei fingió desmayarse de la conmoción y le pidió ayuda al joven de acento irlandés. Mi rostro ardía.

—No os preocupéis, estudiantes. No creo que todos estéis condenados por la ciencia que se realiza en este lugar —continuó Radu, ignorante de lo que había desatado—. Sin embargo, es difícil alejar al pueblo de sus tradiciones. Tened cuidado si viajáis a Braşov solos. Ah... supongo que hay una reunión acerca de...

Un reloj dio la hora en el patio y señaló el final de esa tortura. Arrojé mi cuaderno y mis utensilios de escritura en un bolso pequeño que había escogido para llevar mis cosas. Quería desaparecer de la clase lo antes posible. Si escuchaba otro comentario malicioso acerca de desmayos o sobre mi estado de histeria, estallaría en serio.

—¡Los estudiantes no tenéis permitido salir de los límites del castillo sin supervisión! —gritó Radu en mitad del estrépito de sillas apartándose de los escritorios—. No quiero que nadie sea sacrificado como hereje. ¡Eso sería muy grave para nuestro programa! La vigilia tendrá lugar al atardecer, no lo olvidéis.

Nicolae miró al profesor mientras sacudía la cabeza y lo rodeó para dirigirse al pasillo. Thomas hizo una pausa junto a su escritorio, y los estudiantes que se apresuraban por salir impidieron que acortara la distancia entre nosotros. Su mirada estaba clavada en mí. No esperé que se acercara. Me giré y caminé hacia la puerta tan rápido como pude.

16
PRÍNCIPE INMORTAL

CLASE DE FOLCLORE
CURS DE FOLCLOR
CASTILLO DE BRAN
3 DE DICIEMBRE DE 1888

—Audrey Rose, por favor. Espera. —Thomas intentó alcanzarme en el pasillo justo afuera del salón de clases, pero me moví con rapidez. Dejó que su brazo cayera sin fuerzas a su lado—. Puedo explicarlo. Pensaba…

—¿Ah, sí? *¿Pensabas?* —solté—. ¿Te ha parecido una buena idea convertirme en el hazmerreír delante de nuestros compañeros? ¿Menospreciarme? ¿Acaso no habíamos hablado al respecto ayer?

—Por favor, lo juro. No quise…

—Exacto. ¡No *quieres* nada! —Thomas se tambaleó hacia atrás como si le hubiera dado un golpe. Ignoré su gesto de dolor y bajé la voz a un susurro severo mientras Anastasia nos rodeaba de puntillas y seguía con rapidez su camino por el pasillo—. Solo piensas en ti y lo demuestras cada día con tus malditas acciones. Te guardas tus emociones, tu historia y anécdotas para ti mismo. Y después te tomas la libertad de compartir *mis* secretos. ¿Tienes idea de lo difícil que es para mí? La mayoría de los hombres no me toman en serio debido a la falda que llevo puesta, ¡y luego tú les das la razón! No soy inferior, Thomas. Ninguna persona lo es.

—No debes…

—¿No debo qué? ¿Tolerar que pienses que sabes lo que es mejor para mí? Estás en lo cierto. No debo hacerlo. No entiendo cómo crees que tienes derecho a hablar por mí. A advertirles a otros sobre mi *naturaleza frágil*. Se supone que eres mi amigo, mi igual. No mi guardián.

Semanas atrás, me había preocupado que mi padre me quitara a Thomas y a los estudios forenses de la misma manera en la que me habían arrancado a mi hermano de las manos. No podía soportar la idea de estar sin él. No podía saber que Thomas me traicionaría pretendiendo proteger mis intereses. Nunca hubiera predicho que sería *él* quien destruyera nuestra unión.

—Te juro que *soy* tu amigo, Audrey Rose —dijo con seriedad—. Veo que estás enfadada…

—Otra gran deducción hecha por el infalible señor Thomas Cresswell —solté, incapaz de evitar la mordacidad—. Alguna vez ha dicho que me amaba, pero sus acciones han demostrado una verdad muy diferente, señor. Requiero un trato equitativo y no aceptaré nada menos.

El futuro que no había estado segura de querer se me presentó claro como un cristal refinado. Mis suposiciones eran correctas. No importaba cuánto fingiera Thomas lo contrario, actuaba como un hombre. Un hombre que sentía que su obligación y deber sería hablar en mi nombre y establecer normas, en caso de que decidiera casarme con él. Siempre sería menospreciada de alguna manera por su «ayuda» desconsiderada.

—Audrey Rose...

—Me rehúso a que me gobierne otra cosa que no sea mi voluntad, Cresswell. Permíteme ser más clara, ya que es evidente que no has entendido la razón: preferiría morir como una anciana solterona que someterme a una vida contigo y tus buenas intenciones. Encuentra a otra persona para atormentar con tu cariño.

Escuché que Thomas me llamaba mientras yo corría por el pasillo y bajaba a ciegas por una escalera de caracol. Las antorchas casi se extinguieron cuando pasé volando junto a ellas, pero no me atreví a detenerme. Corrí y corrí mientras descendía por la escalera sinuosa. Mi corazón se hacía trizas con cada paso que daba lejos de él.

Nunca me había sentido más sola y ridícula en toda mi vida.

• • •

El cuerpo rígido que yacía en la mesa de examen me trajo más consuelo del que hubiera sido apropiado. En lugar de reprenderme por mi comportamiento indecente, disfruté del sentimiento de control absoluto sobre mis emociones. Nunca me sentía más confiada que cuando blandía un bisturí con las manos, y un cuerpo abierto como el lomo de un nuevo libro esperaba su inspección.

Al menos nunca me había sentido más confiada en el pasado. La prueba era crucial ahora, en especial después de la intromisión de Thomas.

Me concentré en el cadáver frío, al que habían mantenido decente cubriéndolo con retazos de tela. Mi corazón se agitó un poco, pero le ordené que se aquietara. No me desmoronaría durante esa autopsia. De ser necesario, haría que mi terquedad y resentimiento me mantuvieran en pie.

—*Fii tare* —susurró alguien desde un lugar cercano en el anfiteatro quirúrgico—. Sé fuerte. —Levanté la mirada y busqué al origen de la voz. Era probable que se tratara de una burla originada en la declaración de Radu acerca de mi *naturaleza frágil*. Me demostraría a mí misma, más que a nadie, que era capaz de realizar la autopsia.

Sujeté con firmeza el bisturí e hice a un lado mis emociones mientras observaba al joven que había estado vivo el día anterior. Wilhelm ya no era mi compañero de clase. Era un espécimen. Y yo encontraría la fortaleza necesaria para identificar la causa de su muerte. Le llevaría paz a su familia. Quizás de esa forma ayudaría a Nicolae a soportar su pérdida: podría ofrecerle una respuesta de por qué y cómo había muerto su primo. Me temblaron un poco las manos cuando levanté la hoja.

Nuestro profesor, un joven inglés llamado señor Daniel Percy, nos había enseñado la forma adecuada de hacer una incisión, y había dicho que uno de nosotros tendría la oportunidad de ayudarlo con la investigación de la muerte de Wilhelm Aldea.

Dado que yo había llevado a cabo tareas similares, fui la primera en ofrecerme a extraer los órganos. Supuse que Thomas estaba tan deseoso como yo por inspeccionar el cuerpo, pero no me había desafiado cuando levanté la mano. En cambio, se recostó en su asiento y hundió los dientes en el labio inferior. Yo estaba demasiado molesta con él como para apreciar la ofrenda de paz. Él sabía que yo necesitaba hacer eso. Necesitaba superar mis miedos o, de lo contrario, guardar mis pertenencias en mis baúles. Si no podía encargarme de esa autopsia, no sobreviviría al curso de evaluación.

—Por favor presten atención a los instrumentos necesarios para vuestras autopsias. Antes de cada procedimiento, es importante que tengan todo lo que podáis necesitar al alcance de la mano. —Percy señaló una mesa pequeña en la que había una bandeja repleta de objetos familiares—. Una sierra para huesos, un cuchillo largo, tijeras enterótomo para abrir tanto los intestinos grandes como los pequeños, fórceps dentados y un cincel de cráneo. También hay una botella de fenol. Las nuevas investigaciones están a favor de la esterilización. Ahora, señorita Wadsworth, puede continuar.

Utilizando una presión considerable, abrí el esternón con un instrumento para cortar costillas. Tío me había enseñado ese método el pasado agosto, y me sentí agradecida por ello en ese anfiteatro, rodeada por tres gradas concéntricas de asientos que se elevaban al menos nueve metros en el aire, aunque mis compañeros de clase estaban apiñados en el nivel más bajo. La sala estaba en su mayoría en silencio, excepto por el roce ocasional de pies.

Con el rabillo del ojo, noté que el príncipe hacía una mueca. Percy le había ofrecido saltarse esa clase, pero él se había negado. No sabía por qué el propio Moldoveanu no inspeccionaba el cuerpo y en cambio lo había entregado para nuestros estudios. Pero Nicolae estaba allí sentado, estoico. Había elegido no abandonar a su primo hasta que su cuerpo pudiera descansar. Yo admiraba su fortaleza, pero no podía imaginar presenciar ese procedimiento sobre un ser querido.

Sentía su mirada sobre mí, afilada como el instrumento que blandía, mientras derramaba secretos de la muerte inesperada de su primo.

Antes de entrar al laboratorio, había descubierto que los hermanos italianos —el señor Vincenzo y el señor Giovanni Bianchi— eran mellizos. No se encontraban devorando con avidez sus libros, sino observando con detenimiento el método que yo utilizaba para la autopsia. Su intensidad era casi tan inquietante como la manera en la que parecían comunicarse en silencio. Eché un vistazo a mis otros compañeros. El señor Noah Hale y el señor Cian Farrell parecían igualmente intrigados. Mi mirada se deslizó en dirección a Thomas, pero me contuve. No tenía ningún interés en mirarlo.

Abrí la caja torácica y me obligué a permanecer impávida cuando el hedor de las vísceras expuestas se filtró en el aire. Un aroma ligero a ajo se hizo presente. Reprimí las imágenes de las prostitutas asesinadas. Ese cuerpo no había sido profanado por un asesino infame. No le habían arrancado los órganos. No era momento de pensar en cosas ajenas a la mesa quirúrgica. Era la hora de la ciencia. Corté un poco de músculo y revelé el saco que rodeaba al corazón.

—Muy bien, señorita Wadsworth.

El profesor Percy caminó por el anfiteatro y levantó la voz de forma dramática. Era un artista con todas las letras, un maestro llevando una sinfonía a un *crescendo*. El sonido de su voz golpeó los límites exteriores del salón como si su bajo fuera una ola chocando contra la orilla.

—Lo que tenemos aquí es el pericardio, clase. Por favor, observen cómo recubre el corazón. Tiene una capa externa y una interna. La primera es fibrosa por naturaleza en tanto que la otra es una membrana.

Entrecerré los ojos. El revestimiento del pericardio se había secado. Nunca había visto algo semejante. Sin que nadie me lo ordenara, alcé una jeringa de vidrio y metal de la mesa e intenté tomar una muestra de sangre del antebrazo del fallecido.

Tirando del pistón hacia atrás, esperé encontrar la consistencia densa de la sangre coagulada, pero no salió ni una gota. Una exclamación recorrió el anillo inferior del salón e hizo eco como un coro cantando una melodía hacia el cielo a medida que alcanzaba los niveles superiores.

Percy señaló los instrumentos y los procedimientos, esta vez en rumano.

Yo retrocedí, recorriendo con la vista el cuerpo casi desnudo, demasiado concentrada en el misterio como para ruborizarme. Y en ese momento noté la ausencia de lividez *post mortem*.

Me acerqué al cadáver e intenté encontrar un atisbo de esa concentración de sangre color azul grisáceo que debería haber estado presente. Cuando una persona fallecía, su sangre se agolpaba en la parte declive del cuerpo donde había yacido por última vez. Si moría recostado sobre el estómago y luego daban la vuelta el cuerpo, la decoloración se presentaba en el estómago. Busqué la lividez en cada costado del cuerpo de Wilhelm y debajo de sus extremidades. No la encontré. Su palidez era incluso extraña para un cadáver.

Había algo erróneo en ese cuerpo.

—Está bien —dijo Percy, y sujetó una gran jeringa—. A veces es un tanto difícil extraer una muestra del fallecido. No hay razón para avergonzarse. Si me permite.

—Probablemente sea su naturaleza frágil —murmuró alguien con la fuerza suficiente como para que lo escuchara, cosa que fingí no hacer.

Me hice a un lado y le dejé espacio a Percy para que extrajera una muestra propia e ignoré las risitas de mis compañeros. Di la vuelta a mi jeringa y me pregunté por qué habría fallado en extraer siquiera una gota de la sangre de Wilhelm. El tamaño de la aguja no debería haber importado. Quería mirar a Thomas, pero no cedí al impulso.

—Interesante.

Percy levantó el brazo izquierdo y lentamente hundió la aguja en la piel delgada del codo del fallecido. Cuando tiró del émbolo hacia él, no salió nada de sangre. El profesor frunció el ceño y lo intentó otra vez en un lugar distinto. Una vez más, la jeringa salió vacía. Como era de esperarse, nadie se burló de su incapacidad para extraer sangre.

—Mmm —murmuró para sí e intentó extraer muestras de cada extremidad. En cada ocasión, no tuvo éxito. Retrocedió con las manos en la cadera y sacudió la cabeza. Algunos rizos pelirrojos le cayeron sobre las pecas desperdigadas por su rostro.

—El misterio de esta muerte se vuelve más profundo. Al parecer, este cuerpo no tiene sangre.

Me maldije al hacerlo, pero no pude evitar buscar la reacción de Thomas entre los presentes. Mi mirada se deslizó entre los rostros conmocionados. Todos hablaban entre ellos con un tono nervioso. Andrei señaló el cadáver de su amigo con el terror dibujado en sus movimientos. Quería decirle que el miedo nublaría su juicio, que solo complicaría y demoraría la búsqueda de la verdad, pero no dije nada.

Era un descubrimiento horripilante.

Me giré haciendo un círculo lento y recorrí la sala con la mirada, pero Thomas ya se había retirado. Un destello de tristeza se encendió antes de que pudiera extinguirlo. Era mejor así. En algún momento tendría que aprender a dejar de buscar consuelo en él cuando sabía que no lo encontraría.

El príncipe se inclinó sobre la barandilla, y los nudillos se le tiñeron de blanco.

—¿Tiene marcas de *strigoi* en el cuello?

—¿Qué? —pregunté, escuchando sin comprender semejante pregunta absurda. Me incliné y moví la cabeza de Wilhelm a un lado. Había dos agujeros pequeños manchados con sangre seca.

Pasé una mano por mi pelo trenzado, sin pensar en la caja torácica que acababa de abrir. Debía haber una explicación que no apuntara a un ataque de vampiros. *Strigoi* y *pricolici* eran cuentos; no eran científicamente posibles. No importaba cuánto folclore local nos enseñara el profesor Radu.

Hice círculos con los hombros y me otorgué el permiso de contener las emociones. Era el momento de adoptar el método de deducción de Thomas. Si un hombre lobo o un vampiro no habían mordido a Wilhelm, ¿qué lo había hecho? Repasé los escenarios posibles, debía haber una explicación razonable para los dos puntos en su cuello.

Los hombres jóvenes no caían muertos y perdían la sangre debido a causas naturales, y no conocía ninguna criatura que pudiera dejar aquel… mordisco. Sacudí la cabeza. No podía ser un mordisco. Esa era la histeria aferrándose a mi mente. Un animal no podía haber hecho esa herida. Era demasiado cuidada. Demasiado limpia. Las marcas de dientes no hubieran sido tan precisas al perforar la piel.

Los ataques de animales eran brutales, dejaban mucha evidencia en el cuerpo: piel rasgada, uñas rotas, arañazos. Las heridas defensivas se manifestaban en las manos, como había señalado Tío en los casos de peleas. Magulladuras.

Los vampiros no eran más reales que las pesadillas. Luego me asaltó una idea.

Las marcas podrían haber sido hechas con un instrumento de la morgue. Aunque no estaba segura del método que utilizaban los funerarios para extraer la sangre.

—¿Tiene marcas de *strigoi* en el cuello? —volvió a preguntar Nicolae en un tono exigente. Casi me había olvidado de él. Había algo más en su voz. Algo teñido de inquietud. Posiblemente temor. Me pregunté qué sabría acerca de los rumores que circulaban en el pueblo. Que su ancestro vampiro había vuelto de entre los muertos y estaba sediento.

El titular del periódico volvió a mis pensamientos. *¿Ha regresado el príncipe inmortal?* ¿Acaso los aldeanos deseaban en secreto a su príncipe inmortal? ¿Había uno de ellos llegado al extremo de manipular el cuerpo, quitarle la sangre y dejarlo en exhibición? No envidiaba a Nicolae en ese momento. Alguien quería que la gente creyera que Wilhelm había sido asesinado por un vampiro. Y no cualquier vampiro, posiblemente el más sanguinario de todos los tiempos.

Sin levantar la mirada, asentí en respuesta a la pregunta del príncipe. Un movimiento apenas perceptible, pero fue suficiente. No tenía la más mínima idea de cómo resolver ese acertijo. ¿Cómo le habían drenado la sangre al cuerpo sin que nadie lo notara?

Habíamos estado en el pueblo solo una hora aproximadamente. Poco tiempo para realizar una tarea como esa. Y sin embargo, ¿era posible para una mano diestra? No sabía cuánto tiempo se tardaba en drenar la sangre de un cuerpo.

Los susurros recorrieron con prisa el anfiteatro, y varios se deslizaron hacia mi ubicación en el nivel principal. Un escalofrío cosquilleó en mi espalda cuando me enderecé.

Parecía que no solo los aldeanos creían en las supersticiones; algunos de mis compañeros también estaban convencidos de que Vlad Drácula estaba vivo después de todo.

Querida Liza:

Como has señalado —en numerosas ocasiones, no es que lleve la cuenta de tales cosas—, tu experiencia en los asuntos de naturaleza más... delicada es superior a la mía. En especial cuando se trata del sexo menos apuesto (¡es una broma!).

Para ser honesta, temo haber herido al señor Cresswell de tal manera que incluso su fanfarronería habitual tendrá problemas para recuperarse. Pero es que... ¡me vuelve furiosa! Ha sido un caballero perfecto, lo cual es al mismo tiempo intrigante y enfurecedor en sí mismo. Ciertos días me convenzo de que viviremos felices como la reina ha vivido con el príncipe Alberto. Pero en otros momentos juro que siento cómo me arranca la autonomía de las puntas de los dedos cuando insiste en protegerme.

Sin embargo, volviendo al asunto en cuestión: he reprendido con firmeza al señor Cresswell. Había advertido a uno de nuestros profesores de que mi naturaleza no tenía la fortaleza suficiente. Lo que no suena tan escandaloso, excepto porque es la segunda vez que intenta interferir con mi independencia. ¡Sus agallas son descaradas! Nuestros compañeros de clase se han divertido mucho, pero a mí no me ha hecho ninguna gracia. Mi respuesta iracunda quizás haya terminado con el cariño del señor Cresswell. Antes de que me pidas detalles: le he explicado —con bastante rudeza— que preferiría morir sola antes que aceptar su mano. En caso de que tuviera en mente ofrecérmela, desde luego.

Por favor ayúdame con cualquier consejo que tengas. Al parecer, estoy mejor preparada para extraer un corazón que para quererlo.

Tu querida prima,
Audrey Rose

P. D.: ¿Qué tal transcurre tu estadía en el campo? ¿Volverás pronto a la ciudad?

17
VIGILIA NEVADA

JARDINES DELANTEROS
PELUZA DIN FAȚĂ
CASTILLO DE BRAN
3 DE DICIEMBRE DE 1888

Moldoveanu se había colocado en el centro de nuestro pequeño grupo. Su capa negra y su pelo plateado ondeaban a causa del viento penetrante que soplaba en ráfagas desde las montañas mientras recitaba una plegaria en rumano.

La nieve y el hielo caían de manera constante, pero nadie se atrevía a quejarse. Justo antes de que Moldoveanu comenzara con la vigilia, Radu había susurrado que si llovía en un funeral, era señal de que el fallecido estaba triste. Yo me sentía agradecida de que ese no fuera un funeral, pero no sabía qué pensar del clima y de lo que su miserable estado indicara acerca de las emociones de Wilhelm en la otra vida.

Mi mente divagó —junto con mi mirada— mientras Moldoveanu continuaba con su elegía. Nuestro nuevo compañero de clase —el reemplazo de Wilhelm— era un joven llamado señor Erik Petrov, proveniente de Moscú. Parecía que había nacido del hielo. Ignoró el aguanieve que le cubría la frente mientras nos detuvimos en círculo en el jardín delantero, con las velas parpadeando tras las manos ahuecadas. Además de los profesores, había ocho miembros del curso de evaluación, además de Anastasia. Thomas no se había molestado en ir.

De hecho, no lo había visto desde que se había retirado antes de tiempo de la clase de Percy. Debido al clima despiadado, Moldoveanu había pospuesto la clase de Anatomía hasta después de la vigilia, y me pregunté si Thomas se molestaría en asistir. Lo aparté de mis pensamientos y me acurruqué en mi abrigo. La nieve se abrió paso por mi cuello. Parpadeé para quitarme los copos de las pestañas e hice mi mejor esfuerzo por evitar que me castañearan los dientes. No creía en los fantasmas, pero sentí que sería prudente no molestar a Wilhelm si en verdad nos observaba desde el más allá.

Anastasia se acercó. Tenía la nariz de un color rojo brillante.

—Este clima es *groaznică*.

Asentí. Definitivamente era despiadado, como la forma brutal en la que Wilhelm había perdido la vida. Un poco de nieve y hielo no era nada en comparación con el frío infinito que residía en su cuerpo. Nicolae miró hacia el bosque con los ojos vidriosos, llenos de lágrimas no derramadas. Según el relato de Anastasia sobre los cotilleos del castillo, Nicolae no había hablado con nadie desde que habíamos descubierto la ausencia de sangre en el cuerpo de Wilhelm, aunque Andrei había intentado hablar con él en reiteradas ocasiones, incapaz de dejar que su amigo sufriera en soledad.

Era sorprendente que Andrei fuera considerado después de haberse comportado de forma tan horrible con Radu. Aunque sabía que existían muchas aristas en una persona si uno buscaba con la dedicación suficiente. Que nadie era completamente bueno o malo era algo que había descubierto durante el caso del Destripador.

Un movimiento cerca del límite del bosque me llamó la atención. No fue más que un ligero desplazamiento, como si algo se escabullera entre las sombras. Una imagen de ojos dorados y encías negras cruzó mi mente. Me reprendí para mis adentros. Los hombres lobo no rodeaban al grupo de dolientes a la espera de un ataque calculado. Y los vampiros no eran reales.

Anastasia me miró con los ojos muy abiertos. Ella también lo había visto.

—Tal vez Radu tenía razón. Quizás los *pricolici* merodean por el bosque. Algo nos observa. ¿Tú también lo sientes?

Se me erizó la nuca. Era raro que ella también hubiera pensado en lobos.

—Es más probable que sea alguien.

—Ese es un pensamiento aterrador. —Anastasia tiritó con tanta fuerza que su vela se apagó.

—A la luz del descubrimiento reciente respecto de la muerte de Wilhelm —dijo el director con un acento inglés marcado, pasando con rapidez del recuerdo a las órdenes—, nadie tiene permitido salir del territorio de la academia. Al menos no hasta que descubramos la causa de muerte. También se establecerá un horario límite para mantener su seguridad.

Sorprendentemente, Andrei intercambió una mirada con Anastasia.

—¿La academia ha recibido alguna amenaza? —El acento de Andrei era marcado y firme. Encajaba bien con su persona.

Nuestro director buscó cada una de nuestras miradas; esa vez no hubo ninguna mueca de desdén en su rostro. Si Moldoveanu era amable, nos esperaba algo peor que una amenaza.

—Se trata de medidas preventivas. No hemos recibido ninguna amenaza… De forma directa.

Moldoveanu nos hizo señas para que volviéramos al castillo. Giovanni y Vincenzo fueron los primeros en subir las escaleras de piedra y desaparecer en el interior, deseosos de encontrar los mejores asientos en la clase de Anatomía. Yo sabía que también debía sentirme emocionada o nerviosa por la clase. Los dos lugares disponibles en la academia se balanceaban delante de nosotros como huesos ofrecidos a perros hambrientos. Pero mis pensamientos se desviaban hacia el bosque.

Me giré y observé cómo se movían las sombras bajo los árboles mientras mis compañeros se deslizaban por la escalera. Me pregunté quién estaría allí, mirando a nuestro grupo, acechándonos como a presas. Algo siniestro le había sucedido a Wilhelm. Mi imaginación, que se había vuelto hiperactiva en los últimos tiempos, no había conjurado a un vampiro para drenarle la sangre.

Un monstruo resucitado había hecho eso. Yo aspiraba a descubrir cómo. Y por qué.

• • •

—Cuando os nombre, por favor identificad el hueso que os señalo. —Moldoveanu caminó delante de la primera fila de la clase, con las manos detrás de la espalda como un militar—. Quiero evaluar vuestros conocimientos básicos antes de continuar con las clases más avanzadas. ¿Habéis entendido?

—Sí, director —respondimos. Noté que nadie se encorvaba ni se adormecía en esa clase. Todos estaban sentados en el borde de sus asientos con las plumas goteando tinta, listas para garabatear las páginas blancas. Todos menos Thomas, que estiraba el cuello intentando llamar mi atención. Apreté los labios y lo ignoré. Ya había hecho daño suficiente en la clase de Folclore. No deseaba que la situación se repitiera. Moldoveanu no era tan indulgente o despistado como Radu.

—Audrey Rose —susurró Thomas cuando el director entró brevemente a un depósito de materiales—. Por favor, déjame explicarme.

Le lancé mi mirada de advertencia más fulminante, cortesía de Tía Amelia. Si destrozaba mis posibilidades de obtener una plaza en la academia, lo asesinaría. Se reclinó pero no me quitó la vista de encima. Mantuve la boca cerrada, temerosa de soltar una letanía de maldiciones desagradables. Miré hacia delante y lo ignoré.

Una gran pizarra cubría la pared detrás del escritorio de Moldoveanu, y su superficie oscura estaba limpia de marcas. El director hizo rodar un esqueleto del depósito y lo colocó junto a él. Levantó una vara y comenzó a indicar cada parte que quería que identificáramos. Yo me revolví en el asiento, deseando no equivocarme en algo fácil. Thomas se movió nervioso, y su atención constante perturbó mi concentración. Sujeté mi pluma y los nudillos se tornaron pálidos.

—Señor Farrell, por favor identifique este hueso.

Luché por no poner los ojos en blanco delante de todos.

—Es el cráneo, señor. —El joven irlandés echó los hombros hacia atrás, sonriendo como si hubiera descubierto la cura para una enfermedad rara y no acabara de señalar correctamente una calavera.

—¿Señor Hale? El próximo, por favor.

—Clavícula, señor.

La clase continuó de la misma manera. A cada estudiante se le asignó algo ridículamente sencillo, y me pregunté si no me habría equivocado respecto de la dificultad. Luego Moldoveanu bajó la vara de manera abrupta y fue al depósito. Volvió trayendo una bandeja que al parecer contenía huesos de pollo sumergidos en un líquido transparente dentro de frascos. Olfateé. No era fenol ni formaldehído.

—Señorita Wadsworth, pase al frente de la clase, por favor.

Respiré hondo, me puse de pie y me obligué a avanzar. Me detuve junto al director con la atención fija en los frascos que tenía en las manos. Me ofreció uno.

—Observe e informe de sus descubrimientos.

Llevé el frasco a mi nariz e inhalé.

—Al parecer son huesos de pollo sumergidos en vinagre, señor.

Moldoveanu asintió de manera cortante.

—¿Y cómo afecta esa sustancia a los huesos?

Luché contra el impulso de morderme el labio. La clase se sumió en un silencio tan profundo que mis oídos comenzaron a resonar. La mirada de todos estaba clavada en mí, diseccionando cada pausa y movimiento. Reflexioné sobre la importancia del vinagre, pero mi atención estaba dividida.

Andrei rio con un bufido.

—Parece que se va a descomponer, señor. ¿Cree que su naturaleza esté dañada?

Me ardió el rostro cuando la clase rio ante la burla. El director no hizo más que pestañear en su dirección, y no me ofreció ninguna clase de ayuda. Furiosa, comencé a responder, pero Thomas me interrumpió poniéndose en pie tan rápido que tiró su silla al suelo.

—¡Suficiente! —exigió, con una voz más fría que la tormenta que azotaba en el exterior—. La señorita Wadsworth es más que capaz. No os burléis de ella.

Si había estado mortificada antes, no fue nada en comparación con la vergüenza en la que me ahogué en ese momento. Moldoveanu retrocedió y miró a Thomas como si un lagarto hubiera adquirido de pronto la capacidad de hablar.

—Eso es todo, señor Cresswell. —Señaló la silla dada la vuelta—. Si no puede sentarse allí en silencio, le pediré que se retire.

Señorita Wadsworth, mi paciencia se termina. ¿Qué le sucede a un hueso sumergido en vinagre?

La sangre todavía se agolpaba en mi cabeza, pero estaba demasiado enfadada como para que me importara. Mis ideas se aclararon de pronto. Ácido. El vinagre era un ácido.

—Se vuelve más débil. El ácido erosiona el fosfato de calcio, lo que también hace que el hueso sea más flexible.

Los labios de Moldoveanu casi esbozaron una sonrisa.

—Príncipe Nicolae, identifique qué articulaciones se corresponden con cada movimiento de nuestros cuerpos.

Suspiré y volví a mi asiento, echando humo porque Thomas había vuelto a dejarme en ridículo frente a nuestros compañeros. Intencionalmente o no, se empeñaba en estropear nuestras posibilidades en el curso de evaluación. Durante el resto de la clase, mantuve la mirada fija en mis apuntes, temiendo que Thomas hiciera otra tontería.

• • •

—Mi hermano me ha suplicado que hable en su nombre.

Daciana arrastró la silla de escritorio fuera de mi habitación y la colocó delante del sofá. Anastasia llegaría en una hora aproximadamente, pero por el momento solo estábamos Ileana, Daciana y yo.

Una bandeja repleta de comida yacía intacta delante de nosotras. Yo había perdido el apetito casi por completo. Hice un gesto para que se sentaran en el sillón y me dejé caer en la silla frente a ellas. No quería hablar de mi frustración con Thomas, pero Daciana no aceptó mi silencio.

—Se siente fatal. Para ser sincera, no creo que haya pensado qué consecuencias tendrían sus acciones. Thomas ve el mundo en ecuaciones. Para él, un problema tiene una solución. No piensa en términos emocionales, pero lo intenta. Y está dispuesto a aprender.

No me molesté en señalar que si estaba tan interesado en aprender, debería haber prestado atención la primera vez que habíamos tenido una conversación respecto a su afinidad por informarme lo que yo *debía* hacer. Y *después,* desde luego no debería haber armado semejante revuelo en la clase de Anatomía. Pero en vez de expresar mi hastío, dije:

—Necesito tiempo.

—Es comprensible. Nunca lo había visto tan… afligido. Lo único que hace es caminar de un lado a otro en sus aposentos. ¿Quieres que le diga algo antes de irme?

Sacudí la cabeza. Apreciaba el intento de Daciana por enmendar nuestra amistad, pero ese no era el momento. No permitiría que situaciones externas afectaran lo que había ido a hacer allí: mejorar mis habilidades forenses y ganarme un lugar en la academia.

Cuando asegurara mi futuro y obtuviera uno de esos lugares, *entonces* me encargaría de las distracciones personales; no sacrificaría mis metas. Ni siquiera por Thomas. Era algo que sentía que nadie debía hacer, en especial una mujer. El compañero adecuado debía ser comprensivo y saber eso, incluso si deseaba que las cosas se solucionaran.

En ese momento, necesitaba entender cómo nuestro compañero de clase había perdido hasta la última gota de sangre. Cómo había sido eso posible en una hora. Y cómo su cadáver había sido abandonado en mitad del pueblo sin dejar ninguna pista o testigos. Aunque suponía que el director ya habría investigado eso mientras inspeccionaba la escena.

Odiaba que Tío no fuera parte de ese caso. Hubiera podido acompañarlo mientras hablaba con los investigadores, y no me hubiera enviado de vuelta a la academia a esperar. Incluso el detective inspector William Blackburn —con todos sus secretos— me había permitido involucrarme en los crímenes del Destripador.

Ileana se había acurrucado sobre el regazo de Daciana con los párpados a media asta, mientras ella recorría su pelo con los dedos. Hablaron sobre el siguiente destino de Daciana, qué familia visitaría. Sus tonos eran suaves, cariñosos, aunque estaban teñidos de tristeza ante la idea de no verse durante un tiempo.

Su distracción le permitió a mi mente volver a lo que había observado en el pueblo. Cómo yacía abandonado el cuerpo de Wilhelm. Lo intacta que había estado la nieve a su alrededor. Era como si lo hubieran arrojado desde una ventana cercana…

Me puse de pie de un salto y caminé de un lado a otro delante del fuego; algo encajaba en mi mente pero aún no podía encontrarle un sentido a las piezas.

—¿Te encuentras bien? —preguntó Daciana.

—Disculpa —dije—. Solo estaba pensando.

Sonrió y volvió a hablar en voz baja con Ileana. Recordé la silueta que creí haber visto en la ventana ubicada sobre lo que se había convertido en la escena del crimen. La cortina que había golpeado contra la pared y me había hecho levantar la mirada. Era raro que hubieran dejado las cortina abiertas durante la tormenta. Pero sería menos raro si desde ese lugar hubieran arrojado el cuerpo.

Se oyó una llamada a la puerta que nos sobresaltó. Ileana y Daciana se separaron de prisa. Anastasia entró desenfadada, saludó a Ileana y me dedicó una sonrisa amplia antes de mirar con detenimiento a Daciana. No la esperaba tan pronto, pero estaba descubriendo rápidamente que Anastasia tenía su propio ritmo en la vida.

—¿Eres la hermana del joven apuesto?

Daciana entrecerró los ojos.

—Si te refieres a Thomas, entonces sí. ¿Y tú eres...?

—Soy la joven que espera quedárselo. —Anastasia echó la cabeza hacia atrás y rio—. ¡Es broma! Tu expresión ha sido maravillosa. —Hizo un gesto hacia mí—. No es mi intención ofenderte, Audrey Rose.

Daciana apretó los labios. No podía imaginarme lo que deseaba decir. Recordé lo sorprendida que me había sentido ante la franqueza de Anastasia. Ella sabía lo que quería y no tenía reparos en comunicarlo. Un rasgo admirable para una joven criada por el estricto director.

—Creo que he descifrado dónde fue asesinado Wilhelm —anuncié con la esperanza de romper la tensión. Rápidamente las puse al tanto de la cortina, la ventana abierta y la silueta oscura. No dejé fuera ningún detalle sobre el estado del cuerpo o sobre el único par de huellas que conducían hacia el callejón adyacente. Como si quienquiera que lo hubiera arrojado del edificio lo hubiera examinado antes de escapar.

Anastasia se había quedado inmóvil. Ileana tocó una cruz que había sacado de debajo de su camisa bordada, y Daciana se puso de pie y se sirvió un trago de vino de un decantador que había llevado a escondidas.

Cuando terminé de ponerlas al tanto de los hechos, Daciana apoyó su copa con preocupación.

—Si lo hubieran arrojado desde una ventana, ¿no se habría fracturado algunos huesos?

Levanté un hombro.

—Es posible. Es algo que tendremos que investigar más a fondo, no he visto ningún indicio de huesos rotos o magulladuras. No ha caído desde tan alto, y si ya estaba muerto... —No terminé el comentario. Ileana parecía a punto de descomponerse.

—Bueno, alguien debe averiguar de quién es esa casa —dijo Daciana—. De todas formas, es una pista muy intrigante. Debes contársela al director.

Anastasia resopló.

—No debería hacer eso. Deberíamos investigar por nuestra cuenta. Si mi tío se entera, descubrirá secretos y no los compartirá. —Sujetó mis manos con las suyas—. Quizá sea tu oportunidad para demostrarle lo valiosa que eres. *Te rog*. Por favor no le cuentes tu teoría. Déjame ayudarte. Verá que las mujeres somos capaces. Por favor.

Contuve mi respuesta. Ella podía estar en lo cierto. Si se lo contábamos a Moldoveanu, nos obligaría a echarnos atrás mientras él investigaba. ¿Y entonces qué? No compartiría nada con nosotras. Ni siquiera reconocería nuestra participación ni ayuda en el caso.

También estaba la cuestión de no salir de los límites del castillo; con seguridad utilizaría esa excusa para dejarnos afuera.

—Por el momento nos guardaremos la información —anuncié—. Pero debemos investigar el pueblo pronto.

Daciana e Ileana intercambiaron miradas de preocupación, pero fingí no prestarles atención. Anastasia y yo necesitábamos eso.

Anastasia me besó las mejillas y sonrió de manera triunfante hacia Daciana.

—¡No te arrepentirás!

Pero mientras les deseaba las buenas noches a mis amigas y un buen viaje a Daciana en su siguiente parada del Grand Tour, sentí que Anastasia estaba equivocada.

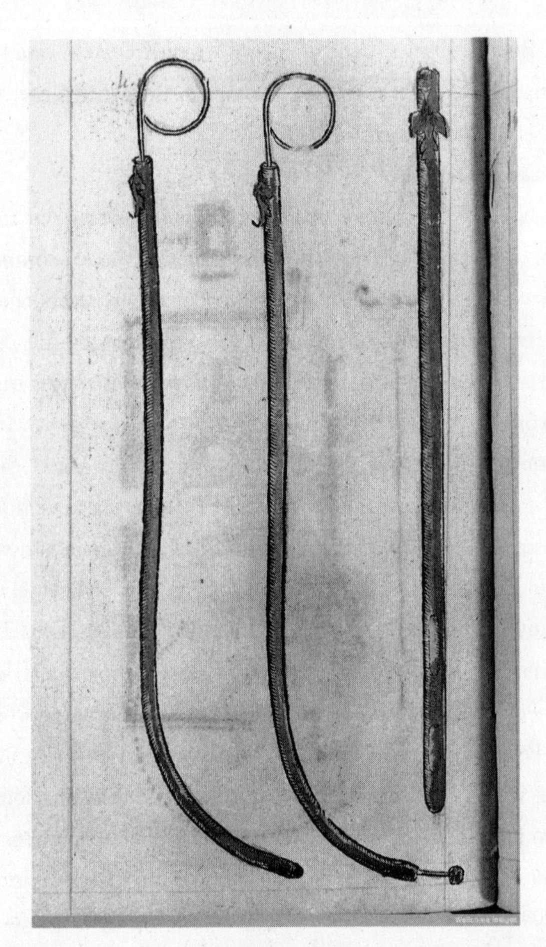

Cánulas y sondas.

18
EL MEJOR MÉTODO PARA EXTRAER SANGRE

APOSENTOS DE LA TORRE
CAMERE DIN TURN
CASTILLO DE BRAN
4 DE DICIEMBRE DE 1888

Unas llamas con forma de dragón rugieron contra la rejilla de la chimenea en la pequeña sala de estar de mis aposentos vacíos.

Las observé, fascinada, mientras el libro de medicina me aplastaba las piernas que casi cosquilleaban del adormecimiento. Esa parte de Rumania tenía dragones donde fuera que mirara. Los candeleros del castillo. Los tapices de los corredores. Las esculturas en el pueblo y las insignias de los carruajes. Sabía que «Dracul» significaba *dragón* y supuse que los diseños eran un simple homenaje a los dos líderes aterradores, Vlad II y Vlad III.

Tomé nota mental para preguntarle al profesor Radu si eso tenía algo que ver con la misteriosa Orden del Dragón. Quizás los dragones albergaran pistas. De qué, no estaba segura, pero parecía un buen camino para seguir. Tal vez la Orden estuviera detrás de la muerte de Wilhelm. Quizás cazaban a miembros de la nobleza o a familias que ya no defendían los valores cristianos.

Suspiré. Esa era una teoría poco probable. Ni siquiera sabía si la Orden todavía existía. Quizás no eran más que rumores de los campesinos y cuentos destinados a controlar a la gente después de que su príncipe adorado pero brutal hubiera perdido la cabeza frente a los turcos.

Moví las piernas con la esperanza de recuperar un poco de movilidad en los dedos de los pies. Mi libro de prácticas mortuorias tenía el tamaño de un gato doméstico, pero me ofrecía una compañía menos agradable. No ronroneaba ni me invitaba con desdén a acariciarlo detrás de las orejas. En cambio, me proporcionaba información e imágenes que me resultaban perturbadoras.

Los diagramas estaban dibujados en blanco y negro, y enseñaban cómo extraer sangre del cuerpo y cómo coser la boca —lo que requería una atadura desde el mentón a través de las encías y el tabique— para los funerales. Un dibujo aconsejaba el uso de jalea de petróleo para evitar que se abrieran los párpados.

Creí que la familia de un fallecido se desmayaría si los ojos o la mandíbula de su ser querido se abrían de golpe mientras un sacerdote lo guiaba de la muerte al cielo. Ni a mí me interesaría semejante visión. Una lengua seca sería ya bastante espeluznante. Era mejor dejar todo librado a la imaginación.

Yo había visto suficientes cuerpos en el laboratorio de Tío, y sabía bien que la mayoría de las personas prefería evitar esas cosas, en especial cuando se trataba de alguien querido. Dejé de pensar en los que había perdido y pasé al siguiente capítulo del libro. Las páginas eran gruesas y ásperas en los bordes. Era un tomo maravilloso, más allá de su tópico.

Sin quererlo, imaginé a Thomas sentado conmigo señalando detalles que la mayoría hubiera ignorado estudiando esos tomos. Aunque me había concedido echarle algunos vistazos furtivos, lo había evitado tanto durante la clase de Folclore de Radu como en la práctica de Anatomía de Moldoveanu. No lo había visto bien en ninguna de ellas. Reprimí esos pensamientos y me volví a concentrar en el libro. No estaba tan familiarizada con las prácticas mortuorias como con las autopsias, así que después de clases me había llevado el libro de una de las bibliotecas cuando iba camino a mis aposentos.

De acuerdo con los funerarios, el mejor método para extraer sangre y otros fluidos corporales era insertar una cánula —un tubo largo— en la arteria carótida y hacer salir los líquidos por medio de la gravedad.

Después, los funerarios hacían circular los fluidos masajeando desde los pies del fallecido hacia el corazón estático. Lo que parecía un trabajo arduo de realizar mientras la gente caminaba por las ajetreadas calles del mediodía en Brașov. En tal caso hubiera encontrado una gran alteración en la nieve cercana al cuerpo de Wilhelm. Con seguridad algunos fluidos o gotas de sangre se hubieran derramado en el suelo. Alguien debía haber movido el cuerpo luego de la extracción de sangre. Simplemente no era posible que hubiera atravesado algo así donde lo habíamos encontrado. Seguía creyendo que en la casa de la cortina floja quizás había alguna pista.

Cada vez estaba más convencida de que se había empleado una técnica mortuoria para extraer la sangre; sin embargo, eso no explicaba cómo había muerto. Si había sido asesinado, hubiera tenido alguna herida visible. Una estrangulación le habría dejado marcas evidentes: petequias en las partes blancas de los ojos y decoloración alrededor del cuello. Su cuerpo no tenía ninguna de esas huellas. Excepto por la *supuesta* mordedura, no recordaba otra evidencia que indicara cómo lo habían asesinado.

Dudaba que él hubiera permitido tranquilamente que alguien le extrajera la sangre sin dar pelea, así que las «marcas de mordida» seguramente no eran la causa de su muerte. No parecía descabellado creer que lo hubieran hecho consumir opiáceos. Quizás esa clase de toxina le había causado el sarpullido.

Mientras mi mente vagaba de vuelta hacia el cuerpo drenado de sangre de mi compañero de clase, mi corazón exigía que Thomas acudiera de inmediato para discutir el tema juntos. Le ordené que olvidara su súplica. Resolvería ese misterio por mi cuenta. A pesar de que sabía que era capaz de conseguirlo, no podía negar el vacío que me rodeaba. Daciana ya se encontraba viajando por el continente, y Anastasia no podía visitarme porque estaba estudiando un libro. Aseguraba que podría ayudarnos con el caso de Wilhelm. Ileana estaba ocupada con sus tareas, y yo me rehusaba a poner su puesto en riesgo solo porque me sentía sola.

¿Dónde estás cuando te necesito, prima?

Aún esperaba la respuesta de Liza, y anhelaba que me ofreciera un consejo sobre el asunto entre Thomas y yo. El romance era para ella lo que la medicina forense para mí, y hubiera deseado que estuviera allí para ayudarme a navegar esa tormenta de emociones.

Detestaba estar tan distraída en un momento crucial. Pero por más que le ordenaba a mi cerebro que formulara teorías científicas, él volvía con terquedad a Thomas y a mi malestar. Necesitaba resolver la situación para concentrarme y suspiré, sabiendo que esa no era la verdadera razón por la que quería tratar el asunto. Lo echaba de menos. Aunque deseara estrangularlo. Pero no me importaba, porque era preferible a los otros pensamientos intrusivos que había estado albergando.

Como si hubieran estado esperando que los invocara, me asaltaron los recuerdos sobre el crimen más infame del Destripador. Cómo había masacrado el cuerpo de la señorita Mary Jane Kelly… me detuve justo allí.

Cerré el libro y me dirigí a la cama. Por la mañana tendría la mente fresca. Lidiaría con las consecuencias de nuestra pelea. Me ocuparía de mis heridas. Thomas tenía razón en algo: necesitaba sanar antes de poder encargarme de algo o de alguien.

Hice a un lado las mantas, lista para deslizarme en su calidez, cuando alguien llamó a la puerta. Se me cortó la respiración. Si el señor Thomas Ridículo Cresswell llamaba a esta hora indecente, *en especial* después de su comportamiento reprobable…

Con el corazón traicionándome abrí la puerta, pero los reproches murieron en mi lengua.

—¡Ah! No eres quien yo esperaba.

Anastasia iba vestida de negro y tenía una sonrisa pícara en los labios.

—¿Y quién, santo cielo, creías que era a esta hora? —Me sujetó de las manos y nos hizo girar en un torpe paso de vals—. Con seguridad no el apuesto señor Cresswell… ¿no es cierto? ¡La intriga! ¡El escándalo! Debo admitirlo, envidio tu vida secreta.

—Anastasia, ¡no más bromas! ¡Son casi las diez de la noche! —La sonrisa que se había dibujado en mi rostro no ayudó—. ¿Qué haces fuera de la cama? —Observé otra vez su vestimenta y recordé la época en la que yo había vestido de luto—. De hecho, me parece que yo debería preguntar adónde te escabulles.

—*Estamos* a punto de investigar la escena del crimen de Wilhelm. —Entró en mi habitación a saltitos y asió algunas prendas oscuras de mi baúl—. Date prisa. Hay luna llena y el cielo está despejado. Debemos llegar a Brașov esta noche. Tío ha llamado a los guardias reales; llegarán por la mañana y harán que escaparse de aquí sea aún más difícil. —Me lanzó una mirada por encima de su hombro—. Todavía te interesa investigar esa casa, ¿no es así?

—Por supuesto —asentí, e intenté no pensar en las criaturas de los bosques. Los monstruos eran tan reales como nuestra imaginación. Y la mía estaba determinada a poblar el mundo de criaturas sobrenaturales—. ¿No deberíamos esperar que sea de día? Tal vez haya lobos cazando.

Anastasia resopló.

—El profesor Radu te ha llenado la cabeza de preocupaciones. Pero si tienes demasiado miedo… —Dejó que la burla y el desafío pendieran entre nosotras. Sacudí la cabeza, y sus ojos se iluminaron de orgullo—. *Extraordinar!* —Me arrojó una prenda oscura—. Si tenemos suerte, quizás nos encontremos con el príncipe inmortal. Un paseo con el encantador Drácula suena maravilloso.

—Maravillosamente macabro, querrás decir. —Me deslicé en mi vestido negro y amarré una capa a juego bordeada con piel en los hombros. Antes de irnos, sujeté con prisa un alfiler de sombrero de mi cómoda y lo coloqué en mi pelo. Anastasia me sonrió, divertida, pero no hizo preguntas. Lo cual era bueno. No quería decirlo en voz alta, pero deseaba evitar toparnos con alguien que tuviera sed de nuestra sangre.

De hecho, prefería no posar los ojos sobre el príncipe Drácula.

• • •

Anastasia había estado en lo cierto; el cielo estaba despejado de nubes y de nieve por primera vez, y la luna brillaba tanto que no necesitamos de la ayuda de una lámpara o farol. La luz se reflejaba sobre el manto de nieve, resplandeciente y destellando en parches.

Sin embargo, la temperatura era más fría incluso que la del laboratorio subterráneo de Tío, en el que inspeccionábamos los cadáveres. Nos dimos prisa por el desgastado camino que conectaba la academia con el pueblo, en silenciosa procesión excepto por los sonidos ocasionales de la naturaleza, nuestras faldas rozando la nieve y nuestros resoplidos. Íbamos a un ritmo inhumano, ya que deseábamos alejarnos del castillo tan pronto como fuera posible.

Las sombras parpadeaban sobre nuestras cabezas mientras las ramas de los árboles crujían. Intenté ignorar que la piel se me había erizado en el cuello y que sentía que éramos observadas. No había lobos. Ningún cazador nos seguía de cerca, inmortal y salvaje. Nadie se regocijaría atacándonos y rasgando nuestra piel hasta dejarnos en un estado irreconocible. La sangre se me agolpó en la cabeza.

Por segunda vez en la noche, la imagen espeluznante del cuerpo de la señorita Mary Jane Kelly cruzó por mi mente, como solía sucederme cuando imaginaba algo brutal. Jack el Destripador había destruido a tal punto su cuerpo que apenas se asemejaba a algo humano.

Cerré los ojos un instante e intenté permanecer tranquila y estable, pero la sensación de ser observada persistía. El bosque era encantador durante el día, pero a la noche se convertía en algo amenazador y traicionero. Me juré no volver a abandonar mis aposentos en la oscuridad.

Los hombres lobo y los vampiros no son reales. No hay nadie acechándote... Vlad Drácula está muerto. También Jack el Destripador. No existe...

Una rama se rompió en algún lugar cercano e hizo un ruido seco contra el suelo, y mi cuerpo se paralizó. Anastasia y yo nos sobresaltamos al unísono y nos aferramos la una a la otra, como si una fuerza malévola fuera a separarnos. Escuchamos en silencio unos instantes. Todo estaba quieto. Excepto mi corazón. Galopaba en mi pecho como si fuera perseguido por criaturas sobrenaturales.

—El bosque es tan malvado como Drácula —susurró Anastasia—. Te juro que hay algo allí afuera. ¿Lo sientes?

Di gracias al cielo de que mi mente no fuera la única que inventaba bestias famélicas que nos seguían hacia el pueblo. Mi piel volvió a erizarse cuando sopló una ráfaga de viento.

—He leído investigaciones que aseguran que los instintos humanos se agudizan en tiempos difíciles —comenté—. Nos ponemos en sintonía con el mundo natural para sobrevivir. Estoy segura de que solo estamos siendo ridículas, aunque las enseñanzas de la clase de Radu parecen plausibles debajo de un manto de oscuridad.

Noté que mi amiga no emitía más comentarios, pero tampoco me soltó hasta que llegamos a Brașov. Tal como esperaba, el pueblo estaba tranquilo y sus habitantes dormían profundamente en sus hogares pintados de color pastel. Un aullido solitario hizo eco a la distancia, y su nota lastimera encontró otro cantante a lo lejos. Muy pronto un coro de lobos perturbó la tranquilidad de la noche.

Me coloqué la capucha de mi capa y eché un vistazo al castillo que se erigía como un centinela sobre nosotras, oscuro y amenazante a la luz plateada de la luna. Había algo allí afuera, esperando. Podía sentir su presencia. Pero ¿qué nos acechaba? ¿Un hombre o una bestia? Antes de que me sumiera en la preocupación, conduje a Anastasia al lugar donde habían depositado a Wilhelm.

—Allí. —Señalé la casa que bordeaba la escena del crimen y la ventana, cuya cortina ahora estaba en su sitio—. Te prometo que esa cortina se movió la última vez que estuve aquí.

Anastasia apretó los labios y miró con detenimiento la casa oscura. Comenzaba a sentirme ridícula, de pie allí en mitad de la noche, cuando la realidad me tomó por sorpresa. No podía estar segura de que la cortina se hubiera movido, o de que hubiera presenciado cómo una silueta observaba a los curiosos desde la ventana. Hasta donde sabía, podría haber sido otro fantasma conjurado por mi imaginación. La histeria, al parecer, era el detonante de cada uno de mis episodios.

—Lo siento —dije, e hice un gesto hacia la casa de aspecto ordinario—. Tal vez estaba equivocada después de todo. Viajamos hasta aquí en vano.

—Será mejor que nos aseguremos de que no hay nada que investigar —propuso Anastasia, y tiró de mí hacia la puerta delantera—. Describe una vez más lo que sucedió. Tal vez haya algo allí con lo que podamos comenzar.

Una idea tomó forma lentamente mientras centraba mi atención en la puerta. Me quité el alfiler del cabello, sabiendo que estaba a punto de cruzar una línea moral que no había pensado cruzar. Pero Anastasia tenía razón; habíamos ido hasta allí, nos habíamos arriesgado a desatar la ira de Moldoveanu, habíamos puesto en peligro mi plaza en la academia y aún debíamos volver a nuestras habitaciones en el castillo sin encontrarnos con lobos hambrientos ni directores.

Más allá de las consecuencias, no podía volver a la academia sin información. Mi corazón se aceleró, no a causa del miedo sino del entusiasmo. Era preocupante.

Di un paso adelante, sujeté el picaporte de la puerta, metí el alfiler dentro de la cerradura e hice girar los tambores hasta que escuché un hermoso *clic*.

—¡Audrey Rose! ¡¿Qué estás haciendo?! —exclamó Anastasia escandalizada, y sus ojos se movieron en todas las direcciones—. ¡Quizás haya gente durmiendo allí dentro!

—Es cierto. O tal vez esté abandonada. —Le di las gracias en silencio a mi padre. Cuando había estado consumido por el láudano el año anterior, en general perdía las llaves, lo que me había obligado a aprender el arte de forzar las cerraduras. Antes de esa noche, no había pensado en utilizar mi alfiler para semejantes propósitos. Volví a colocarlo en mi pelo y me detuve, esperando que nos descubrieran, con el pulso rugiendo en las venas.

De una forma u otra, resolveríamos al menos un misterio esa noche. ¿Había visto a alguien observarnos desde esa ventana o no? Eso significaba que había pistas que descubrir, o no las había.

En cualquier caso, no podía seguir escapando de mis sombras. Respiré hondo y le ordené a mi cuerpo que se relajara. Era hora de aceptar la oscuridad y convertirse en algo más aterrador que cualquier príncipe vampiro. Incluso si eso significaba tener que sacrificar un poco de mi alma y de mi moral.

—Solo hay una forma de saberlo —susurré antes de pisar de puntillas el umbral y desaparecer en la oscuridad.

19
UN DESCUBRIMIENTO DE LO MÁS CURIOSO

CASA DESCONOCIDA
LOCUINȚĂ NECUNOSCUTĂ
BRAȘOV
4 DE DICIEMBRE DE 1888

No ardía ningún fuego en la casa diminuta y el aire era casi tan gélido como el de afuera.

La escarcha subía por los cristales de las ventanas y por mi espalda a medida que me abría paso hacia el rayo solitario de luz de luna que se filtraba en el interior. Incluso en la completa oscuridad veía que el espacio era un caos. Había una silla dada la vuelta, papeles desperdigados, cajones abiertos. Parecía como si una persona o más hubieran saqueado el sitio.

Anastasia respiró hondo detrás de mí.

—¡Mira! ¿Es eso… *sânge*?

Me di la vuelta y observé la gran mancha de color óxido que había sobre la alfombra. Un escalofrío trepó lento por mi cuerpo. Tenía la espeluznante sensación de que estábamos justo de pie en el lugar en el que le habían extraído la sangre a Wilhelm. Mi corazón latió al doble de velocidad, pero me obligué a investigar como si fuera Thomas Cresswell, frío, distante y capaz de interpretar las piezas.

—¿Lo es? —volvió a preguntar Anastasia—. Si lo es, quizás me descomponga.

Antes de poder responderle, mi mirada se posó en una jarra rota. Con cuidado sujeté un trozo de vidrio y apoyé un dedo en una mancha carmesí oscuro. La restregué y noté su viscosidad. El pulso me palpitó por todo el cuerpo, pero probé el líquido seco, confiada de lo que descubriría. El labio de Anastasia se curvó cuando sonreí.

—Es zumo. —Me sequé la mano con mi capa—. No es sangre.

Mi amiga aún me miraba, como si acabara de cruzar un límite demasiado indecente y no valiera la pena emitir comentarios. Me concentré en mí misma, y encontré que el entusiasmo que me provocaba un cosquilleo permanecía aún debajo de la superficie, como una corriente de electricidad subterránea que me hacía sentir más viva de lo que me había sentido en un largo tiempo.

—¿Qué crees que ha sucedido aquí?

Eché otro vistazo a nuestro alrededor.

—Es difícil hacer conjeturas hasta que encontremos una lámpara.

Descorrí las cortinas de la ventana para dejar que entraran más rayos de luz de luna. Anastasia cruzó la sala con prisa y sujetó una lámpara de aceite que no había sido destruida en el caos. Con un siseo rápido, la luz amarillenta invadió el espacio, y una historia trágica se desplegó ante nosotras.

Botellas de alcohol poblaban el suelo del diminuto sector de cocina que se encontraba en un extremo de la sala principal.

Algunas estaban rotas, y todas vacías. A juzgar por la falta de hedor, nadie había derramado alcohol, lo que me permitió deducir que alguien había bebido en grandes cantidades.

Una segunda inspección me indicó que la sala que yo había creído que había sido saqueada quizás estaba hecha un caos por quienquiera que se hubiera bebido todas esas botellas. Quizás había buscado otra botella para beber y se había enfurecido al no encontrar ninguna. Anastasia buscó otra lámpara antes de comenzar a inspeccionar las demás habitaciones.

Yo observé una fotografía, sorprendida de encontrar algo así en un hogar como ese, y solté un grito ahogado. En la imagen, la misma joven que había sido declarada desaparecida en el dibujo de la tienda de vestidos le sonreía a un bebé. Su marido se encontraba detrás, orgulloso. ¿Podía ella haber bebido todas esas botellas? Y si había caminado borracha y sola por los bosques…

Anastasia volvió con un libro. La cruz de la cubierta indicaba que era un tomo religioso.

—No había nadie en las habitaciones, pero esto me pareció curioso.

—No te lo vas a llevar, ¿verdad? —Miré el libro mientras ella lo hojeaba; era probable que fuera un texto religioso. Los ojos de Anastasia se abrieron mientras sacudía la cabeza. Volví a apoyar la fotografía y le hice un gesto hacia la puerta.

—Deberíamos irnos —propuse—. Ha sido un error escabullirnos aquí, no creo que este lugar tenga algo que ver con la muerte de Wilhelm.

—O quizá sí. —Anastasia sostuvo el libro en alto una vez más—. Acabo de recordar dónde he visto este símbolo antes.

• • •

—Parece una lectura densa para leer antes de dormir.

Levanté la vista del libro de Anatomía en el cual prácticamente tenía la nariz enterrada. Había pasado un día entero desde mi aventura con Anastasia, y no había sucedido mucho. Thomas y yo aún no habíamos hablado, Radu estaba enfrascado en los cuentos sobre vampiros como nunca y Moldoveanu seguía con su intención de hacer que mi paso por el castillo fuera tan miserable como le resultara posible.

Sonreí con timidez mientras Ileana apoyaba una bandeja cubierta y después se sentaba en el borde del sillón. Lo que fuera que hubiera en ella tenía un aroma divino. Mi estómago gruñó su aprobación cuando apoyé el libro en la mesa.

—Le he pedido al cocinero que hiciera algo especial. Se llama *plăcintă cu carne şi ciuperci*. Es como un pastel de carne con hongos envuelto en pan.

Levantó la cubierta de plata de la bandeja e hizo un gesto de presentación hacia las porciones del tamaño de mi palma. Había media decena de ellas, más que suficiente para nosotras dos. Eché un vistazo alrededor en busca de un tenedor y un cuchillo, pero solo vi servilletas y platos pequeños. Intenté levantar una porción pero me detuve.

—¿Debemos…?

—Adelante. —Ileana hizo un gesto de sujetar y dar un mordisco—. Tome una y cómala. A menos que sea poco refinado. Comer con las manos puede ser visto como algo poco educado. No lo he pensado así. Llevaré todo de vuelta a la cocina si prefiere otra cosa.

Reí.

—En absoluto. De niña solía comer pan sin levadura y *raita* con las manos.

Di un mordisco y me maravillé ante los sabores de la carne perfectamente condimentada y de los hongos en dados a medida que se derretían como mantequilla en mi boca. La capa exterior del pan tenía burbujas chamuscadas que sabían a humo de leña. Me llevó un gran esfuerzo de la voluntad no poner los ojos en blanco o gemir de felicidad.

—Esto es delicioso.

—Creí que le gustaría. Traigo una cesta entera cuando visito a Daciana. Su apetito es casi tan intenso como el de su hermano. —La sonrisa de Ileana se desdibujó y se convirtió en una mueca. Seguro estaba triste porque Daciana se había ido—. No deje que sus modales la engañen. Es puro acero. La he visto devorar una cesta entera en una mesa de nobles. Todos se escandalizaron, pero a ella eso no le ha importado en lo más mínimo.

La mueca había desaparecido y en su lugar había una mirada de gran orgullo, y no pude evitar sonreír. Me pregunté si ella y Daciana se habrían conocido en la casa de algún noble en la que Ileana estuviera trabajando, pero no quería parecer entrometida. Era una historia que ellas contarían cuando quisieran, si lo deseaban.

—Yo podría engullir la bandeja entera delante de la reina y no arrepentirme de ningún mordisco.

Comimos en un silencio relajado, y bebí el té que Ileana también había traído. Explicó que los rumanos en general no bebían, pero que se estaba acostumbrando a mi preferencia inglesa por la infusión. Me sentí agradecida por la compañía.

Anastasia había enviado una nota diciendo que se quedaría en sus aposentos toda la tarde para leer el intrigante libro religioso. Creía que el símbolo que tenía en la cubierta era uno de los de la Orden, pero yo dudaba de que la joven desaparecida del pueblo hubiera sido parte de ese antiguo grupo caballeresco.

Partí mi tercera porción de pan relleno en trozos y pensé en cómo Nicolae había hecho lo mismo un par de días atrás. Me pregunté si habría comido algo o si seguiría consumido por la tristeza. Para detener esos pensamientos, decidí pedirle consejo a Ileana.

—Yo... no sé si debería considerar un futuro con Thomas, dado nuestro reciente desacuerdo —confesé con lentitud—. ¿Acaso no te altera... saber que un futuro con Daciana quizá sea imposible?

—No puedo predecir lo que el futuro traerá cuando quizás no haya un mañana. Podrían suceder innumerables cosas. Quizás Dios decida que ha tenido suficiente de nosotros, nos borre de la Tierra y comience de nuevo. —Empujó las servilletas de la bandeja y las observó caer al suelo sin miramientos—. ¿No es así?

Bebí un sorbo y reflexioné sobre lo que ella había dicho a medida que el intenso té de hierbas corría por mi garganta.

—Pero uno debe planear posibilidades para el futuro. ¿No deberíamos tener una meta hacia la cual dirigirnos, incluso si el camino que escogemos es incierto?

—Debería seguir su corazón. Olvide el resto. —Ileana se puso de pie y recolectó las servilletas y platos usados—. Thomas es humano y cometerá errores, y siempre y cuando se disculpe y sea algo con lo que usted pueda vivir, creo que vale la pena quererlo en el presente. También vale la pena perdonarlo. Nunca se sabe cuándo se lo arrebatarán de las manos.

Una punzada de temor se abrió paso por mi espalda. No quería contemplar tales escenarios. Thomas y yo nos encontrábamos en un desacuerdo temporal, y teníamos una vida para resolver nuestras diferencias.

—Tú y yo somos un par muy reflexivo en una noche tempestuosa, Ileana. Entre mi libro de Anatomía y esta conversación, apenas puedo esperar a ver cómo se desarrolla el resto de la noche.

Una expresión más seria reemplazó la sonrisa de Ileana.

—La familia de Wilhelm llegará por la mañana para llevarse a su hijo a casa para el funeral. Están bastante enfadados porque su cuerpo ha sido... profanado.

—¿Cómo lo sabes?

—Los sirvientes debemos conducirnos en silencio y permanecer invisibles mientras nos ocupamos del castillo y sus habitantes. Eso no quiere decir que no veamos o escuchemos. O cotilleemos. El vestíbulo de los sirvientes siempre está en ebullición con algún escándalo nuevo. Venga. Le mostraré unos pasadizos secretos. Si lo desea, puede escabullirse por los corredores vacíos. Es mi parte favorita del trabajo.

Seguí a Ileana a mi cuarto de baño, donde sujetó una llave de su delantal y se dirigió hacia un armario alto ubicado en un rincón al que yo no le había prestado demasiada atención. En el interior había una puerta que conducía a un pasillo pequeño que terminaba en unas escaleras circulares. Me intrigaba la idea de los pasadizos escondidos. Nuestra propiedad de campo, Thornbriar, albergaba un laberinto. Me fascinaba la idea de que el Castillo de Bran tuviera pasadizos secretos. Había algo mágico en recorrer lugares que la mayoría nunca pisaría, y en encontrarse allí con alguien más.

Después de cerrar la puerta del corredor secreto, Ileana se deslizó por las escaleras como una aparición flotando por el éter. Yo luchaba para no sonar como un elefante pisoteando la maleza mientras la seguía haciendo ruidos sordos. Nunca me había considerado ruidosa, pero el andar inusualmente silencioso de Ileana me hacía sentir avergonzada. Descendimos y descendimos hasta que mis muslos comenzaron a arder. Una vez que llegamos al nivel principal, Ileana caminó directamente hacia una columna inmensa.

Sacudí la cabeza. Había pasado por allí en varias ocasiones y nunca había notado que lo que había supuesto eran solo columnas que escoltaban a los estudiantes al vestíbulo principal, en realidad conducían hacia una entrada angosta ubicada en un lado. Ileana no interrumpió su andar confiado mientras desaparecía por el pasillo oscuro que se extendía detrás de los tapices enormes que cubrían el vestíbulo.

Una sensación de inquietud se asentó en mi pecho. Cuando me había escabullido por los corredores la noche en la que había salido de los aposentos de Anastasia y había terminado visitando a Thomas, hubiera jurado que alguien me observaba. Bien podría haber estado en lo cierto. Me estremecí ante ese pensamiento.

—Camine con tanto sigilo como pueda. Se supone que no debemos hablar o hacer ruidos aquí atrás. Moldoveanu no tiene piedad cuando se rompen las normas del castillo.

En silencio, guardé los detalles para mí. Más tapices colgaban de ese lado del corredor secreto, tal vez piezas adicionales almacenadas hasta que alguien las requiriera.

Caminamos con tanta prisa que tuve que recoger mi falda para no tropezar con ella mientras se enroscaba alrededor de mis piernas, pero no con la prisa suficiente como para no percatarme de las escenas de los tapices. En uno había personas empaladas, gritando de dolor y de terror. En otro había un bosque lleno de muertos. La sangre goteaba de las bocas de las víctimas. Otro enseñaba a un hombre devorando un banquete sobre una mesa, y era difícil distinguir si lo que derramaba era vino o sangre. Me recordó lo que

Radu había mencionado sobre Vlad Drácula mojando el pan en la sangre de sus enemigos.

Un escalofrío perforó mi piel. Entre el pasillo estrecho y apenas iluminado y las piezas de arte, no me encontraba demasiado alegre. Sentía una opresión en el pecho que tiraba de mí hacia atrás. El siniestro castillo parecía respirar mi temor con deleite. Se me aceleró el pulso.

Ileana se detuvo de manera repentina, y si yo no me hubiera forzado a mirar hacia delante, habríamos terminado las dos tumbadas en el suelo. Fruncí el ceño al notar que el color de su rostro se había desvanecido. Ella hizo un gesto con el mentón, mientras sostenía con las manos la bandeja vacía.

—Moldoveanu.

—¿Qué? ¿Dónde?

—*Shhh*. Allí. —Señaló un tapiz al que le habían quitado cuidadosamente un parche de tela. Nunca lo hubiera visto de no haber sabido adónde mirar. Supuse que los sirvientes utilizaban el hueco para revisar los pasillos públicos antes de entrar en ellos. Tuve la sensación de que algo avanzaba culebreando por mi espalda. No me gustaba la idea de que las paredes tuvieran ojos—. A través del tapiz.

Me acerqué cautelosa para no mover la tela pesada que nos volvía invisibles a los ojos de Moldoveanu. Recé para que los tablones de madera no revelaran nuestra posición y para que el director no escuchara el latido estruendoso de mi corazón.

Moldoveanu tenía una discusión acalorada con alguien, aunque parecía dominar la conversación. Hablaba en un rumano tan rápido que tuve dificultades para seguirlo.

Un espejo opaco colgaba en el extremo más lejano del corredor público, y ofrecía un atisbo de su expresión. Su largo pelo plateado relucía como la hoja afilada de una guillotina mientras sacudía la cabeza de lado a lado. Nunca había estado en presencia de un hombre tan severo en el más cabal sentido de la palabra.

Ileana me tradujo en voz baja.

—Tengo un trabajo que hacer y tú tienes el tuyo. No cruces la línea.

Me esforcé por ver alrededor de Moldoveanu, pero bloqueaba por completo a la otra persona con su gran bata negra y con los puños que tenía apoyados en la cadera.

—Tenemos motivos para creer que sucederá de nuevo. Aquí. —La voz grave de su compañero me tomó por sorpresa. Su tono de alguna manera me sonaba familiar—. Los miembros de la familia real han recibido… mensajes. Amenazas.

—¿De?

—Dibujos. Muerte. *Strigoi*.

Moldoveanu dijo algo que ni Ileana ni yo pudimos escuchar.

—Los habitantes del pueblo están nerviosos. —De nuevo, la voz grave—. Saben que al cuerpo le faltaba la sangre. Creen que el castillo y los bosques están malditos. El cuerpo del tren también está causando… alarma.

Me cubrí la boca y ahogué el sonido de sorpresa que estuve a punto de dejar escapar. Ya no necesitaba ver con quién hablaba Moldoveanu; reconocía aquella voz aunque solo la hubiera escuchado una vez. Había visto esos ojos penetrantes que podían cortar a una persona a la mitad.

Dănești, el guardia real del tren, se movió desde detrás del director y sacudió su uniforme. Su mirada se detuvo en el lugar en el que nos escondíamos, lo que hizo que mi pulso casi se detuviera. Ileana apenas respiró hasta que el guardia se volvió a concentrar en el director. Se enderezó, y sus rasgos afilados se volvieron hacia el hombre mayor de la manera más amenazante posible.

—No nos decepcione, director. Necesitamos ese libro. Si no busca en esas cámaras, la familia real cerrará la academia.

—Como ya le informé a Su Majestad —gruñó Moldoveanu—, alguien ha robado el libro. Radu solo tiene algunas páginas en su colección, y no es suficiente. Si desea destruir el castillo, adelante. Le garantizo que no encontrará lo que ya no se encuentra aquí.

—Entonces que Dios tenga piedad de sus alumnos.

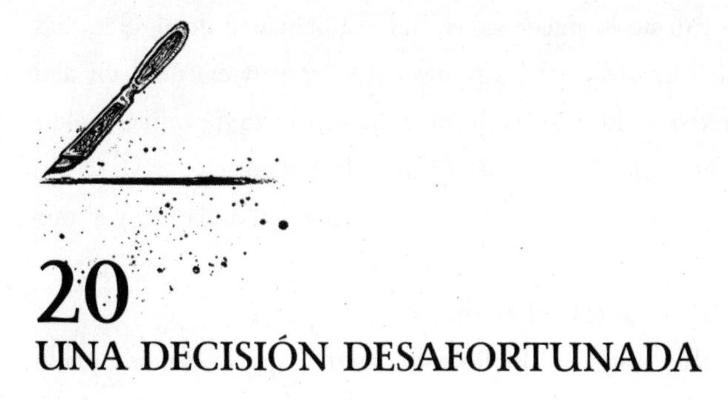

20
UNA DECISIÓN DESAFORTUNADA

PASILLO DE LOS SIRVIENTES
CORIDORUL SERVITORILOR
CASTILLO DE BRAN
5 DE DICIEMBRE DE 1888

Dănești giró sobre los talones, y yo me dispuse a avanzar, pero Ileana me bloqueó el camino de escape mientras el director se deslizaba por el vestíbulo, como una sombra que acechaba al joven guardia.

—No —susurró, extendiendo un brazo—. Moldoveanu no puede saber que lo hemos escuchado.

—¿Cómo puedo fingir lo contrario? Hablaban sobre Wilhelm Aldea. ¿Por qué otro motivo estaría el guardia real aquí? —Mi mente repasó con prisa la información que había escuchado. Si los miembros de la familia real habían recibido amenazas, eso explicaría el temor que Nicolae había manifestado después de descubrir que habían drenado la sangre de su primo. Quizás otros miembros de la nobleza habían recibido amenazas similares. Lo que me condujo a preguntarme qué más sabría o sospecharía el príncipe—. Si alguien ha asesinado a Wilhelm, quizás el príncipe Nicolae sea el próximo.

—Eso no lo puede saber. Tal vez hablaban de alguien más. —Ileana apretó los labios como si se contuviera de decir algo incorrecto—. El guardia quizá se encuentre aquí porque Moldoveanu es el médico forense oficial de la realeza.

—¿Lo es? ¿Cómo puede trabajar para la familia real y al mismo tiempo ser director?

Ileana levantó un hombro.

—Solo sé que si Moldoveanu descubre que lo hemos espiado, todo terminará muy mal. Para las dos, o solo para mí. No puedo permitirme perder este puesto. Tengo una familia que cuidar. Mis hermanos me necesitan.

Si había una amenaza real a la academia o a los estudiantes, el director no tenía derecho a ocultar esa información. Encararlo sería la opción correcta. Excepto que... mi atención se deslizó hacia el rostro suplicante de Ileana. La preocupación estaba grabada en su expresión inflexible.

Suspiré.

—Muy bien. No le contaré a nadie lo que hemos escuchado. —Ileana me apretó la mano una vez y se dispuso a caminar por el pasadizo secreto. Esperé un instante antes de seguirla—. Pero eso no significa que no intentaré descubrir por qué Dănești se encuentra aquí. Y a qué libro se refería. ¿Has oído algo sobre las cámaras peligrosas que ha mencionado? ¿O alguna otra cámara en la que sea necesario buscar?

Giró la cabeza con la velocidad de un látigo.

—¿Usted ha reconocido al guardia?

—Thomas y yo tuvimos el placer de conocerlo en el tren. —Vacilé, espié a través del tapiz y me aseguré de que los dos hombres se hubieran retirado del pasillo público—. Sacó el cuerpo de un hombre que había sido asesinado allí. Le ofrecimos nuestra ayuda, pero él no aceptó nuestros servicios. Thomas y yo le brindamos nuestra asistencia. Sin embargo, pareció un tanto molesto.

Ileana me miró durante un instante, con expresión aturdida.

—Me necesitan en los niveles inferiores. La morgue principal también se encuentra en ese nivel. —Un escalofrío le recorrió el cuerpo—. Intentaré encontrarme con usted en su sala común para el desayuno de mañana. —Hizo un gesto con el mentón hacia el vestíbulo principal, y la bandeja tintineó en sus manos—. Controle que no haya nadie antes de entrar allí. Ah —vaciló un segundo—, si elige visitar la morgue a esta hora, es probable que esté sola. Nadie se dirige allí después de que oscurece. Quizás encuentre algunas respuestas.

Antes de que tuviera tiempo de responder, Ileana se apresuró a avanzar por el corredor secreto, giró en una esquina y desapareció de la vista. Yo me restregué las sienes. Esos habían sido los días más extraños de mi vida. Dos asesinatos muy diferentes y la promesa de más en camino, además de todos los misterios del castillo. Sinceramente deseaba que las siguientes semanas fueran más tranquilas, aunque dudaba de que ese fuera el caso cuando era probable que un asesino merodeara por los terrenos.

Me reprendí a mí misma. Eso no era exactamente lo que había dicho Dănești.

Volví a echar un vistazo por el agujero del tapiz antes de escabullirme al vestíbulo principal, con la mente dando vueltas con información y preguntas nuevas. ¿Cuál era la verdad detrás de lo que Dănești y Moldoveanu discutían? Después de mi descarga inicial de adrenalina, me di cuenta de que había supuesto que hablaban de Wilhelm. Pero en realidad nunca habían mencionado a la víctima del asesinato por su nombre. Aunque no podía imaginar que hubiera otro cuerpo sin sangre que preocupara a los aldeanos. Luego estaba el asesinato extraño en el tren que se asemejaba al del pueblo...

Me detuve de manera abrupta, y una idea se elevó de los pliegues de mi cerebro y tomó forma. ¿Acaso Dănești había traído a la víctima del tren para que la estudiaran? Eso tenía sentido, ¿a dónde más llevaría el guardia real un cuerpo que necesitara análisis forense? Con seguridad a una de las academias más prestigiosas de toda Europa. Una ubicada a medio día de viaje en carruaje de la escena del crimen. Y una en la que trabajaba el forense de la realeza.

Si el guardia estaba involucrado en el asunto, existía la posibilidad de que la víctima, de alguna manera, también tuviera conexiones con la corona. Quizás por esa razón el guardia no había dejado el cuerpo en la escena del crimen. Yo no había escuchado ningún rumor sobre el asesinato del tren, lo que me hacía creer que la familia real había mantenido la identidad del individuo en secreto.

Los periódicos hubieran proclamado a gritos esa información con sus trompetas manchadas de tinta. ¿Significaría eso que Wilhelm y la primera víctima habían viajado juntos? Supuse que, si bien el método de asesinato era significativamente distinto, quizás hubiera algún lazo común entre los dos hombres después de todo.

Mi corazón latió de manera frenética contra su jaula de huesos. No estaba segura de cómo encajaba todo, pero sabía en mi interior que era así. De alguna forma. Tres asesinatos. Dos métodos no relacionados. ¿O el método de asesinato había evolucionado con la práctica desde la primera víctima que había llegado a los titulares?

Tío tenía una forma inquietante de introducirse en la mente de un asesino, e intenté imitar su metodología. Una víctima había aparecido como si *fuera* un vampiro. La segunda como si hubiera sido asesinada *por* un vampiro. ¿Por qué?

Si tan solo pudiera examinar el cuerpo del tren, quizás tendría un poco más de información. ¿Por esa razón Ileana me había informado dónde quedaba la morgue? Ella conocía los secretos que el castillo guardaba para sí gracias al cotilleo, como qué cuerpo esperaba que lo abrieran e investigaran en busca de pistas.

Ileana había dicho que la morgue estaría vacía, pero si el director o Dănești me encontraban, mi oportunidad de terminar el curso se echaría a perder. Debería ir a mis aposentos y estudiar para las clases del día siguiente.

La indecisión jugueteó con mis emociones, tentándome y alentándome a elegir otro camino. Recordé la conversación que había tenido con Ileana antes sobre cómo nuestro futuro no estaba garantizado. Nunca sabíamos qué elecciones podían presentarse en cualquier momento. Qué oportunidades aparecerían en nuestro camino. Me encontré dirigiéndome sin vacilación en una dirección que no conducía a mi habitación.

Los cadáveres se guardaban en dos lugares que conocía en el castillo: uno era la morgue del nivel inferior, tal como Ileana había descrito; y el otro, la torre junto a mis aposentos. Echaría un vistazo rápido dentro de cada cámara mortuoria y corroboraría si la víctima del tren se encontraba allí. Después decidiría qué hacer.

Caminé con prisa y el mentón en alto, deseando parecer como si estuviera en una misión autorizada. Tenía la sensación de que si parecía tan culpable como me sentía, mi aventura osada terminaría antes de comenzar.

Después de todo, no podía sentarme a observar y ser un integrante pasivo de mi vida. Si había un asesino merodeando por los pasillos de la Academia de Medicina y Ciencias Forenses, no esperaría hasta que hubiera otro cadáver frío que investigar. Si el asesino acechaba el linaje del Empalador, quizás el príncipe Nicolae fuera la próxima víctima.

Me detuve en seco, con la respiración entrecortada. Tenía que ser eso. Era una ironía asombrosa que alguien cazara la sangre de un hombre que se rumoreaba que la bebía. Pero tenía sentido. Seguí caminando por el pasillo y mi mente se volvió salvaje por la cantidad de pensamientos que la atosigaban. Deseaba que Thomas no hubiera complicado nuestra amistad. Quería compartir mis teorías nuevas con él, debatirlas.

Hice una nueva pausa y consideré mis opciones. Tal vez *debía* hablar con Thomas, disculparme por mi temperamento. Entonces podríamos escabullirnos en la morgue juntos y… sujeté mi falda y continué. Iría a la morgue sola y después compartiría mis descubrimientos con Thomas. Necesitaba asegurarme de que podía estar rodeada de muertos sin la compañía de nadie.

Un destello de movimiento me llamó la atención y me di la vuelta, con una explicación formándose en mi lengua, y me encontré con un pasillo vacío. Ni una cosa fuera de lugar. Esperé un segundo, mientras contenía la respiración, segura de que si alguien se había escabullido en algún recoveco, algún sonido me alertaría de su presencia. Nada.

Respiré hondo, luego exhalé, pero mi pulso salvaje no aminoró la marcha. Otra vez veía cosas que no existían. Me maldije por los fantasmas de mi pasado y me desprecié por tener tantos problemas para diferenciar la fantasía de la realidad. Nadie me seguía. Nadie llevaba a cabo experimentos científicos con mujeres asesinadas.

Ese no era un callejón rústico de Whitechapel invadido por la música discordante de las tabernas cercanas. No había ninguna silueta encapuchada merodeando en la noche.

Si seguía repitiendo esas certezas, podría hacer que mi mente las creyera. Solté un suspiro profundo. Solo habían pasado algunas semanas desde que mi mundo se había resquebrajado. Aún estaba sanando. Sobreviviría a eso. Solo necesitaba tiempo.

Me giré, esperando a medias encontrarme de frente con lo que fuera que había creído ver, pero el pasillo blanco aún se encontraba sumido en un silencio sepulcral, excepto por el sonido de mis propios pasos que ahora se movían con prisa por los suelos de madera. Caminé tan rápido como me atreví, incitada por los candelabros, cuyos dedos de luz me apuntaban como si me acusaran de algún delito.

Llegué al final del pasillo siguiente y me detuve delante de una gruesa puerta de roble que tenía el letrero de MORGĂ. No tenía ventanas ni tampoco había otra forma que me permitiera echar un vistazo adentro para ver si el lugar estaba ocupado. Tendría que arriesgarme. Mi respiración se aceleró mientras estiraba la mano hacia el picaporte, después retiré los dedos como si algo me hubiera pinchado. Los recuerdos de los susurros de las máquinas de vapor se burlaron de mí. Pero allí no había ningún *chuf-rum* que provenía del otro lado de la puerta. De todas formas escuché de nuevo. Necesitaba asegurarme.

El silencio era sofocante; no se oía nada. Respiré por la nariz, exhalé por la boca, dejé que mi pecho se elevara y cayera a un ritmo constante. Yo era una estudiante de esa academia. Si había alguien en la morgue podría inventar una excusa válida para entrar en la sala. Nadie nos había dicho que podíamos entrar solo durante las horas del día acompañados por un profesor.

Con ese pensamiento, me enderecé. Esa no era la casa de mi padre, en la que había tenido que andar de puntillas alrededor de las habitaciones prohibidas. Tampoco iba a llevar a cabo una autopsia en ese momento.

Cerré la mano sobre el picaporte y sentí el ardor del hierro gélido a través de la protección de mis guantes delgados. Me recordé que, cuanto antes terminara, más rápido podría ir a buscar a Thomas. Pensando en eso, giré el picaporte y casi entré de un tropezón cuando la puerta se abrió de golpe desde el otro lado. Mi corazón casi se detuvo. Miré el suelo, olvidando esconder mi vergüenza mientras me preparaba para enfrentarme a la ira del director Moldoveanu.

—Solo iba a catalogar... —comencé, pero luego levanté la mirada y vi a Ileana mirándome con los ojos bien abiertos. Por suerte, el director no se encontraba allí. La mentira se desintegró en mi boca—. ¿Qué...? Creí que te dirigías a la cocina.

—Yo... debo retirarme. Hablamos luego.

Sin pronunciar otra palabra, echó a correr por el pasillo y no se molestó en mirar atrás. Yo permanecí de pie, con la mano contra el pecho, recomponiéndome. Odiaba que Moldoveanu la forzara a limpiar una sala repleta de cadáveres cuando claramente se sentía incómoda rodeada de ellos. Ileana había sido criada en el pueblo y era probable que hubiera crecido rodeada de supersticiones respecto de los muertos.

Hice a un lado mi enfado con el director y sujeté una vez más el picaporte de la puerta, dispuesta a no retirarme después de haber llegado tan lejos, y di un paso adelante.

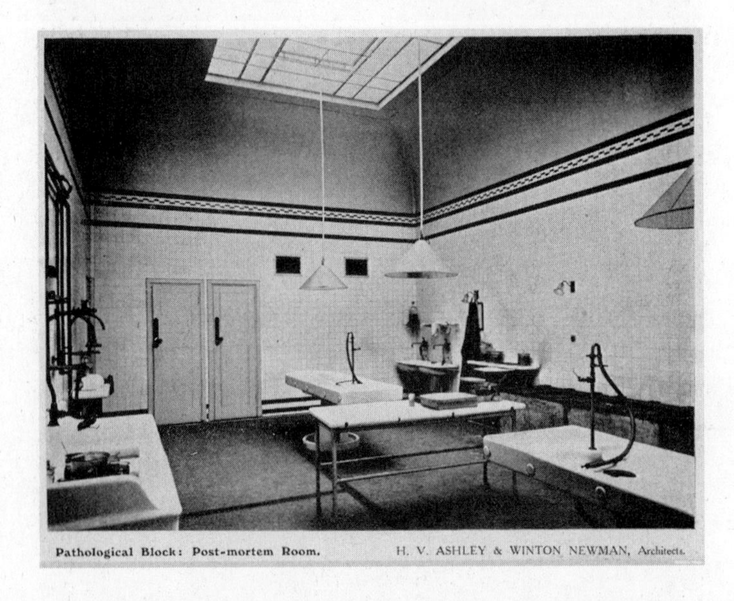
Pathological Block: Post-mortem Room. H. V. ASHLEY & WINTON NEWMAN, Architects.

Royal Free Hospital, Londres: el interior de la sala mortuoria del sector de patología. Impresión, 1913.

21
REABRIENDO HERIDAS DEL PASADO

MORGUE
MORGĂ
CASTILLO DE BRAN
5 DE DICIEMBRE DE 1888

Miré a mi alrededor con cautela. Una pared de cámaras mortuorias de metal y tres mesas largas me dieron la bienvenida. Las lámparas de gas sisearon por lo bajo ante la intrusión, aunque uno se encontraba apagado. Sobre una mesa de examen había un cuerpo cubierto de la cabeza a los pies con una tela de lona. Ignoré la punzada de temor que me recorrió la espalda. No podía permitir que otro ataque de ansiedad interfiriera con mi misión.

Exhalé nubes de aliento que emborronaron el aire gélido, aliviada de ver que la sala estaba vacía de seres vivos. Me moví hacia el cadáver tan rápido como me lo permitió la falda. Esperaba que fuera la víctima del tren. Encontrarlo con tanta rapidez volvería las cosas mucho más fáciles.

Me acerqué a la tela, dudando si podría desenmascarar a quien fuera que yaciera allí. Un sentimiento familiar de temor me agobió tanto los pensamientos como los brazos. Me pareció que la tela se movía. Solo una vez. Algo apenas perceptible, pero aun así un movimiento. Un recuerdo comenzó a romper la barrera que había construido en torno a él, pero lo hice retroceder. Allí no. No cuando el reloj estaba en mi contra.

El laboratorio de Jack el Destripador había sido destruido. Los cadáveres no podían volver a la vida. Algún día mi condenada mente lo comprendería.

Sin perder otro preciado instante en tonterías, quité de golpe la tela, y el mundo se resquebrajó debajo de mis pies. Se me doblaron las rodillas mientras asimilaba los rasgos pacíficos. Las pestañas largas se estiraban hacia los pómulos definidos. Los labios carnosos se encontraban un tanto separados, privados de su burlona sonrisa habitual.

Thomas yacía quieto como una estatua inmóvil.

—Esto no es real.

Apreté los ojos con fuerza. Eso *no* era real. No estaba segura de qué era, una alucinación provocada por un caso grave de histeria, quizás, pero era imposible que estuviera viendo la verdad. Contaría hasta cinco y después el cuerpo habría desaparecido, reemplazado por el cadáver de otro joven que había perdido la vida demasiado pronto.

Eso era una fantasía. Quizás *de verdad* me había convertido en un desdichado personaje de Poe, sumida en la locura por meses de duelo y preocupación. Ese cuerpo solo se parecía a Thomas. Cuando abriera los ojos vería quién era en realidad. Y luego correría hacia su habitación y me pelearía con mi mejor amigo. Lo sujetaría por las solapas y apoyaría mis labios en los suyos, sin que me importara parecer indecorosa. Le diría una y otra vez cuánto lo adoraba, incluso cuando deseaba estrangularlo.

Mientras contaba, nuevas imágenes extendieron sus dedos hacia mi mente.

Vi a Thomas dedicándome cien sonrisas diferentes. Cada una de ellas era un regalo concedido únicamente para mí. Vi todas nuestras disputas. Todos nuestros coqueteos que maquillaban sentimientos que ninguno estaba del todo listo para encarar. Una lágrima se deslizó por mi mejilla, y dejé que lo hiciera. El vacío irradiaba de mi pecho, y se volvía más incontenible con cada respiración que quedaba atrapada en su abismo.

—Por favor. —Me desplomé sobre su pecho como si mis lágrimas pudieran entregarle mi fuerza vital—. Por favor no me lo quites a él también. ¡Hazlo volver! Haré cualquier cosa... —Cualquier cosa, ética o no, para volver a pelear con él.

—¿Cualquier cosa?

Se me detuvo el corazón. Me alejé del cuerpo, lista para atacar al intruso, cuando unos brazos me envolvieron como alas inmensas. Me quedé sin aliento y me eché hacia atrás mientras la bilis subía abrasándome la garganta. Eso no podía estar sucediendo. Los muertos no volvían a la vida...

Thomas torció la boca hasta esbozar esa condenada sonrisa, y todo en mi interior se adormeció. La temperatura pareció desplomarse varios grados más. Cerré con firmeza la boca para evitar que me castañearan los dientes, aunque mi cuerpo temblaba de manera violenta.

—Si hubiera sabido que la forma de ganar tu corazón era a través de la muerte, lo hubiera hecho hace años, Wadsworth.

Busqué a tientas el cuello de mi vestido y palpé la tela mientras intentaba apartarlo lejos de mi cuerpo. Si hubiera podido respirar profundo...

—No estás... no estás...

Me tambaleé hacia un lado, con las manos apoyadas en el pecho. La sala giró en círculos salvajes. Cerré los ojos con fuerza un instante, pero eso empeoró la situación; no dejaba de ver imágenes de las que no podía escapar. Thomas se incorporó de un salto, y la tela cayó de su cuerpo intacto, con la frente marcada de preocupación. Observé cómo levantaba las piernas y luego pasaba por encima de la mesa para finalmente ponerse de pie.

Se encontraba bien. No estaba muerto. Nunca había estado muerto. De pronto, la sala no me pareció fría en absoluto, sino ardiente. Hubiera jurado que el techo descendía, que las paredes me arrastraban hacia un rincón, en el que me sofocaría en esa tumba maldita. Inhalé bocanadas de aire con esfuerzo, pero no fue suficiente. Pensé en todos los cadáveres que se encontraban en aquellas cámaras cerradas, esperando que me uniera a ellos.

Sentí cómo el pecho subía y bajaba. Thomas no estaba muerto. A diferencia de mi madre y mi hermano. No había vuelto como un monstruo viviente. No era un *strigoi*. Me incliné, coloqué la cabeza entre las rodillas y maldije al aire por ser demasiado denso como para respirar de manera adecuada. La sangre palpitaba en mis sienes. Mantuve los ojos cerrados, y aquellos fantasmas permanecieron en mi interior en contra de mi voluntad. Mi mente intentaba asesinarme. Los vampiros y los seres inmortales eran un mito, no la realidad.

Nadie podía cruzar el límite de la muerte y volver. Ni siquiera el señor Thomas Cresswell.

—Audrey Rose, lo siento mucho. —Thomas sostuvo las manos en alto hacia mí, apaciguador, gentil—. Fue una treta horripilante para hacer que volvieras a hablarme. Nada más. Soy… soy un pobre intento de amigo. Nunca quise… Necesitas aire. Vamos afuera. Por favor. Yo… le supliqué a Ileana que de alguna manera te trajera aquí para que pudiéramos hablar. A solas. Luego vi la mesa y creí… por favor déjame ayudarte a tomar un poco de aire. Me disculpo. No pensé que…

—Tú… ¡canalla!

Trastabillé hacia el rincón con el rostro encendido. Las lágrimas caían de mis ojos cerrados. El abismo que tenía en el pecho ya no estaba vacío, sino repleto de emociones demasiado furiosas y ardientes para ser sofocadas. Thomas había estado allí esa noche, había presenciado todo. No podía creer que se hubiera acostado allí, que hubiera fingido estar muerto, como si la mera *idea* de él cruzando hacia la muerte no fuera a derrumbarme. Apreté los puños. Me di cuenta de que había cientos de cosas que podía gritar. Pero solo necesitaba una respuesta.

—¿Cómo has podido recostarte en esa mesa y fingir tu muerte? —exigí—. Tú sabes. *Sabes* lo que sucedió en ese laboratorio. No puedo…

Seguí de pie, con las manos temblando, respirando con la fuerza suficiente como para que me escuchara. Thomas dejó caer la cabeza sobre las manos y no pronunció ni una palabra. A duras penas se movió. Pasaron varios segundos y mi enfado comenzó a retorcerse de nuevo, buscando algo que atacar.

—Habla ahora, o no me busques nunca más, Cresswell. ¿Cómo has podido? Sabiendo que eso me persigue día y noche. Mi madre yaciendo en esa mesa. La electricidad.

Sollocé con más fuerza, y las lágrimas me recorrieron el rostro mientras revivía el horror de esa noche. Ese, *ese* era el recuerdo que no podía superar. No podía dejar de verlo cada vez que me encontraba delante de otro cadáver. Mi madre, la que alguna vez había sido preciosa y había terminado rota por completo. Destruida por la muerte. Con tubos entrando en su cuerpo parcialmente descompuesto. El movimiento de sus dedos, las mismas manos que alguna vez me habían sostenido, podridas y en parte esqueléticas. Mechones de su largo pelo azabache desperdigados por el suelo.

Una nueva oleada de náuseas asaltó mi organismo. Era algo que no olvidaría, que no *podría* olvidar jamás. ¿Y ahora tendría en la mente esa imagen de Thomas sobre la mesa de examen? Respiré entre temblores. Al final, me obligué a mirar hacia arriba y observé al joven que podía deducir lo imposible, pero fallaba en notar lo simple y evidente delante de sus ojos.

—Estoy cerca de romperme, Thomas —dije con el cuerpo temblando—. Muy cerca de perderme. Ni siquiera sé si puedo seguir estudiando medicina forense.

Thomas parpadeó como si yo hubiera hablado tan rápido y dicho cosas tan escandalosas que su cerebro no pudiera seguirlas. Abrió la boca, la cerró y sacudió la cabeza. Su mirada fue tan gentil como su tono cuando al fin encontró las palabras correctas.

—Atraviesas un duelo, Audrey Rose. La tristeza no significa estar rota. Te reconstruyes después de algo… destructivo. Volverás más fuerte. —Tragó saliva—. ¿Eso es lo que crees? ¿Que eres irreparable?

Me enjugué el rostro con el puño de mi vestido.

—¿Por qué te has acostado en esa mesa? Esta vez quiero la verdad.

—Yo… creí que… —Thomas se mordió el labio—. Creí que enfrentarte a tu miedo tal vez sería provechoso. Tal vez… te ayudaría para que… pudieras dar lo mejor de ti. Solo tenemos algunas semanas más. La competencia se volverá despiadada. Pensé que apreciarías mi esfuerzo.

—Eso es lo más estúpido que he oído salir de tu boca. ¿No has considerado lo que esa imagen podría hacerme?

—Creí que estarías… enfadada, pero también agradecida. En realidad, imaginé que… te reirías —admitió—. La verdad es que no lo pensé tanto. Ahora veo que podría haber ofrecido ayuda de una forma más… productiva. Quizás era un momento para brindar apoyo emocional.

—Ah, ¿sí? ¿Ahora es cuando deduces que debías brindar apoyo emocional? ¿Cómo has podido creer que me reiría ante semejante imagen? Perderte… eso sería lo más alejado a algo divertido que se me puede ocurrir.

Su mirada resplandeció con una picardía muy poco oportuna.

—¿Entonces por fin admites que soy irremplazable en tu corazón? Ya era hora, si me lo preguntas.

—¿Perdón? —Me quedé boquiabierta, parpadeando. No se tomaba las cosas en serio. Lo iba a asesinar. Lo trituraría en mil trozos y lo entregaría a los lobos inmensos que merodeaban por el bosque. Levanté el rostro y hubiera jurado que un gruñido escapó de mi garganta. Aunque no emití sonido, mi expresión debió parecer sedienta de sangre.

—¡Era una broma! Pero veo que no ha sido oportuna. —Thomas se tambaleó hacia atrás y sacudió la cabeza—. Has atravesado un momento de conmoción… mi culpa, naturalmente. Pero…

Avancé hacia él con los ojos entrecerrados a medida que acercaba mi boca a la suya. Olvidé la etiqueta y la decencia y todas esas tonterías que supuestamente debían importarme. Coloqué las manos en su pecho y lo empujé hacia la pared, acorralándolo. Aunque apenas tuve que tocarlo para mantenerlo en el lugar, ya que parecía muy complacido en esa posición.

—Por favor, Audrey Rose. Soy un caso perdido y no puedo disculparme lo suficiente. —Thomas intentó sujetarme del rostro, extendiendo las manos hasta que casi me tocaron la piel, pero se detuvo cuando divisó la mirada de furia que le dediqué.

—No me trates como si *tú* supieras qué es lo mejor para mí. —Hice una pausa, intenté desenmarañar mis sentimientos y determinar por qué había reaccionado de forma tan intensa—. Mi padre intentó enjaularme, protegerme del mundo exterior, y esta es mi primera experiencia con la libertad, Thomas. Por fin estoy tomando mis propias decisiones. Lo cual es tan aterrador como emocionante, pero necesito saber que soy capaz de luchar algunas batallas sola. Si de verdad quieres ayudar, entonces simplemente tienes que estar para mí. Es todo lo que pido. No quiero más experimentos que me ayuden a lidiar con mi trauma. O hablar con profesores sobre mi estado emocional o mental. Me desautorizas cuando haces eso. No toleraré tales actitudes.

—También siento eso, Wadsworth. —El arrepentimiento profundo de su mirada indicaba que hablaba en serio—. Tú eres mi igual, y siempre lo has sido. Me avergüenzo mucho de haberte hecho sentir lo contrario. —Respiró hondo—. ¿Me permitirías... estaría bien si te doy una explicación?

—¿Hay más tonterías?

Lo miré, pasmada. Thomas había hecho muchas cosas ridículas antes, pero esa era la peor. Debería haber sabido que no solo abría una herida reciente, la destrozaba y destrozaba mi alma al mismo tiempo. Dejé que el frío cubriera mi cuerpo.

Thomas dejó escapar una respiración temblorosa, como si pudiera sentir la frialdad que yo emanaba.

—En mi mente, cuando pensé en cómo te sentirías si me encontrabas aquí en este estado, creí que... te reirías. Que te sentirías aliviada de que tus peores miedos hubieran sido falsos. Que a lo único a lo que deberías temerle era a mis intentos espantosos por ayudarte. —Llevó la mano hacia la frente—. He perdido la capacidad de deducir lo evidente. Ahora se ve como lo que es: la peor idea que ha tenido la humanidad. Te he dicho que no tengo una fórmula para ti. Y al parecer tampoco comprendo a las mujeres. O tal vez no comprendo a las personas en general. Me doy cuenta de que mi sentido de humor quizás no refleje el de la gente común.

Los músculos de mi mejilla temblaron ante la sutileza, pero no tuve la energía suficiente para sonreír.

—Es solo que… a veces cuando tengo miedo o estoy perdido, intento ser gracioso. Romper la tensión. Reír siempre me ha ayudado, y esperaba que te ayudara a ti también. Lo siento de corazón, Audrey Rose. Me he equivocado por completo al hablar con Radu sobre tu estado emocional.

—Sí, lo has hecho.

Thomas asintió. Por un instante me pareció que iba a desmoronarse y a caer de rodillas, pero se enderezó.

—Mi estupidez no ha tenido nada que ver con una falta de confianza en ti. Pero no confiaba en que *Radu* no hiciera preguntas acerca de Jack el Destripador. No dejaba de imaginar que él te haría daño sin querer, y sabía que querría asesinarlo. Sé que no necesitas protección, pero deseo hacerte feliz.

Respiró hondo; al parecer, había más.

—En la clase de Radu… más tarde, no dejaba de ver tu rostro. La luz desvaneciéndose y el vacío desolador que volvía de pronto. Sentí como si estuviéramos otra vez en el laboratorio la noche en la que él murió. ¿Y la peor parte? Sabía que era algo que podía haber evitado. Si lo hubiera intentado con mayor esfuerzo. Si no hubiera estado aterrado por la idea de perderte. —Thomas se cubrió el rostro, con la respiración entrecortada. Esta vez, las lágrimas se derramaron por su mentón—. No sé cómo arreglar esto. Pero te juro que me comportaré mejor. Yo...

—No había nada que pudieras haber hecho esa noche —aseguré, amable.

Era algo que me había dicho a mí misma durante un tiempo, pero mi mente volvía a ese momento y lo repasaba una y otra vez, buscando un final diferente para la historia. Me acerqué a Thomas y sujeté su mano con suavidad. Aún estaba furiosa, pero mi enfado se apaciguaba ante la perspectiva. Estaba vivo. Podíamos dejar eso atrás y crecer. Ni el tiempo ni la muerte nos habían derrotado.

Tragó saliva con esfuerzo, y el movimiento se hizo visible en su garganta mientras contemplaba nuestras manos entrelazadas.

—Por favor, perdóname.

—Yo...

Un tablón de madera crujió debajo de nosotros. Me aparté de él y tanteé el lugar con mi peso. Sonaba como si tuviera bisagras a las que les faltaba una buena aceitada. Estaba bastante segura de haber visto el contorno de una puerta. Recé para que no fuera otra ilusión. Thomas no pareció haberlo notado; su mirada se concentraba en mí, con expresión cauta pero esperanzada. Me di cuenta de que esperaba mi respuesta a su disculpa.

—Si juras que nunca, nunca jamás hablarás por mí sin mi consentimiento, te perdono —dije, sabiendo que lo habría perdonado de todas maneras. Su rostro se iluminó, y necesité todo mi esfuerzo para evitar envolverlo en mis brazos. Me aclaré la garganta y señalé el suelo—. Tengo una teoría que intento demostrar. Y creo que la trampilla sobre la cual estamos es nuestra primera pista.

Thomas me miró un segundo más, y luego echó un vistazo al suelo. Era más fácil de distinguir estando unos metros más atrás: sin duda había una puerta escondida en la morgue.

—He escuchado a Moldoveanu y a Dănești hablar sobre buscar algo en las cámaras, aunque no estoy segura de qué han querido decir con ello. Hablaron de encontrar un libro —comenté. El entusiasmo reemplazó mis emociones oscuras mientras miraba con fijeza la trampilla—. Creo que debemos adelantarnos a ellos.

—Lo que dices es muy probable. —Thomas echó los hombros hacia atrás—. Podría ser un antiguo túnel que conduzca al bosque. Vlad utilizaba este castillo como fortaleza. Estoy seguro de que tenía muchas formas de hacer una salida estratégica si la necesitaba. Pero es posible que sea un palacio de arañas ahora mismo. Preferiría no estropear este traje.

Resoplé con dramatismo.

—Eso apesta a excusas, Cresswell. ¿Temes a las arañas?

Se dio unos golpecitos en los brazos con los dedos, con expresión pensativa.

—No pierdo mi dignidad al admitir que las detesto.

Sonreí. Los dos estaríamos en problemas. Deseaba que no nos encontráramos con ninguna criatura de ocho patas. Pero la tentación magnética de la curiosidad era demasiado fuerte como para resistirme. Palpé los tablones de madera, buscando un mecanismo de apertura. El espacio debajo de nosotros era demasiado viejo y estaba repleto de telas de araña o tenía un mantenimiento regular, lo que me conduciría a creer que alguien más lo conocía.

Y en ese caso, quizás estuviera lleno de pistas. Si Dănești buscaba cámaras secretas, yo quería saber por qué. Levanté la mirada hacia Thomas.

—¿No me ayudarás? —Se mordió el labio y casi vi un destello carmesí—. ¿En serio? ¿Crees que esta idea es peor que fingir estar muerto y casi matarme del susto?

—Tienes razón. —Tamborileó los dedos contra los labios, considerando la idea—. Si unas arañas feroces terminan devorándome, al menos me recordarán por algo más que por mi exquisita apariencia.

Sonrió mientras yo ponía los ojos en blanco y luego caminó hacia el candelero apagado. Observé cómo la analizaba durante un instante y luego la giraba hacia un lado. Sorprendentemente, la trampilla se hundió hacia dentro y dejó al descubierto una escalera húmeda y mohosa. Levanté la mirada, incrédula, y Thomas sonrió.

Por supuesto. El candelero roto era demasiado evidente ahora.

—¿Te impresiono con mis poderes de deducción? Era el único candelero que no estaba encendido, lo que me condujo a creer que si había un secreto…

—Ahora no, Cresswell. Dame la mano. Quiero ver qué escondía Vlad Drácula allí abajo. Y qué busca Dănești.

22
AQUELLAS ALAS SIN PLUMAS

PASADIZO SECRETO
PASAJ SECRET
CASTILLO DE BRAN
5 DE DICIEMBRE DE 1888

Si la oscuridad casi total no fue suficiente advertencia para que diéramos la vuelta, el dulce hedor nauseabundo de la putrefacción que nos asaltó debió haberlo sido.

—Encantador. —Thomas arrugó la nariz—. No hay nada como el aroma de un cadáver hinchado para despertar el interés por la aventura.

Permanecimos de pie en la entrada de la trampilla, contemplando lo que sin duda sería un ambiente funesto. Unas piedras grises rodeadas de telarañas y otros desperdicios se extendían por delante como bostezos, abriendo sus dientes astillados para permitirnos adentrarnos en las entrañas del castillo. Me esforcé en respirar por la boca.

—Piensa que es solo una fruta madura lista para estallar.

La mirada de Thomas me recorrió, con las cejas enarcadas en un gesto apreciativo.

—Eres morbosamente encantadora.

—Debemos apresurarnos. No quiero demorarme demasiado. —Señalé la trampilla—. ¿Deberíamos cerrarla?

Thomas echó un vistazo hacia el pasadizo secreto y luego hacia la puerta principal, y suspiró con resignación.

—Tengo la sensación de que nos arrepentiremos de esto, pero sí. Baja algunos escalones y yo nos encerraré con el cadáver y las arañas. A oscuras.

Recogí mi falda, agradecida de que no fuera tan voluminosa como de costumbre, y bajé los escalones uno a uno, haciendo una mueca ante lo que podía quedar atrapado en mi dobladillo. Me aterraba qué sería lo que causaba el hedor y deseé que solo fuera el cadáver de un animal que había conseguido entrar en el castillo. No me entusiasmaba la idea de encontrar restos humanos.

Thomas resopló detrás de mí, y sus zapatos encontraron todas las formas imaginables de raspar la piedra mientras maniobraba para cerrar la trampilla. Por experiencias anteriores, sabía que era capaz de conducirse en la noche con un sigilo inhumano. Apreté los dientes e ignoré el golpeteo de sus zapatos mientras bajaba los escalones a mis espaldas. Tal vez seguía perturbado por su estúpida idea de hacerse el muerto.

Una piedrita rebotó por los escalones y anunció nuestra llegada a viva voz. Me detuve, y mi pulso se hizo una ola rompiente contra las venas. No podíamos estar seguros de que nos encontrábamos solos, y no quería que me expulsaran tan rápido. En especial cuando había tantos interrogantes sin respuesta acerca de qué sucedía exactamente en esa academia.

Thomas murmuró algo en voz tan baja que no pude comprender.

—Quédate quieto. —Le lancé una mirada por encima del hombro, aunque todo estaba demasiado oscuro como para distinguirlo con claridad. Su silueta era bañada por la luz dorada de la lámpara de gas que se filtraba a través de una rendija de la trampilla. Luché contra el impulso de estremecerme. Él siempre tenía algo que era… inquietante de una forma curiosa. En especial si estábamos ocultos en la oscuridad.

—No puedo esperar a ver si es tan delicioso como huele.

—¿En serio? ¿Es imposible que te calles?

Su única respuesta fue el chasquido de un fósforo y el subsiguiente siseo de la llama. Sonrió con satisfacción hacia el candelero que blandía, cuya luz era apenas un destello en la oscuridad opresiva. No me molesté en preguntar dónde la había encontrado. Quizás la llevaba guardada en su chaqué.

Se acercó a mí y habló tan bajo que casi me perdí sus palabras. Pero él no se perdió cómo se aceleraba mi respiración cuando sus labios me rozaban el cuello, haciendo cosquillear mi piel con el contacto. Lo sentí sonreír en mi cabello.

—Eres el hombre más apuesto que he conocido —dijo.

Entrecerré los ojos e intenté descubrir alguna clase de imperfección en él. No había nada fuera de lo común que pudiera distinguir. Solo dos ojos de color castaño devolviéndome la mirada, divertidos.

—Te has golpeado la cabeza, ¿verdad? ¿O alguien te ha obligado a beber un tónico raro?

—Quieres mi silencio. —Thomas sonrió, me rodeó y siguió bajando las escaleras, dando saltitos alegres—. La frase que acabo de decir es el código para cuando quieras que hable de nuevo. Prometo no pronunciar ni una sílaba hasta que liberes mis labios con esas palabras.

—Ojalá tuviera esa suerte.

Manteniendo su promesa, bajó el resto de los escalones sin siquiera respirar demasiado fuerte. De no haber sabido que estaba allí conmigo, y de no haber visto el tenue destello de la luz que sostenía, no hubiera adivinado que se encontraba a unos pasos de distancia. Sin duda se movía como un espectro cuando lo deseaba.

Su silueta se disolvió en las sombras que nos rodeaban. Procurando ser igual de cautelosa, descendí manteniendo la concentración, ya que lo último que necesitaba era quebrarme un hueso allí abajo.

Se oyó un aleteo a la distancia, un sonido como el cuero rozando el cuero en una sucesión frenética. Ignoré cómo mi corazón deseaba salir corriendo y volver escaleras arriba. Supuse que serían los murciélagos que el director había mencionado la noche en la que habíamos llegado.

Los cadáveres de hedor nauseabundo eran una cosa, pero los *murciélagos*… Un temblor vibró por mis huesos. Los murciélagos, con rostros de roedor y alas membranosas, me ponían los nervios de punta.

Lo cual era irracional. Podía tolerar a las ratas. Y con los pájaros no tenía problemas. Pero esas alas sin plumas, y las venas que se extendían sobre ellas como ramas en el árbol de la vida. Podía vivir tranquilamente sin esas criaturas.

Mientras llegábamos al final de las escaleras y entrábamos en un corredor que parecía haber sido tallado en la piedra áspera de la montaña misma, me pregunté qué necesidad tenía yo de descubrir los secretos que se ocultaban debajo de la morgue en un castillo con un pasado tan amenazante.

La condensación goteaba de la piedra, pero allí no había nadie para enjugar la tristeza de ese túnel miserable. Al menos nadie con quien quisiéramos encontrarnos sin portar un arma. El viento aullaba a través del pasadizo, y me erizó la piel de los brazos.

Maldije, olvidando mantener el silencio. Thomas se dio la vuelta con expresión divertida, pero le hice un gesto para que siguiera caminando. Debería conseguir alguna clase de cinturón para mi bisturí. Así lo podría amarrar a mi cuerpo y blandirlo cuando necesitara hacerlo. Me pregunté si el modisto del pueblo sería capaz de diseñar tal accesorio.

Si podían crear un cinturón, seguramente podrían hacer uno así. Me demoraba de nuevo y lo sabía. Esperaba que no nos atacara ningún murciélago. Había una gran cantidad de cosas que podía soportar… pero imaginar cómo hundían las garras en mis rizos mientras chillaban y me arrancaban mechones de cabello…

Me sequé las manos en mi vestido, y deseé haber llevado una capa. Aunque, por supuesto, no había planeado ir a otro sitio que no fueran los pasillos de los sirvientes. Allí, debajo de los numerosos hogares del castillo, la temperatura era mucho más gélida. Como si hubiera sido capaz de extraer la deducción de la oscuridad, Thomas se giró de manera abrupta y me ofreció su abrigo.

—Gracias. Pero quédatelo por ahora. —Era tan largo que me tropezaría con él.

Asintió y continuó. Yo me apresuré detrás, ignorando el aleteo que hacía eco en el pasadizo húmedo que teníamos por delante.

Tiré de Thomas hasta que se detuvo. En el extremo del larguísimo túnel de piedra donde nos encontrábamos, una antorcha parpadeaba. Si bien su luz se asemejaba a un sol hundiéndose en el horizonte, sus rayos tenues no ofrecían nada de calidez. Si había una antorcha encendida, alguien se encontraba allí abajo o había pasado por el mismo camino hacía poco tiempo.

Mi respiración se nubló delante de mí, como un fantasma de advertencia. Thomas me hizo señales para que liderara el camino. Las paredes parecían estrecharse, la montaña nos aplastaba desde ambos lados. Pasamos junto a unas puertas, algunas de las cuales estaban manchadas de negro, mientras que otras eran de roble oscuro, todas casi indistinguibles de las paredes cavernosas hasta que nos topábamos con ellas.

Empujé una, pero no cedió. Seguí avanzando por el pasillo, alerta frente a cualquier señal de movimiento. No sabía qué haríamos si encontrábamos algo siniestro allí abajo. Con suerte, Thomas tendría un arma escondida en el mismo lugar en el que fuera que hubiera guardado el candelero.

Sopló una leve brisa, y con ella nuestra vela se apagó. Deseé liberar mi pelo de su trenza y cubrirme el cuello con él. El aire cerca de ese extremo del túnel era más gélido de lo que había sido junto a las escaleras. El agua ya no goteaba, sino que se congelaba en una lámina brillante besando el rostro de las rocas.

Thomas me alcanzó donde me había detenido y señaló el camino por el que nos habíamos deslizado. Eché un vistazo hacia atrás desde esa perspectiva, veía que habíamos descendido de forma constante, aunque no lo había percibido mientras caminábamos. También nos encontrábamos mucho más lejos de la entrada de lo que había creído.

La oscuridad engañaba mis sentidos. Podría haber jurado que nos percibía, que observaba cada paso tambaleante que dábamos y se regocijaba con nuestro terror. Thomas apartó una telaraña de un manotazo antes de que yo la atravesara. Caballeroso, teniendo en cuenta su miedo a las arañas. Le di las gracias y continuamos lentamente por el pasadizo.

—Parece como un carnaval con muchos espejos. ¿No es así? —pregunté.

Transcurrieron algunos segundos. Me giré, esperando una respuesta insolente, pero Thomas solo asintió, con una sonrisa pícara en el rostro. Luego recordé su promesa de permanecer en silencio.

—¿Sabes qué? —pregunté. Él arqueó las cejas—. Disfruto mucho de verte sin tener que escuchar todas las tonterías que escupes. Deberías quedarte callado más a menudo. —Me permití observar sus rasgos tallados, complacida por el deseo que se iluminó en sus ojos cuando mi mirada encontró su boca—. De hecho, nunca había querido besarte con tantas ansias.

Me moví con prisa por el pasadizo, sonriendo para mis adentros mientras Thomas dejaba caer la mandíbula. Un poco de ligereza era lo que necesitaba para contener mi inquietud. No quería pensar en lo que estábamos a punto de encontrar. La muerte nunca tenía un olor agradable, y el hedor apabullante me hacía llorar los ojos. La esperanza de toparnos con el cadáver de un animal se esfumaba.

A menos que fuera un animal muy grande y de tamaño humano.

Me enjugué la humedad de los ojos. Así olían los cadáveres cuando no se los había enterrado a una profundidad suficiente. En el laboratorio de Tío no habíamos lidiado con cuerpos en descomposición avanzada con mucha frecuencia, pero las veces en las que lo habíamos hecho habían dejado recuerdos que estarían en mi cerebro para toda la eternidad.

Nos acercamos a la antorcha solitaria, y distinguí dos túneles más que se desviaban en direcciones opuestas. En el punto en el que se separaban había una gruesa puerta de roble ubicada a un costado. Unas gotas de agua parecían filtrarse de la madera porosa. Sin duda era algo raro.

Respiré profundo, agradecida por la forma en la que el frío me mantenía en estado de alerta. Allí el pasadizo tenía la amplitud suficiente como para que solo un cuerpo lo atravesara. Mis hombros angostos casi rozaban las paredes a medida que nos abríamos camino hacia la puerta siniestra y a los horrores que nos aguardaban detrás de ella. Thomas se colocó de lado para poder avanzar.

Eché un vistazo hacia abajo y me sorprendió encontrar basura. El hedor de la muerte invadía casi todo, pero la servilleta manchada de grasa que yacía a mis pies parecía haber sido arrojada hacía poco tiempo. Tragué saliva y deseé que quienquiera que hubiera dejado esos desperdicios se hubiera retirado hacía mucho. Sería muy difícil salir corriendo de ese pasaje estrecho sin que nos atraparan.

Cerré los ojos. Sabía que tenía la fortaleza necesaria para enfrentarme a lo que estábamos a punto de descubrir. Pero la parte de mi cerebro que aún estaba afectada por los asesinatos del Destripador colmaba mi mente de tonterías una vez más. Solo necesitaba un minuto. Después seguiría adelante.

Thomas me dio unos golpecitos en el hombro para indicarme que quería pasar delante de mí. Sacudí la cabeza. Para que eso sucediera, tendría que apretujarse contra mi cuerpo. Antes de que pudiera protestar, me presionó con gentileza contra la pared y se deslizó junto a mí, cuidadoso de no tardar demasiado.

Me despegué de la pared a regañadientes y observé cómo inspeccionaba los dos túneles. Mientras calculaba Dios sabe qué, me concentré en la puerta. Había logrado distraerme lo suficiente del miedo creciente, y lo sabía. Si no hubiera estado agradecida por el resultado, le hubiera dado una bofetada con mi guante por haberse tomado semejantes libertades sin la presencia de una carabina.

Volví a mirar la puerta. Una cruz de la cual brotaban llamas había sido tallada en la madera hacía tiempo, según indicaba su aspecto desdibujado. Había un siete en números romanos grabado debajo de la cruz. Recorrí el símbolo con los dedos, y luego retiré las manos ante su calidez sorprendente.

Quizás no me había liberado de mis alucinaciones como había creído. Sería mejor abrir la puerta rápido, de ser posible. El suspenso de quién o qué encontraríamos aumentaría exponencialmente cuanto más tiempo dejáramos pasar.

Respiré hondo una vez más y empujé con todas mis fuerzas, notando otra vez cuán caliente se sentía la madera para un túnel tan helado. Eso no era científicamente posible, así que ignoré la advertencia de mis huesos. Para mi sorpresa, la puerta se abrió al instante. El crujido que había esperado escuchar no se hizo presente. Era evidente que alguien se había tomado el trabajo de engrasar las bisagras de metal.

Asomé la cabeza, apenas unos centímetros, confundida por el calor tropical que salía en ráfagas del espacio sombrío, y entrecerré los ojos. La cámara no parecía más grande que un pequeño cuarto de baño, pero había un montículo negro en el centro del suelo y otros similares a lo largo de las altas paredes.

Lo cual no tenía sentido… ¿qué estaría cubriendo las paredes? ¿Por qué se sentía una calidez perturbadora si no había un fuego encendido?

En respuesta a esa pregunta, el vapor siseó desde una grieta. Debía haber una fuente de calor en algún lugar cercano, quizás unas aguas termales dentro de las montañas o alguna clase de mecanismo de calefacción en el castillo.

—Cresswell, entrégame esa antorcha, ¿quieres? Creo que… —Algo cálido y peludo me golpeó la cabeza. Levanté las manos, pero había desaparecido. La sangre se agolpó en mis orejas, y la lógica abandonó mi cerebro mientras una masa negruzca se elevaba como un solo organismo—. ¿Qué es esto, por todos los cie…?

Retrocedí de un salto, sacudiéndome con violencia mientras cientos de murciélagos revoloteaban y volaban en picado entre chillidos. Los dientes rasgaron el cuello de mi vestido, y se deslizaron por la piel de mi cuello. Me valí de mis últimos pensamientos racionales para no gritar. Si perdía el control, alguien nos encontraría. Debía ser fuerte. Debía mantener la concentración. Debía… luchar.

Golpeé con las manos algunas alas curtidas. Les propiné bofetadas a los cuerpos que caían desde lo alto e ignoré el pánico creciente mientras la sangre goteaba de mis dedos enguantados y salpicaba el suelo.

Estábamos bajo ataque.

23
LILIECI VAMPIR (MURCIÉLAGOS VAMPIROS)

PASADIZO SECRETO
PASAJ SECRET
CASTILLO DE BRAN
5 DE DICIEMBRE DE 1888

Thomas llegó a mi lado un segundo más tarde, blandiendo la antorcha de la pared como si fuera una espada en llamas.

No era el único capaz de actuar con firmeza en presencia del peligro. Entre las embestidas, catalogué tantos detalles del recinto y de la escena como me fue posible. El montículo en el centro del suelo era un cuerpo que yacía boca abajo. Los murciélagos lo habían cubierto, y era probable que se alimentaran de él.

La falda indicaba que era una mujer, y su piel era más blanca que la nieve recién caída donde no estaba mutilada por mordidas color carmesí. Su inmovilidad no dejaba dudas de que había fallecido. Nadie capaz de respirar podría quedarse tan quieto teniendo tantas criaturas trepando por el cuerpo. Corrí a su lado solo para asegurarme.

—¿Qué haces? —gritó Thomas desde la puerta—. ¡Ha muerto! ¡Apresúrate!

—Un… minuto —dije, divisando su cabello rubio debajo de manchas escarlata. Si él podía blandir la antorcha, yo estaba decidida a recolectar tanta información como pudiera.

Intenté registrar otros detalles, pero varios murciélagos cayeron en picado sobre mí de forma simultánea y rasgaron el encaje de mis guantes, atraídos por la sangre que brotaba de mis heridas. Me incorporé con dificultad, salí corriendo de la habitación con tanta rapidez como pude y cerré la puerta. Thomas agitó la antorcha hacia el resto de los agresores. Tenía los ojos desorbitados mientras las criaturas chillaban, gorjeaban y se abalanzaban hacia nosotros una vez más.

Después de perseguir al último murciélago hacia la oscuridad, Thomas me quitó algo del hombro y lo arrojó a un lado.

—¿Te encuentras bien, Wadsworth?

Acabábamos de ser atacados por una pesadilla infernal que se había vuelto realidad. Una sensación cálida se deslizó por mi cuello. Tenía más cortes de los que me atrevía a reconocer en ese momento. En lugar de expresar todo eso, reí. Sin duda, esto era algo que ni Poe podría haber inventado.

Pese al horror, me ruborizó el calor del entusiasmo. La sangre tamborileó en mis venas, amplificando mi corazón, recordándome cuán poderosa era. Qué maravilloso era estar viva.

—Creí que no volverías a hablar a menos que dijera la frase mágica, Cresswell.

Dejó caer los hombros y con ellos se derrumbó la tensión que había cargado.

—Sufrir un ataque de vampiros es una excusa suficiente para romper mi propia regla. —Frunció el ceño ante la sangre que se filtraba a través de mis guantes—. Además, ya sé que soy el hombre más apuesto de tu vida. —Un murciélago solitario se lanzó hacia él, y lo alejé de un manotazo—. Esos murciélagos no son nativos de Rumania.

—No sabía que fueras quiroptólogo —dije sin gracia—. ¿Así impresionas a todas las jóvenes?

Me observó con interés.

—Bueno, *yo* no tenía ni idea de que tú conocieras el término científico para los estudios sobre murciélagos. —Se quitó su largo chaqué y me lo ofreció. Era abrigado, olía a café tostado y a colonia fresca. Resistí el impulso de inspirar el reconfortante aroma—. Tu cerebro es muy atractivo. Incluso ante todo esto. —Hizo un gesto hacia la puerta cerrada, y su sonrisa se desdibujó un poco—. Sin duda, es mi característica favorita de ti. Pero sí. Los he estudiado lo suficiente como para reconocer a esos murciélagos vampiros. No sé quién querría criarlos.

Incluso abrigada con el chaqué de Thomas, un escalofrío jugueteó por mi piel. Ese castillo era mucho más traicionero de lo que había creído.

—Me pregunto qué otra clase encantadora de vida salvaje encontraremos en esos túneles.

Mi mente recordó un detalle de la conversación de Moldoveanu con Dănești. Le describí el encuentro a Thomas tan rápido como pude, con palabras atropelladas.

—¿Por qué el libro del que Dănești hablaba tendría algo que ver con estos pasadizos? ¿Crees que puede contener pistas de adónde conducen estas puertas y túneles?

—Tal vez. —Thomas me miró y luego echó un vistazo a los dos túneles oscuros detrás de nosotros. Por primera vez, su expresión me resultó fácil de interpretar. Acabábamos de encontrar un cuerpo y habíamos sido atacados por murciélagos. No era momento de merodear tan lejos debajo del castillo sin obtener primero algo de información y conseguir armas físicas.

—Deberíamos investigar un poco. Vamos. Conozco el lugar perfecto.

• • •

Nos habíamos escabullido de vuelta a nuestras habitaciones y quitado la mayor parte de la sangre de nuestros rostros. También le había devuelto a Thomas su abrigo, ya que no quería llamar la atención ni enfrentar preguntas no deseadas si nos encontrábamos con alguien a esa hora. Estábamos en un pasillo sombrío del ala oeste del castillo, delante de dos puertas de roble que tenían toda clase de bestias talladas, míticas y demasiado familiares. Si bien no había una placa exhibida en su honor, imaginé una que dijera BIBLIOTECA SANGRIENTA DE DRÁCULA escrita con llamativas letras góticas.

Unas antorchas ardían con orgullo en urnas forjadas en hierro a cada lado de las puertas, invitando a los visitantes y advirtiéndoles que se comportaran en el interior de la biblioteca. Divisé murciélagos en pleno vuelo tallados en el diseño de la puerta, y finalmente la abrí.

—Si nunca más veo una de esas criaturas espeluznantes, moriré como una joven feliz.

Thomas soltó una risita suave junto a mí.

—Sí, pero la manera en la que abofeteaste al que me atacaba fue muy valiente. Qué lástima no volver a presenciar tal ferocidad nunca más. Tal vez podamos ir a cazar murciélagos al menos una vez al año. Pero luego tendríamos que liberarlos, por supuesto. Son demasiado adorables como para herirlos.

Hice una pausa antes de cruzar el umbral.

—Intentaron beberse tu sangre, Cresswell. «Adorable» es la última palabra que utilizaría para describirlos.

Me adentré en la sala, me detuve y llevé mi mano al pecho. La bóveda de crucería del techo me hizo pensar en arañas de piedra cuyas patas largas reptaban por las paredes. Los arcos ojivales de piedra albergaban pasillos de libros.

Esa era, de lejos, la biblioteca más grande del castillo; la otra, en la que yo había encontrado el libro sobre prácticas mortuorias, era mucho más pequeña. El cuero, el pergamino y el aroma mágico de la tinta sobre las páginas inundaron mis sentidos. Unos candelabros forjados en hierro —con el mismo diseño de las urnas del pasillo— colgaban de la telaraña de piedra gris que había sobre ellos. Era atemorizante e intrigante a la vez. Una parte de mí deseaba pasar horas en esos rincones sombríos y la otra ansiaba buscar un arma. Cualquier persona o cosa podía estar oculta en los recovecos lúgubres.

Cerré los ojos un instante. Mientras revisábamos nuestras heridas, Thomas y yo habíamos decidido no notificar de inmediato la presencia del cuerpo que habíamos descubierto. Dejar los restos de esa pobre joven en ese lugar terrible estaba en contra de cada fibra de mi ser, pero no confiaba en Moldoveanu. Era probable que nos expulsara o castigara por investigar los secretos del castillo. Thomas también argumentó que si alguien más descubría su cuerpo, eso podría advertirnos sobre quién más conocía los pasadizos. Yo había accedido a regañadientes con una condición. Si no encontraban el cuerpo a la tarde siguiente, dejaríamos una nota anónima.

Alguien estornudó a varios pasillos de distancia, y el sonido hizo eco en la sala inmensa. Se me congeló el cuerpo. No hacíamos nada malo, pero no pude evitar que mi pulso se acelerara ante la idea de encontrarnos con alguien.

—Por aquí —susurró Thomas, y me guio en la dirección opuesta. Como si saliera de un trance, me moví hacia delante, contemplé cada pasillo de libros y aparté el ataque salvaje de mi mente. No eran simples pasillos: había estantes desde el suelo hacia el techo, y rebosaban de libros de todos los tamaños y formas. Libros gruesos, delgados, de cuero y de cubiertas blandas apiñados como las células de un cuerpo. Quería recorrer cada pasillo para ver si terminaban en algún punto.

Podíamos pasar el resto de la eternidad y no llegar a leer cada libro que se encontraba allí. Aunque en un día normal hubiera sido magnífico sentarse a tomar una taza de té, cubrirse con una manta cálida y sacar nuevas aventuras científicas de las estanterías como si fueran *petits fours* de tinta listos para saborear.

Había libros escritos en francés, italiano, latín, rumano e inglés.

—No tengo la más remota idea de por dónde comenzar —anunció Thomas, y me sobresaltó mientras yo leía *Utopía*—. Al menos cada sección está catalogada. No es mucho, pero es un comienzo. ¿Estás…? —Agitó una mano delante de mí, y sus labios se curvaron hacia arriba cuando le aparté la mano de un manotón—. ¿Prestas atención a lo que digo, Wadsworth?

Me detuve en un pasillo catalogado como ŞTIINŢĂ.

—¡Mira esta sección de ciencia, Thomas!

Seleccioné un libro de medicina del estante más cercano, hojeé sus páginas y me maravillé ante los dibujos anatómicos. Un artículo escrito por Friedrich Miescher me llamó la atención. Su trabajo con la nucleína era fascinante. ¡Pensar que existían proteínas fosforadas en nuestras células sanguíneas que aún debíamos nombrar!

—Esto es lo que deberían estar enseñándonos. No cuentos sobre vampiros y un hombre muerto hace siglos. ¿Crees que es médicamente posible abrirme el cráneo y meter estas páginas? Quizás la tinta se filtre y cree alguna reacción compuesta.

Thomas se apoyó contra un estante con los brazos cruzados.

—Me siento extrañamente intrigado por esa idea.

—Claro que sí.

Sacudí la cabeza pero seguí caminando por los pasillos. POEZIE. ANATOMIE. FOLCLOR. Poesía. Anatomía. Folclore. Había sillones de cuero mullido en los recovecos junto a unas mesas pequeñas dispuestas para escribir notas o apoyar más material de lectura. Necesité toda mi voluntad para no ceder al impulso abrumador de acurrucarme en uno de ellos y leer sobre prácticas médicas hasta que el amanecer cubriera el cielo.

—Ya sé qué regalarte para Navidad —comentó Thomas. Me di la vuelta con la falda envolviendo mis piernas como si fueran un capullo color ébano. Se le iluminaron los ojos—. Libros de medicina y tomos de cuero. Tal vez también incluya un reluciente bisturí nuevo.

Sonreí.

—Ya tengo de esos. Pero aceptaré con gusto cualquier clase de libro. Nunca se es suficiente el material de lectura. En especial para una noche de otoño o invierno. Si te sientes más generoso, también puedes incluir té. Me fascinaría una mezcla única. Crea una cierta atmósfera para estudiar medicina.

Thomas me recorrió con la mirada, y no se detuvo hasta que me aclaré la garganta. Un leve rubor trepó por su cuello.

—Capullos de Rosa Audrey.

—¿Perdón?

—Haré que te preparen una mezcla única para ti. Un poco de rosa inglesa, quizás algo de bergamota. Un atisbo de dulzor. Y definitivamente será fuerte. También tendrá pétalos. —Sonrió—. Quizás haya encontrado mi verdadera vocación. Este es un momento único. ¿Deberíamos conmemorarlo con un vals?

—Vamos, *connoisseur* del té. —Hice un gesto hacia los pasillos de lectura, con el corazón aleteando de placer—. Tendremos que investigar bastante si deseamos encontrar algún libro que contenga los planos del castillo.

—Y sus numerosos túneles secretos. —Thomas extendió los brazos—. Después de ti, querida Wadsworth.

—¡Por Dios! ¡Me han asustado!

El profesor Radu salió de un pasillo adyacente e hizo caer una lluvia de libros al suelo. Se abalanzó sobre ellos para recolectarlos como una paloma que picotea migajas.

—Buscaba un tomo particular sobre los *strigoi* para la clase de mañana. Esta condenada biblioteca es tan grande que ni siquiera puedes encontrar tu propia nariz. Le he dicho a Moldoveanu que necesitamos contratar a más de un bibliotecario. ¡Nunca encuentro al holgazán de Pierre!

Yo aún calmaba mis nervios. Radu no había producido ni un susurro, lo que era una hazaña descomunal para el torpe profesor. Sujeté un libro titulado *De Mineralibus* del suelo y se lo entregué, después de observar el cuero retorcido y la letra antigua.

—Aquí tiene, profesor.

—Ah. Alberto Magno. Una de nuestras próximas clases. —Hizo una pausa y sus amplios ojos parpadearon detrás de sus gafas mientras añadía el tomo a su puñado de libros—. ¿Habéis visto a Pierre? ¿Vosotros le habéis encargado algún libro? No era mi intención interrumpiros. Aunque ese es el punto. Más bibliotecarios, mayor conocimiento. No entiendo por qué Moldoveanu insiste en que uno es...

Radu estaba tan disgustado que se dispuso a gesticular con los brazos de manera precipitada y olvidó los libros que cargaba. Thomas se lanzó hacia delante y aseguró la pila antes de que cayera sobre nosotros.

—El maldito Pierre nunca aparece cuando lo necesitas. Decidle que he encontrado mi propio material, no gracias a su ayuda. Pronto estaré haciendo mi trabajo y el suyo.

Radu se alejó al trote, otra vez murmurando para sus adentros sobre el desorden absoluto de su plan de clases y cómo hablaría con el director de la necesidad de tener múltiples bibliotecarios.

—Al menos no nos preguntó por qué estábamos fuera de nuestras habitaciones sin una carabina a esta hora —dijo Thomas—. Y pobre bibliotecario. Tiene una tarea extremadamente difícil. Ocuparse de la academia entera y de Radu.

—Es fascinante. —Observé cómo nuestro profesor se topaba con una columna de piedra y rebotaba contra ella, con los brazos demasiado cargados como para gesticular hacia el objeto inanimado—. Me pregunto cómo ha conseguido un puesto aquí.

Thomas se volvió hacia mí.

—Su familia siempre ha estado involucrada con el castillo. Desde hace generaciones, por lo que sé. La academia lo acepta porque es la tradición y porque se cree que los locales disfrutan sabiendo que uno de los suyos ha escalado los peldaños sociales.

Fruncí el ceño.

—Pero si eso es cierto… entonces su familia ha estado haciendo esto durante cientos de años. La academia no existe desde hace tanto tiempo.

—Ah. Déjame corregirme. Creo que su familia ha estado involucrada con el *mantenimiento* del castillo. El puesto de profesor es nuevo en su linaje. Un honor e inspiración.

—¿Por qué no le han ofrecido el puesto de director? Sin duda enviaría un mensaje más positivo que contratarlo como profesor de Folclore.

Thomas levantó un hombro.

—Por desgracia para Radu, estoy seguro de que la academia se equivoca. Dudo que la mayoría de los aldeanos de nuestra generación le adjudique tanta importancia como lo hacían los del pasado. Es probable que piensen de él lo mismo que piensan de nosotros. Gente malvada y blasfema que debería avergonzarse por convertir este castillo sagrado en un lugar de ciencia. Ah, mira.

Thomas señaló un sector apartado cerca de una chimenea encendida. Al principio, creí que actuaba de manera indecente, sugiriendo un lugar en el que podríamos tener privacidad. Pero por primera vez se concentraba en nuestra misión. Un letrero colgaba de forma orgullosa al final del pasillo: CASTILLO & ALREDEDORES.

—Hoy quizá sea nuestro día de suerte después de todo.

Me dispuse a caminar hacia el pasillo descomunal de libros dedicados al castillo con la esperanza de que esa fuera una instancia más en la que Thomas estuviera en lo correcto.

Murciélago de Tonga. Grabado coloreado por S. Milne y Turvey.

24
DIBUJOS EXTRAÑOS

APOSENTOS DE LA TORRE
CAMERE DIN TURN
CASTILLO DE BRAN
5 DE DICIEMBRE DE 1888

Ileana estaba de pie sobre una banqueta tambaleante, desempolvando las estanterías de mi sala de estar, cuando por fin llegué arriba un poco pasada la medianoche.

Un par de mis botas —que parecían recién lustradas— estaban encima del alféizar, pero no tenía la energía para preguntar por qué. Nuestra incursión en la biblioteca principal en busca de información sobre los túneles había sido infructuosa. Solo habíamos descubierto que Radu era más torpe de lo que habíamos creído y que disfrutaba leyendo antiguos textos en alemán.

Era evidente que el sector del Castillo y Alrededores no había recibido un buen mantenimiento: había libros de poesía y de cuentos tontos sobre el castillo y el área que lo rodeaba, nada útil. Pero tampoco habíamos esperado entrar en la biblioteca y salir con un libro que ni el director ni el guardia real habían podido encontrar.

Cerré la puerta detrás de mí con un *clic* suave. Sin girar, Ileana hizo una pausa, sujetando el trapo cubierto de polvo, y la madera crujió debajo de sus pies. La suciedad que manchaba la parte inferior de su delantal bordado sugería que había dado una caminata ardua por la tierra mojada. No quería pensar qué parte húmeda del castillo la habían obligado a limpiar. Si se parecía en algo al pasaje en el que habíamos estado nosotros, definitivamente era horripilante.

—Yo… siento mucho lo de antes —soltó Ileana—. Thomas precisaba ayuda y no he podido, no he podido… no quería decirle que no al hermano de Daciana. Le dije que la idea era terrible, pero estaba desesperado. El amor convierte en tontos a los más sabios. Me puedo retirar si usted no desea hablar conmigo.

—Por favor, no te preocupes. No estoy enfadada contigo. Ha sido un día largo, eso es todo.

Ileana asintió y continuó limpiando con cautela mis estanterías. Me dejé caer en el sillón, me restregué las sienes y deseé que un poco de serenidad cayera del cielo y salpicara mi alma como un chubasco purificador. Ojalá solo hubiera estado molesta por el intento de Thomas de recomponer nuestra amistad. Su falsa muerte parecía haber sucedido miles de años atrás. Teníamos problemas mucho mayores que encarar.

Aunque los murciélagos eran aterradores, sabía que no eran los responsables del cuerpo sin sangre de Wilhelm. Si lo hubieran sido, hubiera estado cubierto de arañazos visibles. Lo que aumentaba mi certeza de que le habían drenado la sangre con un instrumento mortuorio.

Aún me ardían las mordidas de las manos. Quería meterme en la bañera, limpiar los restos de saliva de murciélago y no pensar más en aquellos miserables monstruos pequeños. Padre volvería a abusar del láudano si alguna vez descubría mi exposición a criaturas transmisoras de enfermedades.

Alguien criaba murciélagos vampiro en un castillo en el que se rumoreaba que su habitante más infame se había convertido en uno. Mi impulso inicial había sido culpar al director, pero precipitarme era lo opuesto a lo que Tío me ordenaría hacer. Llegar a una conclusión apresurada sobre la identidad del culpable y luego fabricar evidencia que confirmara esa conclusión no conduciría a la verdad y a la justicia.

—Parece… ¿todo está bien? —preguntó Ileana.

A pesar de que le había prometido a Thomas que guardaría silencio, decidí compartir nuestro descubrimiento con ella. Tal vez había escuchado algo sobre los pasadizos de boca de otros sirvientes o habitantes del castillo.

—Encontramos un… cuerpo mutilado en la morgue. Bueno, debajo de la morgue. Había una trampilla y… —Ileana se quedó paralizada. Me apresuré ahorrándole los detalles macabros—. En fin, espero que hayamos dejado todo intacto. Era difícil saber si había similitudes con otro caso con el que hubiéramos estado involucrados. Los murciélagos… se habían alimentado con su sangre. No sé qué pensar. No se lo debes contar a nadie. Todavía no, al menos.

—¿Los murciélagos… bebían de un cuerpo? —Ante eso, Ileana se dio la vuelta, parpadeando. Comenzó a temblar tanto que un viento fuerte podría haberla arrojado hacia atrás—. ¿Era un estudiante? ¿Se lo ha contado a alguien?

La imagen del cuerpo pálido como la luna asaltó mi mente y se burló con malicia de mí recordándome cada detalle vívido y las laceraciones sufridas antes del último y condenado suspiro. Sacudí la cabeza.

—Era… difícil distinguir algo. Supe su sexo por su vestimenta. No pudimos inspeccionar el recinto con esos… murciélagos revoloteando por allí. Le enviaremos al director una carta anónima si alguien no la descubre mañana por la tarde. Creemos que la persona responsable del asesinato quizás finja «encontrar» el cuerpo, y pensamos que sería mejor esperar algunas horas.

Cerré los ojos e intenté olvidar los sonidos de las alas golpeando contra mi cabeza, la sensación de las garras rasgando mi piel suave. La muerte de la joven no debió haber sido rápida. Odiaba pensar cuánto habría tenido que resistir mientras bebían desesperadamente. Una y otra vez. Dientes afilados como navajas desgarrando y mordiendo. Lo indefensa que debió haberse sentido a medida que drenaban su fuerza vital.

Me concentré en la chimenea y me perdí en sus llamas. Si dejaba que mi imaginación vagara con tanta libertad, me descompondría.

—¿Cree que la persona que ha empalado a los otros dos es la responsable? —Ileana jugueteó con el trapo sucio—. ¿O hay otro asesino en Brașov?

Enumeré los datos que conocía.

—Hasta ahora hay dos cuerpos que han sido empalados fuera del castillo: uno en el tren y el que salió en los periódicos. Luego está el cuerpo drenado de sangre de Wilhelm Aldea. Ahora esta joven, quien probablemente murió siendo una huésped para los murciélagos. A juzgar por la ausencia de *rigor mortis*, diría que… falleció hace al menos setenta y dos horas. Pero es difícil afirmarlo con seguridad.

No mencioné la leve rigidez de las extremidades, o cómo la temperatura cálida de la habitación podría haber acelerado el proceso. Tío me había hecho memorizar, el verano anterior, los diferentes factores que contribuían a la aceleración o al retraso de los efectos posteriores a la muerte. Dado que la temperatura había fluctuado entre moderada y cálida en el recinto y su cuerpo se descomponía, eso significaba que habían pasado un mínimo de veinticuatro horas desde que había dado su último suspiro. Aunque sospechaba que su muerte databa de tres días atrás, quizás cuatro. El hedor había sido nauseabundo.

—¿Es posible que ella sea otra víctima del Empalador?

Me quité los guantes de encaje e hice una mueca ante lo raídos que habían quedado mientras descubría los arañazos y las marcas de mordidas.

—Ojala lo supiera. Alguien ha hecho que un par de cuerpos *se parecieran* a los vampiros. Y que otro par pareciera haber sido atacado *por* vampiros.

Teniendo en cuenta las apariencias externas, no había sido la misma persona quien había cometido esos crímenes. Al parecer, la manera en la que habían asesinado a la mujer y a Wilhelm difería de la empleada en las otras dos víctimas, y al mismo tiempo también era diferente entre ellos dos.

Ni siquiera estaba segura de que alguien la hubiera forzado a entrar en esa cámara. Tal vez había merodeado por allí y había tenido la mala fortuna de quedar atrapada. Esa cámara estaba completamente oscura, quizás había trastabillado, los murciélagos hambrientos la habían atacado, había caído y le había resultado imposible escapar de ese infierno. Hasta que se pudiera inspeccionar su cuerpo, había demasiadas variables desconocidas.

—O alguien intenta montar crímenes vampíricos con ansias —dije, apartándome de las imágenes del cuerpo maltrecho—, o esto es obra de dos asesinos… no lo sé, es como si se esforzaran por superar al otro. Uno imita los métodos de un cazador de vampiros y otro los de un vampiro real. No sé qué creer. Aún faltan demasiadas piezas. Si Wilhelm hubiese muerto por obra de los murciélagos, hubiéramos visto heridas en su cuerpo. Son bastante salvajes.

Sostuve las manos en alto y le enseñé las mordidas que se habían secado y adquirido un color rojo rubí.

—El castillo es viejo, como los túneles que han encontrado —dijo Ileana, y desvió la mirada—. Quizá se hayan reproducido desde la época de Vlad.

—Tal vez. —Una idea encantadora—. Pero creo que *alguien* los ha criado. Thomas ha dicho que se llaman «murciélagos vampiro», pero en general se los encuentra en las Américas. Por más que lo intente, no puedo descubrir cómo se relaciona todo, a menos que simplemente sea mala fortuna.

—Quizás el Empalador tenga una conexión con la academia —propuso Ileana. Su atención estaba fija en el supuesto príncipe inmortal—. El primer asesinato ocurrió en el pueblo. Allí también encontraron el cuerpo de Wilhelm. Si lo que Dănești dijo sobre las amenazas en contra de la familia real es cierto, entonces tal vez el Empalador busca sembrar el pánico con los dos primeros asesinatos.

—O tal vez practicaba.

—Quizás recolectaba sangre —susurró.

Mi propia sangre se congeló. La idea despertó la parte sensible de mi cerebro hasta que otras, más amenazantes, le hicieron compañía. Desde luego era posible que un asesino múltiple viviera debajo de esa torre y robara sangre con fines personales.

La teoría de Tío sobre que los asesinos se involucraban en los crímenes revoloteó en mi cabeza. En una academia compuesta por estudiantes y profesores, ¿quién ganaba más con los asesinatos? A menos que la motivación fuera simplemente la adrenalina de la caza. La compulsión sanguinaria era lo que más me aterraba. Deseaba que Tío estuviera allí ahora para debatir eso conmigo. Siempre veía más allá de lo evidente.

Ileana se había quedado tan quieta que me sobresalté cuando bajó de la banqueta.

—¿Cree que el Empalador existe?

—En el sentido literal, no —respondí—. Estoy segura de que una persona muy humana está recreando los métodos de muerte que Vlad Drácula hizo famosos. No creo ni por un instante que él se haya levantado de su tumba y esté a la caza. Eso es tan absurdo como opuesto a las leyes de la naturaleza. Una vez que alguien está muerto no hay manera de revivirlo. No importa cuánto uno desee lo contrario.

No divulgaría lo familiar y dolorosa que era mi última declaración. La imagen de unos dedos agitándose volvió a mi mente, y aparté con brusquedad el recuerdo.

—La gente del pueblo no estaría de acuerdo —comentó Ileana en voz baja—. Algunas personas se han enfermado en el último par de semanas. Una joven ha desaparecido. El pueblo asegura que los *strigoi* son responsables. Se ha descubierto el cuerpo de Wilhelm sin una gota de sangre. Son conscientes de lo que eso puede significar.

Iba a comentar la desaparición de la joven del pueblo y me detuve. Me avergonzaba admitir que me había escabullido en su hogar. Creía que su caso era solo producto de la mala suerte ocasionada por el exceso de bebidas alcohólicas y el hecho de haberse perdido en el bosque. Ningún vampiro ni hombre lobo la había raptado del camino.

—¿Sabes quién podría desear que cerraran la academia? —pregunté.

Ileana colocó el trapo en una cubeta de metal y golpeteó sus costados, creando un sonido hueco que reverberó en mi cráneo. Entrecerré los ojos mientras ella echaba un vistazo hacia la puerta y luego tragaba saliva. Estaba a punto de preguntar qué sucedía cuando se apresuró a sentarse en el sillón. Sujetó un cuaderno, que tenía una cubierta de cuero, de un bolsillo de su delantal y me lo entregó como uno pasaría un orinal hediondo. Lo tomé, reacia.

—Sé… sé que está mal. Pero he encontrado este cuaderno. En el dormitorio del príncipe Nicolae. —Levanté la mirada, pero Ileana mantuvo la suya fija en el cuaderno y continuó tartamudeando—. ¿Recuerda que le conté que los sirvientes debían pasar desapercibidos? —Asentí—. Bueno, es muy fácil para los estudiantes de alta cuna olvidar que existimos. Algunos creen que las chimeneas se encienden por arte de magia y que a sus orinales les crecen alas y se vacían solos.

—Lamento que la gente sea tan cruel.

Sus ojos se cubrieron de esquirlas antes de que parpadeara deshaciéndose de la expresión.

—No me enorgullece haber robado el cuaderno, pero lo escuché hablar sobre unos dibujos. Cuando espié en su interior, vi imágenes espeluznantes. Aquí tiene.

Abrí el cuaderno y observé algunos diagramas. Corazones, intestinos, un cerebro humano y… murciélagos. Cráneos de murciélagos que tenían colmillos horribles. Alas de murciélagos repletas de notas y detalles de sus garras en las puntas. Cada página exhibía con orgullo una sección nueva de la anatomía de estos animales. Volví mi atención a Ileana, que había fijado la mirada en sus manos.

—También tiene bastantes especímenes en sus aposentos.

—¿Por qué te ha inquietado la mención de sus dibujos?

Ileana se retorció las manos.

—Recordé lo que Dănești y Moldoveanu habían dicho sobre las amenazas que había recibido la familia real. Que eran dibujos.

Me senté más derecha, como si el movimiento fuera a convertir lo que ella acababa de decir en algo más agradable. Sentí una oleada de náuseas agitarse en mi estómago.

—Él no pudo haber enviado esas amenazas…

—Por eso decidí espiarlo. Luego vi los dibujos de murciélagos y me percaté de los esqueletos que tiene en su habitación… no sé por qué he robado este cuaderno. Pero —se encogió de hombros— creí que quizás habría algo más para investigar. Y luego vi ese dibujo casi al final.

Se inclinó hacia mí y pasó las páginas hasta que encontró lo que buscaba. Mi respiración se paralizó junto al resto de mi cuerpo. Una joven de ojos color verde esmeralda profundos y labios goteando sangre sonreía de manera osada.

Con el dedo recorrí la línea de su mandíbula hacia arriba y alrededor de sus ojos elegantes, luego toqué mi propio rostro.

—No… no puedo ser yo. No hubiera tenido el tiempo de…

Ileana pasó a la página siguiente. En ella, dibujada con gran cuidado, estaba la imagen de una joven que llevaba puesto un delantal salpicado de sangre, y un bisturí para autopsias se posaba en una piel completamente blanca. Desvié la mirada. El cadáver era un hombre, y no había tela que cubriera su desnudez. El calor me encendió las mejillas.

No sabía qué pensar de esos dibujos vulgares.

—Hay más. —Ileana me enseñó cada imagen. Todas me representaban como una criatura bella deleitándose con sangre y muerte. La manera en la que el príncipe me había dibujado, era como si me hubiera convertido en un ser inmortal, demasiado perfecto para ser humano. Demasiado frío y crudo para el mundo frágil. Las llamas del hogar se agitaron salvajemente, su calor resultaba abrasador. Deseé abrir las ventanas de par en par y dejar que el viento frío de los Cárpatos limpiara el lugar.

Una última imagen me dejó sin aliento. Era difícil distinguir quién era el hombre —o Thomas, o Nicolae—, pero él y otra Audrey Rose estaban de pie, uno al lado del otro. El hombre llevaba un traje hecho de huesos y sostenía un cráneo de marfil como si fuera un oráculo del cual se podían obtener respuestas. Mi corsé se ceñía a mi cuerpo. La ilustración era preciosa, a pesar del enorme corazón anatómico y del sistema circulatorio que me brotaban del pecho, se abrían paso serpenteando por los brazos y se extendían como dedos hacia mi falda.

Me llamaron la atención los guantes negros del dibujo. El encaje y unos remolinos me cubrían los brazos como si hubieran sido tatuados en mi piel. Ileana observó con detenimiento el dibujo hasta señalar el diseño de mis brazos.

—Los brazos del príncipe Nicolae están cubiertos de tinta. No son motivos tan delicados como este. Pero los he visto cuando se arremanga.

Enarqué las cejas. Qué intrigante. Había leído que muchos aristócratas se habían tatuado en los últimos años. Las revistas habían anunciado que estaba a la moda, y se estimaba que casi uno de cada cinco miembros de la alta sociedad los ocultaban en sus cuerpos. También crecía en popularidad en las cortes reales. Tenía sentido que el príncipe se interesara en cosas como los tatuajes. Le añadía una capa de misterio. Imaginé que muchas jóvenes estarían maravilladas de quitarle su vestimenta para echar un vistazo a lo que escondía.

—¿Qué representan los de él?

Ileana se levantó del sillón, volvió a sujetar el cuaderno e hizo un gesto hacia la puerta.

—Es tarde. Le he lustrado los zapatos y los he dejado allí para Moş Nicolae. Debería descansar un poco para que él tenga tiempo de dejar los regalos de invierno. —Sonrió ante mi confusión—. Creo que su versión de Moş Nicolae es Santa Claus. Es tradición que él traiga dulces. Si sacude la barba y cae nieve, entonces comienza el invierno. Duerma ahora. Esta noche es la Noche Mágica. Quizás le deje algún regalo.

Dormir era lo último que tenía en mente, en especial cuando alguien más llamado Nicolae merodearía por el castillo entregando «regalos», pero le deseé las buenas noches. Presioné los dedos contra mis ojos hasta que unos chispazos de blanco se extendieron en ellos como estrellas viajando por el cielo. En un día, había creído que Thomas estaba muerto, había encontrado un pasadizo secreto, me habían atacado murciélagos sedientos de sangre y había descubierto otro cuerpo, y ahora me había familiarizado con los dibujos perturbadores de Nicolae. El príncipe oscuro bien podía ser la persona que buscábamos. Había tenido la oportunidad de enviar amenazas dibujadas a los miembros de su familia.

Quizás fuera un intento de asegurarse el trono.

No pude evitar preguntarme si Nicolae también sería el responsable de la muerte de su primo y si, de continuar desenterrando sus secretos, algo peor que una amenaza pronto caería sobre mí. Pensar en lo que la mañana traería consigo fue suficiente para que me pesaran las pestañas contra mis deseos. Me quité la ropa y me metí debajo de las mantas heladas. La última imagen que recordé antes de sumirme en la oscuridad fue la de una joven fantasmagórica con tatuajes arremolinados cubriéndole los brazos, cuyos labios se torcían en una sonrisa salvaje mientras sus incisivos se clavaban en sus propios labios empapados de sangre. Si el príncipe Nicolae creía de verdad que yo estaba maldita, quizás había diseñado esa ilustración a modo de propaganda. Sin duda me había convertido en la princesa Drácula.

Esperaba que nadie quisiera clavarme una estaca en el corazón.

Audrey Rose:

Si lees esto, entonces has visitado mis aposentos. Me disculpo por haberme ido sin despedirme.
He encontrado una conexión entre la Orden y los asesinatos, ¡te dije que había reconocido ese libro! No confíes en nadie. Te juro que volveré en una semana con más información. Creo que esa joven ha montado la escena en su casa.

Investigué en el pueblo y ¡he descubierto que su marido fue la primera víctima que salió en el periódico! (Por desgracia, su hijo había fallecido unos meses atrás).

Tío Moldoveanu cree que me he marchado con urgencia a Hungría a ocuparme de un asunto personal. Por favor, no le digas la verdad; no deseo alarmarlo para que me castigue injustamente.

No vuelvas al pueblo. No es seguro. Hay ojos por todos lados.

—Anastasia

P.D.: Por favor, quema esta carta. Sospecho que los criados tienen el hábito de quedarse con objetos personales.

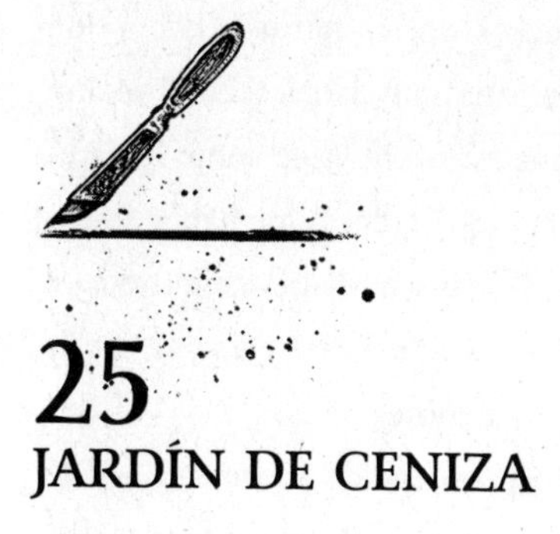

25
JARDÍN DE CENIZA

PATIO AMURALLADO
CURTE INGRĂDITĂ
CASTILLO DE BRAN
13 DE DICIEMBRE DE 1888

En la tarde posterior a nuestro descubrimiento en los túneles, Thomas y yo le habíamos enviado una carta anónima a Moldoveanu indicando dónde encontrar el cuerpo. No habíamos escuchado nada sobre el cadáver. No sabíamos si él había enviado a alguien a revisar, y no habíamos tenido la oportunidad de escabullirnos allí abajo. Cada vez entraban más guardias en la academia casi vacía, decididos a mantenernos encerrados.

Frustrada, envié otra nota. Esperaba que el director la hubiera tomado en serio. Odiaba pensar que el cuerpo quedaría allí para pudrirse. Cualquier pista se perdería para siempre. Por no mencionar la idea de dejar a una persona en ese estado… Si esa noche no tenía noticias, arrastraría al director hacia los túneles.

Discretamente, me metí un dulce duro en la boca y le di las gracias a quienquiera que hubiera desempeñado el papel de Moș Nicolae en el castillo para dejarnos regalos. Esos dulces —junto con la compañía que Ileana me hacía entre sus tareas— había sido la parte más placentera de una semana muy larga. Anastasia aún no había vuelto de donde fuera que estuviera. Algo sobre la naturaleza urgente de la carta me había inquietado. ¿Qué había descubierto sobre la Orden del Dragón? Ileana no había creído que la salida de Anastasia del castillo fuera sospechosa, y yo me sentía reacia a preocuparla expresando mis temores.

A mitad de semana, Radu había conseguido adormecer a Vincenzo mientras nos llenaba de historias del folclore local sobre cuerpos quemados hasta las cenizas para ser ingeridos. Después, en el anfiteatro quirúrgico de Percy, todos nos habíamos turnado para extraer órganos y aprender sobre las complejidades de la muerte, intentar superar a nuestros compañeros y asegurarnos un lugar en el curso de evaluación.

Durante las clases de Percy, nos dimos un banquete con el conocimiento que se nos ofreció. Los detalles sutiles de los asesinatos y sus huellas. Cómo interpretar el lenguaje de un cuerpo para obtener pruebas definitivas de la causa de muerte. Me fascinaban esas clases, y poco a poco me volví más fuerte en presencia de los cadáveres. Aunque las pesadillas sobre los asesinatos del Destripador aún merodeaban en la superficie de mi mente.

Las clases de Moldoveanu eran precisas y, a pesar de que no disfrutaba de su presencia, era excepcionalmente talentoso para la anatomía y para la medicina forense. Me percaté de que nadie se atrevía a hablar cuando no era su turno por miedo a ser expulsado en el acto.

Nadie había hablado sobre Wilhelm o mencionado su fallecimiento prematuro después de que la familia retirara el cuerpo. Era como si el tiempo hubiera conseguido incorporarse tras caer de rodillas y hubiera continuado su camino sin arañazos.

Thomas y yo habíamos intentado escabullirnos de vuelta a los túneles en horas inusuales, pero un contingente de guardias reales nos había frustrado el plan. Moldoveanu se tomaba muy en serio el límite de horario, e hizo que hubiera más guardias en los pasillos de los que imaginé que habría en la corte real de Rumania.

Al final de la semana, me llegó una carta que tenía el matasellos de Londres. Una nueva criada la había traído junto con la noticia de que Ileana se ocuparía de otras tareas por un tiempo. Me entristeció perder su compañía de noche, pero la carta me reconfortó. Sabía quién la había enviado y no veía la hora de abrirla después de clases. Radu insistió en que esa era una noche profana. El príncipe se sonaba los nudillos. La cabeza de Andrei se desplomó, pero los mellizos e incluso el taciturno de Cian estaban absortos en el relato. Me acomodé en mi asiento y recé porque el reloj del patio diera la hora.

—Se rumorea que se originó en la cultura romana —continuó Radu—. Se ofrece un sacrificio. Luego los animales nos hablan. Nadie sabe con certeza si lo hacen en nuestra lengua o en la de ellos. —Empujó sus gafas sobre la nariz y echó un vistazo a la clase—. Maldito señor Hale. ¿Dónde se encuentra? ¿Se ha retirado más temprano de la clase?

Noah se movió con nerviosismo y levantó la mano. Radu pasó junto a él, dividiendo su atención entre los demás estudiantes y sus apuntes.

—El señor Hale está sentado justo allí, profesor —indicó Nicolae lentamente—. Quizás el velo que separa los mundos se ha vuelto demasiado delgado y ya no distingue la realidad.

Radu enfocó su atención en el príncipe, con mirada severa.

—Será mejor que permanezcáis en vuestras habitaciones esta noche. Los muertos se levantarán y buscarán a aquellos que tengan la estupidez suficiente para salir. Los espíritus habitarán los cuerpos de aquellos a los que no puedan devorar. Ni siquiera los príncipes estarán a salvo.

El resto de la clase transcurrió casi de la misma manera hasta que el reloj por fin nos liberó de las garras folclóricas de Radu. Esperé en el pasillo fuera de la clase, mientras Thomas debatía con Radu sobre el origen de la festividad, y era tan entretenido como observar durante días cómo brotaba una brizna de césped de la tierra. La carta que tenía guardada en el bolsillo casi me quemaba. Necesitaba leerla o explotaría allí mismo. Thomas asintió cuando le hice un gesto hacia el corredor.

Conseguí deslizarme al exterior y acomodarme en un rincón del patio amurallado; tenía algo de tiempo antes de que comenzara la siguiente clase. Era el único lugar en el que estaba libre de los ojos fisgones de estudiantes, profesores y un ejército no deseado de hombres. Los guardias vigilaban las torres pero no se molestaban en caminar por el patio.

En la comodidad de mi rincón, aflojé la tensión con un movimiento de hombros.

Un pozo de los deseos se erigía con orgullo en el centro de una plataforma adoquinada a la que se accedía por unos escalones. Era otra pincelada de belleza en el crudo mundo invernal. De haber cortado una columna corintia en su capitel, se hubiera parecido a las hojas decorativas de acanto que embellecían la pared externa del pozo. Me coloqué la capucha intentando retener el calor corporal mientras los copos de nieve salpicaban la piedra. Me había acostumbrado a llevar mi capa a clases, ya que nunca se sabía cuándo Moldoveanu o Radu querrían dictar una en el exterior.

Toqué el sobre y sonreí. Gracias a cartas anteriores, sabía que Tía Amelia y Liza visitaban a mi padre y preparaban la casa para la festividad venidera. Con el revuelo del asesinato en el tren, las clases, el viaje hacia la casa de la mujer desaparecida y las muertes misteriosas de Wilhelm y la joven encontrada debajo de la morgue, casi me había olvidado por completo de la Navidad.

Thomas y yo habíamos decidido quedarnos en Bucarest durante las cortas vacaciones de dos días —su familia tenía una casa allí—, pero la idea de no ver a la mía se volvía difícil de tolerar. Nunca antes me había perdido una festividad con Padre. A medida que pasaban los días, me preguntaba qué hacer. Un viaje a Londres hubiera sido renovador, aunque imposible sin perder ninguna clase. No podía atrasarme, en especial si deseaba vencer a mis compañeros y asegurarme un lugar en la academia. Aun así, una parte salvaje de mí deseaba olvidar la academia y volver a casa de una vez. La idea me revolvía el estómago; mis compañeros tenían mucho talento y no podía dejar de preguntarme quién ganaría las dos vacantes. Hice a un lado el temor y me concentré en leer la carta de mi prima una vez más.

Liza había mencionado con anterioridad que ella y Tía Amelia posiblemente se quedarían durante el invierno y le harían compañía a Padre en la enorme casa vacía de Belgrave Square. Se me contrajo el corazón. Padre luchaba por superar todo lo que había sucedido y sentía una inmensa culpa por una de las muertes causadas por el Destripador. En mitad de la ola de asesinatos, la policía lo había encontrado en un fumadero de opio del East End y le habían aconsejado que tomara un descanso en nuestra propiedad campestre. Poco después de su vuelta a Londres se había encontrado con la señorita Kelly durante una búsqueda de láudano. Ella había asegurado que conocía a alguien que se lo proveería, y Padre la había seguido por voluntad propia a esa condenada casa de Miller's Court. Había dejado a la señorita Mary Jane Kelly con vida, sin saber que Jack el Destripador lo había seguido y observado, esperando para atacar.

Quizás Thomas había estado en lo cierto; volver a Londres no era una idea terrible. Podíamos vigilar de cerca a Padre, y Tío estaría complacido de tenernos de vuelta. Sin embargo… dejar la academia sería un fracaso, y yo había trabajado con esfuerzo como para escapar. Detestaba al director, pero quería ganarme un lugar allí. No podía imaginar qué haría si Thomas y yo no entrábamos en la academia.

Un pensamiento nuevo aceleró mi corazón. Al final de las cuatro semanas, ¿qué sucedería si aceptaban solo a uno de nosotros? La mera idea de despedirme de Thomas me quitó el aliento.

Sin perder otro instante en ideas tristes, abrí la carta de mi prima, ansiosa por devorar cada detalle de su mensaje.

Querida prima:

Permíteme ser sincera. Dado que he leído cada una de las novelas de la increíble Jane Austen, y también porque soy tres meses mayor que tú, es evidente que tengo un conocimiento más vasto que el tuyo sobre el romance. No me considero una buena poeta, pero he coqueteado (de forma desvergonzada, me atrevo a decir) con un intrigante joven mago —y artista de escapismo— que actúa en un circo ambulante y, bueno... te contaré todo en otra ocasión.

En fin, una tarde nos encontrábamos charlando sobre el romance cerca de la laguna y él dijo que el amor se asemeja a un jardín. No pongas los ojos en blanco, prima. No te favorece. (¡Sabes que te adoro!).

Su consejo fue este: las flores necesitan mucha agua y luz solar para crecer. El amor también necesita atención y cariño, o de lo contrario se marchita lentamente a causa del descuido. Una vez que el amor desaparece, se convierte en algo tan frágil como una hoja seca. La sujetas solo para descubrir que se ha convertido en cenizas bajo el roce alguna vez cuidadoso de tu mano, disuelta para siempre por un viento presuroso.

No le des la espalda a un amor que podría saltar la barrera entre la vida y la muerte, prima. Tal como el viaje osado de Dante hacia la oscuridad, el señor Thomas Cresswell descendería a cada uno de los círculos del

Infierno si tú necesitaras que lo hiciera. Eres el corazón que late dentro de su pecho. Es una forma un tanto macabra de decir que vosotros os complementáis, aunque eso no quiere decir que no seáis personas completas por separado.

A diferencia de lo que piensa mi madre, para mí las mujeres deberían sostenerse a sí mismas sin la necesidad de que alguien más las ayude. ¿Acaso no vale la pena tener una mujer que sepa con certeza quién es? Seguramente, ese es un debate para otro momento. Volviendo a tu querido señor Cresswell...

Hay algo poderoso en esa clase de amor, algo que merece ser encendido y cuidado, aunque sus brasas estén peligrosamente cerca de la oscuridad. Te imploro que hables con él. Luego escríbeme y cuéntame cada detalle. ¡Sabes cuánto adoro un buen romance!

No permitas que tu copioso jardín se convierta en cenizas, prima. Nadie quiere pasear sobre las huellas del abandono cuando podría deslumbrarse por un frondoso jardín de rosas.

Con cariño,

Liza.

P. D.: ¿Has reconsiderado volver a Londres para las fiestas? Sin ti, todo es muy aburrido. Juro que si Victoria o Regina intentan imponer su voluntad durante alguna otra reunión para tomar el té, me arrojaré de la Torre de Londres. Al menos no escucharé cacarear más a Madre sobre practicar para mi baile de debutante. ¡Como si la sociedad fuera a condenarme por dar un paso a la derecha en lugar de a la izquierda durante el vals!

Si mi futuro marido se horroriza con algo tan trivial, entonces no valdrá la pena ser su compañera. Sería la clase de tonto que me gustaría evitar a toda costa. ¿Te imaginas si alguna vez le digo eso a Madre? Esperaré a que vuelvas a casa para que ambas tengamos el placer de observar cómo su rostro se tiñe de un rojo diabólico. Eso es algo digno de contemplar.

Besos y abrazos,

—L.

—¿Le importaría si yo también me siento aquí?

Levanté la mirada ante el acento estadounidense, sorprendida de que uno de mis compañeros de clase quisiera entablar una conversación conmigo. En su mayoría, hablaban en grupos y —después de que Thomas revelara a Radu mi *naturaleza frágil* en su intento fallido por ayudarme— aceptaban mi presencia en el curso de evaluación solo cuando era estrictamente necesario. Para ellos, yo no representaba una amenaza y apenas era algo digno de atención.

Noah sonrió. Sus rasgos parecían tallados en el ébano más atractivo, intenso, sofisticado y bello. Sacudí la cabeza.

—En absoluto. El patio tiene el espacio suficiente para los dos.

Sus ojos de color marrón titilaron.

—En eso tiene razón. —Contempló con detenimiento la nieve que caía con más fuerza y cubría las piedras y estatuas expuestas. Observé cómo su mirada se elevaba hacia el castillo. Los músculos de su espalda se tensaron cuando Moldoveanu se asomó a una de las ventanas—. ¿Me equivoco o el director está de un humor miserable?

Solté una risa.

—Me atrevería a decir que es miserable en general.

—Pero es bueno con el bisturí. Supongo que no podemos tenerlo todo, ¿verdad? —Tiró del cuello de su abrigo hacia arriba y se quitó de un manotazo las astillas de hielo que se mezclaban con los copos de nieve. Rebotaron y se desparramaron por el suelo, y el sonido fue un acompañamiento casi arrullador para el gris del cielo—. Por cierto, soy el señor Noah Hale. Aunque ya sabe eso por las clases. Creí que era el momento de presentarme en forma adecuada.

Asentí.

—¿Viene de Estados Unidos?

—Así es. Crecí en Chicago. ¿Alguna vez ha estado allí?

—No, pero espero hacerlo algún día.

—¿Qué le ha parecido la clase de Radu? —preguntó Noah, cambiando de tema de forma abrupta—. ¿Sobre los rituales que al parecer tendrán lugar por la noche? ¿Cree que todos los habitantes del pueblo ofrecerán un sacrificio y que están convencidos de que los animales hablarán nuestra lengua?

Levanté un hombro y escogí mis palabras con cuidado.

—No creo que esta clase haya sido más extraña que la de las fábulas sobre vampiros y hombres lobo.

Noah me miró de reojo.

—¿Cómo una joven como usted se ha involucrado en todo este… —hizo un gesto vago hacia el castillo— asunto de cadáveres?

—Era eso o bordado y cotilleos —respondí, y dejé que el humor tiñera mi tono—. Para ser sincera, creo haberlo hecho por la misma razón por la que lo hace cualquiera que haya venido a estudiar. Quiero entender la muerte y las enfermedades. Quiero ofrecerles a las familias un poco de paz en tiempos difíciles. Considero que todos tenemos un talento especial que brindar al mundo. Resulta que el mío es analizar a los muertos.

—Usted no es mala, señorita Wadsworth. No importa lo que digan los demás. —Noah era terminante, pero no me importó su franqueza. Me pareció tan fresca como el aire de montaña.

Un reloj dio la hora, como un recordatorio sombrío de que el breve momento de esparcimiento había terminado. Me puse de pie, guardé la carta de Liza en el bolsillo de mi falda y me sacudí la nieve que había caído sobre mi corsé, donde se había abierto mi capa.

—¿Le entusiasma la clase? Hoy iremos al salón de disección.

—Allí estará lo emocionante. —Noah se puso de pie y se restregó las manos enguantadas en cuero—. A todos nos asignarán un cuerpo. Algunos de nuestros compañeros han hecho apuestas sobre sus desempeños.

—Ah, ¿sí? —Enarqué una ceja—. Bueno, entonces me disculpo por adelantado por ganar el primer puesto.

—Puede *intentar* conseguir ese primer lugar —dijo Noah—. Pero deberá competir contra mí.

—Que gane el mejor.

—Me encantan los desafíos. —Noah sujetó mi mano enguantada en la suya y la estrechó. Descubrí que no me ofendía en lo más mínimo que un joven me tomara de la mano. Era una señal de respeto, una señal de que Noah me consideraba una igual. Sonreí con alegría mientras nos abríamos camino hacia el interior del castillo.

Esa era precisamente la razón por la que vivía: investigar a los muertos.

El interior de una sala de disección: cinco estudiantes y/o profesores diseccionando un cadáver, c. 1900.

26
UN CASO DE LO MÁS INTRIGANTE

SALA DE DISECCIÓN
CAMERĂ DE DISECȚIE
CASTILLO DE BRAN
13 DE DICIEMBRE DE 1888

—¿Cuál es el propósito de inspeccionar los cuerpos de aquellos que mueren sin indicio evidente de traumatismo?

El profesor Percy estaba de pie junto al cerebro expuesto del cadáver, con su delantal manchado de sangre de color óxido. Su pelo rojizo y su bigote a juego estaban cuidadosamente peinados, en desacuerdo con los fluidos que ensuciaban sus rasgos apuestos. Imaginé que así se debía haber visto Tío cuando era un profesor joven. El pensamiento me transmitió una sensación de calidez pese al aire helado de la sala de disección.

—¿Por qué abrirlos si podemos ver con claridad que han muerto de causas «naturales»? —preguntó—. ¿Eh?

Las manos ansiosas se alzaron en el aire como fuegos artificiales. Mis compañeros necesitaban responder y probarse a sí mismos que superaban a sus pares. El príncipe echó un vistazo a la sala y evaluó la competencia. Ese día tenía una intensidad particular. Era una de las primeras veces que lo había visto mostrar una chispa de interés. Percy ignoró a todos y miró al único estudiante que estaba distraído.

—¿Señor Cresswell? ¿Tiene algo que comentar sobre el tema?

Thomas, como era de esperar, tenía el rostro pegado al cadáver e ignoraba a todo y a todos, salvo a su bisturí y al fallecido. Observé que la línea de piel se dividía como una ola retirándose de la orilla. Levantó unos fórceps dentados de su bandeja, los inspeccionó y luego se adentró en la tarea de exponer las vísceras, tarareando en voz baja. La melodía era un tanto animada para la tarea que llevaba a cabo. Enarqué una ceja. Quizá sentía excesiva pasión por su trabajo. Percy no se molestó en interrumpirlo. Había aprendido con rapidez que Thomas dictaba sus propias leyes en el laboratorio.

—¿Príncipe Nicolae?

Mi mirada se posó de nuevo en Nicolae. Se mordió el labio inferior, absorto en el cuerpo delante de él.

—Debemos probar si murió por causas naturales. Hasta no inspeccionarlo no hay manera de saberlo con seguridad.

—Eso es en parte verdad. ¿Alguien más?

Andrei blandió su bisturí como si fuera una espada y él, el defensor más inepto que el reino hubiera conocido. Noah, distraído por las excentricidades de Andrei, se apartó de él. Los mellizos Bianchi estaban tan ensimismados como Thomas, mirando con fijeza los cuerpos delante de ellos con los bisturíes mientras realizaban incisiones precisas. Cian y Erik levantaron las manos al mismo tiempo y se fulminaron con la vista. Uno era como el fuego y el otro como el hielo, y ninguno era agradable para las personas que trataban con ellos durante un período de tiempo prolongado.

—¿Para entender las enfermedades y sus efectos en el cuerpo? —preguntó Erik.

—A veces. ¿Debemos abrir siempre los cuerpos, sin una buena razón? —preguntó Percy.

Cian casi se desplomó de su asiento en su urgencia por responder.

—No, señor. Las autopsias no son necesarias. Solo en casos de muertes en circunstancias sospechosas.

—Gracias, señor Farrell. Señor Branković, por favor baje el bisturí. No es un arma. Mutilará o hará daño a alguien. Probablemente a usted mismo. ¿Alguien más tiene algo para decir?

Levanté la mano. Percy asintió.

—¿Sí, señorita Wadsworth?

—Señor, ese es el caso del fallecido que tengo delante de mí, que es evidente que murió en el agua. Uno podría creer que simplemente se ahogó o murió de hipotermia. Realizar una autopsia es la única forma de saber con certeza la causa de muerte.

—Bien. Muy bien. ¿Y qué información nos dará estudiar su cuerpo?

—Nos indicará *por qué* pudo haber caído en el agua. Quizás haya tenido una enfermedad preexistente, quizás un infarto cardíaco. O un aneurisma.

—O tal vez haya bebido demasiado porque hacía frío —añadió Nicolae, lo que suscitó las risitas nerviosas de Noah y Erik. Cuando el príncipe me miró, un escalofrío incómodo me recorrió la espalda. Era difícil olvidar los dibujos que había hecho de mí. O las amenazas ilustradas que le había hecho a la familia real. A *su* familia.

—Príncipe Nicolae, deje las bromas fuera de la sala de disección. No es de buen gusto. Señorita Wadsworth, muy bien. Un hecho criminal también puede ser un factor. Por esa misma razón es importante inspeccionar cada cuerpo exhaustivamente. Nunca se sabe qué secretos descubriremos al inspeccionar lugares menos... placenteros.

Thomas se me acercó y susurró.

—El profesor es un poco raro.

—Lo dice el joven que no ha respondido por estar enfrascado en su cadáver —susurré—. Percy no es más raro que tú o que yo o que Tío. Solo sientes envidia de que yo sea su favorita.

Thomas me miró, pero antes de que pudiera deslumbrarme con una respuesta, hundí mi bisturí en la piel gélida del cadáver e ignoré la decoloración azul oscuro y los ojos saltones mientras lo abría hasta la caja torácica. Luché con todas mis fuerzas para verlo como lo que era, y no como algo que me miraba de forma fija y fría, incómodo por el bisturí que yo blandía.

El torso se encontraba hinchado, junto con el resto del cuerpo, lo que hacía difícil identificar sus rasgos característicos. Reprimí mi malestar, dispuesta a no acobardarme ante un cuerpo al que le debía respeto.

Cerré los ojos un instante y luego inspeccioné su corazón, y noté que todo parecía normal antes de dirigirme hacia su cabeza y levantarle un párpado. No había señales de petequia en los ojos. Por lo que concluí que a ese hombre no lo habían estrangulado ni asfixiado antes de que cayera al agua. Era probable que hubiera perdido la vida a causa del clima despiadado de la montaña y a la hipotermia, no por alguna causa siniestra. No era la mejor forma de marcharse. Ni la más placentera. Deseaba que no hubiera sufrido.

Aún tenía mucho que aprender sobre la hipotermia y sus características. Eché un vistazo a la sala y me di cuenta de que mi cadáver no era el más repugnante. Nicolae tenía un cuerpo en estado avanzado de putrefacción, con el torso hinchado y expandido más allá de su capacidad. Unas pequeñas y agusanadas líneas grisáceas y negras recorrían su piel. No era una buena señal. Observé cómo el príncipe colocaba una expresión fría como la piedra y cortaba el cuerpo con una incisión profunda y rápida…

Unos gusanos salieron disparados del área intestinal junto con un terrible hedor gaseoso. Nicolae retrocedió y se quitó las larvas del rostro. Sus manos temblaron ligeramente. Su pecho se expandió y contrajo como si pudiera contener la repulsión con respiraciones medidas.

El silencio descendió como una maldición. Era una posición muy poco digna para un miembro de la realeza, y sin embargo él mantuvo su aire de superioridad incluso con gusanos pegados al rostro. Erik hizo una pausa y levantó la mirada de su propio cadáver. Contempló la escena, parpadeando como si todo fuera un sueño terrible, luego chilló y arrojó su delantal hacia el príncipe mancillado.

Aunque apenas era gracioso, casi me atraganté con la risa que reprimí. Andrei no pudo contenerse. Se dobló en dos y rio tan fuerte que comenzó a respirar con dificultad. Erik le dio unas palmaditas en la espalda mientras Andrei tosía y escupía.

El rostro de Nicolae se ruborizó mientras Noah y Cian e incluso los mellizos Bianchi soltaban risas. Ya fuera por el horror de ver a aquellos gusanos o por la gracia de la escena, al fin dejé escapar una risita. El príncipe me miró con frialdad. Pero en lugar de atacarme con un comentario ofensivo, se enjugó el caos de la cara y rio. Fue algo rápido y contenido, pero aun así. La acción resquebrajó la tensión que había cargado desde la muerte de Wilhelm.

Thomas levantó la mirada desde la mesa junto a la mía, y una sonrisa se extendió por su rostro a pesar de que intentó contenerla.

—Estoy demasiado asqueado, pero no puedo desviar la mirada.

Percy se acercó a la escena del ataque de gusanos y esbozó una mueca de enfado.

—Suficiente, clase. Esta es una sala forense, no un prostíbulo. Príncipe Nicolae, vaya a lavarse. Erik… —El profesor le entregó un delantal nuevo, y luego caminó hacia su propio escritorio mientras se dirigía a todos nosotros—. Por favor, sentaos en silencio y observad. Si esto es demasiado para vosotros, podéis retiraros. ¿Alumnos? No os riais durante un ejercicio científico serio. Tened respeto por los muertos. Si eso es algo que ninguno de vosotros es capaz de hacer, entonces recomendaré que nadie pase este curso. Aquí nos tomamos nuestro deber con respeto y lo ejecutamos con dignidad. Un arrebato más y todos quedareis afuera. ¿Habéis entendido?

—Sí, profesor —respondimos al unísono.

Seguimos a Percy a una mesa en la que había un cuerpo cubierto por un velo. El miedo de que nos echaran del curso de evaluación fue suficiente para eliminar cualquier risa remanente. Sin miramientos, Percy retiró la tela y dejó al descubierto un cuerpo que me resultó vagamente familiar. La descomposición me dificultó reconocer el cadáver y después…

Inhalé de golpe y me topé con Erik, que tuvo la audacia de burlarse de mi reacción como si él no acabara de chillar frente a los gusanos.

—Disculpa. —Observé a la mujer rubia de la mesa, las marcas de mordidas a lo largo y ancho de su piel, la sangre seca delimitando cada una de las heridas. Hubiera jurado que el sonido de las alas curtidas hizo eco en la sala de disección. Una tela aún cubría su rostro por razones que no me atreví a preguntar.

Thomas se puso rígido en su lugar cerca de la cabeza del cuerpo, y su mirada encontró la mía y la sostuvo. Recé porque nuestras reacciones parecieran el resultado de ver a una mujer mutilada y no el hecho de haberla reconocido como el cadáver de los túneles. Algo incómodo me causó un cosquilleo entre los omóplatos y me tentó a girarme y a dar un manotazo. Apreté los ojos con fuerza. Si eso era otro invento de mi imaginación...

Me moví con sutileza y eché un vistazo detrás de mí. El director Moldoveanu entró en la sala y dio unos golpes en su brazo con los dedos, y su mirada fue desde el cuerpo apoyado en la mesa hasta mi expresión contraída. Supe en lo más profundo de mi ser que había detectado el reconocimiento en mi rostro.

Fingí no notarlo y me pregunté si Thomas estaría haciendo lo mismo. Le lancé una mirada, pero él observaba al príncipe de cerca. Supuse que intentaba discernir si Nicolae ya estaba familiarizado con el cadáver.

Thomas se percató de la presencia de Moldoveanu justo cuando el director giró sobre los talones y se retiró. No emitió ningún sonido, y, sin embargo, sentí como si unos *gongs* retumbaran en mis oídos ante su retirada.

—Alguien ha encontrado a esta mujer no identificada en la morgue antes de clase, en una de las cámaras para cadáveres —anunció Percy—. Le han drenado la mayor parte de la sangre. Las mordidas cubren prácticamente todo su cuerpo. Parece que alguien la hubiera movido allí para mantenerla fría y retrasar la descomposición. Tenemos un caso de lo más intrigante que resolver, alumnos.

Percy no tenía idea de la verdad que conllevaban sus palabras.

27
ALAS DE CUERO NEGRO

APOSENTOS DE LA TORRE
CAMERE DIN TURN
CASTILLO DE BRAN
14 DE DICIEMBRE DE 1888

Me incorporé de un salto y parpadeé para reprimir las imágenes de colmillos que mi inconsciente había creado de la oscuridad.

La luz de la luna se filtraba en riachuelos desde las cortinas y se acumulaba en el suelo como una cascada plateada. Un escalofrío se enredaba en las sábanas en torno a mi cuerpo, pero el frío no era lo que me había despertado del sueño. El sudor me cubría la piel en parches húmedos, de alguna manera mi camisón se había desatado solo y exponía una porción más grande de mi cuello de lo que era decente.

Jadeando aún a causa de mi pesadilla con criaturas aladas que revoloteaban y mordían, me palpé con cuidado el cuello, temiendo a medias que mis dedos salieran mojados con sangre. Nada. Estaba impoluta. Ningún *strigoi*, murciélago o demonio sediento de sangre se había alimentado de mí mientras yo me revolvía en sueños. Sentí solo piel suave y caliente, ilesa frente a cualquier cosa que no fuera el invierno gélido o el escándalo que produciría su exposición.

Entrecerré los ojos hacia las sombras, con el pulso acelerado en alerta máxima. El fuego de mi habitación se había extinguido no hacía mucho, a juzgar por las brasas titilantes. Me recosté solo un poco. Mi mente seguía aturdida por las pesadillas extrañas, hubiera jurado que había escuchado voces. No *todo* podía ser producto de mis sueños desequilibrados. Últimamente, mis tormentos me habían visitado con menor frecuencia, o eso era lo que había pensado. Sujeté mis mantas y aquieté mi corazón frenético mientras asimilaba las siluetas inmóviles de mi tocador y de mi mesilla de noche.

Esperé que las sombras se despegaran de la pared y adoptaran la forma del príncipe inmortal, con sus alas de serpiente estiradas lo suficiente como para detener mi corazón. Pero todo se encontraba sumido en un silencio maldito. Ningún espíritu visitaba el reino humano en esa supuesta noche infame. Debía ser la altitud de los Cárpatos. La falta de oxígeno claramente me afectaba el cerebro.

—Qué tontería. —Me desplomé de nuevo sobre un costado y llevé las mantas hacia el mentón. Unos mechones largos de pelo corrieron por mi espalda y me erizaron la piel. Me deslicé hacia abajo hasta que prácticamente mi cabeza quedó oculta del mundo exterior. Las pesadillas eran para los niños.

El tonto de Radu y sus ridiculeces folclóricas. Por supuesto que no existía algo como una noche invernal que pudiera invocar a los muertos. Siempre se podía encontrar una explicación científica. Cerré los ojos, me concentré en lo confortable que me sentía en mi pequeño capullo de calidez. Mi respiración se volvió más lenta y de pronto sentí los párpados tan pesados que no intenté abrirlos de nuevo. Me deslicé en un sueño exquisito. Uno en el que Thomas y yo nos dirigíamos a Bucarest para la festividad, y yo tenía puesto un vestido precioso que utilizaría para un baile, lejos de los asesinatos…

Pum.

La adrenalina hizo erupción en mi cuerpo bajo la forma de una acción inmediata.

Entre dos respiraciones, salté de mi colchón, metí los pies en unos zapatos y me dirigí al centro de mi habitación. Mis oídos retumbaban del esfuerzo por escuchar con demasiada atención. No había duda de que alguien o algo se movía en el pasillo.

Contuve mi miedo y lo guardé en el bolsillo más profundo de mi mente, e ignoré cómo pataleaba y arañaba de camino.

Renuncié a colocarme una bata en favor de actuar con sigilo, y lentamente abrí la puerta de mi habitación. Eché un vistazo a la sala de estar; las brasas del fuego estaban casi extinguidas allí también. Por alguna razón, mi criada nueva no debía haberlas atizado antes de que yo me fuera a dormir. El brillo naranja oscuro no era suficiente para iluminar la sala, lo que también ofrecía la oportunidad de no ser vista por quienquiera que merodeara por allí. Las nubes de aliento frío salían a intervalos irregulares.

Pum-pum. Me detuve, pisando el umbral entre mi habitación y la sala de estar. Todo estaba quieto como una tumba.

Y luego… escuché que alguien susurraba «silencio» con firmeza en rumano. «*Liniște*».

Pum.

Tras haber pasado un tiempo manipulando cuerpos en el laboratorio de Tío, conocía el sonido que las extremidades pesadas por la muerte hacían cuando entraban en contacto con el suelo. Imágenes de ladrones de cuerpos cruzaron por mi mente. No sabía por qué me los imaginaba como siluetas esqueléticas con garras, colmillos goteando sangre y alas de cuero, cuando en realidad debían ser robustos para levantar pesos muertos. Y definitivamente humanos.

Contuve la respiración, aterrada de que la inhalación más leve hiciera eco como una campana repicando mi destino. Quienesquiera que fueran, no quería que centraran su atención siniestra en mí. Los humanos eran los verdaderos monstruos y villanos. Eran más reales de lo que cualquier novela o fantasía podían inventar.

Transcurrieron unos instantes y los susurros continuaron. Conseguí que mis articulaciones congeladas se pusieran en movimiento y me conduje por la sala pequeña tan rápida y silenciosamente como pude. Nunca había estado tan agradecida por la escasez de muebles como lo estuve en ese momento, mientras me dirigía a la puerta que daba al corredor.

Avancé con sigilo y dudé solo al llegar a la puerta. Quizás los cuentos tontos de Radu habían estado en lo cierto. Esa era una noche propicia para las apariciones después de todo. Excepto que yo sería el espectro que merodeaba sin ser visto.

Apoyé la oreja en la pared junto a la puerta y escuché, deseando mantenerme fría y quieta como el mármol. Las voces murmuraron tan bajo que no pude distinguir lo que decían. Era difícil descifrar si ambas eran masculinas o si había una mujer involucrada. Me apreté a la pared hasta que el rostro me dolió de la fuerza, pero incluso así no pude comprender lo que los merodeadores de la noche balbuceaban. Sonaba casi como un cántico…

Retrocedí, y la confusión tiró de mí hacia atrás. Me resultaba ilógico que la gente tarareara cánticos desagradables en plena noche. Quizás los sonidos no eran más que el resultado de un amorío clandestino. ¿Acaso no había aprendido la lección con Daciana e Ileana? Me di la vuelta, lista para volver a la cama y luego me detuve.

Los susurros se volvieron más fuertes, alcanzaron la cresta como olas y luego rompieron de vuelta hacia un silencio casi total. Esa no era una aventura romántica en la torre. A medida que las voces dejaban que el fervor de su canción críptica las distrajera, fui capaz de reconocer algunas palabras cantadas en rumano.

—Huesos... Sangre... Aquí... algo... muerto... alas negras... corazón de... entra... en el bosque en soledad... marcará... huellas... Cazar... luego...

Paf. El cántico se detuvo como si una guillotina les hubiera cortado las lenguas a quienes fueran que recitaran esas palabas blasfemas en la víspera sagrada del invierno. No quería darles crédito a las supersticiones de Radu, pero quizás había algo *sobrenatural* en esa noche.

Una luz parpadeó debajo del marco de la puerta, iluminando el suelo y rozando los dedos de mis pies enfundados en mis zapatos. No me atreví a moverme. Inhalé rápidamente y observé cómo la luz se desvanecía por el pasillo, acompañada por los sonidos de algo que era arrastrado por detrás. Al menos dos pares de botas bajaron rítmicamente por las escaleras, y el cargamento robado golpeteó con ruidos sordos a su paso. La curiosidad se abrió camino hacia el interior de mi mente, por lo que me resultó difícil pensar con lógica. Si no los seguía pronto, los perdería en el laberinto de corredores del castillo.

Salir sola parecía una idea terrible, pero ¿qué más podía hacer? No podía fingir que no sucedía nada. No tenía el tiempo suficiente para correr hacia el dormitorio de Thomas y despertarlo. Además, él compartía el piso con otros estudiantes. No me imaginaba el escándalo que ocasionaría hacerlo salir de la cama a esas horas de la noche. Ambos perderíamos nuestros puestos en la academia. Y los rumores de aventuras clandestinas sin duda llegarían a aquellos que, en Londres, ganaban poder por medio de los cotilleos que intercambiaban como monedas. Deseé que Anastasia hubiera vuelto, ella seguramente me hubiera asistido en ese dilema.

Me mordí el labio. No creía que nuestro asesino estuviera detrás de esa incursión de medianoche, no podía imaginar por qué robaría un cuerpo. Disfrutaba de asesinar, no de robar cadáveres. La indecisión continuó jugueteando con la parte racional de mi cerebro. La parte que decía que debía despertar al director y dejar que él se encargara de los ladrones. Podía imaginar la curva torcida de su boca cuando le comunicara lo que había escuchado. La mueca tan punzante que podía hacer daño a la piel y hacer brotar sangre. Lo que me hizo tomar una decisión.

Atravesé la sala y sujeté mi capa y un bisturí. Mis manos temblaban con tanto frenesí que casi dejé caer mi arma. Al menos llevaba alguna clase de medida defensiva. Si acudía a Moldoveanu, se enfadaría por mi intrusión a altas horas de la noche y me consideraría una mentirosa. Quizás incluso terminaría destrozada por sus palabras mordaces. Prefería arriesgarme con los ladrones de cuerpos y sus cánticos retorcidos.

Me abalancé hacia el corredor y bajé las escaleras, después de divisar el último destello de movimiento antes de que las siluetas entraran en los niveles inferiores, y luego me detuve con la respiración entrecortada.

Al parecer, nos dirigiríamos a los niveles subterráneos con el cuerpo robado.

28
LADRONES DE CUERPOS

CORREDORES
CORIDOARE
CASTILLO DE BRAN
14 DE DICIEMBRE DE 1888

Unas capuchas negras cubrían las cabezas de los ladrones de cuerpos, lo que ocultaba sus identidades en los corredores sumidos en sombras mientras caminaban lentamente desde la torre hacia los niveles inferiores. Mi propia capa era color carbón oscuro —un recordatorio de las brumosas noches de media luna y callejones neblinosos— y era perfecta para escabullirse por espacios no iluminados. Di las gracias por haber dejado la capa escarlata en Londres. Me aferré a mi bisturí, lista para blandirlo como una espada, tal como había hecho Andrei más temprano.

Los ladrones se movían con la cautela firme de los que han hecho una actividad muchas veces en el pasado. Haciendo pausas y escuchando antes de deslizarse hacia el siguiente pasillo. A medida que se abrían camino hacia el último nivel, su procesión se mantuvo en silencio excepto por los sonidos que hacía el cuerpo que arrastraban detrás de ellos. No me llevó mucho tiempo comprender que marchábamos hacia la morgue del sótano. Me apoyé contra la pared y permití que una letanía entera de dudas serpenteara en mi mente. Quizás esos *supuestos* ladrones solo eran sirvientes moviendo un cuerpo de una morgue a la otra por órdenes de los profesores.

Después de todo, alguien debía transportar los cuerpos de un sitio a otro. Nunca había presenciado su traslado en carros durante el día. Sin embargo, los cánticos... eso era un tanto raro. Pero no evidencia condenatoria de culpabilidad. De hecho, mientras permanecía de pie, observando, ni siquiera había estado del todo segura de que cantaran. Quizás tarareaban una melodía para distraerse de su trabajo. Si tenían un temperamento asustadizo similar al de Ileana, era probable que no les gustara estar rodeados de cuerpos. A la mayoría no le agradaba.

Di un pisotón contra la alfombra harapienta, raída por los innumerables pies que la habían pisado durante los últimos cientos de años. No podía creer que hubiera salido de la cama para eso. Un par de ladrones de cuerpos. Parecía que nunca dejaría ir mis fantasías imaginarias.

No todo lo que hacía *pum* durante la noche era un monstruo. Sin duda había escuchado demasiados cuentos de vampiros y hombres lobo desde que había llegado a ese lugar. Era todo producto de mi imaginación maldita. Una parte bien profunda de mi ser quería que aquellos cuentos extraños y mortales fueran reales. Aunque odiaba admitirlo incluso ante mí misma, había algo terriblemente atrayente en la idea de seres inmortales. Quizás el monstruo que habitaba en mí era el que deseaba que hubiera otros, en especial aquellos que vivían en las historias.

Arrastrando el cargamento que habían envuelto en tela de la mejor forma en la que habían podido, las dos siluetas giraron en una esquina y desaparecieron de la vista. Decidí retrasarme un poco. Sería mejor confirmar que depositaban el cuerpo en la morgue del nivel inferior antes de apresurarme a subir las escaleras abismales de la torre una vez más. Eché un vistazo al helecho gigantesco que había en el lado opuesto del pasillo y me pregunté si no debía simplemente acurrucarme detrás de él y dormir hasta la mañana.

Una puerta se cerró con un clic. Yo giré en la esquina y me coloqué en un recoveco oculto por un tapiz enorme. No debía faltar mucho. Me agaché y cubrí mi camisón con la capa para evitar que cualquier parte de la tela clara atrajera miradas no deseadas. No había necesidad de que los sirvientes del castillo conocieran mis escapadas nocturnas. Lustré mi bisturí con el borde de mi capa, recordando una de mis citas favoritas de Shakespeare: «Los instrumentos de la oscuridad dicen verdades».

Unas agujas punzaron los dedos de mis pies advirtiendo que estarían por completo adormecidos en unos instantes. Me moví en el sitio, deseando que recobraran un poco de vida. No llevaba tanto tiempo apoyar un cuerpo en una mesa o meterlo en una cámara mortuoria. La inquietud me enroscó hasta que apenas pude respirar.

Cerré los ojos.

—Por supuesto. Por supuesto que esta es la clase de noche que estoy teniendo.

No había permitido que la imagen de las siluetas entrando en los túneles secretos cruzara mi mente. No iría, no *podía* descender a ese condenado lugar por voluntad propia. La mera idea de seguir a esos desconocidos hacia los túneles repletos de murciélagos y otras criaturas repugnantes era suficiente para hacerme pensar en volver a mis aposentos, armada o no.

Conté los latidos crecientes de mi corazón, sabiendo lo que debía hacer. No tenía un arma real. Ni una fuente de luz. Y nadie sabía que estaba fuera de la cama. Si algo sucedía, era probable que nunca me encontraran. Moldoveanu no enviaría a nadie a buscarme.

Ese pensamiento me hizo enderezarme. Mi cerebro no estaba tan agudo como debía. ¿Dónde se encontraban los guardias? Habían permanecido apostados en los pasillos y fuera de la morgue cada día esa semana. Era raro que no me hubiera topado con uno de ellos aún. Aunque quizá solo vigilaban las salidas y entradas principales a esas horas de la noche. Los estudiantes hacía rato que estaban arropados en las camas, soñando con vísceras y ciencia. Y los habitantes de la morgue no estaban precisamente cuidados. Nadie excepto yo alucinaba con cadáveres resucitados.

Sujeté mi capa y la envolví alrededor de mi cuerpo como una armadura, y abandoné el santuario de mi escondite. Espié por la esquina y solté un suspiro lento. Nadie a la vista. Eché los hombros hacia atrás y avancé con sigilo por el pasillo. Antes de convencerme de lo contrario, giré el pomo de la puerta y me deslicé en la morgue. Estaba vacía y en silencio. No había nada alterado ni fuera de lugar.

Excepto por la trampilla. Se encontraba apenas levantada, como un camino seductor de migajas macabras que no podía resistirme a seguir. El mismo hedor a carne putrefacta asaltó mis sentidos mientras bajaba de puntillas por los escalones de piedra quebrados, cautelosa de no pisar ninguna trampa.

Rogué porque ningún murciélago acechara los túneles esa noche. Ni las arañas. Prefería evitar sus patas largas y delgadas y sus ojos reflectantes. Una cosa era enfrentarse con cuerpos, ladrones y hedores nauseabundos en lugares oscuros y malditos. Pero los murciélagos y las arañas eran mi límite.

Ya en el túnel, intenté orientarme en la oscuridad profunda. Parpadeé para acostumbrarme a la falta de luz y observé las siluetas oscuras moverse con rapidez, sin temor de hacer ruido o de despertar a estudiantes o profesores. ¿Cuántas veces habían hecho eso? Sin duda parecía que seguían una rutina familiar.

Corrí unos metros, me detuve y esperé que la luz de su farol menguara pero no desapareciera por completo mientras iba de sombra en sombra, intentando permanecer a una distancia segura de ellos para evitar que me descubrieran.

Se detuvieron en una intersección, sostuvieron el farol contra la pared y recorrieron algo allí con las puntas de los dedos. Hice una estimación aproximada de la altura de ese objeto en la pared con la esperanza de ver lo que les había llamado la atención una vez que siguieran avanzando.

Continué por el túnel —uno de los que Thomas y yo habíamos decidido no investigar la noche en la que habíamos descubierto el cuerpo de la mujer— y esperé a que las sombras me envolvieran de nuevo. Una vez que me sentí oculta, me abalancé hacia el rincón y tanteé la pared de piedra áspera. Una ráfaga de viento frío rozó el dobladillo de mi camisón.

Por un instante horroroso, imaginé que unas arañas trepaban por mis calcetines, y sentí un cosquilleo en la sangre. *Respira,* me ordené. No podía permitirme tener un episodio allí abajo, sola. Mis dedos rozaron telarañas pegajosas y cosas que preferí no nombrar antes de palpar unas tallas profundas.

XI

Tanteé, con la mirada fija en el túnel casi negro ahora que los ladrones estaban en el extremo opuesto. XI. Eso era lo que estaba tallado. Ninguna otra letra. Conservé esa información y me lancé hacia el siguiente corredor, y vi que las siluetas encapuchadas hacían lo mismo antes de seguir avanzando. En cada nueva bifurcación del túnel había un conjunto de números y una nueva oleada de temor.

XXIII

VIII

Repetí en silencio los números romanos y deseé ser capaz de recuperarlos de mi memoria para analizarlos una vez que volviera a mi habitación. Su importancia era un misterio que debería descifrar en otro momento.

Unas alas se batieron con ansiedad y desviaron mi atención hacia el techo gris que me separaba de los niveles superiores del castillo, del aire fresco y del cielo estrellado. Respiré y me concentré en el suelo, obligándome a permanecer tranquila a medida que el sonido se intensificaba. Sabía bien qué cosas producían ese aleteo espantoso. Sin esperar a convertirme en alimento, me apresuré, coloqué un pie delante del otro y poblé mis pensamientos de cosas que no fueran las criaturas que revoloteaban encima de mi cabeza o el sonido de mi pulso retumbando en mi mente.

El tiempo se escurrió hasta que no supe si era de noche o de día, pero el inquietante susurro aéreo persistió. Odiaba creer que revoloteaban fuera de la vista, mientras esperaban la oportunidad de atacar. Me vi tentada de sujetar una antorcha, sin tener en cuenta las consecuencias de que me atraparan. Sabía que mi cuerpo podía soportar un nivel limitado de terror; temí que mi corazón se detuviera.

—Apresuraos, apresuraos —les insistí a las siluetas y recé para que llegáramos donde fuera que estuviéramos yendo sin que las criaturas me mordieran. Parecía como si nunca fuéramos a abandonar esos corredores malditos. Continuamos descendiendo por tantas curvas y circuitos que me preocupó la idea de no encontrar el camino de vuelta. Escuché algo correr detrás de mí y me paralicé. Rogando que no fuera un cadáver recién resucitado buscando comida caliente, sujeté mi falda y me precipité hacia delante, con la mirada fija en los ladrones y en el cuerpo.

Al fin llegamos a una extensión amplia donde se cruzaban cuatro túneles. Una de las siluetas siguió caminando y su luz parpadeó como luciérnagas en la cueva húmeda mientras giraba en un círculo lento. La oscuridad se cernía desde cada rincón, esperando tragarnos por completo.

Observé cómo la persona del farol avanzaba y se volvía más pequeña cuanto más caminaba. La cámara central bajaba en pendiente en el medio y creaba una ranura en la que se había acumulado agua plateada. La luz del farol se reflejaba como si un sol pequeño se hubiera puesto en un horizonte espejado. Era una vista extrañamente hermosa para un lugar tan abominable.

Era una lástima que las llamas suaves no eliminaran el frío del aire o el ácido ardiente de mis intestinos. Tenía la sensación de que no volvería a respirar normalmente hasta que no estuviera a salvo y libre de los murciélagos. Me restregué los brazos y luché contra un escalofrío que subió hasta mi pelo suelto.

No era solo la temperatura gélida. Esos túneles, como el castillo, de alguna manera parecían vivos, embrujados con espíritus y seres sobrenaturales. Imaginé que un millón de ojos me observaban desde recovecos sombríos. Animales o humanos; no estaba segura de qué me resultaba más aterrador.

Por suerte, las siluetas se movieron con un fervor nuevo. Luego de atravesar con prisa nuevos túneles húmedos, una luz plateada bordeó las paredes y los techos del último, indicando que había una salida cerca. Una lechuza ululó a la distancia, y su llamado inquietante recibió una respuesta similar. Permanecí en el rincón de un túnel ubicado al fondo, y esperé que los ladrones encapuchados caminaran hacia la noche. El aire se sentía fresco y olía a pino. Quería caer de rodillas y alabar el gélido exterior, pero me contuve y esperé que los ladrones de cuerpos siguieran avanzando.

No les llevó mucho tiempo salir hacia la luz de la luna, arrastrando su premio. Yo miré bien antes de dar cada paso, cautelosa de no pisar ninguna hoja o rama que hubiera entrado con el viento. Apenas respiré hasta que llegué a la barrera ubicada entre el castillo y el exterior, con las puntas de mis dedos rozando las ásperas paredes de piedra.

Espié por la boca del túnel y observé el mundo congelado. Las ramas de los árboles crujieron y susurraron, molestas por la intrusión del mundo humano que debía haber estado en silencio. Con la mirada fija en las siluetas que se alejaban, me adentré en el camino de tierra. Mi camisón era tan pálido como el suelo cubierto de nieve que había debajo de mi capa.

Los copos caían del cielo, ligeros y silenciosos. Un escalofrío me mordisqueó los huesos a través del grueso algodón, pero mantuve la vista fija en las sombras que tenía delante de mí, que se movían a los trompicones por el bosque con el cargamento misterioso. De ninguna manera retrocedería, no importaba si la noche invernal me clavaba sus garras a través de la ropa y me rasgaba la piel.

Escuché cómo el andar pesado de las botas pisoteaba la tierra congelada y me retrasé unos pasos. Una sombra parpadeó en el cielo y desvió mi atención de los ladrones encapuchados. La luna esbozó una media sonrisa, burlando a los que se atrevían a abandonar sus camas cálidas para escabullirse en el bosque de huesos de Vlad el Empalador. Me envolví en mi capa con mayor firmeza.

Las siluetas se detuvieron junto a una bifurcación en el camino y parecieron discutir en qué dirección ir mientras depositaban en el suelo el cuerpo envuelto con cautela. Entrecerré los ojos. Había algo raro en su forma. Tenía protuberancias y olía a... no podía ser ajo. El recuerdo de la víctima del tren apareció de pronto en mi mente. Bien podía ser ajo, aunque la cantidad que habrían metido al cuerpo debía ser extraordinaria si podía detectarlo desde esa distancia. Mis sentidos eran buenos, pero yo no era un ser inmortal.

Observé cómo sujetaban el cuerpo de nuevo y volvían a andar lentamente por el camino. Si lo habían rellenado con ajo, quizás uno de los ladrones era el Empalador. Tal vez trabajaban con alguien más. Al igual que el cuerpo drenado de sangre de Wilhelm, ese podía ser otro ataque *strigoi* falso.

Dudé. Seguir a ladrones de cuerpos al bosque era una cosa; perseguir de forma inconsciente a alguien que quizás hubiera empalado a dos personas era una muy diferente. Mi bisturí no era rival contra dos hombres.

Una rama crujió detrás de mí.

Giré lentamente, con el pulso retumbando en los oídos.

Moldoveanu se cruzó de brazos y me observó como si yo acabara de alegrarle la noche.

—El horario límite ha sido impuesto para todos los estudiantes. Sin embargo, aquí se encuentra usted, marchando hacia el bosque como si fuera su derecho de nacimiento, señorita Wadsworth.

—Estuve tentada de callarlo, pero mantuve la mandíbula apretada. Moldoveanu hizo un gesto con el mentón hacia una sombra que se apartó de los inmensos árboles cercanos al castillo. Mi pesadilla cobró vida bajo la forma del guardia arrogante—. Escóltala adentro. Me encargaré de su castigo por la mañana.

Dănești dio un paso adelante, y su mirada de furia tuvo el poder suficiente para hacerme encoger. Un instante más tarde, una mano brusca sujetó mi brazo y me hizo retroceder del límite del bosque. Miré a Dănești mientras me conducía hacia delante, y me pregunté por qué le habrían encargado controlar el cumplimiento del límite horario. Tal vez había sido relegado por ser tan desagradable.

—¡Espere! —grité, retorciéndome bajo su apretón. Forcejeé hasta quedar frente al director—. Alguien ha robado un cuerpo de la morgue de la torre. Dos ladrones encapuchados lo han arrastrado hasta aquí hace instantes. Esa es la única razón por la que salí de mis aposentos. —Un músculo de la mandíbula de Moldoveanu se contrajo—. Compruébelo usted mismo. Se encontraban justo delante de mí. Creo que uno de ellos tal vez sea el Empalador. El cuerpo olía a ajo. Están…

Observé parpadeando el bosque, que se encontraba inmóvil de forma siniestra como si contuviera la respiración, esperando el veredicto de Moldoveanu. Los búhos ni siquiera se atrevieron a ulular. Eché un vistazo hacia el sendero intacto en el que acababa de ver a los ladrones; no había huellas visibles en la nieve que caía de forma desenfrenada.

No había señales de las siluetas que yo sabía que había visto ni del cuerpo que habían robado. Era como si el bosque se purificara de sus delitos y ocultara un crimen que yo sabía que había ocurrido.

—Dígame. ¿Acaso su imaginación siempre es tan… descabellada? Tal vez esos «ladrones» de los que habla no hayan sido más que miembros del personal de cocina, preparándose para el desayuno. Los depósitos para los sobrantes de alimentos se encuentran en esa dirección, señorita Wadsworth.

—Pero… lo juro… —Ya no sabía nada con certeza. Eché un vistazo hacia donde Dănești se había escondido, pero él no podía haberlos visto desde el rincón del castillo. Y si los depósitos de alimentos se encontraban por allí, entonces quizás no les habría prestado demasiada atención a los sirvientes que estarían cumpliendo con su trabajo.

El director ni siquiera se molestó en mirar en la dirección que yo había señalado.

—Señorita Wadsworth, la pondré en un período de prueba académica hasta nuevo aviso. Esta clase de comportamiento errático quizá sea aceptable en Londres, pero se dará cuenta de que aquí nos tomamos las cosas un poco más en serio. Si dice una palabra más, perderé la paciencia que me queda y la echaré del castillo de inmediato.

Querida Liza:

Después de leer tu última carta, me he tomado tiempo para reflexionar. Creo que tienes razón, aunque probablemente nunca hayas dudado de eso. Me he dado cuenta de que estaba herida y enfadada. Las acciones desafortunadas de Thomas no se han gestado en una falta de cariño de su parte, sino en una falta de comprensión acerca de cómo ofrecerme la ayuda correcta. (Que claramente no implica advertirles a los profesores sobre mi estado emocional).

Sin embargo, me preocupan otras cosas. Cosas a las me atemoriza nombrar. Por favor quema esta carta una vez que la hayas leído, y no le cuentes a nadie sobre su contenido. No puedo deshacerme de la sensación de que estoy siendo vigilada. Encontraron a un estudiante muerto y descubrieron aquí un cuerpo no identificado en cuestión de semanas. Una de las víctimas no tenía señales evidentes de haber sido asesinada, y la otra había fallecido a causa de... cuestiones más horrendas. A los dos cuerpos se les había drenado la sangre por completo. Un tema espeluznante del cual hablar; me disculpo.
Tampoco he tenido noticias de una amiga en casi una semana y estoy preocupada por ella.

No podré viajar a casa para la celebración de Navidad debido al clima despiadado y a la falta de tiempo libre, pero te escribiré con frecuencia a modo de compensación. La familia de Thomas tiene una casa en Bucarest y su hermana nos ha invitado a un baile allí, y no tengo ni idea de qué vestir para semejante evento. Dejé mis vestidos más preciados en casa. Soy consciente de que es una tontería hablar de estas frivolidades mientras suceden tantas cosas horribles.

¿Acaso Tía Amelia ha vuelto a considerar que viajes por el continente? La hermana de Thomas, la señorita Daciana Cresswell, ha prometido escribirle en tu nombre. Quizás puedas pedirle a tu madre que reconsidere y te otorgue el permiso como regalo de Navidad. ¿O quizás acceda a dejarnos viajar a Estados Unidos? Me encantaría pasar tiempo allí y visitar a mi abuela. Tal vez podríamos convencerla a ella también de que hable en representación nuestra. Sabes lo persuasiva que puede ser.

Me disculpo por no enviar una carta más detallada. Debo retirarme pronto a la cama. La clase de Anatomía es a primera hora de la mañana. Sin duda es mi clase favorita (a pesar de que el director es un monstruo terrible).

Qué sorprendente, lo sé.

Tu querida prima,
Audrey Rose.

P. D.: ¿Cómo se encuentra mi padre? Por favor envíale un abrazo de mi parte y dile que le escribiré pronto. Lo echo de menos con locura y me preocupa que caiga bajo los efectos del láudano en mi ausencia. Procura que no se encierre en su estudio. Nada bueno resulta de eso.

29
DESTELLOS DE CINTA NEGRA

APOSENTOS DE LA TORRE
CAMERE DIN TURN
CASTILLO DE BRAN
14 DE DICIEMBRE DE 1888

La preocupación de que mi carta cayera en manos de alguien más me obligó a depositarla en el buzón de correspondencia del castillo a primera hora de la mañana. Al volver, observé desde la puerta de mis aposentos cómo un invitado no deseado caminaba de puntillas por la sala de estar y se abría paso hacia mi dormitorio como si tuviera todo el derecho del mundo. Sinceramente, era extraordinario lo confiado que podía mostrarse haciendo algo incorrecto de todas las formas posibles.

No tenía la más mínima noción de qué tenía en mente, pero el sinvergüenza seguro tendría una excusa interesante. Desde que me habían escoltado hasta mis aposentos, no había tenido la oportunidad de debatir los sucesos de la noche anterior con él. Ileana aún no había estado disponible para mí, así que le había enviado una nota a Thomas a través de la criada nueva pidiéndole que se reuniera conmigo después de clases.

En la *biblioteca* principal.

Se suponía que debíamos encontrarnos hacía diez minutos, pero aunque no me habían concedido permiso para asistir a la clase de Moldoveanu llegaba vergonzosamente tarde. Antes de escribir y de entregar mi carta, había pasado gran parte de la mañana leyendo cualquier cosa que pudiera sobre el castillo y había perdido la noción del tiempo. Me aclaré la garganta, satisfecha cuando él se dio la vuelta, con las cejas prácticamente tocando la línea de su pelo.

—Ah, hola. Creí que te encontrabas en la biblioteca. Es descortés mentirles a tus amigos, Wadsworth.

—¿Debería atreverme a preguntarte por qué te escabulles en mi habitación, Cresswell? —Su mirada fue a toda velocidad hacia la puerta abierta de mi dormitorio, calculando Dios sabe qué. Se encontraba solo a unos pasos de él, si empleaba la ventaja que le proporcionaban sus piernas largas—. ¿O debemos fingir que no estabas siendo el bribón indecente que sé que eres?

—¿Por qué no estabas en clase? —Thomas movió el cuerpo de un pie al otro. Llevaba un paquete bastante grande escondido a medias detrás de la espalda. Me moví hacia la sala de estar, intentando espiar, pero él retrocedió—. No, no, no —dijo con un canturreo—. Se llama sorpresa, Wadsworth. Continúa con tus asuntos y yo seguiré con lo mío. Sabes que yo no te reprendería por entrar en *mi* habitación. Siendo el bribón que tú dices que soy.

Me acerqué a él con los ojos entrecerrados.

—Has entrado por la fuerza en mi habitación. ¿Ahora quieres que te deje solo para hacer las travesuras que tienes planeadas? No parece un razonamiento lógico.

—*Mmm.* Tienes razón.

Thomas retrocedió lentamente hacia mi habitación y enganchó un pie en el umbral con total control. Me hubiera concentrado más en sus intenciones si no hubiera estado intentando ver el paquete tentador que ocultaba. Unos destellos de cinta negra enlazados formaban un moño de un tamaño ridículo, lo que me tenía intrigada.

—Si lo dices de esa forma, por supuesto que no quiero que me dejes solo —continuó—. Podríamos divertirnos mucho más juntos.

Su mirada se desplazó deliberadamente hacia la cama y se detuvo allí para aclarar sus intenciones. Yo me había olvidado por completo de mi siguiente pregunta, y gracias a que Thomas se movió pude ver el papel madera que cubría la caja entera. Era tan grande que podía contener un cuerpo. Me acerqué un poco más y la curiosidad dio volteretas salvajes en mi mente. ¿Qué podía ser? Mantuve mi concentración en la caja, esperando deducir una pista.

—Aunque —añadió lentamente—, preferiría que eso sucediera en algo un poco más... adecuado para mi tamaño.

Dejé de moverme. Casi me olvidé de respirar mientras sus palabras desviaban mi atención del paquete. No podía imaginar cómo se sentiría: estar acostados en la misma cama, besarnos sin restricciones y...

Thomas sonrió con suficiencia, como si supiera en qué dirección habían ido mis pensamientos y estuviera satisfecho de que no lo hubiera arrojado por la ventana. Todavía.

Con el rostro ardiendo, señalé la sala a mis espaldas.

—Sal de mi habitación, Cresswell. Puedes dejar la caja en el sillón.

Chasqueó la lengua.

—Disculpa, querida. Pero deberías actuar de inmediato cuando lees mi lenguaje corporal. He visto que has observado mi pie. Un trabajo decente de investigación de detalles, debo admitirlo. Es una lástima que te hayas dejado distraer por pensamientos escandalosos. Aunque no puedo culparte.

—He observado tu… ¡Thomas! —Antes de que pudiera abalanzarme sobre él, cerró la puerta de mi habitación con su maldito pie. Intenté abrirla, pero él ya le había puesto llave y se había encerrado adentro. Lo asesinaría.

—Para ser una joven tan discreta —gritó Thomas desde detrás de la puerta—, tienes un gran número de ropa interior de encaje. Me imaginaré toda clase de indecencias cuando estés abriendo el próximo cuerpo en la clase de Percy. ¿Crees que eso me convierte en un pervertido? Tal vez debería preocuparme. Pero creo que tú deberías estar atemorizada.

—¡Cresswell! Ya has dado tu opinión, ahora por favor vete. ¡Si el director descubre esta indecencia mientras estoy en período de prueba, me expulsará!

Golpeé la puerta, y salté hacia atrás cuando se abrió con un crujido. Toda la diversión se había esfumado de su rostro mientras inclinaba la cabeza y me miraba con detenimiento.

—¿Acabas de decir período de prueba? ¿Qué clase de travesura me he perdido y qué, exactamente, implica el período de prueba?

Me apoyé contra la pared, de pronto exhausta por la noche anterior. Apenas había podido dormir, me había limitado a dar vueltas en la cama como si eso ayudara a descifrar qué creía haber visto. ¿De verdad dos personas habían cantado en el pasillo? ¿De verdad habían robado un cuerpo, o ese cargamento que habían llevado solo eran sobras de alimentos, como había dicho Moldoveanu? Ya no confiaba en mí misma.

Thomas imitó mi postura reclinándose contra el marco de la puerta, y yo le comuniqué cada detalle que pude recordar, sabiendo que él le encontraría un sentido a cualquier cosa que yo hubiera omitido, ya que en general veía las cosas de una forma única. Le hablé sobre mi aventura con Anastasia en el pueblo, y el descubrimiento de la posible participación de la joven desaparecida en la Orden del Dragón. Incluso le conté mis sospechas respecto a las ilustraciones de Nicolae y cómo eso podía estar relacionado con la muerte de su primo. Sin embargo, no le comuniqué que yo también había aparecido dibujada en el cuaderno del príncipe. No quería compartir eso con él por varias razones. Cuando terminé, Thomas se mordió el labio inferior hasta que pareció que se magullaría.

—No me sorprendería que Nicolae fuera el responsable de las amenazas —dijo—. Pero el *porqué* me resulta un tanto oscuro. Tendré que observarlo en clase. Detectar algunos tics o pistas.

—De cualquier forma —dije—, mi teoría es que alguien está tras el linaje de Vlad. Enviando un mensaje. Con qué propósito, no lo sé. En dos de los asesinatos parece que hubiera un cazador de vampiros. El otro asesinato tiene las características de un ataque vampírico. Creo que el príncipe Nicolae tal vez esté en peligro. A menos que *él* sea quien envía las amenazas. ¿Cuál es el vínculo entre las víctimas? ¿Cómo encaja la mujer de los túneles en todo esto?

—Técnicamente, Nicolae no es uno de los descendientes de Vlad. —Thomas me miró a los ojos de forma directa, pero me di cuenta de que estaba en otro continente—. Es parte de la dinastía Dănești. Las familias Dănești y los Drăculești fueron rivales durante años. Yo diría que alguien apunta a la Casa de Basarab, a ambas ramas de la familia. O quizás representan a una rama de la familia como vampiros y a la otra como cazadores.

—¿Entonces Dănești, el guardia, está emparentado con el príncipe Nicolae? —pregunté—. Me da un poco de temor preguntar por qué eres tan versado en una familia medieval.

—Hay algo que he estado queriendo decirte. —Respiró hondo—. Soy el heredero de Drácula.

Di las gracias por estar apoyada contra la pared. Lo miré e intenté desenmarañar la confusión que rodeaba a una declaración tan simple como esa. Era imposible que hubiera escuchado correctamente. Esperó sin pronunciar otra palabra, tenso por escuchar mi respuesta.

—Pero... eres inglés.

—Y rumano, ¿recuerdas? De parte de mi madre. —Ofreció una sonrisa tentativa—. Mi madre era *cel Rău*, descendiente del hijo de Vlad, Mihnea.

Hice circular la información en la mente y escogí mis palabras con cuidado.

—¿Por qué no has mencionado el linaje de Drácula antes? Es un tema de lo más intrigante.

—*Cel Rău* significa «el Malvado». No tenía intenciones de exponer eso. De hecho, tu amiga Anastasia me arrinconó la otra semana y me acusó de traer esa maldición de sangre a la academia. Dijo que el último heredero hombre de Drácula no debería haber venido al castillo, a menos que tuviera un plan extraordinario para conquistarlo o alguna otra tontería.

Dejó caer la mirada hacia la alfombra y encorvó los hombros. Mi corazón se aceleró. Me di cuenta de que Thomas creía en ese ridículo apodo. Y lo que era peor, pensaba que *yo creería* en eso también. Todo por la familia en la que había nacido. No sabía cómo Anastasia había descubierto la verdad sobre su linaje y no me importaba en ese momento. Rocé su codo y lo incité con amabilidad a que me mirara.

—¿Estás seguro de que no significa «el Tonto»? —Ni siquiera esbozó una sonrisa. Algo en mi interior se contrajo—. Si eres malvado, yo también lo soy, sino peor. Los dos abrimos a los muertos, Thomas. Eso no nos convierte en malvados. ¿Es por eso que no me lo has contado antes? ¿O temías que tu título principesco cambiaría mis… sentimientos?

Lentamente levantó la mirada; por primera vez no ocultó sus emociones. Antes de que respondiera vi su profundo temor dibujado en su rostro. La arrogancia y altanería habían desaparecido. En su lugar había un joven que parecía como si el mundo estuviera rompiéndose a su alrededor y no hubiera nada que pudiera hacer para salvarse. Había caído de un precipicio tan alto que toda esperanza de supervivencia se había desvanecido antes de que hubiera golpeado el suelo.

—¿Quién te culparía por no hablarme de nuevo? El monstruo insensible que desciende del Diablo en persona. Todos se deleitarían en Londres. Una razón valedera que explicaría mi reprobable comportamiento social. —Thomas se pasó una mano por el pelo—. A la mayoría de la gente le resulta difícil estar cerca de mí en las mejores circunstancias. Para ser sincero, me aterraba que vieras lo que los demás ven. No es que no confíe en ti. Soy egoísta y no quiero perderte. Soy el heredero de una dinastía que está empapada en sangre. ¿Qué podía ofrecerte?

Había miles de cosas en las que nos teníamos que concentrar. La posibilidad de que el Empalador impostor estuviera cerca de la academia. El número creciente de asesinatos. Nuestro sospechoso compañero de clase… Y, sin embargo, cuando miré los ojos de Thomas y vi la agonía detrás de ellos, solo pude pensar en una cosa. Me acerqué a él con el corazón latiendo a toda velocidad a cada paso.

—Yo no veo a un monstruo, Thomas. —Me detuve a unos centímetros—. Solo veo a mi mejor amigo. Veo amabilidad. Y compasión. Veo a un joven que está decidido a emplear su mente para ayudar a otros, aunque fracase de forma rotunda en asuntos emocionales.

Sus labios se movieron un poco, pero aún vi la preocupación en su semblante.

—Quizás podamos concentrarnos en todas las formas en las que soy maravilloso…

—Lo que quiero decir es que te veo, Thomas Cresswell. —Acerqué una mano enguantada a su rostro y lo rocé—. Y creo que eres increíble. A veces.

Permaneció inmóvil durante unos instantes tensos, deslizando la mirada por mis rasgos, evaluando mi honestidad. Mantuve mi expresión sincera y permití que la verdad se revelara a sí misma.

—Bueno, *soy* encantador. —Thomas pasó las manos por su abrigo, y la tensión se apaciguó con el movimiento—. Y soy un príncipe. Se suponía que debías quedar embelesada. Aunque el príncipe Drácula es el opuesto gótico del príncipe Encantador. Un detalle menor, en realidad.

Me reí con todas mis fuerzas.

—¿No provienes técnicamente de una familia desplazada? Eres un príncipe sin trono.

—El príncipe Encantador Destituido no suena demasiado atractivo, Wadsworth —dijo y soltó un falso resoplido de exasperación, y pude ver el brillo en sus ojos.

—Estoy fascinada, de todas maneras.

Una clase diferente de luz titiló en su mirada mientras iba lentamente hacia mi boca. Con cautela, dio un paso adelante y me levantó el mentón. Me di cuenta (pese a los altibajos y errores) de que tenerlo a mi lado mientras el mundo enloquecía a nuestro alrededor no sería una forma terrible de pasar la vida. Cerré los ojos, lista para un segundo beso… que no llegó. Las manos de Thomas se alejaron de pronto y mi piel echó de menos su calidez al instante.

—Qué inconveniente. —Thomas se enderezó, hizo un gesto hacia la puerta y retrocedió—. Tenemos una invitada.

La criada que había enviado antes a entregarle la nota a Thomas se ruborizó tanto que vi el tono oscuro de su rostro desde mi ubicación mientras entraba en mis aposentos. No era la primera vez que deseaba que Ileana volviera. Tuve el impulso de derretirme en el suelo, segura de que ella había interpretado la tensión entre Thomas y yo, aunque en ese momento estábamos a una distancia respetable. Levantó las cubetas de madera que cargaba a modo de respuesta.

Balbuceó unas disculpas mitad en rumano y mitad en inglés, pero la comprendí.

—No, no, está bien. No has interrumpido nada —aclaré, y me dirigí a la puerta abierta. No quería que hiciera la suposición incorrecta. O la correcta. El escándalo de que Thomas estuviera en mis aposentos sin una carabina bastaría para destrozar mi reputación, si la noticia se daba a conocer. ¿Esa joven callada haría tal cosa? La manera en la que había permanecido en el perímetro de mis aposentos, incapaz de sostener mi mirada, hizo que entrara en pánico. Me esforcé por hablar en rumano tanto como me fue posible—: Estábamos de camino a la biblioteca. Por favor dile a Ileana que me encantaría poder hablar con ella más tarde.

La joven criada mantuvo la cabeza gacha y asintió.

—*Da, domnișoară*. Le transmitiré su mensaje si la veo.

Percibí que la mirada de Thomas se desviaba hacia la criada nueva, pero no quise atraer más la atención hacia nuestra vergonzosa situación. Le sonreí a la joven y luego caminé con Thomas hacia la biblioteca tan rápido como pude. Teníamos un caso que resolver. Ahora que conocía el linaje de Thomas, temía que Nicolae no fuera el único que se encontrara en peligro, si mis sospechas de que atacaban a la estirpe de Vlad eran correctas. Y quizás Thomas estuviera incluso en un peligro mayor, dado que él era el heredero de Drácula.

Si a una rama del árbol genealógico la empalaban y a la otra le quitaban la sangre, ninguna se encontraba a salvo.

30
UNA MIRADA MÁS DETENIDA

BIBLIOTECA
BIBLIOTECĂ
CASTILLO DE BRAN
14 DE DICIEMBRE DE 1888

—No has podido mantenerte alejada de mí, ¿verdad? —Noah me sonrió desde detrás de un tomo enorme que se encontraba apoyado de forma vertical sobre un escritorio pequeño—. ¿Por qué no te he visto en la clase de Anatomía?

Exhalé.

—Nuestro amigo me ha atrapado fuera del castillo después del horario límite.

Noah sacudió la cabeza y soltó una risita.

—Espero que lo que sea que te haya atraído hacia el exterior haya valido la pena. El hombre es más aterrador que cualquier vampiro que merodee por la academia. —La seriedad reemplazó la ligereza de su tono—. Tienes suerte de que haya sido Moldoveanu quien te encontró anoche. Esa criada no ha tenido tanta suerte. Algo la ha atrapado.

Thomas y yo nos miramos atónitos, y el terror se agolpó en mis venas. No había visto a Ileana en toda la mañana. De hecho, no la había visto en casi dos días.

—¿Qué criada? —pregunté, con el estómago contraído—. ¿Cuál era su nombre?

—Una de las jóvenes que estaba a cargo de los aposentos del príncipe Nicolae y de Andrei. Moldoveanu y ese guardia los están interrogando a ambos en este momento. Se cancelaron las clases de Percy y de Radu de esta tarde. Se supone que debemos volver a nuestras habitaciones a las tres. —Noah nos observó a los dos con detenimiento—. Yo les aconsejaría que escuchen al director esta vez. Erik, Cian y yo nos encerraremos en el estudio. Al cuerpo de la criada le drenaron la sangre. A mí me gustaría conservar la mía.

—No crees que un vampiro la atacó, ¿verdad?

Noah se encogió de hombros.

—¿Importa si fue un vampiro real o uno falso? Sea como fuere, ha muerto y su sangre ha desaparecido.

No pude acomodar mis pensamientos con suficiente rapidez. Si habían asesinado a la criada y a la joven de los túneles, entonces quizás me había equivocado al suponer que solo los miembros de la familia real estaban en peligro. La joven del pueblo no tenía lazos con la realeza que fueran aparentes y no creía que fuera miembro de la Orden, más allá de lo que dijera la nota críptica de Anastasia.

—¿Cómo sabes que le faltaba la sangre? —Thomas se cruzó de brazos con firmeza—. ¿Acaso alguien ha visto el cuerpo? ¿Dónde lo han encontrado?

—Después de la clase de Anatomía, los mellizos la encontraron en el pasillo fuera del ala de ciencias. Al parecer, volvían con prisa a su habitación para el almuerzo. En ese momento se toparon con el cuerpo. Han dicho que estaba más pálida que Wilhelm. No había señales de lividez *post mortem*. —Noah tragó saliva con esfuerzo—. Tampoco signos evidentes de traumatismo. Ninguna herida visible excepto por dos pinchazos en el cuello. Quizás los *strigoi* sean un mito, pero quienquiera que esté asesinando a estas personas no parece saberlo ni tampoco importarle.

—Creo que el asesino utiliza un instrumento mortuorio —sugerí—. ¿El director lleva un inventario del equipamiento de la academia?

—No lo sé. Pero si lo hace, estoy seguro de que ya lo ha investigado. —Noah cerró el libro que había estado leyendo y le echó un vistazo al bibliotecario, que se había sentado detrás de un gran escritorio. Posó la mirada en cada uno y sonrió con educación. Noah bajó la voz y se inclinó hacia nosotros—. Aunque dudo que nos informe si falta algún instrumento. Moldoveanu no es realmente alguien a quien le guste compartir. Si alguien se ha escabullido en la academia y ha robado un instrumento que utiliza en los asesinatos… —Levantó un hombro—. Eso no sería algo muy popular. La academia quedaría destrozada.

Mientras asimilábamos la nueva información, el bibliotecario volvió a mirarme y sonrió.

—*Bonjour* —saludó—. *Je m'appelle* Pierre. ¿Os puedo ayudar en algo?

—No, gracias —respondió Noah, y se colocó el bolso en el hombro—. Os veré a ambos en clase. Cuando sea que eso suceda. Tal vez cancelen el curso de evaluación. Al menos eso se rumorea. —Sacudió la cabeza, y la decepción se hizo evidente en el gesto—. He viajado mucho para llegar aquí, y vampiro falso o no, no me rendiré. Como decía, Erik, Cian y yo estudiaremos más tarde… los dos sois bienvenidos.

—Gracias —sonreí. Era una oferta amable, pero de ninguna manera obtendría el permiso para estar en una habitación llena de jóvenes durante una noche entera, no importaba lo inocente que fuera la razón. Podía ver a Tía Amelia persignarse ante la mera idea de que mi reputación se viera manchada.

Thomas se despidió de Noah e inspeccionó al bibliotecario con precisión microscópica. Era un hombre delgado de pelo rizado color castaño y llevaba puesto un abrigo demasiado grande para él.

—¿Dónde podemos encontrar un libro sobre la Orden del Dragón que esté marcado de alguna manera con números romanos?

Pierre juntó las manos por las puntas de los dedos con mirada calculadora, antes de ponerse de pie.

—Por aquí, por favor.

• • •

Había pilas de libros desparramadas sobre casi cada centímetro del pasillo que Pierre nos había indicado investigar. El bibliotecario me recordaba a un cangrejo ermitaño, reticente a salir demasiado de su cascarón antes de retirarse a sus profundidades. Tenía la sospecha de que se escondía de Radu cada vez que lo escuchaba acercarse.

Thomas cerró de golpe otro libro raído y estornudó ante la nube de motas de polvo que salió disparada hacia el aire. Sin darse por vencido, seleccionó otro. Habíamos estado haciendo lo mismo durante horas. Sentados en silencio, estornudando y revisando cada libro antiguo. Debí haber tenido cientos a mis pies. Estábamos más decididos que nunca a hacer encajar algunas de esas piezas en apariencia arbitrarias. Al parecer, alguien tenía un gran talento para sembrar pistas falsas en el camino.

—Finjamos estar en el laboratorio de Tío, Cresswell.

Thomas levantó la mirada, divertido.

—¿Debería colocarme gafas y balbucear para mis adentros, entonces?

—Compórtate. Yo te contaré primero mis pensamientos y teorías sobre el asesino, ¿de acuerdo?

Thomas asintió, aunque sabía que él deseaba actuar de Tío. Si le hubiera dado la oportunidad, hubiera corrido a sus habitaciones para ponerse una chaqueta de *tweed*.

—Creo que nuestro asesino tiene un conocimiento vasto de prácticas forenses y sabe cómo esparcir sospechas por todos lados —dije—. La forma en la que se han ejecutado los asesinatos indica una planificación meticulosa o la presencia de más de un asesino. Lo que nos lleva de vuelta a la Orden del Dragón y a su posible participación. Pero ¿por qué ellos? ¿Por qué montarían crímenes vampíricos?

Thomas sacudió la cabeza.

—Han existido desde hace siglos, y por lo poco que sé, han tenido mucha práctica en materia de asesinatos que ha sido transmitida a través de sus rangos.

—Quizás asesinaron a la joven desaparecida del pueblo para utilizar su casa y valerse de su proximidad al castillo. O tal vez su muerte fue alguna clase de ritual.

Thomas consideró mi teoría un instante.

—Pero ¿por qué la Orden del Dragón querría perseguir a estudiantes en la academia? Si ha sido creada para proteger al linaje real, ¿para qué destruiría a sus miembros?

—Solo se me ocurre una explicación razonable —anuncié—. ¿Y si son partidarios de Drácula y quieren que vuelva al trono? Quizás estén ocupándose de cualquiera que tenga el derecho de reclamarlo, ya sea distante o no.

Thomas se puso pálido.

—Es una buena teoría, Wadsworth. Veamos qué más podemos descubrir sobre ellos.

Volvimos a los libros que habíamos encontrado fuera de las estanterías. Su conexión con la Orden era evidente por las múltiples insignias y cruces que exhibían. La insignia de la Orden era un dragón que se enroscaba sobre sí mismo, y un tema recurrente era una cruz en llamas. Había algo familiar en ese dibujo, pero no recordaba dónde lo había visto antes.

No dejaba de pensar en la última muerte. Si mis compañeros de clase, de mente científica, comenzaban a temer a los vampiros, no podía imaginar qué pensarían los pueblerinos supersticiosos una vez que descubrieran que había aparecido otro cuerpo sin sangre. En el castillo de Vlad Drácula, nada menos.

—Es una tarea imposible. —Me puse de pie y sacudí mi vestido—. ¿Cómo podemos descubrir quién forma parte de la Orden actualmente?

—Los números romanos no se crearon en un día, Wadsworth.

Suspiré tan profundo que hubiera necesitado un sillón en el que dejarme caer.

—¿En serio acabas de hacer un juego de palabras tan terrible?

No esperé que respondiera, ya que temía que dijera algo tan estelar como su último comentario. Me dirigí hacia el pasillo titulado Poesía, que se encontraba frente a nosotros.

—Tal vez deberíamos investigar los depósitos de alimentos esta noche.

Me sobresalté y miré con furia a mi amigo, que se había escabullido detrás de mí.

—Entonces podríamos probar que Moldoveanu mentía —continuó.

—Ah, sí. Salgamos afuera a hurtadillas. Estoy segura de que el director será muy amable cuando me atrape de nuevo, haciendo la misma cosa que me advirtió no hacer. Eso si el asesino vampiro o el grupo caballeresco clandestino no nos atrapan primero —dije. Thomas resopló, pero ignoré su desdén—. ¿Crees que nuestro director sabe quién está asesinando a estudiantes y al personal? ¿Crees que él podría ser el responsable? No quiero arriesgarme a que me expulsen si nos equivocamos.

—Creo que él es demasiado obvio —dijo Thomas—. Pero no estoy tan convencido de que ignore por completo los sucesos extraños que ocurrieron en el castillo. Me pregunto si no simpatizará con la Orden. Aunque no creo que sea uno de sus miembros. No tiene el derecho por nacimiento. De hecho, creo que nos hemos visto distraídos por otras verdades.

—¿Quieres decir que la Orden no está involucrada en absoluto? —Mi mente bullía con varias ideas nuevas mientras eliminaba a la Orden del Dragón de la ecuación—. También podría ser alguien que *simulara* ser uno de los miembros. Tal vez por ese motivo no podemos descubrir una verdadera conexión con la Orden. ¿Qué sucede si, de hecho, no están involucrados en el caso?

—Tal vez el asesino solo la haya utilizado como una distracción compleja.

—Eso explicaría por qué no has podido deducir o elaborar una teoría con esa forma mágica que tienes. —Entrecerré los ojos—. No has interpretado nada de rozaduras en botas o sacrificado algo a los dioses de las matemáticas para resolver el caso, ¿verdad?

—Esto puede resultarte difícil de creer —dijo Thomas, de pronto serio—. Pero aún no he recurrido a mis poderes psíquicos.

Sin embargo, tengo interrogantes y sospechas que no puedo ignorar.

—Has conseguido intrigarme. Sigue.

Thomas respiró hondo y se preparó para continuar.

—¿Dónde ha estado Anastasia? Me temo que los dos hemos ignorado algunos hechos. Algunos que nos han cegado por ser tan evidentes.

Sentí un cosquilleo. Thomas era cauteloso. No era la primera vez que me aconsejaba sospechar de los más cercanos, y sin embargo una parte de mí sabía que Anastasia guardaba secretos. De hecho, de haber sido por completo sincera conmigo misma, hubiera admitido que Ileana también los guardaba. Ya había conocido a alguien que había albergado secretos...

Contuve mis emociones y no permití que me nublaran más el juicio. De ahora en adelante no permanecería cegada ante la verdad ni mantendría mis sospechas en secreto, no importaba el dolor que eso le causara a mi corazón.

—Tampoco he visto a Ileana en dos días. Desde la noche anterior a que robaran el cuerpo de la morgue de la torre.

Thomas asintió.

—¿Y? ¿Qué más? ¿Qué otra cosa parece no encajar?

Recordé todas las veces en las que habíamos hablado sobre los *strigoi*. Cómo ella había cambiado de tema antes de que Anastasia pudiera hacer más preguntas. Lo supersticiosa que se había mostrado con respecto a los cuerpos.

—Ileana es oriunda de Brașov. El pueblo donde ocurrió el primer asesinato.

—También sabe que la sangre de Vlad Drácula corre por las venas de mi hermana.

Sabía que no era posible desde el punto de vista médico, pero hubiera jurado que mi corazón dejaba de latir. Al menos por un instante. Me quedé mirando a Thomas, sabiendo que nuestros pensamientos llegaban a la misma conclusión terrible.

—¿Sabes dónde se encuentra Daciana ahora? —pregunté con el pulso acelerado—. ¿Cuál es la próxima ciudad que visitará? —Thomas sacudió la cabeza con lentitud. Una sensación más oscura se alojó en mi pecho—. ¿Estás seguro de que ha abandonado el castillo? ¿Qué sucede con la invitación al baile?

—Daci es una persona organizada; probablemente la ha escrito con antelación. Cualquiera pudo haberla enviado por correo. —Los ojos de Thomas se volvieron vidriosos, pero parpadeó rápidamente para enjugarlos—. Nunca la vi retirarse en el carruaje. Se escabulló con Ileana. No quise entrometerme. Creí que querían más tiempo a solas.

El cuerpo robado de la morgue de la torre… ¿era el de Daciana? Apenas podía respirar. Thomas ya había perdido a su madre; perder a su hermana sería lo más cercano a una herida mortal que alguien pudiera sufrir. Me obligué a dejar de lado su dolor y a unir cualquier detalle o pista. ¿Qué sabíamos sobre los últimos días u horas de Daciana en el castillo? Fue entonces que se me ocurrió una idea.

—Sé adónde debemos dirigirnos. —Hice un ademán para tomar su mano y me detuve. Incluso detrás de las paredes del castillo, la falta de decoro de mi gesto no pasaría desapercibida. Como si mis temores lo hubieran convocado, el bibliotecario pasó junto a nosotros con los brazos repletos de libros—. Vamos —dije—. Tengo una idea.

• • •

Salimos de la biblioteca y echamos un vistazo a los pasillos amplios. No había criadas, sirvientes, ni guardias a la vista. Aunque no es que hubiéramos podido descubrir a las criadas de inmediato, ya que podrían haber estado escondidas detrás de los tapices en el corredor oculto. Le hice un gesto a Thomas para que me siguiera al pasillo secreto, y nos desplazamos con rapidez y cautela. En estado de alerta ante cualquier movimiento o sonido.

El aire se sentía particularmente frío, el fuego de las chimeneas ya se había consumido, y las antorchas no estaban encendidas. Era como si el castillo reprimiera sus propias emociones y descendiera a una tranquilidad gélida. Esperaba que una tormenta no estuviera a punto de desatarse a nuestro alrededor.

Algunos recovecos parecían incluso más siniestros, podían refugiar a cualquiera que deseara hacer daño. Me mantuve alerta ante esa posibilidad. Pasamos junto a un pedestal que exhibía una serpiente, y me estremecí. Cualquiera podría haberse escondido detrás, y encontrarse listo para atacar.

La contextura menuda de Ileana le hubiera permitido ocultarse con cualquier objeto allí expuesto. Thomas siguió mi mirada, pero mantuvo la expresión neutral. Yo quería saber si era la primera vez que recorría los pasadizos de los sirvientes, pero no me atreví a hablar en voz alta. Aún no.

Escuchamos el sonido de pisadas de botas en las alfombras del pasillo principal. Permanecimos inmóviles, con las espaldas apoyadas en uno de los tapices inmensos. No me atreví a espiar qué escena de tortura nos ocultaba de la vista. A juzgar por los pasos firmes, supuse que había al menos cuatro guardias. No hablaron. Los únicos sonidos de su llegada y partida fueron los *clanc*, *clanc*, *clanc* de su marcha rítmica.

Apenas respiré hasta que el ruido de sus pasos se disipó. Incluso entonces, Thomas y yo seguimos inmóviles algunos instantes más. Me separé de la pared y eché un vistazo en ambas direcciones. Pronto saldríamos del corredor secreto.

Por suerte, conseguimos abrirnos camino hacia los aposentos de Anastasia sin que nadie nos viera. Al parecer, todos acataban la advertencia del director y se mantenían encerrados en sus habitaciones.

Apoyé la oreja contra la puerta de los aposentos de Anastasia y escuché un instante antes de abrirla. Nadie había encendido la chimenea, pero la luz solar se filtraba a través de las cortinas abiertas. Todo estaba tal como lo recordaba desde la última vez que ella había estado allí.

—¿Qué hacemos aquí, Wadsworth?

Observé la habitación. Me parecía que el libro que Anastasia había robado de la casa de la joven desaparecida portaba uno de los símbolos de la Orden. Y si ese era el caso, quizás…

—Mira. —Atravesé la habitación y alcé el libro de la mesa. El título estaba en rumano: *Poezii Despre Moarte*, «Poemas de muerte». Había estado tan distraída por la idea de que la joven desaparecida estuviera perdida y congelada en los bosques que no me había molestado en leer el título antes.

—Cuando Anastasia y yo entramos en esa casa, ella aseguró que había una relación entre este libro y la Orden. —Sostuve el libro en alto para que lo mirara. Tenía una cruz grabada en la cubierta, envuelta en llamas—. Al principio, creí que se equivocaba, no había razón lógica para que la mujer desaparecida estuviera conectada con una orden caballeresca compuesta por nobles. Un error por mi parte, claramente.

—Todos cometemos errores, Wadsworth. No hay nada de lo que avergonzarse. Lo que de verdad cuenta es cómo los enmiendas. —Thomas hojeó el libro con rapidez—. *Mmm*. Creo que…

—Es hora de que os dirijáis a vuestros dormitorios. No tenéis motivos para estar aquí. —Thomas y yo nos paralizamos ante la intrusión y la voz grave. Dănești estaba de pie en el marco de la puerta. Su cuerpo ocupaba el espacio entero. Al parecer ese castillo estaba repleto de gente que podía desplazarse sin emitir ni un sonido—. Toda la actividad dentro del castillo ha sido cancelada hasta la mañana. Órdenes de Moldoveanu. El director ha decidido continuar con las clases con una sola condición: todos serán escoltados y después volverán a sus aposentos.

Thomas había logrado esconder *Poezii Despre Moarte*, y levantó las manos.

—Muy bien. Después de vosotros.

No me atreví a buscar con demasiado esfuerzo el libro escondido. No quería que Dănești nos lo robara, en especial si resultaba ser el mismo tomo que él había estado buscando. Tras dejar a Thomas en su habitación, el guardia me vigiló mientras entraba en mis aposentos y cerraba la puerta detrás de mí. Unas llaves tintinearon y antes de enterarme de lo que él había hecho, me encontré encerrada en mis aposentos de la torre. Corrí hacia el cuarto de baño y revisé la puerta que conducía a la escalera secreta. Estaba atrancada desde el otro lado.

No dormí bien esa noche, me moví de un lado a otro como un animal planeando su escape. Enjaulada hasta que alguien me liberara.

Pulverizador de fenol, París, Francia, 1872-1887.

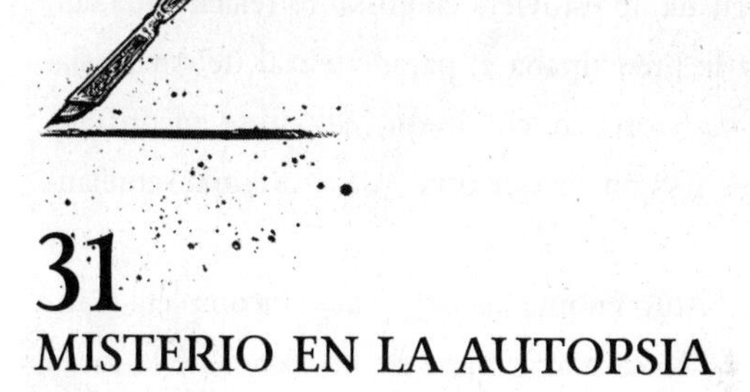

31
MISTERIO EN LA AUTOPSIA

ANFITEATRO QUIRÚRGICO DE PERCY
AMFITEATRUL DE CHIRURGIE AL LUI PERCY
CASTILLO DE BRAN
15 DE DICIEMBRE DE 1888

El príncipe Nicolae parecía más pálido que el cuerpo que Percy estaba abriendo cuando le entregó al profesor el fórceps dentado, y luego tosió y se alejó de la incisión. Era un comportamiento extraño para el príncipe, que en general se mostraba temerario. Tal vez había enfermado de gripe.

No era posible que el cuerpo casi irreconocible de los túneles le afectara. Aunque Percy lo había expuesto durante nuestra clase dos días atrás, Moldoveanu lo había retirado antes de que cualquiera pudiera inspeccionarlo mejor y solo lo había devuelto a la clase aquella tarde.

Nuestro director se había mostrado inusualmente callado y contemplativo durante la clase anterior, y su mente parecía haber estado atrapada en otro sitio. Me pregunté si la familia real lo estaría presionando para que resolviera o conectara los asesinatos desde el punto de vista forense, a riesgo de perder su posición tanto de director como de médico forense de la realeza. También era posible que su angustia no estuviera en absoluto relacionada con el cuerpo. Tal vez le preocupaba el paradero real de Anastasia. Para ese entonces ya habría concluido que ella no se encontraba en Hungría. No me imaginaba qué otra cosa le causaría semejante consternación.

Percy apoyó el bisturí en una bandeja y dejó incompleta la incisión con forma de *Y*. La mayor parte de los rasgos de la joven habían sido mutilados por los murciélagos famélicos, así que le habían cubierto el rostro con una tela pequeña, un gesto de amabilidad tanto para ella como para nosotros. Aunque no creía que Percy quisiera ahorrarnos la brutalidad de nuestra profesión. La muerte no siempre llegaba de forma pacífica, y necesitábamos prepararnos para cuando nos declarara la guerra.

—El pulverizador de fenol, si es tan amable.

Percy esperó a que Nicolae fumigara el anfiteatro quirúrgico. Al igual que Tío, nuestro profesor se tomaba el trabajo de evitar contaminar una escena, aunque otros estudiosos aducían que tales medidas eran innecesarias si se estudiaban cadáveres. Yo nunca antes había visto un aparato como el pulverizador de fenol y deseaba contarle los detalles a Tío. Sin duda encargaría uno para su laboratorio.

Nicolae apuntó y roció el anfiteatro con una capa delgada. Unas volutas de neblina gris viajaron por el aire, y el olor fuerte a antiséptico me hizo escocer la nariz.

—La familia nos ha autorizado a realizar esta autopsia…

Algo en la declaración de Percy me inquietó, pero mi mente volvió a Ileana mientras el profesor continuaba con la clase. No podía descifrar qué motivos habría tenido ella para perpetrar cualquiera de los asesinatos, pero eso no significaba que no hubiera estado involucrada. De hecho, ya no creía que hubiera actuado en soledad. Anastasia no había vuelto a la academia cuando había dicho que lo haría. Me pregunté si de alguna forma ella no habría participado también de los crímenes. A pesar de la diferencia de rango, ella e Ileana eran amigas. Las dos habían desaparecido con una semana de diferencia. En principio había creído lo que la nota de Anastasia decía sobre investigar la escena de la casa del pueblo. Ahora ya no estaba tan segura.

Quizás había estado demasiado cerca de descubrir sus secretos y ellas habían decidido huir. Había aprendido que confiar en quienes parecían inocentes solo conducía a la desolación y el sufrimiento. Los monstruos podían esbozar sonrisas amistosas mientras albergaban el alma putrefacta del demonio en sus rincones más oscuros. Recordé los momentos en los que habíamos estado reunidas en mis aposentos, y una idea nueva se abrió camino en mi mente. Si Anastasia e Ileana trabajaban juntas, quizás cada encuentro y acción había sido un acto perfectamente planeado. Incluso podrían haber ensayado sus reacciones para conducirme por el camino erróneo a propósito.

—Señorita Wadsworth, ¿está usted con nosotros hoy?

Volví de golpe al presente, con el rostro ardiendo mientras echaba un vistazo alrededor del anfiteatro. Los mellizos Bianchi, Noah, Andrei y Erik, todos tenían su mirada fija en mí, incluso Thomas.

—Disculpe, profesor. Yo…

Moldoveanu avanzó dando zancadas por el anfiteatro, con los puños apretados. No me había percatado de que se había deslizado en la sala. Sus vestiduras tenían el color exacto de su pelo de color plata y caían con tanta rigidez como la mirada que me había dedicado.

—Exijo una reunión privada con usted. Ahora.

Andrei soltó una risita y dijo algo por lo bajo. Erik también rio cuando pasé junto a ellos. La idea de darle un pisotón con mi tacón fue suficiente para distraerme de llevarla a cabo en la realidad. Cian me miró y ofreció una sonrisa dubitativa. Fue toda una muestra de apoyo, ya que el joven irlandés apenas había dado muestras de notar mi existencia en el pasado. Noah debía haberle hablado en mi favor.

Me abrí paso escaleras abajo, manteniéndome cerca de las paredes del anfiteatro, y salí hacia el vestíbulo, donde el director me esperaba dando golpecitos impacientes con los pies, como si exterminara cucarachas.

—¿Cuándo ha sido la última vez que ha hablado con la criada Ileana?

Mi corazón latió al galope. Al parecer, Thomas y yo no éramos los únicos que creíamos que su comportamiento era sospechoso.

—Creo que hace dos días, la noche del trece, señor.

—¿Usted cree? ¿Acaso la atención a los detalles no es crucial para una estudiante de Ciencia Forense? ¿Qué otras cosas podría pasar por alto que serían perjudiciales para un caso? Debería expulsarla del curso ahora mismo y ambos ahorraríamos tiempo y energía.

Me enfurecí ante su tono. Era cruel.

—Estaba siendo educada, señor. La última vez que la vi fue el día trece. Estoy segura de ello. Desde entonces he tenido una nueva criada. Ella me ha informado que Ileana cumple tareas en otra parte del castillo, aunque no creo que eso sea cierto. Tal vez usted debería hablar con ella y descubrir qué esconde sobre el paradero de Ileana.

Moldoveanu me observó con los ojos entrecerrados, como alguien que analiza una muestra bajo un microscopio. Apreté los labios. No confiaba en ser capaz de contener mi impaciencia ante alguien que se tomaba tanto tiempo para volver a hablar.

—¿Y en su opinión, exactamente, cuál cree que sea la verdad sobre Ileana?

—Creo que sabe algo sobre el asesinato del señor Wilhelm Aldea, señor. —Dudé antes de expresar mi otra inquietud, creyendo que si Anastasia volvía sana y salva, me asesinaría cuando se enterara de que había traicionado su confianza—. Yo… también me pregunto si Ileana sabrá dónde se encuentra Anastasia. Ella ha dejado una nota… suplicándome que no le dijera hacia dónde se dirigía… no ha dado más detalles.

La mano de Moldoveanu se retorció, evidenciando lo furioso que se encontraba.

—Y usted no se ha molestado en informarme sus sospechas. ¿Recuerda haber observado algo fuera de lo común en los últimos días? ¿Algo que confirmara sus teorías?

Estaba el asunto de las dos personas a las que había visto arrastrando un cuerpo a través de los bosques. Ya le había contado eso, y él había hecho una mueca de desdén. No pensaba someterme a un nuevo escrutinio.

—No, señor. Es solo una corazonada.

—También conocida como «descubrimiento no científico». Qué poco sorprendente que una joven sea gobernada por sus emociones en lugar de por un pensamiento racional.

Inhalé con lentitud y dejé que la acción tranquilizara las llamas de mi propia furia.

—Creo que es importante valerse tanto de la ciencia como del instinto, señor.

El director hizo un gesto con los labios y reveló sus incisivos puntiagudos. Era sorprendente que un hombre pudiera tener unos dientes tan bestiales. Comenzaba a preguntarme si no sería una enfermedad que debería haber tratado cuando finalmente chasqueó la lengua contra esos instrumentos de empalamiento.

—Ya hemos hablado con su nueva criada. Ha sido apartada de sus tareas. Le sugiero que se mantenga alejada de Ileana si la vuelve a ver. Puede volver a clase, señorita Wadsworth.

—¿Por qué? ¿Cree usted que ella ha tenido algo que ver con la desaparición de Anastasia? ¿Han buscado en los túneles? —La expresión del director fue aterradora. Si había creído que sus dientes eran intimidantes, eso no fue nada en comparación con el odio abismal de su mirada gélida.

—Si usted fuera una joven sabia, se mantendría alejada de esos túneles y de cualquier cámara que ellos alojen. Acate mi advertencia, señorita Wadsworth. —Echó un vistazo al anfiteatro quirúrgico y su mirada se posó en el cadáver. Hubiera jurado haber visto un destello de tristeza antes de que él volviera a mirarme con los ojos llenos de rabia—. O será usted la próxima en encontrarse bajo el bisturí de Percy.

Después de ese comentario, giró sobre los talones y se alejó golpeteando el suelo con sus zapatos de cuero. Unas serpientes parecieron enroscarse alrededor de mis intestinos. De alguna manera volví al anfiteatro y me hundí en mi asiento. Tomé notas, pero mi mente estaba partida por la mitad.

Necesitaba saber cómo había muerto la joven que se encontraba en la mesa de disección de Percy, si no había sido por los ataques de los murciélagos. Pero también necesitaba descubrir el misterio de la desaparición de Ileana y Anastasia. Cada cierto tiempo, Thomas me observaba por encima del hombro, con los labios apretados de preocupación.

Las siguientes palabras de Percy atravesaron mis pensamientos acelerados como una daga.

—Sin duda, la señorita Anastasia Nádasdy ha sucumbido a causa de las heridas que ha padecido.

Mis pensamientos escaparon de mi mente como si alguien la hubiera vaciado. Miré con fijeza a Percy, parpadeando incrédula. No podía referirse a... Mi mirada fue del profesor al cadáver que yacía delante. Quitó la tela de su rostro. Unos engranajes pequeños giraron y sisearon mientras la información nueva encajaba en su sitio. ¿La joven a la que los murciélagos vampiros habían atacado en la cámara del túnel era *Anastasia*?

La tierra pareció tronar debajo de mi asiento. Unas llamas se elevaron desde mi pecho y después se congelaron. Reprimí las lágrimas, incapaz de evitar que algunas se deslizaran por mis mejillas. No me importó que se burlaran de mi emoción evidente. Miré sin ver el cadáver e intenté que la imagen cobrara sentido. Anastasia. No podía ser cierto. Me quedé allí sentada, con el corazón dando golpes sordos, y observé la silueta sin vida. Contemplé el cabello rubio, pero no pude soportar de cerca su rostro en descomposición.

Mi amiga estaba muerta. Eso no podía estar sucediendo de nuevo. Sentí que se me hundía el pecho como si cediera ante el peso que lo oprimía. ¿Cómo podía haber creído que ella era la culpable de los asesinatos? ¿Cuándo me había vuelto tan desconfiada? Deseé escapar del salón y no volver a analizar otro cuerpo mientras viviera. Thomas no estaba maldito, era yo. Todas las personas cercanas a mí terminaban muertas. Nicolae ya lo había dicho en el pasillo. Estaba en lo cierto.

Entre lágrimas, observé a mis compañeros. Todos estaban afligidos. Ya no parecían estudiantes ferozmente competitivos, ávidos de conocimiento y deseosos por conseguir los dos preciados lugares en la academia. La ciencia necesitaba frialdad para avanzar, pero nosotros aún éramos humanos. Nuestras mentes podían volverse de acero cuando era necesario, pero nuestros corazones latían con compasión. Todavía nos preocupábamos por las personas y sufríamos las pérdidas.

Thomas giró en su asiento y su mirada se posó primero en Nicolae y luego en mí. Mi amigo se veía consternado, pero se había concentrado en detectar comportamientos sospechosos. Yo casi había olvidado las ilustraciones del príncipe y el papel que podrían haber jugado en todo ese asunto. Andrei apretó la mandíbula y le lanzó a su amigo una mirada asesina, aunque su garganta se movió con las lágrimas que evidentemente contenía. Qué raro.

—Las marcas de mordeduras coinciden con las de mamíferos pequeños —indicó Percy con voz queda—. ¿Alguien arriesga una teoría sobre qué pudo haber atacado a esta joven?

Contuve el aliento al igual que los demás en el anfiteatro. Ni Thomas ni yo nos atrevimos a responder, o siquiera a mirarnos, aunque habíamos visto cómo había muerto Anastasia. La cuestión era, ¿qué otra persona de esa clase lo sabría? Si alguien más colaboraba con Ileana, estaría al tanto de la causa de muerte.

Percy recorrió a cada estudiante con la vista, esperando que alguien rompiera el profundo silencio.

—¿Serpientes? —preguntaron Vincenzo y Giovanni al unísono.

—¿Arañas venenosas? —añadió Cian.

—Buenas suposiciones, pero no —respondió Percy, y su expresión se volvió menos esperanzada—. ¿Alguien más desea compartir una idea?

Nicolae apenas miró el cuerpo, su atención estaba fija en el pulverizador de fenol que todavía sostenía en las manos. Lo movió de lado a lado, y después presionó el botón, lo que nos sorprendió a todos con un estallido de rocío antiséptico. La nubecilla fue tan sombría como el tono que empleó para hablar.

—Murciélagos —balbuceó—. Esas heridas son características de una clase de murciélago que se supone que infesta este castillo.

Percy aplaudió una vez, y el sonido nos sobresaltó a todos en nuestros asientos.

—¡Excelente, príncipe Nicolae! Observad los espacios entre las marcas de los dientes. Indican ejemplares bastante grandes. Imagino que se deben haber alimentado de ella por un tiempo prolongado, aunque es probable que haya perdido la conciencia en algún momento.

Tragué saliva con esfuerzo, y mi estómago se retorció ante la imagen. Si no controlaba mis emociones con firmeza, me desmoronaría parte por parte. Me concentré en respirar. Si pensaba en mi amiga, en lo llena de vida que había estado, no le sería de utilidad en la muerte. Aun así, habiendo ejercido la práctica de contener mis sentimientos, sentí que mi corazón se hacía trizas. Ya había tenido suficientes pérdidas. Estaba cansada de despedirme de forma constante de los que deseaba que me acompañaran en la vida. Me enjugué las lágrimas de las mejillas y resoplé.

Erik y Cian maldijeron. Sabía que no eran capaces de ser el Empalador o de trabajar con Ileana. La compasión y la amabilidad mantenían sus células unidas. Había observado cómo Erik había ayudado a Nicolae arrojándole un delantal, siempre generoso cuando alguien necesitaba un amigo.

Pero el príncipe y su obsesión con los murciélagos parecía una coincidencia demasiado difícil de ignorar.

—Muy bien —dijo Percy—, ¿a quién le gustaría hacer la próxima incisión?

Cian y Noah intercambiaron miradas y levantaron las manos con lentitud. Admiré su capacidad de dejar atrás el horror. Yo no podía utilizar mi bisturí en el cuerpo de mi amiga. No me importaba si me costaba mi lugar en la academia; incluso pensar en la estúpida competencia se sentía horriblemente superficial, aunque sabía que Anastasia me reprendería por sentirme derrotada. Ella hubiera esperado que siguiera adelante.

Con ese pensamiento dándome fuerzas, me senté derecha en la primera fila del anfiteatro de Percy, sabiendo que no había nada que pudiera ofrecerle a Anastasia, excepto mi voluntad de vengar su muerte. Thomas se inclinó hacia delante en su asiento pero no levantó la mano.

—Señor Hale —dijo Percy—. Por favor, colóquese en posición.

Noah se ajustó el delantal, sujetó el bisturí de Percy y lo sumergió con eficiencia en fenol antes de apoyarlo en el cuerpo inmóvil. Tío hubiera estado orgulloso. Me obligué a observar la incisión con forma de *Y* que trazó en el pecho inerte de Anastasia. Mantuve la respiración equilibrada y no permití que mi pulso se disparara. Necesitábamos averiguar si los murciélagos eran de verdad la causa de su muerte, o si algo más siniestro había terminado con su vida.

Recorrí sus manos con la mirada. No había muchas heridas defensivas. Me resultó difícil de creer que alguien tan enérgico como Anastasia simplemente hubiera cedido ante la muerte sin presentar batalla con todas sus fuerzas. Ella había luchado para que la trataran con igualdad, para probar su valía ante su tío. Una luchadora como ella no se rendiría en el último combate.

El pensamiento revivió mi propio espíritu y me alentó a continuar.

—Observad cómo el señor Hale separa las costillas con cortes muy limpios.

El profesor Percy le entregó a nuestro compañero la sierra para costillas y volvió a sujetar el bisturí. Hice una mueca ante las vísceras expuestas, pero me recordé que ese cadáver ya no era Anastasia, esa era una víctima que nos necesitaba. Un leve aroma a ajo flotó en el anfiteatro mientras Percy se paseaba por la sala de operación. Entrecerré los ojos. Antes de que pudiera hacer mi pregunta, Noah abrió la mandíbula del cadáver. Allí no había nada fuera de lo normal. Thomas se aventuró a echar un vistazo en mi dirección, con expresión inescrutable.

Noah se movió hacia la parte inferior del cuerpo e inspeccionó la cavidad abdominal. Se acercó lo suficiente para oler los órganos y contuvo una leve arcada.

—Hay un hedor a ajo en los tejidos y en la boca, señor, aunque no veo rastros de la sustancia. Si analizamos el contenido del estómago, quizás encontremos algo más.

Percy se detuvo y se inclinó para examinar el cuerpo él mismo. Inhaló en intervalos cortos mientras se trasladaba desde la boca hacia el estómago. Sacudió la cabeza y se dirigió a la clase.

—En el caso de la ingesta de sustancias tóxicas, notaréis que el hedor es más intenso en los tejidos estomacales. Y eso es lo que he encontrado aquí. El hedor a ajo es avasallante cerca del estómago de la víctima. ¿Alguien conoce otras señales asociadas con el envenenamiento intencional o accidental?

Vincenzo levantó la mano de manera tan violenta que casi cayó por encima de la barandilla. Su hermano lo sujetó del brazo y lo ayudó a estabilizarse.

—¿Sí, señor Bianchi?

—Se podrá observar una mayor… eh… mucosidad —dijo, y su acento italiano sonó más marcado mientras buscaba las palabras en inglés—. Como una defensa natural del cuerpo en respuesta… a… un ataque externo.

—Excelente —respondió Percy, y sujetó un fórceps dentado y se lo entregó a Noah—. ¿Dónde más podríamos encontrar rastros de envenenamiento?

Cian se aclaró la garganta.

—Otro lugar indicado sería el hígado.

—Así es. —Percy le hizo un gesto a Noah para que extrajera el órgano en cuestión y le entregó una bandeja de muestras. Sabía cómo se sentía meter las manos en lo profundo de la cavidad abdominal y levantarla mientras sostenía un hígado que se resbalaba entre los dedos. Su peso era difícil de manipular utilizando solo fórceps. Noah no dejó entrever ninguna emoción, aunque sus manos no estaban muy controladas. El hígado se deslizó en la bandeja y la manchó con un líquido rojizo. Contuve las náuseas.

Percy sostuvo la bandeja en alto, caminó lentamente delante de los estudiantes y nos dio la oportunidad a cada uno de inspeccionar el órgano desde nuestros asientos en la primera fila.

—Observad el color. En general, tiene un color amarillento después de haber sido expuesto a…

Se me aceleró el corazón ante mis pensamientos.

—Arsénico.

Percy se mostró encantando, la bandeja con el hígado estaba dispuesta de forma orgullosa delante de él como si nos sirviera el té en un juego de porcelana fina.

—¡Excelente, señorita Wadsworth! Tanto el olor a ajo y la presencia de tejidos hepáticos amarillentos son indicadores de un posible envenenamiento por arsénico. Ahora bien, antes de que alguien llegue a conclusiones apresuradas, deberíais tener en cuenta lo siguiente: el arsénico se encuentra presente en la mayoría de los elementos de la vida cotidiana. El agua que bebemos contiene una pequeña cantidad. Las damas solían mezclarlo con sus polvos para mantener una apariencia juvenil.

Junté las manos, y esa nueva información agitó mi mente mientras recordaba la primera víctima que habíamos encontrado en Rumania, el hombre del tren. Le habían metido ajo en la boca, pero el hedor había sido demasiado avasallante como para que fuera el resultado de una pequeña cantidad de esa sustancia orgánica. Debería haber investigado con mayor profundidad. Sin duda el asesino había utilizado ajo real para ocultar el aroma característico del arsénico.

Me concentré en respirar de manera adecuada. *Inhala. Exhala.* El flujo constante de oxígeno alimentó mi cerebro. Pensé en los síntomas de Wilhelm. En lo rápido en que había pasado de ser un joven saludable de diecisiete años a un cadáver que yacía debajo de mi bisturí. Completamente antinatural.

No se había descubierto ninguna causa de muerte en el caso de Wilhelm. La ausencia de sangre había funcionado como distracción. Una buena. Había estado tan preocupada por probar científicamente que la existencia de vampiros era imposible que había olvidado revisar el hígado de mi compañero. Percy también había dejado que lo evidente desviara su atención de inspeccionar otros órganos.

Pensé en otros síntomas del envenenamiento por arsénico. Decoloración o sarpullidos en la piel. Vómitos. Todo había estado allí, aguardando a que alguien hiciera encajar los síntomas. Una ecuación matemática simple, nada más.

Quienquiera que hubiera planeado esos asesinatos lo había hecho de forma brillante. Ni siquiera Thomas había descubierto el hilo que conectaba todo. Era probable que el culpable supiera que Thomas no tenía los sentidos tan aguzados como siempre y que el miedo de que su linaje quedara expuesto le causaba dificultades a las que no estaba acostumbrado. La cabeza me dio vueltas. Ese asesino era mucho más astuto que Jack el Destripador.

Aún no habíamos examinado el cuerpo de la criada, pero al parecer ella tampoco tenía heridas visibles de asesinato, de acuerdo con los mellizos Bianchi. No era difícil deducir que ella también había sido envenenada.

Anastasia. Wilhelm. El hombre del tren. La criada. Al parecer ninguno estaba relacionado debido a las distintas causas de muerte evidentes, empalamiento y pérdida de sangre. Pero ambas cosas eran distracciones provocativas, creadas después de la muerte o cerca de ella para agitar las emociones en una comunidad supersticiosa.

No había más de un asesino. Teníamos a alguien con grandes conocimientos sobre veneno y que había tenido la oportunidad de ofrecérselo a cada una de sus víctimas. Tragué saliva con dificultad. Quienquiera que hubiera hecho eso era inteligente y paciente. Había estado esperando mucho tiempo para ejecutar su plan. Pero ¿por qué en ese momento…?

—¿Señorita Wadsworth?

Volví al presente de una sacudida, con las mejillas ardientes.

—¿Sí, profesor?

Percy me observó con detenimiento mientras enhebraba una aguja Hagedorn.

—Sus puntadas del otro día fueron ejemplares. ¿Le gustaría ayudarme a cerrar el cadáver?

La clase contuvo el aliento. Lejos habían quedado las burlas y risitas de los primeros días. Ahora estábamos unidos gracias a las pérdidas y la determinación.

Por el momento.

Miré hacia la joven que había sido mi amiga y me puse de pie.

—Sí, señor.

32
POCIONES Y VENENOS

CLASE DE FOLCLORE
CURS DE FOLCLOR
CASTILLO DE BRAN
17 DE DICIEMBRE DE 1888

Los guardias se encontraban apostados en el exterior de la clase, con los ojos fijos en la nada pero al mismo tiempo en un estado de alerta suficiente como para actuar en cualquier momento, aunque Radu no les prestó atención. Continuó con su clase de Folclore como si el castillo no estuviera sobrepasado por guardias reales y estudiantes desaparecidos o asesinados. O tenía una talento extraordinario en no parecer afectado, o de verdad estaba perdido en su propia imaginación, atrapado en algún lugar entre el mito y la realidad.

Habían pasado dos días desde que habíamos descubierto que Anastasia era la víctima de los túneles, y el director prácticamente hizo que los guardias invadieran el castillo. Yo no me decidía si su presencia me reconfortaba o me atemorizaba aún más.

—En vistas de los descubrimientos recientes, vuestra próxima lección versará sobre Alberto Magno, filósofo y científico. La leyenda cuenta que fue el mejor alquimista que alguna vez pisó la Tierra. Algunos creen que poseía magia. *Magie.* —Radu hojeó las páginas del libro antiguo que se había llevado de la biblioteca días atrás, *De Mineralibus*—. Estudió el trabajo de Aristóteles. Un gran, gran hombre. Se comenta que descubrió el arsénico. —Noah levantó la mano con valentía, y Radu dio unos saltitos de felicidad—. ¿Sí, señor Hale? ¿Tiene algo que comentar sobre el asunto y la leyenda que es el señor Magnus?

—Entiendo que hablemos de arsénico a causa de los asesinatos, señor, pero ¿cómo se relaciona esto con el folclore rumano, exactamente?

Radu parpadeó varias veces y abrió y cerró la boca.

—Bueno… es fundamental para comprender ciertas leyendas que se relacionan con el tema de la clase de hoy: la Orden del Dragón. Durante su auge, la Orden tuvo mucho éxito en lugares como Alemania e Italia. Algunos creen que su ascenso en los rangos de la nobleza se debió a la práctica secreta de utilizar arsénico para envenenar lentamente a sus objetivos.

Enarqué una ceja, intrigada. Al arsénico se lo conocía como el «polvo de la herencia» en Inglaterra, ya que lo utilizaban los nobles que buscaban obtener un título más rápido de lo que les permitía la muerte natural.

—¿Sugiere que la Orden era un grupo de alquimistas nobles asesinos? —preguntó Cian—. Creí que debían pelear contra los enemigos del cristianismo.

—Bueno, bueno, bueno. ¡Alguien ha estado investigando! Estoy impresionado, señor Farrell. Muy bien. —Radu sacó el pecho hacia afuera y caminó de un lado a otro por los pasillos—. Después de que Segismundo de Hungría muriera, la Orden se volvió muy importante en este país y en los países vecinos. No tanto en las regiones del oeste de Europa. Los otomanos invadían, amenazaban a los boyardos... eh, ¿sí, señor Farrell?

—¿Qué son exactamente los boyardos, señor?

—¡Ah! Los boyardos eran los miembros de rango más alto de la aristocracia bajo el reinado de los príncipes valacos. Estaban en conflicto entre ellos por quién sería nombrado príncipe, y nuestro sistema de gobierno estaba irremediablemente corrupto.

—¿El título de príncipe no debería pasar al próximo miembro en la línea familiar? —pregunté.

Andrei resopló de forma un tanto desganada para su conducta habitual, pero lo ignoré. Quizás él conociera las normas específicas de su país, pero yo no y no me avergonzaba hacer preguntas.

Radu sacudió la cabeza.

—Esa no era la forma en la que las cosas se hacían aquí durante la época medieval. Aquellos nacidos de manera ilegítima tenían derecho a reclamar el título de príncipe. De hecho, la mayoría de los nacidos en el linaje Dăneşti o Drăculeşti fueron legitimados cuando los boyardos los eligieron para ocupar el trono. No necesitaban sangre pura para gobernar; simplemente tenían que contar con la fortaleza de un ejército implacable. Usted está acostumbrada a algo muy diferente en Londres. Esa situación con frecuencia hizo que muchos parientes se asesinaran entre sí para obtener el derecho de gobernar.

No es tan diferente de Inglaterra en ese sentido, pensé.

—Aquellos que se oponían a las luchas internas y a la corrupción engrosaron las filas de la Orden —dijo Erik, con marcado acento ruso—. Asumo que temían perder su cultura a manos de las fuerzas invasoras.

—*Ai dreptate.* Tiene razón. La Orden, como parte de su naturaleza secreta, nunca se otorgó a sí misma ningún nombre, se agrupó y luchó por su libertad y derechos. La leyenda cuenta que sus miembros eran feroces y que habían adoptado la responsabilidad de erradicar las amenazas tanto internas como externas al reino. De hecho, existen historias que sugieren que deseaban unificar el país eliminando las luchas internas entre las dos líneas reales.

Thomas y yo intercambiamos miradas. Mis sentidos se alertaron ante esa revelación. Era precisamente lo que me había preocupado. Levanté la mano.

—¡Ah! ¿Sí, señorita Wadsworth? ¿Qué tiene para aportar al debate? No puedo expresaros lo feliz que me encuentro de que todos estéis tan interesados por la clase de hoy. Es mucho más animada que nuestra clase sobre los *strigoi*.

—Cuando usted dice «familia real», se refiere en este caso a la Casa de Basarab, ¿verdad? ¿No a la actual familia real de la corte?

—Otro detalle importante. La actual familia real, la dinastía Hohenzollern-Sigmaringen, no está relacionada de ninguna manera con la Casa de Basarab. Para nuestros fines, cuando me refiero a la «familia real», hablo del linaje de Vlad Drácula y sus ancestros. Me agrada que nuestras clases se centren en las leyendas que rodean a la ilustre historia medieval de nuestro castillo. En su mayoría nos ocupamos del linaje Drăculeşti. Los descendientes de Vlad Drácula gobernaron por última vez en la década de 1600. Se le ha hecho creer a la gente que sus descendientes directos han desaparecido por completo. —Su mirada se deslizó en dirección a Thomas—. Sin embargo, aún hay algunos en Rumania que recuerdan la verdad.

—¿La Orden funciona en la actualidad? —preguntó Cian, apoyándose sobre los codos—. ¿Hay miembros nuevos?

—Hay… —Radu se detuvo en la mitad de su respuesta y se rascó la cabeza—. No desde hace un tiempo. Creo que se extinguieron cerca de la misma época en que la familia Basarab perdió su derecho a ocupar la posición de príncipe. Aunque hay una familia que asegura descender de ese linaje, en realidad son boyardos. Ahora bien, antes de adelantarnos demasiado, tengo algunos poemas antiguos que reflejan el ingenio de la Orden. El arsénico no era el único truco que utilizaban para deshacerse de sus enemigos.

Nos entregó dos trozos de pergamino. Escritos en ellos había poemas en rumano, los cuales se apresuró a traducir.

—¡Ah! Me encanta este. Recuerdo la primera vez que mis padres me lo presentaron… pero olvidemos eso ahora. *Ejem.*

LOS CABALLEROS SE LAMENTAN, LAS DAMAS
LLORAN. AL FINAL DEL CAMINO, SE
EVAPORAN.
LA TIERRA TIEMBLA Y LAS CAVERNAS
PERMANECEN. EN LO PROFUNDO DE LA
TIERRA, EL CALOR CRECE.
EL AGUA CORRE HELADA, RÁPIDA Y
PROFUNDA. DENTRO DE SUS PAREDES,
ENCONTRARÁS TU TUMBA.

La sangre se me heló en las venas. Las palabras no eran exactamente las mismas, pero eran llamativamente similares al cántico que había escuchado en fragmentos fuera de mis aposentos. Thomas entrecerró los ojos, siempre en sintonía con mis emociones cambiantes, y se reclinó en su asiento.

—Disculpe, profesor —dijo—. ¿Cuál es el título del poema?

Radu parpadeó varias veces, y sus cejas frondosas se elevaron con el movimiento.

—Llegaremos a eso en un instante, señor Cresswell. Esta es una copia de un texto muy especial y sagrado conocido como «Poemas de muerte». *Poezii Despre Moarte*. El original ha desaparecido. Un hecho muy extraño y desafortunado.

Sentí la mirada de Thomas sobre mí, pero no me atreví a devolvérsela. *Nosotros* teníamos el mismísimo libro que Dăneşti había estado buscando. Cómo había llegado a las manos de la joven desaparecida era otro interrogante que debíamos añadir a nuestra lista creciente de misterios.

Los hermanos Bianchi tomaron notas en sus cuadernos. Al parecer, la clase acababa de volverse más interesante para ellos con la mención de la muerte. Yo apenas podía contener mi propio entusiasmo. El incesante desvarío de Radu quizás fuera de utilidad después de todo.

—¿Y este texto era sagrado para la Orden? —pregunté.

—Sí. La Orden del Dragón utilizaba su contenido como una especie de… bueno… lo utilizaba para liberar al castillo de supuestos enemigos durante la época medieval. ¿Es algo que usted recuerde, señor Cresswell? Como uno de los últimos y creo que casi secretos miembros de esa casa, me imagino que su familia debió haber sabido más sobre este texto. Su educación debió haber sido excepcional.

Aunque fue sutil, yo no fallé en notar la leve tensión en la espalda de Thomas. Nuestros compañeros se movieron incómodos en sus asientos; la revelación había perturbado incluso a aquellos que estudiaban a los muertos. Con razón Thomas no estaba dispuesto a compartir detalles de sus ancestros. Haber ocultado sus lazos con Vlad Drácula le había ahorrado rencores injustificados.

Al parecer, Radu había investigado el linaje materno de Thomas. Qué intrigante. Mi cuerpo vibró en estado de alerta. Radu era mucho menos ingenuo de lo que aparentaba.

Thomas levantó un hombro y adoptó el aire de alguien a quien no le importaba en lo más mínimo el tema de conversación o la tensión que ahora invadía la clase. Se convirtió en un autómata insensible y se colocó una armadura contra cualquier mirada crítica. Nicolae observó con furia su pergamino y no se dignó a mirar a su primo lejano. Imaginé que él había sabido quién era Thomas, pero no se lo había dicho a nadie.

—No puedo asegurar que el poema me resulte familiar en lo más mínimo —respondió Thomas—. O particularmente interesante. Aunque creo que si se lo utiliza contra los enemigos de uno, es muy probable que los mate con el tiempo. Un renglón más de ese libro y me desmayaré del aburrimiento.

—No, no, no. ¡Eso sería muy desafortunado! A Moldoveanu no le gustaría que yo causara la muerte de sus estudiantes. —Radu se llevó la mano a la boca, con los ojos bien abiertos—. Qué palabras más inoportunas. Después de lo que les ha sucedido a los desdichados Wilhelm, Anastasia y ahora Mariana.

—¿Quién es Mariana? —preguntó Thomas.

—La criada que encontraron la otra mañana —informó Radu.

Apretó los labios y observó cómo los mellizos Bianchi se revolvían en sus asientos. Me había olvidado de que nuestros compañeros habían encontrado su cuerpo. Estudiar la muerte y descubrir cuerpos fuera del laboratorio no era lo mismo, y eso último era algo difícil de superar. Conocía muy bien los efectos remanentes de tales descubrimientos.

—Quizás eso sea todo por hoy.

Observé la segunda página de poesía y tomé una bocanada de aire tan intensa que pareció herirme. Necesitaba algunas respuestas más antes de que la clase terminara.

—Profesor, el poema que usted ha leído se llama «XI». Ninguno de los poemas parece tener otros títulos que no sean números romanos. ¿A qué se debe eso?

Radu pasó la mirada de la página a la clase y se mordió el labio. Después de un instante, empujó las gafas por el puente de su nariz.

—Por lo que pude averiguar, la Orden utilizaba eso como un código. Cuenta la leyenda que sus miembros dejaban marcas en pasadizos secretos debajo de este mismo castillo. Detrás de las puertas marcadas con un determinado número habría… bueno, toda clase de artilugios desagradables o trampas en las que sus enemigos perecerían.

—¿Nos puede dar un ejemplo? —preguntó Erik, primero en ruso y después en inglés.

—¡Por supuesto! Parecían morir de causas naturales, aunque la forma en la que habían encontrado su final difícilmente fuera natural. Se rumorea que Vlad, miembro de la Orden al igual que su padre, enviaba a los nobles a la parte inferior del castillo con la promesa de que allí encontrarían un tesoro. Otras veces, enviaba a boyardos corruptos a esas cámaras para que se escondieran, alegando que había un ejército fuera de las paredes del castillo y que debían buscar refugio. Ellos seguían sus instrucciones, entraban a las cámaras marcadas y encontraban la muerte. Entonces Vlad podía hacer pasar sus muertes como accidentes desafortunados frente a los otros boyardos, aunque estoy seguro de que ellos sospechaban lo contrario. Vlad tenía la reputación de arrasar de un plumazo con la corrupción de este país.

Thomas entrecerró los ojos, con la mirada fija en Radu como un perro hambriento observando a un hueso. Yo sabía lo que significaba esa expresión.

—¿Y qué sucede con el poema, entonces? —pregunté—. ¿Qué significaba para los miembros de la Orden?

Radu señaló el pergamino con sus dedos rechonchos, cauteloso de no emborronar la tinta.

—Mirad este. —Una vez más, tradujo el texto del rumano al inglés.

XXIII

BLANCO, ROJO, VERDE, MALVADO.
LO QUE ACECHA ESTOS BOSQUES
PERMANECE EMBOZADO.
LOS DRAGONES MERODEAN Y LEVANTAN
VUELO. ANIQUILAN A QUIENES PISAN SU
SUELO.
COMEN TU CARNE Y BEBEN TU SANGRE.
LOS RESTOS EN LA BAÑERA PARA MÁS TARDE.
HUESOS BLANCOS, SANGRE ROJA.
EN ESTE CAMINO ENCONTRARÁS TU FOSA.

—Algunos creen que este poema se refiere a un lugar de encuentro secreto de la Orden. Uno ubicado en los bosques, donde se llevan a cabo ritos de muerte para otros miembros. Otros creen que se refiere a una cripta debajo del castillo: una cripta porque una vez que los desprevenidos se adentraban en ella, la Orden los encerraba hasta que morían y se descomponían dentro. He escuchado a la gente del pueblo decir que sus huesos pasaron a formar parte de un lugar sagrado.

—¿Qué clase de lugar sagrado?

—Ah, uno en el que se ofrecen sacrificios al príncipe inmortal. Pero no todo lo que uno escucha es cierto. Lo de los dragones que levantan vuelo es metafórico. Si lo traducimos de manera sencilla, significa que la Orden se mueve con sigilo, acechando y protegiendo lo que le pertenece. Su tierra. Sus gobernantes elegidos por Dios. Su forma de vida. Sus miembros se transforman en criaturas feroces que devoran por completo y solo dejan huesos. Lo que quiere decir que asesinan y lo único que queda son restos.

—¿Sospecha usted que la Orden del Dragón conserva los túneles? —pregunté.

—Por Dios. No lo creo —respondió Radu, riendo con demasiado énfasis—. Aunque supongo que no lo puedo asegurar. Como he dicho antes, la Orden se constituyó después de los cruzados. De hecho, Segismundo, el rey de Hungría, se transformó más adelante en el emperador del Sacro Imperio Romano.

Antes de que Radu se desviara hacia los cruzados, solté otra pregunta.

—¿Exactamente qué métodos de muerte albergaban los túneles?

—Ah, veamos, señorita Wadsworth. Algunos pasadizos guardaban murciélagos. También los había repletos de arácnidos. Se dijo que había lobos cazando en otros. La leyenda cuenta que la única forma de escapar de la cámara de agua era ofrecerle a un dragón un poco de sangre. —Sonrió con pesar ante la idea—. No creo que las criaturas fueran capaces de vivir bajo tierra sin una fuente de alimento o cuidado. Si los pasadizos aún existen, probablemente sean inofensivos, aunque no aconsejaría buscar nada que aparezca en este libro. La mayoría de las supersticiones se basan en un hecho de la realidad. ¿*Mmm*? ¿Sí? Considerad por ejemplo los *strigoi*, debe haber alguna clase de verdad detrás de esos rumores.

Yo quería señalar que las leyendas que se referían a los *strigoi* probablemente fueran el resultado de no enterrar los cuerpos a suficiente profundidad durante el invierno. Los cadáveres se hinchaban con gases y eran expulsados de sus tumbas; las lúnulas retrocedían y hacían que las manos parecieran garras, espeluznantes y vampíricas en apariencia, pero no en la práctica. Para los no educados, parecería que sus seres queridos intentaban salir de sus tumbas. Sin embargo, la ciencia había probado que eso era solo un mito.

El reloj del exterior anunció el final de la clase. Los guardias no perdieron el tiempo en volver evidente su presencia. Recolecté los trozos de pergamino que Radu nos había entregado y los guardé en mi bolsillo.

—Gracias, profesor —dije, y lo observé detenidamente—. Me ha gustado esta clase.

Radu soltó una risita.

—Me alegro. Gracias. Ahora debo… ¿en serio son las tres? Esperaba poder pasar por la cocina antes de retirarme a mi habitación. Están cocinando mis bocadillos preferidos. ¡Debo irme! —Se llevó un puñado de cuadernos de su escritorio y desapareció por la puerta.

Yo me había girado hacia Thomas, lista para hablar sobre todo lo que habíamos aprendido y debatir sobre la posible participación de Radu en el asunto, cuando Dănești hizo un gesto desde la puerta. Le sonrió a Thomas, mofándose de mi amigo de una forma que sabía que él no podría resistir.

—*Să mergem.* No tenemos todo el día.

Thomas respiró hondo. Solo había una cantidad limitada de provocación que podía tolerar. Antes de que yo pudiera reaccionar, abrió su condenada boca.

—Los perros falderos obedecen órdenes. No tienen nada que hacer excepto sentarse y esperar las próximas indicaciones de su amo.

—También muerden cuando se los provoca.

—No finja que escoltarme de aquí para allá no es el mejor momento de su día miserable. Es una lástima que no haya hecho lo mismo con esa pobre criada. Aunque imagino que yo soy mucho más apuesto para contemplar —dijo Thomas, y pasó una mano por sus rizos oscuros—. Al menos sé que no corro riesgo de que me capture un vampiro… usted está demasiado ocupado admirándome. Todo un cumplido. Gracias.

La sonrisa de Dănești se volvió completamente letal.

—Ah. He esperado esto —gritó en rumano, y cuatro guardias entraron en la clase de Folclore, que ahora se encontraba vacía—. Lleven al señor Cresswell a los calabozos y que se quede allí algunas horas. Alguien debe enseñarle la *ospitalitate* rumana.

Querida Wadsworth:

Por fin he conseguido salir de ese pozo del infierno al que dignifican con el nombre de «calabozo». Ahora estoy sentando en mi habitación, contemplando escalar las paredes del castillo por diversión. He escuchado a los guardias hablar y al parecer esta noche quizá sea nuestra mejor oportunidad de escabullirnos del castillo para investigar los bosques y encontrar a quienquiera que haya sido arrastrado por los túneles aquella noche.

A diferencia de nuestro querido director, yo no creo que hayas inventado ese escenario, y me preocupa que nos hayamos equivocado respecto de la participación criminal de Ileana. Ella tal vez sea otra víctima, pero solo hay una forma de saberlo con certeza.

Si no escuchas nada más de mí, es porque me dirijo a hurtadillas a tus aposentos.

Siempre tuyo,
Cresswell.

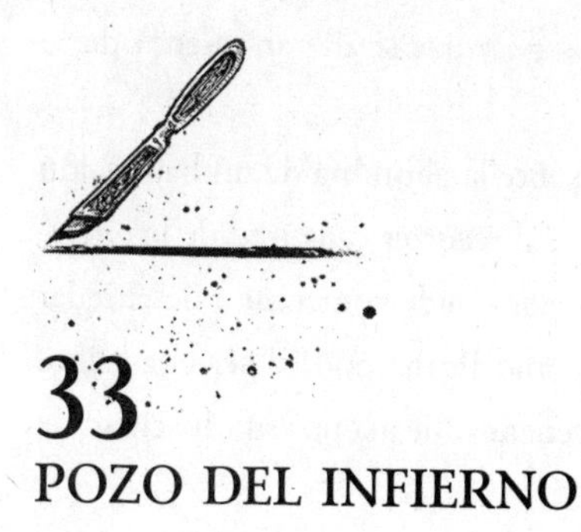

33
POZO DEL INFIERNO

APOSENTOS DE LA TORRE
CAMERE DIN TURN
CASTILLO DE BRAN
17 DE DICIEMBRE DE 1888

Qué hombre más dramático. Si Thomas ya estaba en sus aposentos escribiéndome una nota, eso significaba que había pasado un tiempo corto en el calabozo. Terminé de escribir mi respuesta, la doblé, le agregué un poco de cera roja y la presioné con mi sello de rosas.

—Por favor entrega esto a Thomas Cresswell. —La nueva criada me miró con detenimiento. Lo intenté una vez más, deseando que mi rumano fuera correcto. Tenía la mente en varios lugares a la vez—. *Vă rog... dați-i... asta lui* Thomas Cresswell.

—*Da, domnișoară.*

—Gracias. *Mulțumesc.*

—¿Necesita asistencia con su vestimenta antes de ir a la cama?

Eché un vistazo a mi vestido simple y sacudí la cabeza.

—No, gracias. Yo me encargo.

La criada asintió, sujetó la nota y la ocultó debajo de la tapa de la bandeja que sostenía. Salió de mis aposentos, y yo recé porque la entregara sin que los guardias se dieran cuenta de lo que hacía.

Caminé de un lado a otro sobre la alfombra de mi habitación principal. Mi mente trastabillaba al recorrer cada uno de los detalles del día. A duras penas sabía por dónde comenzar a desenredar esa nueva trama. Tanto Radu como Ileana podían ser el asesino. Radu por su conocimiento de venenos. Ileana por su capacidad de verterlos en las comidas.

Pero, con su escasa educación, ¿sabría ella cómo administrar el arsénico? ¿Y acaso Radu había tenido oportunidad de suministrárselo a los estudiantes? Y sin embargo, Thomas creía que Ileana tal vez fuera una víctima… lo que dejaba a Radu como el principal sospechoso. Algo me aquejaba en el pecho. Aún tenía la sensación de que Ileana de alguna manera estaba involucrada. No podía explicar por qué.

Me había puesto mi vestimenta para montar y mis pantalones y no eché de menos el volumen de mi falda mientras continuaba caminando por mi habitación con mi nuevo atuendo.

¿Quién además de Ileana sabría que Thomas estaría distraído por la vergüenza que le causaba su linaje? ¿Quién podía conocerlo tan bien como para utilizar esa información en su contra y frustrar sus métodos de deducción normalmente estelares? Ileana debió haber obtenido algo de información de Daciana; tal vez había estado utilizándola todo este tiempo. Dejé de caminar. Eso tampoco parecía del todo correcto, un amor tan poderoso no podía fingirse con facilidad. Lo que me hizo volver a nuestro profesor.

No existía una cantidad suficiente de investigación que Radu pudiera haber hecho para desenterrar los secretos de la personalidad de Thomas. O quizá solo había tenido suerte, un regalo fortuito. Una idea incluso mejor: quizás el asesino fuera alguien con quien nunca habíamos interactuado. Un escalofrío me recorrió la espalda. Imaginar a un asesino sin rostro que no solo era habilidoso, sino que también tenía la bendición de la suerte me resultó especialmente aterrador.

Transcurrió media hora sin que recibiera señales de Thomas. Me senté en mi escritorio y saqué una pluma del tintero. Le había prometido a Padre que le escribiría y aún debía enviarle una carta apropiada. Miré con detenimiento el pergamino en blanco, sin decidirme qué revelar.

No podía comentar los asesinatos. La bendición y el aliento de Padre para que siguiera mi carrera de medicina forense tenían un límite. Si se hubiera enterado del cuerpo que habíamos encontrado en el tren, me habría obligado a volver a Londres de inmediato.

Un sonido ahogado de roce llamó mi atención hacia la ventana. Sonó como si un animal hubiera corrido deprisa por el techo. La sangre me causó un cosquilleo en todo el cuerpo.

Me levanté de un salto de la silla y eché un vistazo hacia el mundo nevado, atrapado en la oscuridad. Con el corazón tronando, esperé encontrar un rostro espeluznante que me devolviera la mirada, con ojos lechosos imperturbables. No sucedió tal cosa. Era probable que solo hubiera sido un terrón de nieve o hielo que había caído del techo. O un pájaro buscando refugio en la tormenta. Suspiré y volví a mi escritorio. Nunca dejaría de crear villanos a partir de las sombras.

Hice rodar la pluma entre los dedos e intenté pensar en cosas que no fueran demonios, vampiros o personas expertas en venenos. Otra vez casi me había olvidado de que era víspera de Navidad. Una época para la alegría, el amor y la familia. Era difícil recordar que existía una vida fuera de la muerte, el miedo y el caos.

Miré la fotografía de mis padres y permití que los recuerdos cálidos derritieran mis partes más frías y científicas. Recordé cómo Padre hacía que nuestro cocinero guardara una cesta repleta de manjares y luego jugaba con nosotros al escondite en el laberinto de Thornbriar.

Por entonces había reído libremente y con frecuencia; no había imaginado cuánto echaría de menos esa parte suya que moriría junto a Madre. Él salía con lentitud del vacío desolado que sobreviene después de perder una parte de tu alma, pero me preocupaba que cayera en los antiguos hábitos estando solo. En adelante le escribiría más seguido para mantenerlo involucrado con los vivos. Los dos estábamos rodeados de suficiente muerte.

Seguí el antiguo consejo de mi hermano y me olvidé de los asesinatos y de la muerte por unos instantes, y me permití recordar que la vida era hermosa incluso en las horas más oscuras. Pensé en la magnificencia de ese país, la historia detrás de su arquitectura y sus gobernantes. El idioma increíble de sus habitantes, la comida y el amor que conllevaba prepararla.

Querido Padre:

El Reino de Rumania es realmente fascinante. Una de las primeras cosas que he recordado al ver el Castillo de Bran y sus capiteles ha sido cómo tú y Madre nos leíais esas historias para niños antes de ir a la cama. Las tejas de las torres están cortadas de tal manera que me hacen pensar en escamas de dragón. Esperando a medias que un caballero llegue cabalgando su corcel en cualquier momento. (Aunque ambos sabemos que yo probablemente tomaría prestado su caballo para buscar un dragón al que matar. Si de verdad es un caballero y un señor, estoy segura de que no le molestaría).

Los montes Cárpatos son de los más altos en todo el mundo, al menos la parte que he visto de ellos. Ansío contemplar esta tierra en primavera. Imagino que las montañas cubiertas de hielo rebosarán de vegetación. Creo que disfrutarías pasando unas vacaciones aquí.

Tienen increíbles bocadillos de carne rellenos de hongos sabrosos y toda clase de jugos y especias maravillosas. ¡Los he comido casi cada día! De hecho, el estómago me gruñe cuando pienso en ellos. Debo llevar algunos cuando vaya de visita por allí.

Espero que estés bien en Londres. Te echo de menos con locura y tengo una fotografía tuya a la que casi siempre le deseo las buenas noches. Antes de que me lo preguntes, el señor Cresswell se ha comportado como un perfecto caballero.

Ha tomado su deber en serio y es una carabina bastante fastidiosa. Estarías orgulloso de él.

Su hermana, la señorita Daciana Cresswell, nos ha invitado a un baile de Navidad en Bucarest. Si el clima lo permite, será una velada encantadora. Deseo volver a casa para el nuevo año y visitarte. Por favor, envíale mi cariño a Tía Amelia y a Liza. Cuida de ellas y de ti mismo.

Te escribiré pronto. Estoy aprendiendo mucho en la academia y no puedo agradecerte lo suficiente por permitirme estudiar en el extranjero.

Tu querida hija,
Audrey Rose.

P. D.: ¿Cómo se encuentra Tío? Espero que hayas seguido viéndolo e invitándolo a cenar. Quizá sea un tanto impropio por mi parte decir esto, pero me atrevo a asegurar que vosotros os necesitáis, en especial durante estos tiempos difíciles. Feliz Navidad, Padre. Y mis mejores deseos para el Año Nuevo. ¡1889! No puedo creer que ya casi haya llegado. Hay algo maravilloso y esperanzador acerca del comienzo del año. Espero que nos acompañe la promesa de nuevos comienzos para todos nosotros. Con seguridad...

Pum. Pum.

La tinta salpicó las últimas palabras de la página y estropeó mi escritura cuidada. Me alejé del escritorio con tanta rapidez que arrojé la silla al suelo. Había algo en el techo. Aunque sabía que era una locura, imaginé a una criatura similar a un humano, recién salida de su tumba. El aroma a tierra removida envolvía mis sentidos mientras sus colmillos se lanzaban sobre mí, listos para drenar la sangre de mi cuerpo.

Respiré y corrí a toda velocidad hacia mi baúl de instrumentos para autopsias, levanté la sierra para huesos más larga que encontré y la sostuve delante de mí. En el nombre de la reina, ¿qué demonios...?

Crrrrrrrrajjj. Sonaba como si esa misma criatura descendiera por el techo de tejas rojas valiéndose de sus garras. Una vez más, la imagen de un *strigoi* se apoderó de mí. Una criatura humanoide de piel muerta y grisácea y garras negras goteando sangre de su última comida, arrastrándose hacia mis aposentos para darse un nuevo atracón. Una parte de mí quería salir corriendo al pasillo y advertir a los guardias.

Pum. Pum. Pum. Mi corazón latió al doble de velocidad. Era el sonido de un andar pesado. Lo que fuera o quienquiera que estuviera en el techo llevaba botas de suela gruesa. Las imágenes de vampiros y hombres lobo abrieron paso a pensamientos más perturbadores de humanos depravados. Humanos que habían asesinado con éxito al menos a cinco víctimas.

Retrocedí hasta mi mesilla de noche, sin apartar la mirada de la ventana, y bajé mi sierra para girar la manivela de mi lámpara de aceite. La oscuridad invadió la habitación y con suerte me convertiría en un ser invisible frente a la criatura o persona que se arrastraba por el techo.

Esperé, con la respiración aprisionada por el terror, y observé. Al principio, lo único que vi fueron copos más pesados de nieve cayendo por mi ventana. Los sonidos de roce y de pasos fuertes fueron reemplazados por una clase de sonido de algo resbalándose.

Luego todo sucedió a la vez.

Una sombra más negra que el carbón eclipsó el mundo nevado del exterior.

Sacudió mi alféizar con una fuerza descomunal, y el pestillo diminuto apenas se mantuvo en su sitio. El miedo paralizó mis extremidades. Quien fuera que estuviera allí estaba a segundos de destrozar el cristal o el pasador endeble.

Levanté la sierra y di un pequeño paso hacia delante. Después otro. Las reverberaciones del ataque al cristal de la ventana amplificaron mi pulso acelerado. Me acerqué incluso más y escuché cómo alguien intentaba abrirla… y maldecía.

Una mano enguantada golpeó el vidrio. Arrojé la sierra, me moví con prisa, descorrí el pestillo y lo sujeté como si nuestras vidas dependieran de ello.

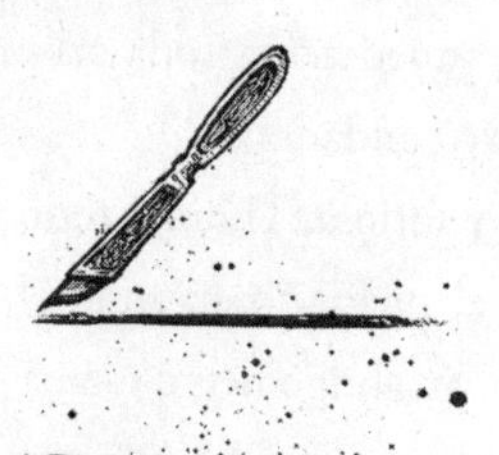

34
DESVENTURA NOCTURNA

APOSENTOS DE LA TORRE
CAMERE DIN TURN
CASTILLO DE BRAN
17 DE DICIEMBRE DE 1888

—¿Has perdido la cabeza?

Las piernas largas de Thomas buscaron a tientas el borde del techo mientras yo sujetaba su abrigo con más fuerza de la que sabía que poseía.

—Deja de patalear, perderás el equilibrio y me arrastrarás contigo.

Sofocó una risa.

—¿Qué sugieres exactamente, Wadsworth?

—Empújate hacia delante mientras yo tiro de ti.

—Qué… tonto… por… mi… parte entrar en pánico. Mientras me encuentro colgando… a pocos centímetros… de una muerte segura.

Me llevó algunas maniobras, pero conseguí colocar las manos debajo de sus brazos, luego utilicé el peso completo de mi cuerpo para dejarme caer hacia atrás y así tirar por encima del alféizar hacia mí. Nos desplomamos en el suelo y provocamos toda clase de ruidos al golpearnos las cabezas y las extremidades.

La nieve entró a ráfagas, arremolinada y furiosa. Thomas rodó para apartarse de mí y quedó tendido en el suelo, observando el techo, con la mano en el corazón, jadeando. Su abrigo negro estaba casi empapado. Yo me incorporé, con los brazos temblando sin control tanto por la adrenalina como por el terror que todavía fluía por mi cuerpo en torrentes malignos, y cerré la ventana.

—En el nombre de la reina, ¿en qué pensabas? Trepar por un techo de piedra… durante una tormenta de nieve. Yo… —Apreté los puños para evitar que temblaran de frío—. Casi te caes del techo, Thomas.

—Te había dicho que me preparaba para escalar el castillo. —Un rizo empapado le cayó sobre la frente cuando levantó el cuello—. Tal vez sería agradable recibir un poco de cariño o unas felicitaciones. Fue muy heroico por mi parte desafiar toda lógica para irrumpir en tus aposentos. No necesito que me regañes.

—«Heroico» no es el término que yo utilizaría —suspiré—. Y no te enfades. No te favorece.

Thomas se sentó y esbozó esa maldita sonrisa torcida.

—Daci y yo solíamos escabullirnos de nuestras habitaciones y trepar por el techo cuando éramos niños. Volvíamos loca a nuestra madre. Ella ofrecía una cena aburrida en ausencia de Padre, y nosotros espiábamos a los nobles que invitaba. —Se levantó del suelo y sacudió su abrigo con algunos movimientos de sus dedos enguantados—. Sin embargo, no recuerdo que ninguna de nuestras incursiones haya sido durante una tormenta de nieve. Un pequeño detalle.

—Realmente pequeño. —Respiré hondo. Solo Thomas podía hacer algo tan enfurecedor, como casi morir delante de mis ojos, y luego ofrecer un pequeño recuerdo de su pasado para aplacar mi furia—. ¿Tu madre ofrecía celebraciones con frecuencia en ausencia de tu padre?

La ligereza abandonó su rostro.

—Padre casi nunca viajaba con nosotros a Bucarest. Él no creía que debíamos celebrar nuestro linaje maldito. —Thomas se dirigió dando zancadas al armario y buscó algo entre mis cosas. Me entregó mi capa—. Deberíamos darnos prisa. La tormenta acaba de comenzar.

• • •

Les di las gracias a los calcetines gruesos que tenía dentro de mis botas mientras caminábamos con dificultad a través de la nieve. Era pesada y húmeda, y se aferraba a la parte inferior de mi capa con todas sus fuerzas. En el pasado yo había disfrutado de las noches invernales. El silencio que encapsulaba la tierra, el brillo titilante del hielo que se reflejaba a la luz de la luna. Mientras me encontraba arropada y a salvo en mi casa de Londres con una taza de té, un fuego crepitante y un libro en mi regazo.

—Es aquí donde has visto que trasladaban al cuerpo, ¿verdad?

Thomas señaló hacia el claro en los bosques, al sendero desdibujado que partía de la parte trasera del castillo por el que acabábamos de salir. Asentí, y mis dientes rechinaron como si fueran nieve mezclada con aguanieve. Era una noche miserable para una aventura a cielo abierto, pero no podíamos darnos el lujo de esperar mejores circunstancias. Si alguien se había llevado a Daciana o a Ileana, quizás encontraríamos una pista allí afuera; un vistazo rápido a las morgues había sido en vano. Aunque encontrar algo en la oscuridad, en mitad de toda esa nieve, parecía una tarea imposible.

Nos detuvimos cerca de la entrada del bosque, y la luz de la luna arrojó las sombras largas y delgadas de los árboles en nuestra dirección. Garras, zarpas… las imágenes me perturbaron.

Thomas inspeccionó el suelo a cada lado del sendero, y su cuerpo tembló levemente cuando el viento sopló con más fuerza.

—No veo rastros. Deberíamos avanzar un poco, ver si encontramos algo. Quizás buscar los depósitos de alimentos que Moldoveanu asegura que se encuentran allí. Después volveremos al castillo y entraremos por el camino por el que vinimos, a través de la cocina.

El viento agitó los mechones de pelo de mis trenzas, pero tenía demasiado frío como para apartar las manos de debajo de mi capa. Estaba segura de que esa era la noche más fría que el mundo hubiera conocido. Como no respondí, Thomas se giró hacia mí. Advirtió las lágrimas que se deslizaban por mis mejillas, el viento que azotaba mi rostro con mi propio pelo, y se acercó con lentitud. Sin ninguna clase de preámbulo o coqueteo, me colocó los mechones detrás de las orejas con dedos temblorosos.

—Lamento que el clima sea tan miserable, Wadsworth. Apresurémonos y volvamos adentro.

Hizo ademán de ayudarme a regresar al castillo, pero yo enterré los talones congelados en el suelo.

—N-no. No. Veamos qué hay a-allí afuera.

—No lo sé… —Levantó las manos en un gesto de rendición cuando le dediqué una mirada resuelta—. Si estás segura…

Observé cómo temblaba su cuerpo y el color rojizo de su nariz.

—¿Eres capaz de quedarte aquí afuera un poco más?

Asintió, aunque la duda se hizo presente en su cara. Reuní fuerzas y me dirigí hacia los bosques, con Thomas pisándome los talones. Las ramas cubiertas de nieve de los pinos colgaban bajas, provocando sonidos extraños a nuestro alrededor. Era como si alguien hubiera tapado mis oídos con mitones, aunque también parecía como si pudiera escuchar a kilómetros de distancia en cualquier dirección. Me concentré en el crujido de las botas de Thomas mientras se apresuraba para seguirme el ritmo. Los terrones de nieve se desprendían y golpeaban el suelo con un *paf*.

No se escuchaban ruidos de animales. Gracias a todos los cielos. Era probable que incluso los lobos tuvieran demasiado frío para merodear por ese terreno. El sendero continuaba durante lo que parecían kilómetros, aunque solo recorrimos unos pocos metros antes de encontrar una bifurcación. El camino de la derecha parecía más ancho, como si alguien se hubiera empeñado en cortar las ramas y los arbustos. Imaginé que allí encontraríamos los depósitos de alimentos.

El camino de la izquierda estaba cubierto de arbustos espinosos que habían crecido en demasía. Las espinas y las hojas afiladas eran una advertencia para cualquiera que considerara seguir por allí. Reprimí el impulso de escapar en la dirección opuesta. La sensación de ser observada por algo ancestral y amenazador me causó una punzada entre los omóplatos.

Sabía que Drácula no era real, pero sin duda su fantasma merodeaba por esos bosques. Se me erizó la piel de la nuca cuando mi mente fue invadida por imágenes de *strigoi* deslizándose por allí y esperando para atacar. Necesité un momento para apaciguar mis nervios. No deseaba explorar un pasadizo que la naturaleza se empeñaba en mantener bajo su custodia. En especial de noche, durante una tormenta de nieve, mientras un asesino real acechaba en las cercanías. Quizás fuera una actitud cobarde, pero al menos viviríamos para continuar la búsqueda otro día. Hice un gesto hacia el sendero más desgastado, y la nieve cayó incluso con más fuerza.

—Investigaremos el otro camino durante el día. Veamos si los depósitos de alimentos se encuentran por aquí. —La única respuesta que recibí fue un silencio acentuado por algunas ráfagas de nieve. Me di la vuelta y mi capa giró alrededor como la falda de una bailarina—. ¿Thomas?

Nada. Todo permaneció silencioso de forma inquietante, excepto por el zumbido de mis oídos. Me dirigí con prisa hacia el camino de la derecha, después de detectar el único par de huellas que conducía hacia él. Maldito Cresswell. Separarnos durante una tormenta de nieve en el medio del bosque era otra de sus ideas geniales. Lo maldije en voz baja durante todo el tiempo que me llevó caminar pisoteando la nieve. Luego de dar algunos pasos llegué a una pequeña estructura de piedra que anidaba entre dos peñascos más grandes. En realidad, no era más que una choza.

Las huellas de Thomas desaparecían en su interior. Juré que le daría un buen…

De pronto, salió disparado de la estructura y casi rompió la puerta al cerrarla de un golpe. Antes de que pudiera preguntarle qué había sucedido, un gruñido fuerte atravesó la silenciosa nevada. Le siguió un aullido prolongado y lúgubre.

Sentí escalofríos por todo el cuerpo cuando otros aullidos atravesaron la noche.

—¡Cresswell!

Thomas se dio la vuelta, con las manos todavía aferradas al picaporte de la puerta. Los arañazos y resoplidos sacudían de manera frenética la madera, con un sonido aterrador en la tranquilidad de la noche.

—¡Wadsworth, a la cuenta de tres, corre!

No hubo tiempo para discutir. Thomas contó demasiado rápido y no alcancé a protestar. Antes de que gritara «tres» yo ya había salido corriendo. Nunca me había sentido más agradecida por haber dejado atrás mi falda en favor de los pantalones mientras sorteaba bancos de nieve y ramas.

Thomas se abría paso por el bosque detrás de mí, gritándome que no girara y que siguiera corriendo. Ignoré los aullidos, aunque ahora podía escuchar a otras criaturas saltando por la nieve detrás de nosotros. No aminoré la marcha. No pensé en cómo el aire congelado me quemaba los pulmones mientras respiraba. No me concentré en el sudor frío que cubría mi piel o en el camino interminable que conducía al castillo. Y *en especial* no imaginé lobos del tamaño de elefantes abalanzándose por el bosque detrás de nosotros, listos para desgarrar nuestras extremidades y desperdigarlas por allí.

Deseé que Moldoveanu y Dănești estuvieran vigilando el terreno, pero no tuvimos tanta suerte. Conseguimos salir del bosque, corriendo tan rápido como el clima y nuestros cuerpos nos lo permitieron.

Thomas me sujetó la mano, como un salvavidas en mitad de la tormenta de terror. Los ladridos y gruñidos de los lobos atravesaban los arbustos a pocos metros a nuestras espaldas. Creí que el corazón se me detendría en cualquier momento. Seríamos atacados. No había forma de que pudiéramos dejarlos atrás. Estábamos...

Se oyó un disparo desde el límite del bosque.

Thomas me empujó al suelo y me protegió con su cuerpo. Levanté la cabeza por encima de su hombro y observé cómo dos lobos enormes se refugiaban en los bosques. Cada parte de mí estaba congelada, pero en lo único en lo que podía pensar era en la descarga de adrenalina. Alguien les había disparado a los lobos. ¿Éramos nosotros los próximos?

Los terrones de nieve cubrían mi pelo y mi vestimenta. Thomas se apartó de mí y observó el área con detenimiento. Me percaté del movimiento rápido de su pecho y de la forma en la que se preparaba para recibir otro ataque. Sujetó mi mano y me ayudó a incorporarme.

—Date prisa. No veo a nadie, pero sin duda hay alguien allí.

Busqué la sombra o silueta de quien había disparado. No vi nada excepto el humo remanente y el olor acre de la pólvora. Esta vez, cuando me estremecí, no fue a causa del hielo que se deslizaba por mi espalda. Corrimos hacia la luz amarillenta de la cocina y no miramos atrás hasta que estuvimos a salvo en su interior y Thomas hubo cerrado la puerta de una patada. Me desplomé contra una larga mesa de madera, después de esquivar por poco unos montículos de bollos dejados allí para llevar.

—¿Quién crees…?

La puerta se abrió de golpe y una silueta fornida sacudió nieve de sus botas, con el mosquete colgado sobre la espalda. Thomas y yo sujetamos unos cuchillos de la encimera. La silueta avanzó, ignorante de los cuchillos que le apuntaban. Con un movimiento rápido, se echó la capucha hacia atrás. Radu nos miró parpadeando.

—Señor Cresswell. Señorita Wadsworth. —Se descolgó el mosquete del hombro y lo apoyó contra una mesa. Sobre ella descansaba un tazón de guiso. El vapor se elevaba de su centro, y había un trozo de pan partido en porciones—. Les advertí sobre los bosques. *¿Mmm?* —Radu acercó una banqueta y se sentó, dispuesto a devorar su comida nocturna—. Corran de vuelta a sus aposentos. Si Moldoveanu descubre que han abandonado el castillo, desearán haber sido atrapados por los lobos. Peligroso. Es muy peligroso lo que han hecho. Hay *pricolici* por todas partes.

Thomas y yo apenas intercambiamos una mirada, nos disculpamos y corrimos hacia la puerta.

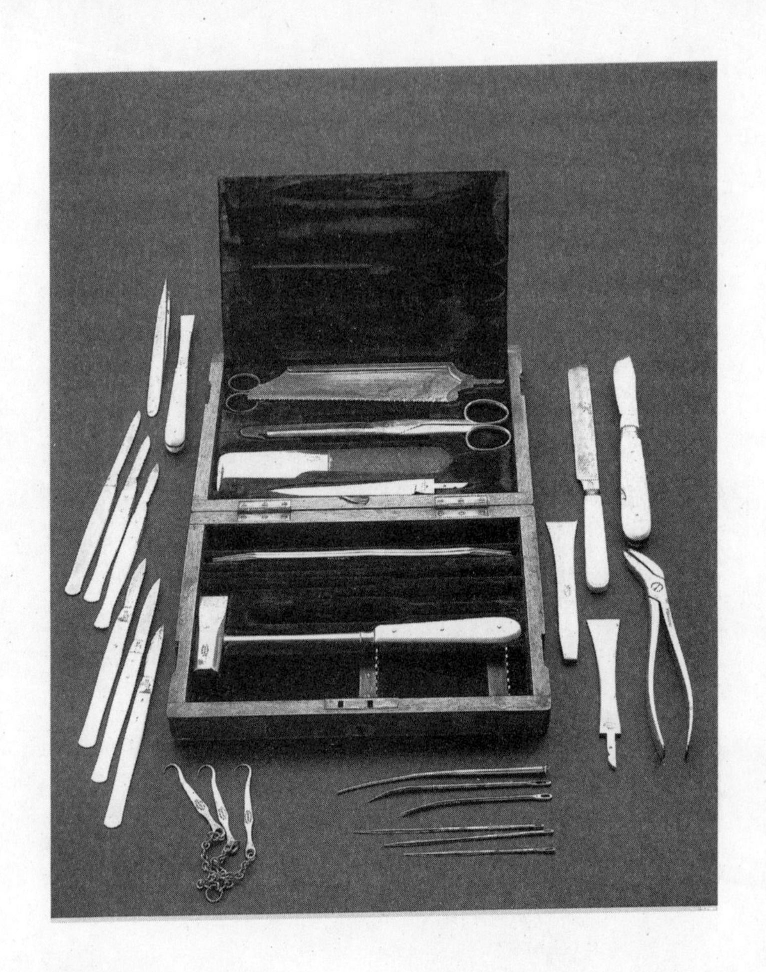

Kit de autopsia, c. década del 1800.

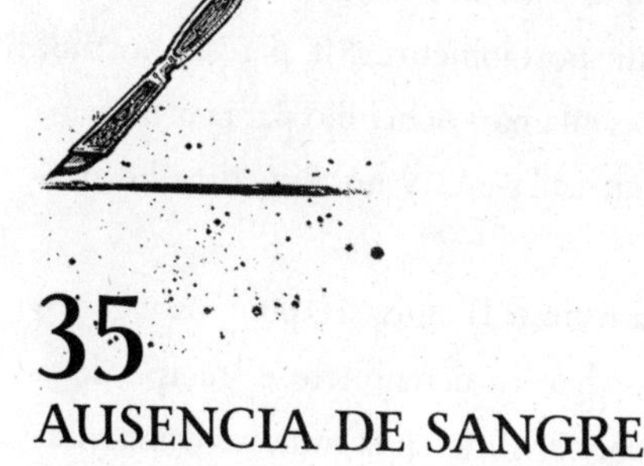

35
AUSENCIA DE SANGRE

ANFITEATRO QUIRÚRGICO DE PERCY
AMFITEATRUL DE CHIRUGIE AL LUI PERCY
CASTILLO DE BRAN
21 DE DICIEMBRE DE 1888

—Yo estaré al frente de la clase de hoy en lugar del profesor Percy. —Moldoveanu se dirigió a los mellizos Bianchi—. Si aún desean realizar esta tarea, les sugiero que se acerquen a la mesa de operaciones.

Sin más indicaciones, los mellizos se apresuraron a bajar al anfiteatro quirúrgico y ocuparon sus lugares. Aunque al parecer la academia se encontraba bajo ataque, todavía estaba la cuestión del curso de evaluación y de los dos tentadores lugares por los que todos competíamos.

Giovanni hizo un trabajo excelente creando una superficie tensa para que se deslizara la hoja de su bisturí. Su mellizo le entregó un cuchillo largo de autopsias, también llamado «cuchillo para cortar pan» después de que hubiera abierto el cuerpo de Mariana, la criada asesinada. Le extrajo el hígado con cuidado y notó la misma decoloración que había estado presente en el cuerpo de

Anastasia. Giovanni utilizó el cuchillo largo para extraer una muestra y la colocó sobre un portaobjetos. Me parecía horrible que un instrumento médico se llamara «cuchillo para cortar pan» cuando su objetivo era cortar cadáveres y no alimentos horneados.

Cian se había ofrecido a realizar la autopsia, pero los mellizos habían insistido. Ya que ellos habían descubierto el cuerpo de la criada, sentían que era su deber asistirla en la muerte. Una sensación de inquietud nos embargaba a todos en el anfiteatro; era difícil estudiar los cuerpos que no tenían sangre. Que Moldoveanu estuviera al frente de esa clase no ayudaba a aplacar la atmósfera de pesadumbre. Su expresión era más dura que la usual, llevaba puesto un escudo adicional desde el descubrimiento de los restos de su pupila. Yo había querido ofrecerle mis condolencias antes de la clase, pero la amenaza presente en su mirada había detenido mi lengua.

—Excelente técnica. —Moldoveanu se ajustó el delantal—. Al igual que los otros cadáveres, este también se encuentra sin sangre, como estoy seguro de que todos pueden observar. Si fueran a arriesgar una teoría, ¿por qué creen que el asesino ha extraído la sangre del cuerpo?

Noah fue el primero que levantó la mano.

—Los periódicos locales dicen que el Lord Empalador ha vuelto. La gente del pueblo ha entrado en pánico. Creo que se trata de alguien que disfruta al causar miedo. La muerte y los asesinatos no son lo que los satisface. Es la histeria que sus actos causan.

—Es una teoría interesante. ¿Dónde cree que ha vertido la sangre extraída?

Noah frunció el ceño.

—Hay un río cerca del pueblo. Tal vez la ha arrojado allí.

—Quizás. —Moldoveanu alzó un hombro—. Veamos quién ha adelantado la lectura de los textos de Anatomía. ¿Cuántos litros de sangre hay en el cuerpo humano? ¿Alguien lo sabe?

—Cuatro… quizás… un poco más… depende del tamaño de la persona —respondió Erik.

—Correcto. Casi cinco litros. —Moldoveanu caminó alrededor del cuerpo, y su mirada se posó en cada uno de nosotros—. Es una cantidad importante de sangre para transportar a través del pueblo. Aunque no es imposible, ¿verdad?

—Podría ser muy arriesgado —agregó Noah—. Incluso si se la trasladara en una cubeta de madera, existiría la posibilidad de derramarla por los lados. La gente del pueblo lo notaría y daría la voz de alarma.

—Así es. A pesar de que el río es un excelente lugar para verter la sangre, representa un riesgo muy grande para este asesino en particular. Considero que es la clase de persona que no desea que la detengan. Es cuidadosa. Y es probable que haya planeado esto durante un tiempo. Creo que tiene un historial de actos violentos, comenzando desde su niñez. Aunque otros asegurarán que eso no tiene importancia, yo creo que es una herramienta útil tener en cuenta la historia del perpetrador.

Moldoveanu les hizo un gesto a los mellizos para que continuaran con la autopsia. Giovanni extrajo una muestra pequeña del estómago. Se examinaría su contenido en busca de rastros de arsénico, aunque un hedor familiar a ajo ya flotaba en el aire. Eché un vistazo alrededor de la clase; todos los estudiantes tomaban notas con cuidado, con actitud atenta bajo la mirada penetrante del director.

Intenté recordar mis conversaciones con Anastasia, convencida de que debía existir alguna clase de indicio sobre lo que ella había descubierto en la casa de la mujer desaparecida. Odiaba creer que había viajado sola al pueblo a encontrar la muerte. Pero ni siquiera tenía la certeza de que hubiera llegado tan lejos. Por lo que sabía, quizás nunca había atravesado los túneles en los que habían encontrado su cuerpo. ¿El asesino estaría presente en la clase? Y si así fuera, ¿quién habría podido deshacerse de tanta cantidad de sangre en tan poco tiempo?

Observé con detenimiento y disimulo a Nicolae y a Andrei, quienes hablaban en rumano en voz baja. Podían estar trabajando juntos, aunque tuve la cautela de no concentrarme de forma directa en ellos y saltarme otras pistas.

Mi atención se desvió a los mellizos Bianchi. Recordé cómo Anastasia me había contado que habían ignorado sus intentos de entablar conversación. ¿Alguno de los hermanos había despertado su curiosidad? Si deshacerse de la sangre era demasiado arriesgado para una sola persona, ¿significaba eso que ellos dos trabajaban juntos? Eran muy buenos en materia forense y probablemente tuvieran un conocimiento exhaustivo sobre venenos. Quizás tampoco fuera una coincidencia que hubieran sido ellos los que habían descubierto el cuerpo de la criada.

Le eché un vistazo a Thomas. Me observaba con la cabeza inclinada a un lado, como si leyera mis pensamientos. No habíamos sabido qué pensar de Radu la otra noche, y no habíamos podido hablar después debido a los guardias que vigilaban los pasillos. Habíamos tenido suerte de llegar a nuestros aposentos sin ser descubiertos.

Yo aún no podía creer que Radu nos hubiera salvado de los lobos feroces en la mitad de la noche para luego volver a comer su guiso como si nada hubiera sucedido. Su comportamiento era predecible en su imprevisibilidad. Aunque aún me era difícil imaginarlo asesinando a estudiantes o a cualquier otra persona.

—Me temo que no tenemos más tiempo. En vistas de los hechos recientes, he decidido que esta es la clase final antes de las vacaciones de Navidad —anunció Moldoveanu cuando el reloj dio la hora—. Las clases comenzarán de nuevo el veintiséis. No prueben mi paciencia; no me gustan las tardanzas.

36
CASA DE BASARAB

VESTÍBULO
FOAIER
CASTILLO DE BRAN
22 DE DICIEMBRE DE 1888

A la manana siguiente, Thomas y yo nos reunimos en el vestíbulo del castillo, listos para embarcarnos en nuestro viaje a Bucarest. Noah y Cian nos habían despedido antes de desaparecer en el comedor, y me encontraba sumida en mis pensamientos, temiendo que Daciana no estuviera allí para recibirnos cuando llegáramos. Thomas le había escrito de inmediato después de nuestras sospechas iniciales sobre Ileana, pero Daciana no había respondido. Si se encontraba herida, o peor... No me permití pensar de esa forma.

Thomas se movía a cada instante, con la mirada fija en la ventana pequeña junto a la puerta. Nuestro carruaje debía llegar en cualquier momento. Cerré los ojos e intenté ignorar el recuerdo del cadáver de Anastasia. Había sufrido tantos arañazos y mordidas que me había resultado difícil reconocerla. El recuerdo de los murciélagos cubriendo su cuerpo... un repentino estallido de calor apabulló mis sentidos. Necesitaba salir al frío antes de que me dieran náuseas.

Pasé corriendo junto a Thomas, abrí la puerta de un tirón y tomé bocanadas gigantescas de aire helado. En el exterior, el aroma a pino se mezclaba con el de los fuegos que ardían en el interior. El sol, cubierto de nubes, apenas había extendido sus brazos a lo largo del horizonte, y la temperatura era tan fría que había formado carámbanos como colmillos en torno a la puerta principal. La nieve caía a un ritmo constante.

El frío equilibró la temperatura de mi cuerpo e hizo que el ataque de náuseas desapareciera.

—¿Te encuentras bien? —Thomas se colocó a mi lado, frunciendo el ceño a causa de la preocupación.

Asentí.

—El aire me ayuda.

Thomas desvió la mirada hacia el sendero adoquinado, aunque parecía perdido en sus pensamientos. Los dos estábamos envueltos en nuestras capas más abrigadas, resguardados por varias telas gruesas para hacerle frente a la tormenta invernal. La capa de Thomas era negro azabache, y tenía una franja de piel a juego en el cuello. Observó con detenimiento la nada, con la mandíbula apretada. No podía imaginar qué pensamientos cruzaban su cabeza.

Metí las manos en el manguito que me colgaba del cuello.

—No importa lo que descubramos, sobreviviremos a esto. Somos un equipo, Cresswell.

Thomas dio unos pisotones y sopló sus manos enguantadas para darse calor, y el vapor se elevó a su alrededor como la niebla de Londres.

—Lo sé.

Una frialdad familiar se asentó en sus rasgos. Ese era el Thomas Cresswell que había conocido en Londres. El joven que no permitía que nada ni nadie se acercara demasiado. El que albergaba sentimientos demasiado intensos, me di cuenta. Liza había estado en lo cierto, más de lo que ella hubiese imaginado. Él se valía de la distancia para crear un muro y no salir herido. No era frío y cruel, no se parecía en lo más mínimo a los parientes con los que temía que lo compararan. Era frágil y sabía dónde estaban sus puntos débiles. Para ayudar a aquellos que quería, haría trizas el mundo.

—Thomas. Yo...

Un carruaje negro y brillante se detuvo delante de nosotros, con caballos tan altos y orgullosos como el cochero que abrió la puerta en un ademán exagerado. Thomas me ofreció la mano y me ayudó a subir antes de sentarse frente a mí. Intenté ignorar la sensación de inmoralidad que me producía estar sentada en un espacio tan pequeño sin la presencia de una carabina, cuando él acercó el ladrillo caliente a mis pies.

—¿Qué decías, Wadsworth?

Sonreí.

—Nada. Puede esperar.

—¿Qué intentas descifrar? ¿Algún temor arraigado o...? —Sus poderes de percepción entraron en acción al instante. Una sonrisa perezosa se dibujó en su rostro y reemplazó la intensidad de su expresión previa. Se reclinó y luego dio unas palmaditas en el espacio pequeño que había junto a su asiento—. Bucarest se encuentra a varias horas de distancia. No hablemos de temas serios aún.

Observé a mi amigo, pero no dije nada. Mis pensamientos volvieron a mi malestar. Era algo escandaloso viajar sin un acompañante, pero la señora Harvey ya había abandonado Brașov y necesitábamos confirmar que Daciana estaba a salvo en Bucarest. Era necesario dejar de lado el decoro e incluso nuestras reputaciones por un bien mayor. Aunque quizás Padre no pensara lo mismo si se enteraba de nuestro viaje. Me recosté contra el asiento y me obligué a apartar las preocupaciones de la mente.

Nos alejamos traqueteando y dejamos atrás el castillo gótico en su imponente posición elevada entre las montañas. Observé cómo desaparecía lentamente tras remolinos de nieve. Imaginé que la mirada fulminante de la fortaleza había alcanzado nuestro carruaje e intentaba en vano arrastrarnos hacia atrás. No dejaba de sorprenderme hasta qué punto una construcción hecha de piedra podía adoptar cualidades humanas. Monstruosas, en realidad.

Dejé caer las manos en mi regazo, y mi sonrisa se desdibujó con el movimiento.

—Investigué un poco la Casa de Basarab anoche.

Thomas desvió el rostro y me observó con el rabillo de sus ojos, lo que me impidió leer su expresión por completo.

—Me parece un tema terriblemente aburrido. Madre contrató a una institutriz para Daciana y para mí, y parte de sus enseñanzas gloriosas involucraban memorizar nuestro árbol genealógico Basarab. Tiene más ramificaciones y tallos espinosos que un bosque entero de zarzas, y Daci y yo somos las únicas flores. ¿Estás segura de que no preferirías acurrucarte aquí? Sería mejor que tratar este tema. Preferiría no pensar demasiado en asuntos relacionados con Tío Drácula.

Se revolvió en su asiento, lo que era un indicio de que, según había llegado a reconocer, había secretos que no compartía. Sus tics y peculiaridades eran sutiles, pero me había convertido en una pupila estudiosa. Me incliné hacia delante, con el corazón retumbando de curiosidad.

—Tenme paciencia. Como has dicho, hace tiempo la Casa de Basarab se dividió en dos familias rivales. Una dinastía era la Dăneşti, y la otra la Drăculeşti. Tu familia y la del príncipe Nicolae provienen de dos ramas diferentes. Él es de sangre Dăneşti, y tú, Drăculeşti. Técnicamente Wilhelm Aldea y el guardia también tienen sangre real, y están emparentados con Nicolae. ¿Es correcto?

Thomas descorrió las cortinas con un movimiento rápido, cerrando la boca de forma obstinada. Transcurrieron algunos minutos mientras traqueteábamos por un paso nevado. Cuando se reclinó y exhaló, supe que había decidido responder mis preguntas.

—Sí. Los dos descendemos de la Casa de Basarab. Aunque eso fue hace muchas muchas generaciones. No estoy seguro de cuál es la ubicación del guardia Dăneşti en el árbol genealógico, pero asumo que está emparentado con Nicolae y Wilhelm de alguna manera. Yo técnicamente estoy emparentado con Vlad Drácula, pero no así Nicolae.

—¿Crees que eso funciona a tu favor? ¿Y también a favor de… Daciana?

Thomas dejó que el terciopelo volviera a colocarse en su sitio, y la ventana se quedó cubierta, excepto por una rendija diminuta. La luz se filtró a través de ella y bañó de oro la línea de la mandíbula de Thomas.

—¿Sugieres que mi hermana quizás no esté muerta?

—No sé qué pensar. —Me mordisqueé el labio, sin saber cómo proseguir—. ¿No es extraño que Ileana, una campesina del pueblo que probablemente no ha recibido educación alguna, conociera el linaje histórico de una casa destituida? Todo es muy enrevesado. *Tú* desciendes de ese linaje e incluso a ti te resulta difícil de desentrañar. ¿Acaso ella comprendería la complejidad de las familias medievales, incluso aunque fueran tan infames?

—¿Qué sugieres?

—¿Qué sucede si alguien ha utilizado a Ileana… si la Orden del Dragón de alguna manera la hubiera forzado a involucrarse en sus planes? ¿Cómo descubriríamos quiénes son sus miembros? ¿Quiénes son versados en linajes? ¿Por qué asesinan solo a los miembros del clan Dăneşti, pero también a los integrantes de las clases bajas? —Respiré hondo, y me obligué a expresar mi mayor preocupación—. Hasta ahora, no han asesinado a nadie de tu linaje. Quizás Daciana se encuentre en Bucarest, ilesa. O… ¿qué sucede si… si no ha desaparecido en absoluto? Al menos no por causas infames. ¿Quiénes forman parte de la Orden, Thomas? ¿Cuál es su objetivo principal? ¿Protegen a tu hermana, a tu linaje? ¿Cómo encaja la familia real actual en todo eso; estaba equivocado Radu? ¿Están todos conectados con tu familia?

—La familia real actual no tiene conexión con ninguna rama de la Casa de Basarab. —Se inclinó hacia delante, con expresión seria—. ¿Crees que son…?

El carruaje se detuvo de manera abrupta, y nos inclinamos hacia delante antes de balancearnos de vuelta hacia atrás. Nuestro cochero llamó a alguien en rumano, y su tono no sonó tan alegre como había parecido su expresión unos momentos atrás. Apoyé el rostro contra la ventana helada, pero no pude ver con quién hablaba. El aguanieve prácticamente se vertía del cielo en láminas congeladas.

La mirada de Thomas no se dirigía a la ventana cuando me giré; se encontraba firme en el picaporte de la puerta. Esta giró hacia un lado con lentitud. Un escalofrío se deslizó por mi corsé. Nuestro cochero gritó algo que sonó como un insulto en rumano. Sin pensarlo demasiado, me precipité sobre el asiento y sujeté el picaporte, pero no tuve el peso suficiente para evitar que la puerta se abriera.

Un rostro contraído se asomó por la puerta de nuestro carruaje, con las cejas blancas por la nieve y las mejillas sonrojadas con un color carmesí por los azotes del viento.

Dăneşti esbozó una sonrisa que no se vio reflejada en sus ojos.

—Nadie abandona los terrenos del castillo, órdenes de la familia real.

Thomas movió las piernas con disimulo delante de mí y creó una barrera sutil entre el guardia y yo.

—No puede detenernos aquí. El director nos ha dado permiso para retirarnos.

—El príncipe Nicolae no estaba en sus aposentos cuando fuimos a escoltarlo a su casa. Hasta que no aparezca, detendremos a todos. —Sin pronunciar otra palabra, Dăneşti cerró la puerta de un golpe. Observé en silencio cómo unos guardias a caballo rodeaban nuestro carruaje. Nos guiaron de vuelta a la academia, y el bosque despiadado se agitó con entusiasmo mientras nos acercábamos al territorio del castillo.

Mi mente dio vueltas ante la última revelación. Nicolae no tenía conexión con el rey y la reina actuales, así que ¿por qué la corte se había asustado por su desaparición? Si de verdad el príncipe había desaparecido, entonces no podía trabajar con Ileana o ser un miembro de la Orden. Lo que significaba que había alguien más que tenía un vasto conocimiento sobre linajes. No pude evitar que aumentaran mis sospechas. ¿Era Daciana a quien estábamos cazando? ¿Habíamos sido cegados una vez más?

Quizás ella no había sido retenida contra su voluntad ni estaba siendo protegida por nadie. Tal vez era ella quien orquestaba todo ese asunto. Si las familias aristocráticas eran miembros de la sociedad secreta, como Radu había asegurado sobre los orígenes de la

Orden, entonces Daciana bien podía estar involucrada. Aunque ¿por qué admitirían a una mujer en sus filas?

El viento aulló como si estuviera herido, y el sonido me erizó la piel del cuello y de los brazos. No pude evitar creer que éramos escoltados hacia nuestro destino final. El castillo de Vlad Drácula parecía vivo con una anticipación malévola cuando nos detuvimos delante de la fortaleza.

Parecía como si la academia estuviera deseando hincar los dientes sobre nosotros.

37
UN SALÓN REPLETO DE SOSPECHOSOS

COMEDOR
SALĂ DE MESE
CASTILLO DE BRAN
22 DE DICIEMBRE DE 1888

Las llamas de las velas se agitaron con nerviosismo en los candelabros que colgaban sobre nuestras cabezas mientras esperábamos en un silencio tenso que nos dieran más información sobre nuestra detención forzada.

En la cocina, alguien horneaba con canela y el aroma se filtraba por las chimeneas, demasiado agradable para la tormenta que literalmente azotaba afuera y que se había desatado en el interior del castillo en un sentido figurado. El director Moldoveanu estaba de pie cerca de la puerta del comedor, envuelto en sombras y susurrando con Dăneşti, Percy y Radu. Nuestro profesor de Folclore no dejaba de resollar, sin duda distraído por el aroma de sus amados bollos de canela. Moldoveanu chasqueó los dedos, con expresión casi letal, y Radu murmuró una disculpa.

Observé el salón en busca del bibliotecario, pero Pierre se encontraba ausente de forma notoria. Me resultó raro, ya que nos habían dicho que todos los ocupantes del castillo debían asistir a esa reunión. Ante mis ojos, todos los presentes se habían convertido en sospechosos.

Recorrí cada mesa con la mirada, inspeccionando a mis compañeros. Vincenzo y Giovanni ya no tenían libros de medicina abiertos delante de ellos. Estaban sentados uno al lado del otro, sin pronunciar palabra, con los hombros tensos. Erik, Cian y Noah especulaban en voz baja sobre la desaparición de Nicolae, y sus miradas se deslizaban hacia el director de vez en cuando. Nadie sabía qué pensar sobre la situación.

Ignoré el peso muerto que sentí en el pecho, una sensación sombría de pérdida, cuando miré la silla vacía de Anastasia. Todavía no podía creer que mi amiga se hubiera ido para siempre. Que alguien hubiera destruido a una luz tan brillante. No tenía dudas de que si hubiera vivido, habría gobernado al mundo.

¿Y la habían asesinado para qué? Su linaje no estaba conectado con el de Drácula o con la Casa de Basarab. Todavía no sabía si había llegado donde fuera que hubiera planeado ir, o si la habían asesinado antes de investigar su pista nueva, y la incertidumbre me enloquecía.

Hubiera deseado hablar con ella antes de su partida. No sabía que podía haber tenido información sobre la Orden que equivaldría a una sentencia de muerte.

La furia comenzó a gotear lento como el aceite, y reemplazó al pozo vacío de tristeza mientras yo incitaba al fuego a encenderse en mi interior. Despreciaba el asesinato y todo lo que se llevaba de sus víctimas y de las personas que dejaba a su paso. No permitiría que otra persona muriera en ese castillo. Ningún estudiante o amigo más desaparecería extinguido como algo insignificante. Había estado cegada antes y no me permitiría fallar al identificar al responsable. Sofoqué todas mis emociones excepto una: la determinación.

Si no era Ileana o Daciana o Nicolae, ¿entonces quién?

Eché un vistazo al salón, sin saber si el asesino se encontraba entre nosotros, llevando puesta una máscara de preocupación y ocultando su deleite interno.

El profesor Radu me llamó la atención una vez más. Se enjugó el sudor que perlaba su frente y asintió con demasiado entusiasmo a lo que fuera que el director estuviera diciendo. ¿Acaso sus monólogos e imaginación respecto del folclore eran algo más que solo un interés en la historia? Él conocía detalles sobre ambos linajes reales de la Casa de Basarab y sobre la Orden del Dragón. Quizá se había aburrido de solo relatar historias de *strigoi* y seres sobrenaturales que cazaban en los bosques. ¿Y si su amor y admiración por Vlad Drácula lo habían conducido por su propio camino oscuro? Cualquier cosa era posible.

Luego estaba Dăneşti. Disfrutaba repartiendo castigos. ¿Era esa la señal de que una persona había pasado de impartir disciplina a asesinar? No podía estar segura.

Busqué otras peculiaridades, pero no acepté cualquiera sin cuestionamientos. Andrei estaba sentado solo al final de una mesa larga, con la mirada fija en un nudo de la madera que escarbaba. Sus rasgos característicos, la curva arrogante de sus labios y la postura estirada de su espalda habían desaparecido. Ahora se encontraba doblado sobre sí mismo, como si ya no pudiera encontrar las fuerzas para enderezarse.

Le propiné un empujoncito a Thomas con el pie, luego me incliné, y casi le rocé la oreja con los labios. Noté el estremecimiento leve que mi acción le había provocado e ignoré el tartamudeo con el que mi pulso respondió.

—¿Qué piensas de eso? —pregunté, y señalé a Andrei—. ¿Es todo por Nicolae?

—*Mmm.* —Thomas lo observó durante unos instantes, haciendo un inventario de cada movimiento o de la ausencia de ellos. Tamborileó los dedos a lo largo del borde de nuestra mesa—. Su preocupación no parece estar del todo relacionada con Nicolae. Observa la cadena que lleva en el cuello y el colgante que pende de él. Seguro que guarda un mechón de pelo. Ha estado preocupado desde que la señorita Anastasia Nádasdy apareció en nuestro laboratorio. Creo que está haciendo el duelo por ambos, pero se encuentra devastado por la muerte de Anastasia en particular. Pudo haber deseado concretar una unión con ella.

—Anastasia mencionó haber admirado a alguien. Pero creía que él no había notado sus demostraciones de afecto. ¿Crees que él podría estar involucrado con su muerte? Todos los que lo rodean están muertos o desaparecidos. ¿No te parece una coincidencia?

Thomas lo consideró.

—Es una posibilidad. Aunque, al parecer, Andrei es la clase de perro que gruñe pero no muerde. Tengo la sensación de que quienquiera que haya hecho desaparecer a Nicolae tiene una motivación más profunda. Si es que realmente ha desaparecido.

—¿Tú crees que no ha desaparecido, entonces?

—Hasta donde sabemos, podría estar escondido. Ileana bien podría ser la persona a la que *él* ha capturado y a quien le ha hecho cosas horripilantes. Aún no sabemos por qué Nicolae dibujó esas ilustraciones. O cómo supo que las heridas de Anastasia habían sido infligidas por murciélagos. Apenas les echó un vistazo. Es muy impresionante que las haya identificado con tanta facilidad.

Una idea se encendió como un pedernal que golpea una piedra.

—Si fueras culpable y quisieras esconderte, ¿a dónde irías primero?

—Depende de la acusación. Si fuera por pensamientos sucios o estupideces lascivas, iría directamente a tus aposentos para recibir mi castigo.

—Compórtate —lo regañé, y miré por encima de mi hombro con disimulo para asegurarme de que Percy o Radu no hubieran escuchado su comentario—. Debemos encontrar la forma de volver a los túneles. Te garantizo que será allí donde hallaremos al príncipe desaparecido.

Los guardias invadieron el salón comedor, entrechocando sus espadas como si fueran garras de dragón. El director Moldoveanu se dirigió hacia la zona central del comedor. Su largo pelo plateado ondeaba detrás, como una especie de capa de general.

—Todos deben quedarse aquí hasta que encontremos al príncipe Nicolae. Para mantener una apariencia de normalidad, continuarán las clases. Serán escoltados desde y hacia los salones de clase. Se les enviará la comida a sus aposentos privados. Nadie debe abandonar sus dormitorios o el castillo hasta que la familia real haya declarado lo contrario. Cualquiera que desobedezca estas directivas enfrentará consecuencias severas. —Nos dedicó una mirada fulminante por encima de las mesas, y se detuvo en mí para hacer énfasis mientras caminaba hacia la puerta y la abría de un tirón—. Pueden retirarse. Los guardias los escoltarán.

Los mellizos Bianchi se levantaron de sus sillas lentamente, seguidos por Andrei, Erik, Cian y Noah, y los bancos de madera rechinaron contra el suelo a modo de protesta. No tenía ningún sentido que la familia real nos mantuviera encerrados en la academia cuando un asesino podía estar acechando entre sus muros. A menos que quisieran guardar en secreto la noticia de la desaparición de Nicolae.

En especial si sabían algo de él que nosotros ignorábamos.

Si él era el Empalador al que los periódicos se referían, entonces quizás intentaban mantenerlo alejado del resto del reino para proteger a sus ciudadanos a cambio de perder unos pocos. O quizás impedían que dirigiera su atención hacia su trono.

Dăneşti y varios guardias vociferaron órdenes para que nos moviéramos con prisa, rozando sus armas con las manos. Ninguno de nosotros emitió ni un sonido mientras salíamos en hilera del salón hacia los corredores. Al parecer, Thomas y yo tendríamos que encontrar otra manera de comunicarnos. Oré para que no intentara escalar el castillo otra vez.

Al entrar a mis aposentos, después de que me escoltaran como a una prisionera común, noté un sobre clavado con una daga en la puerta de mi cuarto de baño. A mi guardia no le habían encomendado la tarea de revisar mis habitaciones, por lo que se había retirado con rapidez tras depositarme en la torre.

Arranqué el papel de la puerta y noté que la daga se asemejaba a algo que no podía identificar con claridad. La empuñadura era una serpiente cuyos ojos eran dos esmeraldas. ¿Dónde había visto ese diseño antes?

Busqué entre los recuerdos de mi llegada a Rumania y me detuve. En el tren. La víctima que se había desplomado fuera de mi compartimento llevaba un bastón similar. Cómo se relacionaba eso con el presente caso era otro misterio para resolver más adelante. El pergamino y lo que fuera que estuviera escrito en él era mi primera preocupación. Dudé solo un instante antes de quitar el mensaje del sobre. El escrito era simple, un número romano garabateado en sangre.

XI

Se me aflojaron las rodillas. Para empezar, el aluvión de emociones que amenazaba con destruirme arrasó mis pensamientos racionales. Quienquiera que hubiera dejado esa nota había intentado imitar las cartas que Jack el Destripador había escrito con sangre. Me dejé caer al suelo cerca de la tina con el pulso desbocado, mientras intentaba recuperarme. Era un disparo apuntado de forma directa a mi punto más débil, pero yo no era la misma joven que había sido semanas atrás.

Ahora era más fuerte en materia emocional. Y mucho más capaz de lo que hubiera creído. Ese golpe no me doblegaría; me impulsaría hacia una posición ofensiva. Ya no era la presa, sino la cazadora. Me incorporé y sujeté la nota. Revisé con prisa la puerta escondida que se encontraba dentro del armario y me di cuenta de que aún estaba trabada desde el exterior. O la persona que había entregado esa nota tenía la llave o ignoraba la escalera secreta.

Mi mente ya ideaba un plan de acción cuando entré en mi dormitorio y me desvestí. Quien fuera que hubiera enviado el mensaje había pensado o deseado que saliera a su encuentro. No lo decepcionaría. Había superado la muerte, la destrucción y la tristeza, y no dejaría que ninguna de esas etapas oscuras me definiera. Yo era la rosa con espinas que mi madre me había asegurado que era.

Mis pantalones aún se secaban después de nuestra aventura nocturna, así que lo próximo mejor sería llevar una falda simple. Me enfundé en ella, agradecida por deshacerme de mi polisón y de mi corsé, y me abotoné la parte superior del vestido. Era magnífico poder moverse con mayor libertad. No quería restricciones mientras me deslizaba por el castillo esa noche.

Cazaría a la Orden y a quien fuera que estuviera fingiendo que Drácula vivía.

Caminé a las zancadas hacia mi espejo, me recogí el pelo y me esmeré en asegurarlo firme a mi cabeza. Una jaqueca se insinuó en mis sienes, pero la combatí con pura determinación. Una vez que terminé con mi vestimenta, le escribí una nota a Thomas.

Cresswell:

Tengo un pedido urgente. Necesito ver el libro «Poezzi Despre Moarte». Tráelo a mis aposentos después de la cena. Tengo una noche algo aventurera planeada para nosotros.

Tuya,
Audrey Rose.

P. D.: Por favor, esta vez no trepes por las paredes del castillo. Estoy segura de que pensarás en otras formas creativas de escabullirte sin terminar en el calabozo de nuevo o desplomado sobre el jardín de la academia.

—¿Le llevarías esto al señor Cresswell por mí? —le pregunté a la criada cuando apareció para entregarme el almuerzo. Tragó saliva y miró la carta como si fuera a morderla—. *Este urgent.*

—*Foarte bine, domnişoară.* —La apoyó en su bandeja a regañadientes—. ¿Hay algo más que necesite?

Sacudí la cabeza y me sentí terrible por involucrarla en mi plan, pero no veía otra forma de transmitir el mensaje.

Caminé de aquí para allá y planeé qué hacer durante lo que restaba del día, lo que fue una enorme prueba de voluntad. Ciertamente, la tarde se tomó su tiempo en vestir su traje de noche, pero una vez que se colocó la capa nocturna, quedé complacida de ver el cielo de color tinta. Mientras caminaba por la sala de estar, me preocupó que Thomas no viniera. Quizás la criada no había entregado mi carta. O tal vez un guardia lo había atrapado y lo había llevado una vez más al calabozo.

De todos los escenarios que había imaginado, no había pensado en llevar a cabo mi plan en soledad. Cuando me terminé por convencer de que él no vendría y que era hora de pasar al siguiente curso de acción, oí un golpe suave en mi puerta. Thomas se deslizó hacia el interior antes de que yo hubiera dado dos pasos, con la mirada encendida por el interés.

—Tengo la sensación de que no me has invitado para que nos besemos. Aunque nunca está de más preguntar. —Sonrió al ver mi vestimenta y se restregó las manos con picardía, como si estuviera disfrutando de unos fuegos artificiales—. Estás vestida para escabullirte por el castillo de Drácula. Tranquilízate, corazón inquieto y oscuro. Tú sí que sabes cómo hacer que un hombre se sienta vivo, Wadsworth.

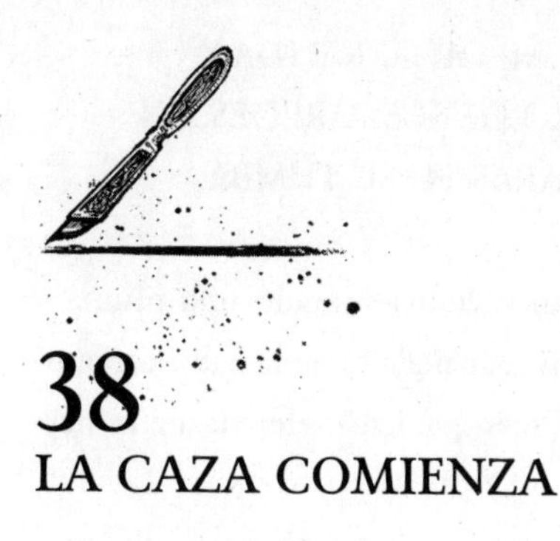

38
LA CAZA COMIENZA

APOSENTOS DE LA TORRE
CAMERE DIN TURN
CASTILLO DE BRAN
22 DE DICIEMBRE DE 1888

—¿Lo has traído? —pregunté, lista para buscar en los bolsillos de Thomas por mí misma si él no se movía más rápido.

—Hola, a mí también me alegra verte, Wadsworth. —Se alejó de la puerta y se detuvo al alcance de la mano mientras blandía *Poezii Despre Moarte*. Sin preámbulos, se lo arrebaté y lo hojeé hasta llegar al poema «XI» mientras le informaba sobre la nota que había encontrado en la puerta de mi cuarto de baño.

XI
LOS CABALLEROS SE LAMENTAN, LAS DAMAS
LLORAN. AL FINAL DEL CAMINO, SE
EVAPORAN.
LA TIERRA TIEMBLA Y LAS CAVERNAS
PERMANECEN. EN LO PROFUNDO DE LA
TIERRA, EL CALOR CRECE.

EL AGUA CORRE HELADA, RÁPIDA Y
PROFUNDA. DENTRO DE SUS PAREDES, EN
ELLA ENCONTRARÁS ~~TU~~ SU TUMBA.

—Mira esto —dije. Alguien había tomado una pluma y cambiado el *tú* por *su*. Reprimí la ansiedad que se había arremolinado en mi organismo—. ¿Crees que hace referencia a tu hermana?

Thomas leyó otra vez el poema. Observé cómo su calidez se transformaba en la expresión fría que adoptaba para dirigirse a los demás. Sin embargo, la tensión todavía estaba presente en sus hombros, única señal de que se encontraba nervioso.

—Creo que se refiere a ella, o posiblemente a Ileana. Quizás incluso a Anastasia. —Thomas siguió mirando el poema con detenimiento—. Es extraordinario, realmente. Quien sea que haya planeado esto… —Enderezó los hombros—. Todo esto ha sido un juego macabro, y ahora es cuando nos damos cuenta de que somos los jugadores.

Me estremecí. Anastasia había mencionado una vez que Moldoveanu disfrutaba añadiendo elementos lúdicos a los cursos de evaluación. Aunque no creía que eso involucrara asesinar a estudiantes esperanzados o a su adorada pupila. Más allá de que el cotilleo del castillo llevara a creer que él estaba sediento de sangre durante la prueba. Había visto su expresión devastada después de que hubieran recuperado el cuerpo de Anastasia.

Thomas suspiró.

—Supongo que no aceptarás quedarte encerrada y jugar una ronda de ajedrez hasta que los guardias reales sigan esa pista, ¿verdad? —Sacudí la cabeza con lentitud—. Muy bien, entonces. ¿Qué tienes en mente?

Dejé en mi sillón una nota dirigida al director, temiendo que lo que haríamos impidiera que obtuviéramos los dos preciados lugares en la academia. Ignoré la punzada de arrepentimiento. Hasta donde sabía, si deteníamos al asesino, quizás nos garantizaran la admisión. De una cosa estaba segura: si no volvíamos esa noche, Moldoveanu sabría dónde encontrarnos. Antes de expulsarnos para siempre.

Le hice un gesto a Thomas para que mantuviera el silencio.

—Iremos a cazar vampiros, Cresswell.

• • •

Descendimos sigilosamente las escaleras de la torre y llegamos al pasillo de los sirvientes antes de divisar una patrulla. Los guardias desaparecieron por el vestíbulo principal, abriéndose camino hacia nosotros de forma ruidosa, y el roce del cuero y el rechinar de las armas hicieron el estrépito suficiente como para alertar a los muertos de su presencia. Arrastré a Thomas hacia un recoveco escondido por un tapiz. Siempre y cuando no nos iluminaran con una lámpara o miraran con demasiado empeño detrás de las obras de arte, estaríamos bien. Eso esperaba.

Me acomodé en el hueco y me di cuenta de lo pequeño que era para una persona, y mucho más para dos. El calor del cuerpo de Thomas me distraía de maneras que no había imaginado posibles, en especial mientras cazábamos al Empalador o a la Orden o a quienquiera que fuera el responsable de las muertes.

Una parte de mí deseaba dejar esa misión en manos de la guardia real y aprovechar la posición en la que nos encontrábamos. Al parecer, pensamientos similares ocupaban la mente de Thomas. La columna de su garganta se movió más de lo usual cuando se acercó a mí. Los pasos sonaron más fuertes en el pasillo, la marcha tan pesada como la tensión que crecía entre nosotros.

Thomas inclinó su rostro hacia el mío y nuestras respiraciones salieron en nubes silenciosas. Por miedo o por deseo, no lo pude dilucidar. Quizás estaba inventando una excusa para que estuviéramos en el pasillo en caso de que alguien nos descubriera. O tal vez él deseaba salvar la distancia que quedaba entre nosotros tanto como yo.

Cerró los ojos con un parpadeo, y el deseo que vi en ellos fue suficiente para hacerme desfallecer. Levanté el rostro y permití que nuestros labios se encontraran con el más leve de los roces. No fue más que la sombra de un beso, pero hizo que una hoguera se propagara por mi cuerpo. La respiración de Thomas se entrecortó con un jadeo tan fuerte que aquietó mi corazón, y su cuerpo se volvió rígido cuando los pasos de los guardias se detuvieron de golpe.

Interrumpieron su marcha no muy lejos de donde nosotros estábamos acurrucados, y su parloteo tranquilo cesó. Sin emitir sonido, Thomas salvó la distancia que había entre nuestros cuerpos. Con cada centímetro de sí, me rozó al cubrirme para protegerme de la vista.

Permanecimos de esa forma, atrapados entre la pared y los guardias, apenas respirando. Casi no podía pensar con claridad. La lógica se tomó vacaciones y no se molestó en volver. Luché contra cada impulso irracional que me asaltaba y mantuve las manos pegadas a los costados en lugar de deslizarlas por él.

Tras lo que pareció una década, los guardias siguieron su camino por el pasillo. Ni Thomas ni yo nos movimos. El calor irradiaba de nosotros de una forma que me provocaba los pensamientos más indecentes que alguna vez hubiera tenido. La joven que se sonrojaba ante la mera idea de expresar su pasión había desaparecido.

Que Dios me ayudara, quería que el caso terminara pronto. Si no besaba a Thomas, me convertiría en cenizas. Tía Amelia se hubiera horrorizado de mis acciones, pero no me importaba en absoluto. Si el romance era una distracción que no podíamos permitirnos, viviría en la gloria de ese momento por toda la eternidad.

Los pensamientos racionales se arremolinaban en mi cabeza, pero a la par experimentaba una gran dificultad para interrumpir nuestro contacto. Al final, Thomas se echó hacia atrás para susurrarme al oído, y sus labios rozaron la línea de mi mandíbula.

—Con seguridad tú serás la muerte de mi dignidad, Wadsworth.

Sonreí con dulzura y me permití tomarme un instante para recuperar el aliento.

—Ha perecido hace tiempo, amigo mío. Ven, debemos movernos con prisa. —Y antes de que decidiera arrojar por la borda las ciencias forenses y la investigación para pasar el resto de la noche besándolo en un pasillo desierto mientras un asesino acechaba por el castillo, una sonrisa divertida iluminó el rostro de Thomas. Me di cuenta de que había estado murmurando—. ¿Qué?

—¿En qué pensabas? He dicho, querida Wadsworth, que parece como si alguien hubiera colocado una bandeja de dulces delante de tu nariz. Quizás… —acercó la boca de forma peligrosa a la mía— yo podría ofrecerte algo más tentador antes de seguir adelante.

—Muy tentador. —Me escabullí debajo de sus brazos, eché un vistazo por encima de mi hombro y disfruté enormemente la manera en la que su mirada siguió cada uno de mis movimientos—. Por desgracia, debo rechazar tu oferta por ahora. Tenemos una aventura clandestina en los túneles secretos.

Thomas suspiró.

—Hubiera preferido que aceptaras mi sugerencia.

• • •

De haber creído en fuerzas más poderosas que las terrenales, hubiera sido posible que alguien hubiera estado cuidándonos desde un lugar mejor.

No nos topamos con más guardias y nos deslizamos en la morgue del sótano sin problemas. Corrí hacia un armario y lo revolví hasta encontrar algunas herramientas. Un farol, un bisturí y un martillo para abrir cráneos.

—He estado pensando —susurré mientras Thomas levantaba la trampilla que conducía a los túneles.

Se detuvo con los brazos extendidos por encima de la cabeza, y me observó. Una sonrisa jugueteó en las comisuras de su boca, aunque era evidente que intentaba reprimirla.

—Un pasatiempo peligroso para ti, Wadsworth.

—Gracioso como siempre —dije—. Sin embargo, creo que quizás el príncipe Nicolae sea la persona que hemos estado cazando. Ileana simplemente no… no lo sé, no encaja. No puedo imaginarla empalando a alguien o drenando sangre con un instrumento mortuorio. Además, he notado la forma en la que miraba a tu hermana. Esa clase de amor no puede fingirse. Pero Nicolae… —Levanté un hombro—. Tenía esos dibujos, incluidos los de murciélagos. Hubiera podido enviar amenazas a la familia real. Y… he estado queriendo compartir algo más.

—¿Querré asesinarlo? —Thomas enarcó una ceja—. Nicolae no te habrá profesado su amor eterno, ¿o sí? De todos modos —continuó sin prisa, y dejó caer la trampilla de vuelta a su lugar—, un poco de competencia sana no le hace mal a nadie, supongo.

—Había… dibujos míos en su cuaderno. Me había convertido en algo aterrador. Casi como si me considerara un vampiro.

—¿Por qué no habías mencionado esto? —La voz de Thomas sonó demasiado contenida, y su tono ya no estaba teñido con su ligereza—. Si no confías en mí, Wadsworth, ¿cómo se supone que puedo ayudarte? Somos un equipo. —Caminó de un lado a otro por la morgue, moviendo las manos de forma frenética a los costados—. Te lo he dicho, no puedo hacer deducciones cuando me ocultan los hechos. No soy mago. —Dejó de moverse y respiró hondo antes de buscar mi mirada—. ¿Qué más?

Respiré hondo.

—El príncipe Nicolae conoce la ciencia forense y tenía acceso a cada una de las víctimas. Además de la amenaza que encontré en mis aposentos que hacía mención a una *ella*. No creo que se haya referido a mí.

Thomas volvió a levantar la trampilla y me hizo un gesto hacia las escaleras.

—¿Sugieres que encontraremos a mi hermana y a su amante empaladas en los túneles?

Aunque su tono sonó muy controlado y su comentario, desenvuelto, percibí la preocupación subyacente. No importaba cuán frío y calculador pudiera ser en el laboratorio, tener que transmitirle a su familia la noticia devastadora de la muerte de Daciana sería una tarea intolerable para él. Me acerqué y apreté su brazo con gentileza.

—Digo que te prepares para lo peor. Aunque podría estar equivocada.

Mientras sujetaba el farol y descendía con cuidado por las escaleras, creí escucharlo murmurar:

—Temo que tengas razón.

Tarántula de Berbería junto a sus crías en su telaraña.

39
LYCOSA SINGORIENSIS

PASADIZO SECRETO
PASAJ SECRET
CASTILLO DE BRAN
22 DE DICIEMBRE DE 1888

—Para que quede claro. Cuando me has invitado a una «noche de aventuras», no ha sido esto lo que he imaginado, Wadsworth.

Thomas quitó una telaraña de su abrigo, frunciendo la boca ante la pegajosidad que se sujetaba a sus dedos. Nos habíamos trasladado sin dificultades y de forma rápida por los túneles en los que ya habíamos estado. Ahora nos encontrábamos frente a la primera pista. O al menos eso era lo que yo creía. Thomas se movió con nerviosismo junto a mí.

—Si un asesino extremadamente creativo está a la caza de todos, bien podríamos disfrutar de nuestros últimos minutos de vida —continuó—. ¿Te puedo ofrecer algunas alternativas a las arañas y túneles lúgubres? Quizás beber mucho vino. El fuego cálido de una chimenea. Un coqueteo inapropiado.

Sostuve el farol lejos de mi cuerpo, y mi mirada se deslizó por la oscuridad a medida que giraba en el lugar. Las sombras se movieron con obediencia en torno al haz de luz.

—Increíble —dije.

—Pienso lo mismo. Aunque es agradable escuchar que, para variar, estás de acuerdo con algunas de mis sugerencias.

—Me refiero a esto. Hay una puerta aquí. —Miré con los ojos entrecerrados las letras negras que había en ella, astilladas por los años. Estaba segura de que estábamos a punto de descubrir la guarida del Empalador o de la Orden—. Hay… ¿es latín eso que está grabado en la madera?

—Así es. Había una cruz grabada en la otra cámara. Parece que estamos en el camino correcto. —Moviéndose hacia delante, Thomas se mordisqueó el labio inferior mientras leía las palabras de la puerta—. *Lycosa singoriensis*. Eso me suena… familiar.

Un crujido suave de grava casi nos hizo preparar para una batalla. Me aferré al bisturí, y Thomas blandió el martillo para abrir cráneos. Era lo mejor que podíamos hacer.

—¿Has oído eso? —susurró Thomas, y se me acercó.

Giré la manivela del farol, y el siseo del aceite se extinguió al mismo tiempo que la llama. Parpadeé, aunque eso apenas hizo una diferencia. Sin la luz, el túnel prácticamente era un muro sólido de negrura cerniéndose sobre nosotros. Algo me oprimió el pecho y casi me quitó el aliento. Fingí estar en una noche de cielo aterciopelado, pero lleno de nubes. De lo contrario comenzaría a imaginar que me encontraba enterrada bajo la piedra y moriría en el acto. El sonido, que provenía del túnel que acabábamos de abandonar, se volvió más fuerte.

Habíamos decidido dejar la trampilla de la morgue abierta con la esperanza de que un guardia la descubriera si algo terrible nos sucedía. Esperaba que no hubieran comenzado a perseguirnos. Thomas me rozó el brazo en la oscuridad, un recordatorio amable de que se encontraba a mi lado.

—Es probable que hayamos perturbado un nido de ratas, Cresswell. No hay necesidad de que orines en tu ropa interior.

Percibí la sonrisa en su voz antes de que respondiera.

—Cuando eso es lo más reconfortante que se te ocurre, las cosas no están yendo muy bien. Aunque me gusta que pienses en mi ropa interior.

Antes de que pudiera replicar, el sonido característico de pasos interrumpió mis pensamientos. La marcha sonó con la fuerza suficiente como para pensar que al menos había dos personas siguiéndonos. A nosotros o a cualquier secreto que estuviéramos por descubrir. Se acercaban, y la posibilidad de que Moldoveanu y Dăneşti nos encontraran no era lo más atemorizante. No teníamos ni idea de quiénes integraban la Orden o de cuántas personas podían estar involucradas.

—Quienquiera que se dirija hacia nosotros probablemente no sea la clase de persona que desearíamos encontrar en un lugar abandonado, lejos de donde cualquiera pueda captar nuestros gritos, Cresswell.

Escuché a Thomas hurgando en la oscuridad, e imaginé sus manos tanteando la pared. Los pasos hicieron eco detrás de nosotros. Unas sombras se alargaron al girar en la esquina, y se aproximaron a las nuestras. Si no encontrábamos un sitio para escondernos en ese instante…

Un crujido sordo seguido de una corriente de aire estancado indicó que Thomas había conseguido abrir la puerta. Recé para que nuestros perseguidores no lo hubieran escuchado.

—Ah. Ha resultado. Hay que darse prisa.

Recordar la puerta que alojaba a los murciélagos vampiro me dio escalofríos. No tenía intenciones de experimentar ese deleite una vez más, pero no veía qué otra opción teníamos. Si el Empalador o la

Orden nos estaban persiguiendo, prefería a los murciélagos. Luces de antorchas o faroles rebotaron en las paredes, y los susurros treparon por el túnel. Era hora de seguir adelante.

Nos deslizamos dentro de la cámara oscura y cerramos la puerta, ciegos a lo que pudiera estar observándonos. Un hedor acre flotaba en el ambiente, como si algo se hubiera descompuesto allí hacía tiempo. Pareció que una eternidad pasaba mientras esperábamos en el recinto oscuro a que los intrusos siguieran su camino. Thomas extendió la mano, y sus dedos quedaron atrapados en mi pelo.

—¿De veras? —susurré con brusquedad—. ¿Debes manotearme justo ahora?

—Si bien he considerado la idea de acariciarte en este ambiente deliciosamente macabro, Wadsworth, dudo mucho que mi mente tenga la capacidad de llevarlo a cabo.

—¿Me juras que no eres tú?

—Sobre la posible tumba vacía de mi tataratataratataratío abuelo Drácula, sí.

—¿Entonces quién, Cresswell?

En lugar de responder, sentí que Thomas se colocaba delante de mí y sus manos, invisibles en la oscuridad, iban con lentitud desde mi vestido hacia mis mejillas antes de apartarse. Si no estaban enredadas en mi pelo, entonces, ¿quién o qué lo estaba? Mi corazón golpeteó a un ritmo frenético. Ahogué mi pánico creciente y encendí el farol. El brillo suave invadió el recinto enorme como si fuera oro fundido derramándose por el suelo. Mis ojos necesitaron unos instantes para acostumbrarse a la luz, y cuando por fin lo hicieron, un rostro iluminado y espantoso esbozó una amplia sonrisa delante de mí.

Inhalé con brusquedad, casi dejé caer el farol y me olvidé de lo que había tocado mi pelo. Se me aflojaron las extremidades cuando comprendí lo que observaba: un conjunto de estalactitas retorcidas en un medio círculo junto con algunas sombras proyectadas por rocas protuberantes, lo que causaba la sensación de que un demonio nos dedicaba una mueca de dientes afilados. Más allá de las piedras colgantes, veía que el túnel continuaba por una distancia considerable.

—Tengo una… no estoy seguro. Creo que es una sensación. Debo estar enfermándome. —La postura de Thomas era tan rígida como su mandíbula apretada, y su broma había sido un intento evidente de aligerar nuestra situación—. Es como si un conjunto de serpientes habitara mi cuerpo al mismo tiempo. Muy desagradable.

—Ah, sí. Pero experimentas sensaciones, Cresswell. Es una mejora descomunal.

Seguí trasladando la luz por el recinto y divisé unos hilos plateados colgando entre las estalactitas. Me separé de Thomas con la esperanza de inspeccionar mejor la imagen siniestra. Una sombra se desprendió del techo y cayó al nivel de mis ojos.

Una araña del tamaño de mi puño me observó a través de sus ojos brillantes. Cubierta por un grueso vello negro, exhibía unos colmillos casi tan largos como la uña de mi pulgar. Me recorrió el cuello una sensación helada. Si el riesgo de que nos asesinaran o expulsaran no hubiera sido tan grande, hubiera gritado hasta que mis pulmones se rindieran.

Un líquido carmesí goteaba de las puntas de sus colmillos, aunque no pude distinguir si se trataba de sangre o de veneno. En lo más profundo de mi cuerpo, ese grito luchaba por salir. Thomas sostuvo la mano en alto y dio un paso cauteloso hacia mí.

—Concéntrate en lo apuesto que soy. En cuánto quieres apoyar tus labios en los míos. Y por favor no desesperes, Wadsworth. Si gritas, yo haré lo mismo y los dos estaremos en problemas.

Mi interior amenazó con oscurecerse. Cuando alguien le advertía a otra persona que no hiciera algo, en general significaba que eso era precisamente lo que debía estar haciendo. Contra mi voluntad, sostuve el farol en alto con el brazo apenas temblando, y divisé a dos arañas más colgando sobre nuestras cabezas.

—Me pregunto con cuánta frecuencia las alimentan. No hay mucha actividad en estos túneles. —Thomas se giró y maldijo. Mi mirada se deslizó detrás de él y se centró en la puerta por la que habíamos entrado. Casi se había convertido en un organismo vivo con todas las arañas que ahora la cubrían.

—Thomas… —Hice un gesto hacia la puerta, aunque él ya estaba paralizado por la imagen—. Debe haber miles de ellas. Cada centímetro de superficie está vivo y en movimiento.

—*Lycosa singoriensis*… —murmuró Thomas en latín para sí mismo, y su mirada se volvía más intensa cada vez que repetía las palabras. Sus emociones habían sido descartadas como quien se quita un par de guantes, reemplazadas por esa máscara fría y mecánica que llevaba puesta algunas veces—. Es una tarántula rumana.

—Maravilloso. ¿Son venenosas?

—No…, en realidad, no estoy seguro. —Thomas tragó saliva con esfuerzo, y esa fue la única señal de cuán atemorizado se encontraba—. No lo creo. Al menos no esta variedad.

—¿Son todas tarántulas? —pregunté.

Sacudió la cabeza con lentitud e inspeccionó metódicamente cada atisbo de movimiento. Por supuesto que no eran todas tarántulas. ¿Por qué un castillo repleto de tantas formas desagradables de morir albergaría solo arañas *inofensivas*? Mi corazón retumbó con un golpeteo aterrorizado.

Necesitábamos un plan de escape, pero un vistazo rápido demostró que no había demasiadas opciones disponibles. No podíamos volver por donde habíamos venido, demasiadas arañas nos bloqueaban el paso. Los ojos arácnidos brillaban desde cientos de rincones en la penumbra, y oscurecían toda alternativa de escape.

Di otro paso veloz hacia atrás y tropecé con una gran roca. Maldije y apunté la luz hacia el suelo y vi que me había equivocado una vez más. No era una roca.

Había tropezado con una calavera blancuzca.

—Ay, Dios. —Casi me desplomé, y el terror me asaltó desde todos los ángulos. Un esqueleto no presagiaba nada bueno para nuestras posibilidades de huida—. Thomas, deberíamos…

Ocho patas largas salieron con lentitud desde las cuencas de la calavera mientras otras ocho lo hicieron desde la mandíbula abierta. Las dos arañas gigantescas avanzaron hacia mí, con movimientos tan desarticulados como los de un monstruo resucitado abalanzándose sobre su próxima comida. Si la gente del pueblo relataba esa clase de historias a sus hijos, cuentos sobre arañas que merodeaban bajo tierra, devoraban hombres y luego dejaban solo sus huesos, no me sorprendía en absoluto que también creyeran en vampiros. ¿Por qué acusar a un monstruo cuando había pruebas de la existencia de otro?

Mi visión se nubló con una masa negra ondulante que no era provocada por la falta de oxígeno en mi cerebro. Las arañas se filtraban desde rendijas y grietas como demonios convocados de sus reinos subterráneos. Teníamos que salir de allí. De inmediato.

Le entregué el farol a Thomas, recogí mi falda y recobré el sentido común. Algo cayó en mi hombro y me rozó la garganta. Levanté la mano y sentí cómo una araña se enredaba en mi pelo. Podía extraer órganos de los cadáveres y revolver entrañas gelatinosas de la mayoría de cosas muertas. No me avergonzaba admitir que una araña en mi pelo era demasiado. Sus patas recorrieron la piel expuesta de mi cuello. Grité.

La razón me abandonó. Me lancé hacia delante, sacudí mi cabello frenética e intenté no volver a gritar mientras la araña trepaba por mi cuello y esquivaba mis manotones. Antes de que me librara de ella, sentí un pinchazo agudo en la piel. El pánico me invadió en olas enfermizas.

—¡Me ha mordido!

Thomas dejó caer el farol y acudió a mi lado al instante.

—Déjame ver.

Estaba a punto de enseñarle mi cuello cuando otra araña cayó ante nosotros. Lo único que pude observar fue cómo la boca de Thomas formaba una *O* de sorpresa antes de que yo recogiera mi falda hasta las rodillas y corriera, olvidando mantener el silencio. Que nuestros perseguidores de los túneles se enfrentaran a las tarántulas por sí mismos.

Los músculos de mis extremidades temblaron con tanta fuerza que apenas pude seguir moviéndome, pero corrí como si los rumores acerca de que Vlad Drácula era un *strigoi* fueran ciertos. En ese momento, estaba dispuesta a creer cualquier cosa.

Perdí impulso durante una fracción de segundo y tropecé con mi falda estropeada. Algo afilado me pinchó la pantorrilla y me tambaleé hacia un lado. El dolor me subió por la pierna como si alguien me hubiera clavado varias agujas para autopsias a la vez.

—¡Ay!

Contuve otro alarido. Era imposible descifrar si me había mordido otra araña o si me había hecho daño la pierna con restos que probablemente fueran huesos humanos. No podía darme el lujo de detenerme para averiguarlo. Thomas quitó una masa de arañas del picaporte de la puerta y la atravesamos, mientras la luz oscilaba y hacía que el mundo se inclinara alrededor. Era como un circo que había perdido sus ilusiones mágicas. Corrimos como si nuestras vidas dependieran de nuestro escape. Deseé que no hubiéramos dejado atrás un horror para caer en otro.

Varios minutos más tarde, emergimos del túnel oscuro a otro espacio silencioso, nos doblamos sobre nosotros mismos y respiramos con dificultad. Thomas se recompuso y sostuvo en alto el farol; la luz tenue reveló una enorme sala de piedra. Yo quería investigar los alrededores, pero no tenía el aire suficiente para tranquilizarme.

Antes de recuperar por completo el aliento, Thomas apoyó el farol junto a mí y se sentó sobre los talones para examinar mis heridas. Sentí sus manos frescas y precisas mientras bajaban mis medias destrozadas. Una arruga de preocupación se abrió camino en su ceño.

—Solo te ha mordido una araña, al parecer de la variedad inofensiva, ya que no hay hinchazón o sangrado que indique la presencia de veneno, y te has cortado con una roca afilada. —Dio unos golpecitos suaves en mi pierna herida—. Necesitamos limpiar esto. Y sería conveniente vendarte.

—Dejé mis elementos médicos en mi otro vestido. Qué desafortunado.

Los labios de Thomas se curvaron, la primera señal de que estaba abandonando la parte fría y distante de sí mismo. Hurgó en sus pantalones y sacó un rollo pequeño de gasa.

—Por suerte para ti he recordado traer los míos.

Sin perder más tiempo, me limpió la herida lo mejor que pudo y la envolvió con eficiencia mecánica. Una vez que quedó satisfecho, se incorporó e inspeccionó la sala cavernosa. Había varios pasadizos marcados con números desplegados ante nosotros.

Ninguno de ellos se correspondía con los poemas que habíamos leído en clase.

—No creo que nos hayan seguido, de lo contrario ya hubiéramos escuchado sonidos de persecución —comentó, y sostuvo el farol en alto—. ¿Qué pasadizo angosto y desagradable deberíamos probar primero?

—No estoy… —Un pensamiento me asaltó y no pude evitar exhalar. Señalé el túnel más estrecho. Sobre su entrada abovedada estaba el número romano VIII—. Es casi una pista dentro de otra, Thomas.

Enarcó una ceja.

—Quizá sea la oscuridad o las arañas, pero no comprendo la relación.

—El número romano ocho bien puede ser el código para Vlad el Empalador. V tres. Vlad el Tercero. Príncipe Drácula.

—Impresionante, Wadsworth —dijo Thomas, y posó su mirada en mí—. Si no estuviéramos a punto de enfrentarnos otro pasadizo terrible repleto de peligros mortales, te abrazaría en este mismo instante.

40
ALUVIÓN DE INFORMACIÓN

TÚNELES SECRETOS
TUNELE SECRETE
CASTILLO DE BRAN
22 DE DICIEMBRE DE 1888

Una vez dentro del pasadizo, aparté el farol de las manos de Thomas y apunté con el haz de luz alrededor del espacio, girando con lentitud.

Me resultó difícil encontrar las palabras mientras observaba las paredes. En lugar de ser otro túnel olvidado por debajo de los pasillos del castillo, ese pasadizo terminaba en un recinto de piedra perfectamente cuadrado. Las paredes, el suelo y el techo estaban revestidos por patrones de cruces talladas un poco más pequeñas que mi mano. Joyas y mosaicos resplandecían a la luz del farol.

Había más riquezas en ese espacio reluciente de las que alguna vez hubiera visto. Me recordó a los templos de la antigüedad en los que pintores magníficos habían pasado su vida capturando cada detalle. Qué propósito tendría semejante cámara en la antigua fortaleza de Vlad Drácula escapaba a mi entendimiento. Tal vez era un lugar de encuentro secreto de la Orden del Dragón. Sin duda tenía un aura similar a la de los cruzados. No creía que fuera otra cámara de la muerte.

Caminé hacia la pared más cercana y recorrí el borde de la piedra con los dedos. Todas las cruces eran idénticas. Observé el recinto, sorprendida de ver parches de algas en los rincones superiores e inferiores de la cámara.

—Esto es… increíble.

—Increíblemente sospechoso. Mira esto. —Thomas señaló otro número romano tallado, el XI—. ¿Leerías ese poema?

—Sí, dame un momento para buscarlo.

Thomas se giró en el sitio con lentitud y asimiló tantos detalles de la húmeda cámara de piedra como le fue posible. Abrí *Poezii Despre Moarte* y le eché un vistazo al poema que correspondía al pasaje en el cual nos encontrábamos. No sabía cómo descifrarlo de la manera en la que Radu lo había hecho, ni tampoco tenía pistas sobre qué condena nos esperaría aquí.

—¿Y bien? —preguntó—. ¿Dice algo más?

—No. Es el mismo poema de antes —respondí—. «Los caballeros se lamentan, las damas lloran. / Al final del camino, se evaporan. / La tierra tiembla y las cavernas permanecen. / En lo profundo de la tierra, el calor crece. / El agua corre helada, rápida y profunda. / Dentro de sus paredes, encontrarás tu tumba».

En el centro exacto de la cámara, había una mesa de piedra elevada a un metro de altura y estaba cubierta con más de las mismas tallas de cruces. Una punzada de ansiedad me asaltó como una campanada en el pecho, pero la superé respirando hondo. Era probable que se utilizara esa mesa como altar para realizar sacrificios.

El hecho de saber a quién le había pertenecido el castillo conjuró imágenes espeluznantes de tortura. ¿Cuántas personas habrían sido asesinadas allí en nombre de la guerra? ¿Cuántos boyardos torturados y mutilados en aras de crear una nación pacífica? No había ganadores en tiempos de guerra. Todos sufrían por igual.

—Estoy casi segura de que hay un tapiz en el pasillo de los sirvientes que representa una cámara como esta —comenté, e hice una mueca ante lo fuerte que sonaba el eco de mi voz—. Sin embargo, las paredes de esa imagen parecían estar cubiertas de sangre.

Thomas echó un vistazo en mi dirección. Una expresión que podía interpretarse como miedo atravesó su rostro antes de que se deshiciera de ella con un parpadeo.

—¿Cubiertas de sangre o exudando sangre?

Conjuré una imagen mental de la pieza de arte, el goteo carmesí.

—Una lluvia de sangre, en realidad. —Fruncí los labios de forma involuntaria ante la distinción—. No lo observé con demasiada atención.

Thomas cruzó la habitación y arrancó un rubí del tamaño de un huevo de una de las paredes, y lo giró hacia un lado y luego hacia el otro. Me recordó a una gota inmensa de sangre cristalizada.

—Deberías devolver…

Oímos una serie de clics y crujidos, como si un monstruoso engranaje de relojería hubiera cobrado vida. La confusión y después el pánico se grabaron en el rostro de Thomas. Intentó volver a colocar el rubí en su sitio, pero las paredes temblaban y retumbaban como gigantes que despiertan de un letargo prolongado. Trozos de roca se desmoronaron alrededor del lugar del que había quitado la piedra preciosa y fue imposible que esta volviera a encajar donde lo había hecho alguna vez.

Retrocedí lentamente del altar, y esquivé por poco una piedra redonda que salió disparada como un corcho de la pared ubicada junto a mí. Otra roca cilíndrica se desprendió con un estallido de la pared, y luego otra.

—Quizá sería un buen momento para retirarnos, Wadsworth. No hay necesidad de quedarse aquí mientras el techo se desmorona.

Fulminé a mi amigo con la vista.

—Qué deducción más brillante, Cresswell.

Sin esperar una respuesta, me giré y corrí hacia el pasadizo con Thomas a mis espaldas, cuando me sujetó por la cintura y me acercó a él. Una puerta de acero cayó del techo como una guillotina, nos separó del mundo y nos encerró con un estrépito fuerte y resonante. Casi me cortó el cuerpo en dos. Temblé con tanta intensidad que los brazos de Thomas se sacudieron.

—Ay… ¡no pueden enterrarnos vivos, Thomas! —Me abalancé contra la puerta, la golpeé y después recorrí con los dedos la superficie lisa en busca de algún pestillo que nos liberara. Nada. No había ni picaporte ni cerradura. Ningún mecanismo que la abriera. Nada, solo una pieza sólida de acero que no se inmutó ante las patadas que le estaba propinando.

—¡Thomas! ¡Ayuda! —Intenté levantar la puerta, pero estaba clavada al suelo con firmeza. Él intentó empujarla con los hombros mientras yo seguía pateando. No se movió. Restregando su brazo, Thomas se apartó unos pasos para evaluar la situación.

—Bueno, al menos es el peor de nuestros problemas en este momento. El lugar podría estar lleno de serpientes y de arañas.

—¿Por qué? ¿Por qué has dicho…?

Un siseo débil se escuchó en un rincón alejado. El sonido se volvió más fuerte, como si la pared de la cámara hubiera sido la única defensa entre nosotros y lo que fuera que estuviera en camino.

—En nombre de la reina, ¿qué demonios es eso? —Me aparté de la puerta con rapidez. La alarma de mi voz hizo que Thomas se colocara junto a mí en un instante. Se acercó sutilmente, listo para protegerme del sonido amenazante. Yo me aferré a su brazo, sabiendo que enfrentaríamos juntos lo que fuera que estuviera en camino. Y luego lo vi.

Un goteo corría hacia abajo por la pared.

Me acerqué a él para asegurarme de lo que veía.

—Agua. Está entrando agua…

Más siseos brotaron de los huecos en el suelo, en las paredes y en el techo mientras el líquido caía a borbotones sobre nosotros. Cientos de cascadas diminutas arrojaban agua espumosa al interior de la cámara. En cuestión de segundos, teníamos los tobillos sumergidos. Observé el suelo, atónita. Eso no podía estar sucediendo.

—¡Busca una trampilla! —grité por encima del sonido del aguacero—. Tiene que haber una palanca o alguna forma de abandonar esta cámara.

Recogí mi falda y me incliné con la esperanza de ubicar una salida. Pero no había ninguna. Solo más cruces talladas en el suelo. Una burla para quienquiera que tuviera la mala suerte de quedar atrapado allí. O quizás era una forma misericordiosa de asegurar que pronto estaríamos en presencia de Dios. Si uno creía en esa clase de cosas.

Esa cámara limpiaba los pecados.

Mi mente quedó en blanco un instante. Ese era el peor destino que hubiera podido imaginar.

—Revisa las paredes, Wadsworth. —Thomas se subió a la mesa y recorrió el techo con las manos, buscando alguna clase de escape.

Volví a entrar en acción.

—¡Es lo que intento!

El agua helada me llegó a las rodillas. Estaba sucediendo de verdad. No nos enterrarían vivos, nos ahogarían. Mi temor era casi tan helado como el agua que empapaba mi ropa interior y demasiado pesado como para sortearlo. Si estábamos a punto de morir, no me iría tan fácilmente.

Corrí de vuelta a la puerta y busqué por segunda vez un pestillo oculto, recorriendo con desesperación cada superficie posible. Mi falda eran como una pesa que tiraba de mí hacia abajo, pero no podía liberarme de ella por cuenta propia.

El agua me sobrepasó los muslos y casi me impidió moverme. Thomas se lanzó hacia la masa de agua creciente y me alcanzó en cuestión de segundos.

—Ven, Audrey Rose. Súbete al altar. —Thomas me sujetó de la mano, pero yo me escabullí. Tenía que haber una forma de abrir la puerta.

—Me niego a ponerme de pie sobre una mesa y esperar un milagro... o, lo que es más probable, la muerte inminente, Cresswell. O me ayudas a quitarme la falda o hazte a un lado.

—¿Estamos a punto de morir y me haces esa propuesta indecente?

—No vamos a morir aquí, Thomas.

Sus ojos brillaron de emoción. Él creía que no había escapatoria. Mi corazón se desplomó más rápido que mi falda mientras el agua me rozaba la cintura. Él era el experto en ver lo imposible. Si se rendía, entonces...

—Thomas... —Un recuerdo de la clase del profesor Radu me golpeó en el pecho al mismo tiempo que un escalofrío incontrolable se apoderaba de nosotros—. ¡Alimenta al dragón! —grité, y esquivé un chorro de agua mientras otro agujero se abría encima. El agua entraba con tanta rapidez que ya cubría el altar—. ¡Esa debe ser la clave!

—¿Dónde se encuentra el dragón misterioso que debemos alimentar, Wadsworth?

—Yo…

Thomas no esperó una respuesta. Me alzó en brazos, me depositó en el altar y me siguió un momento más tarde. Más agua helada nos llovió como si hubiéramos llegado a una isla abandonada en mitad de un monzón. En el mejor de los casos, contábamos con unos pocos minutos antes de que llegara al techo. Mi visión amenazó con oscurecerse en la periferia. Ser enterrada viva siempre había sido un pensamiento aterrador; morir en una tumba acuática era algo que nunca había imaginado temer. Me invadió la emoción y avasalló mis pensamientos. Estaba cerca de la hipotermia, y sus efectos ya obnubilaban mi mente.

Los labios de Thomas habían adquirido un leve color azulado mientras temblaba junto a mí. Si el agua no nos mataba, el frío ciertamente lo haría. ¿Dónde estaba el dragón? Había parecido una idea inspiradora instantes atrás…

Thomas me atrajo hacia él y me levantó cuando el agua alcanzó mi mentón.

—Q-quédate c-conmigo, Wadsworth.

Me superaba en altura por una cabeza y utilizaba esa ventaja para concederme un tiempo extra antes de que yo comenzara a tragar agua. Quería llorar, enterrar el rostro en su cuello y decirle cuánto sentía haberlo arrastrado allí, a ese túnel horrible en esa aventura ridícula. ¿A quién le importaba si nosotros encontrábamos al Empalador o a la Orden? Debí haberle comunicado mis teorías al director. Los guardias reales deberían haber investigado esos túneles, no nosotros.

—Thomas… —Escupí agua, y de pronto estuve dispuesta a revelar todos mis secretos—. E-escucha, C-Cresswell —balbuceé castañeando los dientes—, hay algo que d-debo contarte. Yo…

—D-detente, Wadsworth. No e-están permitidas las confesiones de ú-último minuto. Saldremos de aquí. —El agua se deslizó por mis mejillas, y sacudí la cabeza. Thomas me sujetó del mentón y me miró con fiereza a los ojos, y con las manos congeladas—. C-concéntrate. No te rindas. Utiliza ese cerebro encantador que tienes para encontrar al dragón de Radu y sacarnos de aquí. Puedes hacerlo, Audrey Rose.

—¡No existen los dragones! —grité, y dejé caer mi cabeza en su hombro.

Tenía tanto frío que quería acurrucarme y dejarme flotar. Quería que el dolor de mis extremidades desapareciera. Quería rendirme. Observé el altar bajo nuestros pies, con la mirada vidriosa de las lágrimas no derramadas, cuando la silueta que se encontraba debajo de nosotros tomó forma. Estábamos de pie sobre la solución.

Un dragón casi del tamaño del altar estaba tallado en su superficie. Tenía la boca abierta y enseñaba los dientes de piedra que parecían tan filosos como para cortar piel.

—¡Lo he encontrado!

—Q-ué… f-fascinante —dijo Thomas, con el cuerpo y la voz temblorosa—. T-tenemos una mesa como esta en nuestra casa de Bucarest. Excepto que el dragón es menos… desagradable. Lo ll-llamé H-henri.

Le dediqué una mirada intensa. Estaba a punto de convulsionar. Necesitaba moverme con rapidez. Me liberé de su abrazo firme e incliné la cabeza hacia atrás tanto como me fue posible, tomé una respiración profunda y me sumergí. Pataleé hacia el grabado, y no tuve que esforzarme demasiado, ya que mi vestimenta actuaba como un ancla. Introduje el dedo en la boca del dragón, palpé entre los colmillos de piedra e hice un gesto de dolor cuando la sangre floreció en el agua.

Mi corazón golpeteó a un ritmo ansioso. Algo cedió un poco, y los colmillos del dragón retrocedieron apenas. Se abrió una trampilla en el suelo de piedra y permitió que se escurriera un poco de agua, pero no la suficiente. Jalé nuevamente pero los colmillos no cedieron más. Por supuesto que no sería tan fácil. Nada lo era.

Necesitaba respirar. Intenté nadar de vuelta a la superficie, pero mi vestimenta era muy pesada. Entré en pánico mientras me agitaba bajo el agua y las burbujas de aire brotaban alrededor. Quería gritar para pedir ayuda, pero no podía arriesgarme a perder más aire.

Cuando creí que había llegado mi último aliento, Thomas tiró de mí hacia arriba y apartó los mechones empapados de mi rostro mientras yo jadeaba y casi vomitaba. Se aseguró de que yo estuviera bien antes de nadar hacia la trampilla para intentar abrirla. Tomé una respiración profunda y lo seguí con la esperanza de que nuestro trabajo en conjunto funcionara. Tiramos y empujamos sin ningún resultado.

Thomas sujetó mi mano temblorosa con la suya, y nadamos hacia el aire restante. Cuando llegamos a la superficie, el agua llovió sobre nosotros —ahora sobrepasaba nuestros mentones— y vi el momento exacto en el que Thomas se resignaba a nuestra muerte.

Respiró de forma irregular, por obra de la hipotermia o por el hecho de haber descubierto que presenciábamos nuestros momentos finales. Nunca lo había visto sin un plan. Me dedicó una mirada que parecía memorizar cada uno de mis rasgos. Me acarició la mejilla con los pulgares. El agua me cubrió la boca y me obligó a levantar más el rostro. Sabía que era el fin. Los últimos instantes de mi vida. El arrepentimiento me invadió con una tristeza inconmensurable. Había tanto que no había hecho, tantas palabras no dichas.

—Audrey Rose, yo… —El pánico se propagó detrás de su mirada normalmente equilibrada. Apenas podía descifrar el balbuceo de sus palabras mientras el agua me inundaba los oídos.

Luchando por elevar mi rostro por encima del agua, tomé una bocanada final de aire.

—¡Audrey Rose!

La súplica de Thomas quedó en el olvido en el instante en el que la cámara tembló. Un crujido agudo hizo eco en los muros mientras el suelo debajo de nosotros se abría por completo. Thomas me sujetó y gritó algo que no pude comprender sobre el sonido ensordecedor. Tan rápido como el agua había surgido de las paredes y el techo, se escurrió hacia abajo en un remolino gigantesco, y nos arrastró junto a él.

Intenté aferrarme a la mano extendida de Thomas y grité mientras el agua nos separaba.

Un agujero nos succionó y se llevó nuestras palabras y nuestros cuerpos.

41
HUESOS BLANCOS

CRIPTA
CRIPTĂ
CASTILLO DE BRAN
22 DE DICIEMBRE DE 1888

Luché por mantener la nariz y la boca sobre el agua mientras nos deslizábamos por lo que suponía era una tubería antigua cubierta de algas resbaladizas, que nos dirigía hacia Dios sabe dónde.

Mantuve las manos pegadas al cuerpo, lo que ayudó a evitar que el lodo las cubriera. Si no hubiera sabido que seríamos arrojados a una cámara peor —o que mi bisturí y el martillo de Thomas no podrían causar ninguna herida grave— quizás hubiera disfrutado del paseo acuático subterráneo. Sin embargo, no creía que Vlad Drácula o la Orden del Dragón hubieran diseñado eso como diversión. Sentí cómo se me tensaban los músculos al imaginar el posible lugar de nuestro aterrizaje.

Me estremecí, no solo a causa del agua helada mientras me deslizaba por la tubería que parecía infinita. No podía imaginar a cuánta profundidad debíamos haber estado... la oscuridad era tan profunda que ni siquiera podía ver las manos delante de mi cara.

La tubería se retorcía de forma constante y, tras varios giros de mi cuerpo, por fin se volvió recta. Segundos más tarde, me arrojó hacia un estanque poco profundo. Me negué a imaginar qué podría estar flotando en la superficie mientras chapoteaba; al menos el hedor no era tan repugnante. Mientras me incorporaba, Thomas salió despedido, cayó sobre mí, nos hizo caer a ambos y nuestras rodillas y frentes se entrechocaron en una extraña danza torpe hacia atrás.

De alguna manera, consiguió sujetarme la cabeza para evitar que me golpeara contra la piedra del fondo. Imaginé que sus nudillos no habían sido tan afortunados.

—Eso… ha sido… aterrador… e increíble —dijo, y se dejó llevar por un ataque de risa. Yo quise asentir, pero lo único que pude hacer fue pensar en cómo me envolvían sus brazos. Habíamos estado muy cerca de la muerte. Como si fuera una estrella que viajaba por la noche infinita, nuestro farol se deslizó hacia el agua y flotó en la superficie, ofreciéndonos un poco de luz.

Thomas me miró y luego dejó de reír. Ahora su expresión era seria y contenida. Lo observé, y noté que sus pestañas eran largas y oscuras como el cielo nocturno. Sus ojos eran mi constelación favorita; cada chispa dorada que rodeaba sus pupilas eran galaxias a la espera de ser descubiertas. Nunca antes me había fascinado la astronomía, pero me había convertido en una estudiante ávida.

—Me has salvado una vez más. —Thomas se apoyó sobre los codos y sonrió ante mi expresión absorta. Extendió la mano y me quitó el lodo del pelo—. Eres preciosa, Wadsworth.

—Ah, sí. Cubierta en suciedad y de este repugnante…

—No quieres saberlo, créeme.

Contuve una arcada y me dispuse a mover las extremidades con cuidado en busca de huesos rotos y fracturas. Todo parecía estar funcionando bien, aunque era difícil saberlo sin estar de pie.

—¿Qué te ha parecido esa aventura? —pregunté, temblando—. ¿Se acerca a lo que habías imaginado?

El atisbo de una sonrisa curvó sus labios y disipó la incomodidad.

—Claramente necesitas un buen descanso. No estoy seguro de que debiéramos seguir siendo amigos, Wadsworth. Eres demasiado salvaje para mí.

Hice una mueca cuando él cambió de posición. Yacer sobre el suelo de piedra del estanque, empapada, era demasiado horripilante como para pasar por alto, aunque mi parte pícara disfrutara de estar tan cerca de Thomas.

La preocupación se dibujó en su rostro.

—¿Qué sucede? ¿Estás herida?

—Quizás deberíamos volver a la misión del Empalador. Si no te importa, deberías apartarte de mí para que pueda respirar mejor... Eres peor que un corsé.

Parpadeó como si despertara de un sueño, después se incorporó de un salto y me ofreció la mano.

—Disculpe, bella dama. —Recogió el farol del agua y limpió los laterales—. ¿Qué cámara del terror nos ofrece ahora el menú?

—No estoy segura. ¿Aún tienes *Poezii Despre Moarte*?

—Justo aquí. —Thomas le dio unas palmaditas a su bolsillo delantero—. Aunque he perdido el martillo para cráneos.

—Y yo el bisturí. —Eché un vistazo alrededor de la cámara y descubrí un saliente a cada lado del estanque en el que nos encontrábamos, y le hice un gesto a Thomas para que nos dirigiéramos allí—. Veamos si podemos escurrirnos un poco.

Nos dirigimos hacia el saliente y retorcimos nuestras vestimentas y cabellos lo mejor que pudimos. Yo tenía las faldas adheridas a las piernas, lo que hacía que cada movimiento fuera más dificultoso que el anterior. Me sorprendió ver que surgía vapor de algunas grietas de las rocas y absorbía la mayor parte del aire gélido. Extendí las manos, temblorosas, y Thomas hizo lo mismo.

—Debe haber aguas termales en una de estas montañas —comentó, se quitó el abrigo y lo sostuvo contra el vapor. Observé su pecho de músculos marcados y visibles gracias al agua que le empapaba la camisa. Tenía el cuerpo esculpido a la perfección, lo que me recordó a las esculturas antiguas de héroes o dioses casi desnudos.

Desvié la mirada y sostuve mi falda tan cerca del vapor como me fue posible. No era el momento de distraerme con deseos impropios. Me giré con la esperanza de secar la espalda de mi vestido y divisé otra entrada en el túnel, marcada con el número XII. Un escalofrío asaltó mi cuerpo por una razón completamente nueva.

—Déjame ver el libro, Cresswell.

Thomas observó la entrada que yo había señalado y me entregó el antiguo tomo de vitela. Lo hojeé y me maravilló que las páginas hubieran sobrevivido al agua. Quienquiera que lo hubiera creado debió haber tenido en consideración esos peligros. Encontré lo que buscaba y me detuve. Me llevó unos instantes traducir el rumano en mi cabeza, pero al final lo conseguí.

XII

SANGRE ROJA, HUESOS BLANCOS.

ALGO HA MUERTO AQUÍ

Y AHORA YACE ESTANCO.

CORAZÓN DE PIEDRA Y ÁRBOL DE MUERTE.
NUNCA ENTRES EN LA
CRIPTA SIN ALGO DE SUERTE.
SI LO HACES, SEGUIRÁ TUS HUELLAS,
TE CAZARÁ Y LUEGO ATRAPARÁ.
SANGRE ROJA, HUESOS BLANCOS. AQUÍ YACEN
QUIENES NO HUYERON A LOS TRANCOS.

Leí en voz alta para Thomas, con mis pensamientos concentrados nuevamente en nuestra misión. Él se quitó unos mechones de pelo oscuro de la frente y suspiró:

—No recuerdo que Radu mencionara nada sobre luchar contra *strigoi*, ¿tú?

—Por fortuna, no. —Sacudí la cabeza. Nuestras clases sobre vampiros no nos habían ofrecido ningún consejo para sobrevivir a una cámara dedicada a ellos—. Vamos —dije y recogí mi falda a medio secar e hice un gesto hacia la entrada—, permanecer aquí no nos ayudará a escapar de los túneles más rápido.

—No —asintió Thomas, y me siguió con lentitud—, prefiero estar cubierto de lodo a ver qué deleites nos aguardan.

El túnel no era demasiado extenso y nos condujo hacia otra cámara como si hubiéramos caminado de un gran salón del castillo hacia otro.

—Como este. Qué encantador.

Desvié la vista de las paredes de piedra e inspeccioné donde nos encontrábamos, y me arrepentí de inmediato. Esa cámara era una antigua cripta inmensa dividida en dos sectores por una arcada muy elaborada. Alguien había estado allí recientemente encendiendo antorchas, y se me heló la sangre ante el pensamiento. Tenía que haber una forma de llegar que no fuera a través de la ruta espeluznante que habíamos encontrado. Me sentí indecisa entre seguir adelante o correr en la dirección opuesta.

Thomas y yo nos detuvimos debajo de la arcada, reticentes a cruzar hacia el espacio contiguo. Él me echó un vistazo y se llevó un dedo a los labios. Necesitábamos movernos con tanta prisa y cautela como fuera posible.

Inspeccioné la arcada e intenté controlar los escalofríos que se habían desatado en mi cuerpo. Estaba hecha de astas. No podía ni imaginar cuántos venados debían haber muerto para construir una cosa tan horrenda, pero algo atrajo mi atención hacia otro sector. El resto de la cámara era aún más horrible.

Los muertos no descansaban en paz en esa cripta. Sus restos habían sido perturbados, manipulados para formar una escena de pesadilla digna de las páginas de un horror gótico. Todo estaba compuesto por fríos huesos blancos. Las lápidas. Las cruces ornamentadas. Las paredes. El techo. Los cercos. Todo, *todo* estaba hecho con partes de esqueletos, tanto humanos como animales, a primera vista. Contuve las náuseas.

Radu se había equivocado al afirmar que el bosque estaba repleto de huesos. El espacio debajo de la montaña lo estaba.

Desde allí, podíamos ver un mausoleo cercado, erigido como una pequeña capilla profana dentro de un inmenso cementerio. En lugar de suelo de piedra, el cementerio tenía tierra compacta, lo que me hacía preguntarme si no habríamos llegado al fondo de la montaña. El cerco estaba hecho de huesos erguidos clavados al terreno. En el centro, un portón rudimentario se encontraba abierto de forma parcial. Mi cuerpo vibró de temor. No deseaba cruzar hacia ese sector del Infierno.

Unas columnas inmensas de huesos entrelazados se erigían a los cuatro costados del mausoleo, que también estaba enteramente hecho de huesos. En el centro de lo que podía describirse como un cementerio desbordante de esqueletos a medio enterrar había un árbol enorme, cuyas ramas casi alcanzaban la altura del techo. Como todo lo demás en esa cámara espeluznante, las ramas del árbol estaban compuestas de huesos. La monstruosidad debía tener al menos seis metros.

Avanzamos y nos detuvimos fuera del cerco. Thomas había quedado sumido en un silencio tan sepulcral como el del cementerio, y pasaba su mirada desde una imagen atroz hacia la siguiente. La tierra removida y el moho me provocaron un cosquilleo en la nariz, pero no me atreví a estornudar. Cualquier clase de cosas podían merodear en la maraña de horrores que nos rodeaba.

Thomas centró su mirada en la escena macabra que había en nuestro camino.

—Creo que hemos encontrado el Árbol de la Muerte que menciona *Poezii Despre Moarte* —susurró, echando un vistazo a su alrededor.

—Al menos tiene un nombre apropiado. Sin duda no lo confundiríamos con el Árbol de la Vida.

—Es tan… horripilante. Pero de alguna manera resulta cautivador. —Thomas recitó cada hueso nuevo que identificó en el árbol ubicado dentro del cerco—. Húmero, radio —respiró hondo y señaló otro—, y esa es una columna descomunal. Han debido conseguirla de un gigante. Tibia, peroné, rótula…

—Gracias por la clase de Anatomía, Cresswell. Puedo ver lo que son —dije en voz baja, e hice un gesto hacia el portón de entrada y sus huesos desenterrados—. ¿Por dónde deberíamos comenzar?

—Por el árbol, por supuesto. Y debemos darnos prisa. Tengo la sensación de que quien sea que haya encendido las antorchas volverá pronto. —Thomas me entregó el farol—. Después de ti, querida mía.

Una gran parte de mí no deseaba entrar en esta cueva del diablo —parecía una aniquilación de la santidad de la muerte—, pero habíamos llegado demasiado lejos como para que la turbación dominara mis sentidos. Si Daciana o Ileana o Nicolae estaban en peligro, necesitábamos seguir adelante. No importaba que mis sentidos me gritaran que sujetara la mano de Thomas y corriera en la dirección opuesta.

Respiré hondo y deseé que ni mi imaginación ni mi cuerpo me fallaran. Si había un momento para tener la mente despejada y el pulso firme, era ese.

Sin dejar que el miedo hundiera sus garras en mí, levanté el mentón y caminé de puntillas hacia el cerco de cadáveres seleccionados hacía tiempo. Sin embargo, no pude evitar una respiración entrecortada al entrar en el cementerio que contenía lo que *Poezzi Despre Moarte* llamaba el Árbol de la Muerte.

Bien podía imaginarme a Vlad Drácula alzándose en ese lugar, volviendo para darle la bienvenida a su último heredero.

42
SANGRE ROJA

ÁRBOL DE LA MUERTE
COPACUL MORȚII
CASTILLO DE BRAN
22 DE DICIEMBRE DE 1888

El árbol era peor de cerca de lo que había pensado a varios metros de distancia. La aterrorizante obra de arte estaba compuesta por huesos de manos, calaveras de cuencas vacías y cajas torácicas rotas. Me maravillé al ver cómo encajaban sin ninguna clase de cuerda o atadura… los huesos simplemente habían sido encastrados.

Los fémures estaban agrupados y componían el centro del tronco. Las cajas torácicas enfrentadas encerraban los huesos de las piernas como si fueran corteza. Observé el área que rodeaba la base del árbol y divisé huesos en montículos, quizás a la espera de su ensamblaje. Algunos aún tenían trozos de carne y nervios adheridos. No todos esos esqueletos eran antiguos. Lo que resultó un pensamiento escalofriante.

Me di cuenta de que contenía la respiración, aterrada de hacer demasiado ruido. Quería escapar, pero ese lugar hacía que fuera imposible no detenerse y contemplar cada nuevo horror. Como el que teníamos delante de nosotros en ese momento.

Junto a la pila de huesos se encontraba una enorme bañera con patas. Estaba llena hasta el borde de sangre color rojo oscuro, y el olor a cobre me escoció la nariz. Era probable que fuera un engaño de mis sentidos, pero hubiera jurado que algo burbujeó de sus profundidades sangrientas. Thomas se quedó inmóvil, y su mirada quedó fija en la bañera mientras extendía un brazo para detener nuestros movimientos. No osé acercarme, ya que el miedo de lo que mi mente pudiera conjurar era demasiado grande. Thomas continuó observándola, con los hombros tensos. Habíamos encontrado la sangre faltante de las víctimas del Empalador, de las que conocíamos y Dios sabía de quién más. El asesino estaba cerca. Demasiado cerca. Todo mi cuerpo cosquilleó de la anticipación.

Era como si hubiéramos cruzado, desprevenidos, a lo profundo del Infierno de Dante.

—«¡Oh, vosotros, los que aquí entráis, abandonad toda esperanza!». Es tan perturbador —susurré—. No imagino cómo alguien diseñaría una cripta de huesos. O esa bañera… pobre Wilhelm y Mariana. —Me estremecí, no solo a causa de mi vestimenta húmeda—. La Orden tiene un gran talento para la guerra de juegos psicológicos.

—Es un baño de sangre literal. —Thomas apartó la mirada de la bañera, con expresión sombría—. Alguien tiene un sentido del humor muy oscuro y retorcido.

Cerré los ojos y le ordené a mi corazón que disminuyera sus palpitaciones. Necesitábamos encontrar a Daciana y a Ileana. Seguí repitiendo ese pensamiento hasta que el miedo me abandonó.

Nos alejamos en silencio de la bañera de sangre, pero el horror que trasmitía se aferró a nosotros. Lo sentía a mis espaldas, esperando, como si me atrajera hacia su esencia de pesadilla. Ni siquiera consideraba lo que haríamos de haber otra pista dentro de esa monstruosidad sangrienta. Si la gente del pueblo era supersticiosa con respecto a profanar a los muertos, no me imaginaba cuál sería su reacción si alguna vez se topaban con ese cementerio blasfemo.

—Debieron haber empleado más de doscientos cuerpos humanos para construir esta escultura macabra. —Thomas apuntó el farol hacia la rama superior. Un conjunto de falanges habían sido agrupadas como si fueran hojas blancas—. Tal vez los rumores que afirman que Vlad Drácula es inmortal sean ciertos.

Aparté la mirada del árbol de huesos e inspeccioné a mi amigo en busca de algún signo de traumatismo. Me dedicó una sonrisa torcida.

—Eres encantadora cuando me observas de esa manera, Wadsworth. Sin embargo, solo bromeo. A juzgar por el baño de sangre, creo que quienquiera que haya modificado ese desagradable poema para ti ha visitado este lugar. Quizás encontremos alguna pista que nos indique algo sobre Daci.

—¿Ves algún número romano tallado en el árbol? —Me concentré en el cementerio y en el mausoleo; no podía evitar sentirme intrigada por los alrededores. Había calaveras sin carne alineadas contra las paredes. En realidad, las calaveras *eran* las paredes. Estaban apiladas una encima de la otra, encastradas con tanta firmeza que dudaba poder introducir los dedos entre ellas.

Thomas sacudió la cabeza.

—No, pero de acuerdo con ese letrero, uno debe trepar el árbol para recolectar su fruta.

Observé la placa clavada en el portón de huesos. Estaba grabada en rumano, en letras rudimentarias como la herramienta que habían utilizado para tallarla. Me acerqué y leí para mis adentros.

Smulge fructe din copac pentru a dobândi cunoştinţe

Thomas estaba en lo cierto; básicamente decía que uno tenía que conseguir la fruta del árbol para adquirir conocimiento. Recorrí las ramas con la mirada en busca de cualquier señal de la supuesta fruta. Unas calaveras de pájaros de diversos tamaños se ensartaban a intervalos, con sus picos apuntando en distintas direcciones. Las señalé.

—¿Quizás esas calaveras? De alguna forma enfermiza casi parecen peras.

Se escuchó un burbujeo leve a mis espaldas. Giré sobre mis talones y busqué, con el corazón listo para escapar al galope de mi cuerpo. La sangre se veía inmóvil, la superficie oscura como aceite teñido de carmesí.

—¿Has escuchado eso?

Thomas respiró hondo, y sus ojos observaron de forma metódica la sala y la cámara detrás de nosotros.

—Dime una vez más por qué no estamos haciendo un mejor uso del tiempo. Podríamos estar envueltos en un abrazo en lugar de… —hizo un gesto a nuestro alrededor— todo esto.

—Debemos apresurarnos, Cresswell. Tengo un presentimiento horrible.

Sin pronunciar otra palabra, Thomas se colocó frente al árbol, avanzó y se apoyó sobre una caja torácica mientras escalaba con lentitud los huesos de color marfil. Puso el pie izquierdo sobre una costilla y la probó antes de transferirle su peso.

Repitió el movimiento dos veces más y consiguió elevarse una corta distancia del suelo cuando un crujido espeluznante rasgó el aire e hizo eco como una vara que golpea los nudillos. Me abalancé para atraparlo, pero él saltó hacia abajo con gracia sin necesidad de ayuda.

—Después de todo, parece que no cosecharé ninguna fruta madura de este árbol. —Se repasó las manos en los pantalones, con la boca apretada en un gesto de molestia. Unas gotas de sangre brotaron como rubíes de las yemas de sus dedos antes de que él las lamiera—. Léeme los poemas una vez más, por favor. Uno de ellos tiene que referirse a esta situación. No hay tantos para escoger.

Alcé el libro desgastado de mi bolsillo y se lo entregué. No deseaba pronunciar en voz alta esos versos espeluznantes más de lo necesario.

Mientras Thomas leía los poemas para sí mismo, me desprendí con prisa de mi sobrefalda. El tiempo se nos escurría entre los dedos. De una forma u otra, teníamos que cosechar cualquiera fuera el conocimiento que ese árbol espantoso nos ofreciera antes de volver a la academia. Para entonces, Moldoveanu y Dăneşti probablemente ya supieran que habíamos desaparecido. Lo mejor sería volver con algo útil en caso de que nos fueran a expulsar. Además, no quería que el asesino nos atrapara allí.

Los botones de mi vestimenta se desprendieron con facilidad. Golpearon el suelo con un leve tintineo en tanto que mi corazón golpeteó con vigor contra mis costillas. Gracias al cielo había descartado mi vestido más complejo antes esa noche. No tenía que desprender ningún polisón ni corsé. Antes de que pudiera cambiar de opinión o encontrar un motivo para sentirme avergonzada, también me quité las enaguas y me sentí expuesta vistiendo mi camisola y mi ropa interior, aunque me cubrían hasta debajo de las rodillas y tenían varios centímetros de encaje Bedforshire Maltese. *No eran tan diferentes de mis pantalones*, pensé. Aunque fueran… frágiles y adornados.

Thomas dejó caer tanto *Poezzi Despre Moarte* como la mandíbula.

—Ni una palabra, Cresswell. —Señalé la copa del árbol de huesos—. Soy más liviana que tú y debería poder escalar el árbol. Creo ver algo en esa calavera de allí. ¿Lo ves? Parece un trozo de pergamino.

Thomas mantuvo la mirada fija en mi rostro, y el suyo se sonrojaba cada vez que se deslizaba hacia abajo. Casi puse los ojos en blanco. Ni una parte de mí estaba expuesta salvo por una porción escandalosa de mis brazos y algunos centímetros de pierna que la ropa interior y las medias no cubrían. Algunos de mis vestidos de noche tenían incluso un escote más profundo.

—Atrápame si me caigo, ¿de acuerdo?

Una sonrisa curvó sus labios de la forma más encantadora.

—Ya he caído a tus pies, Wadsworth. Quizás deberías habérmelo advertido antes.

Qué diablillo. Desvié mi atención hacia el árbol y observé el camino por el que treparía. Sin detenerme a pensar en lo que tocaría, me dispuse a subir, apoyando una mano después de la otra y pensando solo en la tarea en cuestión. El corte de mi pantorrilla se estiró de forma dolorosa y la calidez de la sangre fresca goteó por mi pierna, pero ignoré la incomodidad en favor de la prisa.

Me negué a mirar hacia abajo. Con cada rama nueva que subía, el pergamino se acercaba más y más. Me encontraba a mitad de camino hacia la copa cuando una clavícula se partió debajo de mis pies. Quedé colgada, suspendida en el aire y balanceándome de lado a lado como un péndulo viviente.

—¡Ya lo tienes, Wadsworth! —Me temblaron los dedos con el esfuerzo de mantenerme aferrada—. Y si no puedes... te tengo. Eso creo.

—¡Eso no me da ninguna seguridad, Cresswell!

Valiéndome del impulso de mi cuerpo, me balanceé hacia una caja torácica de aspecto fornido y trasladé mi peso. Me temblaron los músculos a causa de la descarga de adrenalina y del orgullo. ¡Lo había conseguido! Controlé mis emociones y... el hueso al que aferraba las puntas de mis dedos crujió como una advertencia. La celebración de la victoria podía esperar. Me moví de forma constante pero cautelosa y trepé con una precisión lenta.

Probando y moviéndome. Probando y moviéndome.

Una vez que alcancé la copa, me detuve para recuperar el aliento, eché un vistazo abajo, hacia Thomas, y me arrepentí de inmediato. Parecía mucho más pequeño desde la altura. Me encontraba al menos a seis metros del suelo, y la caída no sería agradable.

Evitando imaginar las formas vívidas en las que yo misma podría convertirme en parte de la obra de esqueletos, trepé por los últimos huesos y alcancé el pergamino. Lo extraje de la calavera en la que se encontraba clavado. Alguien había utilizado una daga —cuya empuñadura estaba incrustada en oro y esmeraldas— para introducir el pergamino a través de la cuenca del ojo del fallecido.

—Dice XXIII —grité hacia abajo, cautelosa de no balancearme y perder el equilibrio. Lo último que quería era empalarme a mí misma cazando al asesino conocido por utilizar ese método mortal.

Thomas encontró el poema correcto y lo leyó en voz alta. Me estremecí ante lo poderosa y fuerte que sonaba su voz en ese lugar macabro.

XXIII
BLANCO, ROJO, VERDE, MALVADO.
LO QUE ACECHA ESTOS BOSQUES
PERMANECE EMBOZADO.
LOS DRAGONES MERODEAN Y LEVANTAN
VUELO. ANIQUILAN A QUIENES PISAN SU SUELO.
COMEN TU CARNE Y BEBEN TU SANGRE.
LOS RESTOS EN LA BAÑERA PARA MÁS TARDE.
HUESOS BLANCOS, SANGRE ROJA.
EN ESTE CAMINO ENCONTRARÁS TU FOSA.

—Ay, Dios —murmuré. Ese poema… era el que Radu nos había leído en clase. El sitio de encuentro de la Orden. Y el lugar donde sacrificaban víctimas en honor al príncipe Drácula.

Teníamos que escapar de esa cripta de inmediato. Sabía, en lo más profundo de mí, que estábamos por encarar algo más horrendo de lo que podíamos imaginar. Otro pergamino me llamó la atención mientras comenzaba mi descenso. Me moví con cuidado hacia él, y luego lo leí en voz alta para Thomas.

—Fă o plecăciune în fața contesei.

Inclinaos ante la condesa.

—¿Qué significa eso? —gritó.

—Un momento. —Una ilustración acompañaba la frase. Parpadeé y la leí una vez más. Esperaba que eso fuera una reliquia de las cruzadas, aunque la sensación enfermiza que sentía en las entrañas afirmaba lo contrario.

Nos habíamos equivocado una vez más sobre la participación de la Orden del Dragón. Eso parecía ser obra del príncipe Nicolae Aldea.

Y la condesa de ese dibujo estaba cubierta de sangre por completo.

43
A LA CAZA DEL PRÍNCIPE DRÁCULA

CRIPTA
CRIPTĂ
CASTILLO DE BRAN
22 DE DICIEMBRE DE 1888

Guardé la segunda pista en mi ropa interior y descendí tan rápido como pude. No quería gritar por miedo a atraer mayor atención sobre nosotros.

El terror hizo que me temblaran las manos mientras me estiraba hacia un fémur y fallaba. Me concentré en mi respiración. Consideraría eso como un cadáver al que analizar, la precisión era la clave. Me balanceé hacia el siguiente hueso, y mis dedos resbalaron por la superficie lisa. Si no me recomponía y conseguía volver con Thomas… no quería imaginar qué podría suceder. El príncipe Nicolae estaba cerca; sentía su presencia mientras cada célula de mi cuerpo me ordenaba escapar.

Teníamos que abandonar la cripta de inmediato o de lo contrario pasaríamos de ser cazadores a ser cazados. Cuando alcancé la mitad del árbol macabro, una forma extraña me llamó la atención desde el extremo más alejado del portón de huesos. Al principio creí que era algún animal peculiar que habitaba en las cavernas.

Luego la forma se incorporó y avanzó dando tropezones.

—Thomas…

Se me cortó la respiración. El bulto se había alzado de los huesos, y ahora era una silueta oculta por una túnica, no un cuerpo reanimado ni un *strigoi*. Hubiera apostado que era un ser humano; no tenía ningún rasgo fantástico excepto su gusto por la teatralidad.

Una capa le cubría la cabeza y ocultaba su cara como si fuera una capucha, y una cruz grande colgaba de su cuello. La capa me recordaba vagamente a las que llevaban puestas los hombres que habían desaparecido en el bosque con el cadáver noches atrás. La cruz era más grande que dos puños y estaba hecha de oro. Muy ornamentada y medieval, y podría funcionar como un arma poderosa en sí misma.

—Thomas… *¡corre!*

Thomas inclinó la cabeza, desprevenido ante la nueva amenaza.

—No te escucho, Wadsworth.

Aferrada al árbol e incapaz de señalar, observé cómo la silueta se acercaba tambaleando. Parecía herida, pero podía ser una actuación diseñada para atraernos a una sensación falsa de seguridad.

—¡Detrás de ti! —grité, pero fue muy tarde. La silueta cayó contra el portón y lo cerró mientras trastabillaba hacia atrás.

A tres cuartos del descenso, la costilla a la que había estado sujeta se rompió y caí como un árbol talado en ese bosque de cadáveres. Moviéndose más rápido que un parpadeo, Thomas interrumpió mi caída. No fue un rescate glamuroso, pero su esfuerzo fue valiente.

Siseó al golpear el suelo, y luego soltó un gruñido cuando mi frente le golpeó la nuca. Me apresuré a apartarme de él, giré y busqué a la silueta que nos había acechado, pero no vi nada. Teníamos segundos para salir corriendo. Thomas se volvió, y vi que la sangre manaba de su nariz.

—¿Dónde has guardado las vendas?

Se sujetó la nariz.

—Las he perdido en la cámara de agua.

Rasgué un trozo de mi camisola delgada y se la ofrecí a mi héroe sangrante. Podía utilizar la tela para contener el flujo de sangre o estrangular a nuestro atacante mientras yo lo distraía.

—Date prisa, Cresswell. Debemos escapar…

La silueta reapareció de la nada y se abalanzó sobre nosotros desde detrás del Árbol de la Muerte. La promesa de violencia era evidente en su postura.

—Iros —ordenó entre dientes apretados y después se sujetó el pecho. Su respiración era trabajosa y su marcado acento sonaba forzado—. Daos prisa.

El miedo liberó mi razón de sus garras. Me incliné hacia delante y entrecerré los ojos para ver el rostro que sabía se correspondía con esa voz.

—¿Príncipe Nicolae? Es… ¿está… quién le ha hecho eso?

El príncipe se quitó la capucha del rostro. Estaba repleto de manchas oscuras, y sus mejillas eran cadavéricas.

—Si no os apresuráis, ella…

Cayó al suelo. Su pecho subía y bajaba con dificultad. El príncipe no fingía estar herido… agonizaba. Me dejé caer sobre las rodillas y coloqué su cabeza en mi regazo. Tenía los ojos vidriosos y desenfocados. Hubiera apostado cualquier cosa a que lo habían envenenado con arsénico. Teníamos que sacarlo de esos túneles y llevarlo a un médico de inmediato.

—Thomas… sujétalo de…

En ese instante, como una pesadilla nacida de este mundo, una silueta se levantó de la tina repleta de sangre. El espectáculo desplegado frente a nuestros ojos era horroroso. Una sangre tan oscura que casi era negra cubría cada centímetro de su rostro y cuerpo. El pelo goteaba carmesí hacia la bañera, y sus dedos delgados estaban cubiertos de sangre. Yo apenas podía respirar. Thomas extendió el brazo como si fuera capaz de evitar que el monstruo nos descubriera a Nicolae y a mí.

La silueta abrió bien los ojos, y el blanco contrastó con el carmesí que los rodeaba. Todo se detuvo de golpe en mi mente. No podía descifrar quién era desde mi posición, pero con seguridad era una mujer. Después de todo habíamos estado en lo cierto, pero ¿era Ileana? ¿O podía ser… Daciana?

La pesadilla empapada de sangre levantó una pierna de la tina, e hizo un gran espectáculo para salir de ella. La sangre salpicó el suelo y manchó los huesos que se encontraban cerca.

Quienquiera que fuera, llevaba un vestido de gasa cuya cola goteaba sangre como una empapada maldición de boda deslizándose hacia nosotros. Mientras la mujer se inclinaba cerca de una pila de huesos, consideré salir corriendo. Deseé sujetar a Thomas, escapar de esa cripta y no mirar atrás. Pero no había forma de salir y no podíamos dejar al príncipe. La pesadilla viviente se incorporó y apuntó un pequeño revólver de dama hacia nosotros.

La condesa sangrienta se deslizó hacia delante, y una sonrisa macabra reveló el blanco de sus dientes.

—*Extraordinar!* Me alegra que ambos lo hayáis conseguido. Me preocupaba que no llegarais a tiempo. O que trajerais a Tío y a ese guardia irritante.

Observé a la joven que teníamos delante, parpadeando incrédula. No podía ser, y sin embargo… su voz era inconfundible, su acento húngaro un tanto diferente del rumano.

—*¿Anastasia?* ¿Cómo…? No puede ser cierto —dije, incapaz de aceptar esa verdad—. Habías muerto. Te vimos en esa cámara… esos murciélagos. —Sacudí la cabeza—. Percy inspeccionó tu cuerpo. ¡Te realizamos una autopsia!

—¿Estás segura? Esperaba que lo comprendieras, *prietena mea.* —Anastasia sonrió de nuevo, y sus dientes relucieron con deleite contra la sangre—. Cuando mencionaste la cortina en el pueblo, casi me desmayé. Tuve que volver corriendo y manipular la habitación antes de que investigáramos esa noche. *Nervii mei!* Casi tuve un ataque de nervios.

No podía comprender cómo la situación era real. Forcé a mi mente a ir más allá del pánico que amenazaba con ponerme de rodillas. Teníamos que hacer que Anastasia siguiera hablando. Quizá se nos ocurriera un plan para escapar.

—¿Por qué me has permitido vivir?

—Consideré asesinarte esa noche, pero creí que él… —hizo un gesto hacia Thomas— quizá se fuera antes de que yo estuviera lista para dar mi golpe. Vamos, mi amiga. Sé que eres más inteligente que esos jóvenes. Dime cómo lo he hecho. ¡No, no, no! —Apuntó a Thomas con la pistola—. Ni una palabra de ti, cariño. Es de mala educación interrumpir a una dama.

Yo quería vomitar, pero me obligué a entrar en acción. Anastasia quería una recompensa por la brillantez de su juego. Esa necesidad de reconocimiento quizás fuera su ruina. Tragué saliva con esfuerzo e ignoré el arma que apuntaba a mi pecho. De pronto, ciertos detalles encajaron en su lugar.

—La joven desaparecida. —Cerré los ojos. Por supuesto. Todo tenía sentido. Era brillante de la manera más horrible—. Has utilizado su cuerpo para que simulara el tuyo. Lo has plantado en los túneles para que coincidiera con tu desaparición. Sabías que su rostro quedaría demasiado estropeado para que lo identificáramos. Su pelo y contextura eran bastante similares. También los rasgos faciales. Creí que ella se parecía a ti cuando la vi en ese dibujo. El parecido era tan sorprendente que engañó a la clase y a nuestros profesores. —Hice una pausa cuando la magnitud del horror se asentó—. Incluso tu tío, uno de los mejores académicos forenses del mundo, ha creído que eras tú.

—*Excelent.* —Anastasia sonrió con los dientes manchados de rojo. Era terrible. Salvaje. La malicia que traslucían sus ojos hizo que me estremeciera en lo más profundo—. Nuestros corazones son cosas curiosas. Tan sentimentales y fáciles de engañar. Tira o corta las cuerdas correctas y *¡puf!* El amor aniquila la inteligencia, incluso en los mejores de nosotros.

No deseaba hablar sobre los asuntos del corazón con una mujer bañada en sangre inocente. Sentí que Thomas se movía un poco junto a mí, y busqué otra distracción.

—¿Cómo has extraído la sangre de Wilhelm tan rápido?

—Con un instrumento mortuorio robado. Luego arrojé su cuerpo por la ventana. —Dio un paso hacia Thomas, se detuvo y lo inspeccionó como un gato observaría a un pájaro herido que da saltitos. Por alguna razón, inclinó la cabeza como muestra de respeto—. ¿Impresionado, *Alteță*? ¿O debería decir príncipe Drácula?

Thomas dejó de moverse y sonrió con pereza. Sin embargo, noté la tensión en sus músculos, y supe que él era cualquier cosa menos un miembro relajado y aburrido de la Casa de Drácula.

—Muy encantador de tu parte, pero que te inclines ante mí es innecesario. Aunque comprendo la necesidad que tienes de hacerlo. Soy bastante majestuoso e impresionante. Sin embargo, príncipe Drácula no es mi verdadero título.

No podía creer que la pose que había adoptado funcionara. Anastasia tragó saliva, y su mirada se concentró en las manos de Thomas mientras él se acomodaba la camisa estropeada. Casi me convenció a mí de que se había colocado una vestimenta real y que era merecedor de reverencias. En lugar de estar allí vestido con las prendas empapadas y mugrientas con las que había sido arrastrado por el Infierno.

Anastasia movió el revólver y apuntó de forma directa hacia Thomas.

—No se burle de su propio linaje, señor Cresswell. Les suceden cosas malas a los que se vuelven contra los suyos. Es hora de que dé un paso adelante y acepte su destino, Hijo del Dragón. Es momento de que nosotros unamos nuestros linajes y reclamemos toda esta tierra.

—No lo comprendo —dije, y mi mirada viajó entre ellos—. ¿De quién desciendes?

Anastasia echó los hombros hacia atrás y mantuvo la cabeza en alto. Era impresionante que aun estando cubierta de sangre poseyera un aire majestuoso.

—Elizabeth Báthory de Ecsed.

—Por supuesto —murmuró Thomas—. También conocida como la Condesa Drácula.

Durante un instante nadie habló o se movió. Recordé la breve mención de la condesa en la clase de Radu y contuve un escalofrío.

—Así que, ya sabéis, es el destino. —Los ojos de Anastasia brillaron con orgullo—. Provengo de una casa igualmente conocida por su sed de sangre, Audrey Rose. Mi ancestro se bañaba en la sangre de los inocentes. Gobernaba a través del miedo. —Anastasia señaló a Thomas—. ¿Él y yo? Estábamos destinados a encontrarnos. Como estamos destinados a tener herederos que sean más temibles que sus ancestros. *Destin*. ¡No sabía que las estrellas tuvieran tanto planeado para nosotros! Tú eres un inconveniente menor. Uno del que es fácil deshacerse.

Ni siquiera me atreví a respirar. Así que Anastasia era una heredera desplazada en busca de su derecho de nacimiento. Y no le importaba cómo reclamarlo, a través de la fuerza o del amor. Si creía que podía cazar a Thomas, obligarlo a casarse y asesinarme en el camino, ella no sabía quién era *yo*.

Apreté los puños, más decidida que nunca a distraerla mientras planeaba nuestro escape.

—¿Cómo asesinaste al hombre del tren y por qué?

Mi antigua amiga me observó un instante, con los ojos entrecerrados. Recé en silencio para que su necesidad de alardear fuera tan imperiosa que se viera obligada a responder mis preguntas sin ver mi motivo ulterior.

—La Orden del Dragón vive. Yo deseaba purificar sus filas. Actualmente, está compuesta en su mayoría por ese linaje intrascendente de los Dănești.

Apuntó con el revólver hacia el príncipe Nicolae, débil como una muñeca de trapo, con la piel decolorada por lo que supuse sería arsénico, dejando a la vista las perforaciones en su cuello. Al parecer, ella había utilizado su sangre como lo había hecho su ancestro, bañándose en ella y dejándole apenas lo suficiente para mantenerlo con vida. Si aún estaba vivo. Su pecho ya no parecía moverse.

—El hombre del tren era un miembro de alto rango. Le inyecté una dosis letal de arsénico, luego lo empalé mientras luchaba por respirar. —Anastasia sonó como si recordara un vestido que había encargado confeccionar en seda fina—. No sabía que estábamos cerca de tu compartimento. Una coincidencia feliz. Después volví corriendo a mi lugar. Nadie se percató de la joven de pelo oscuro. Las pelucas son una *distracție excelentă*. Me preocupó que Wilhelm en algún momento me reconociera. Fue necesario encargarse de él de inmediato.

Un recuerdo de aquella mañana cruzó por mi mente; había visto a una joven de pelo oscuro. Había pedido un médico a los gritos. Yo había estado tan sumida en el caos que no había prestado atención a su rostro.

Thomas se cruzó de brazos y adoptó el tono aburrido una vez más.

—¿Dónde está mi hermana?

—¿Por qué debería saberlo? No soy la guardiana de nadie. —Anastasia hizo un gesto con el mentón hacia mí y luego señaló con un ademán el cuchillo que Nicolae llevaba en el cinturón—. Entrégale el cuchillo al heredero de Drácula.

Los ojos de Thomas se agrandaron cuando echó un vistazo en mi dirección. Casi lloré de alivio. En su fervor por unir sus linajes, ella no se había dado cuenta de que acababa de entregarnos una forma de derrotarla. Me sudaron las palmas a causa de la descarga de nervios.

Apoyé la pequeña daga enjoyada en la mano de Thomas y contuve el aliento, preocupada de que cualquier muestra de entusiasmo pudiera alertar a Anastasia de su error. Ella sonrió con la mirada fija en la hoja que ahora descansaba en la mano firme de Thomas.

—Mátalo —le ordenó a Thomas—. Hazlo rápido.

—¿Por qué el veneno? —pregunté, haciendo tiempo. Tenía que haber una forma de salir de eso que no involucrara asesinar a Nicolae.

Anastasia apuntó el revólver a mi garganta. Parecía que mi antigua amiga había considerado que me rebelaría después de todo.

Caminó hacia Nicolae y lo empujó con el pie, el arma todavía apuntada hacia mí.

—El arsénico es una maravilla. —Se inclinó y retiró mechones de pelo oscuro del rostro del príncipe—. Es insípido, incoloro y se puede verter de cualquier forma sobre comida y bebidas. Al parecer, un joven príncipe nunca rechaza el vino.

—Si tratas de inspirar el mismo temor que Vlad Drácula inspiraba en sus oponentes —dijo Thomas—, envenenar a Nicolae y a los otros a duras penas parece atemorizante.

Anastasia movió la mano hacia el cuello de Nicolae y buscó el pulso.

—No lo es, ¿verdad? El arsénico se utiliza para debilitar e incapacitar a las víctimas, no para matarlas. Me hubiera resultado muy dificultoso luchar contra hombres jóvenes, y los asesinatos se hubieran vuelto demasiado caóticos.

—Querías que los habitantes del pueblo creyeran las historias de la resurrección de Drácula —dije, y de pronto comprendí todo—. No podías simplemente apuñalar a las personas y luego aducir que un *strigoi* había bebido su sangre.

—Las leyendas tienen el propósito de inspirar miedo. —Anastasia se enderezó—. Deben ser más grandiosas que la vida que llevamos para mantener su atractivo durante generaciones. *No entres en el bosque después del atardecer*. Nunca creemos que hay una bella princesa acechando en el bosque por las noches, ¿verdad? No. Nos imaginamos a demonios sedientos de sangre. Vampiros. La noche nos recuerda que nosotros también somos una presa. La posibilidad de que nos cacen nos aterra y al mismo tiempo nos deleita.

—Sin embargo, todavía hay algo que no comprendo —aseguré, y mi mirada fue del cuerpo desplomado de Nicolae hacia el cuerpo cubierto de sangre de Anastasia—. ¿Por qué asesinar a la criada?

—Ese asesinato en particular fue un homenaje a *mi* ancestro. Ahora bien. Thomas —apuntó mi frente con el arma—, termina con la vida del príncipe Nicolae. He cazado al heredero de Drácula. Ya podemos tener un nuevo comienzo. Una oportunidad nueva. Nos alzaremos como el príncipe y la condesa Drácula. Recuperaremos este castillo y tu vida.

La tensión serpenteó en la sala, como un fósforo listo para encender la batalla. Thomas dio un paso vacilante hacia atrás y miró primero al príncipe Nicolae y luego al arma que apuntaba a mi cabeza. No quería que hiciera algo de lo que se arrepintiera durante el resto de su vida. Thomas Cresswell no era Vlad Drácula. No había construido su vida ocasionando la muerte, sino resolviéndola. Era una luz que atravesaba la oscuridad como una guadaña. Pero sabía que se sacrificaría él mismo para salvarme sin pensarlo dos veces.

—¿Por qué involucrar a Thomas? —solté—. Si eres la condesa Drácula, ¿por qué obligarlo a asesinar?

Anastasia me miró como si yo fuera la que había perdido el juicio.

—Thomas es el último descendiente varón del Lord Empalador. Es un acto simbólico hacer que él termine con la vida del príncipe falso, que reclame su linaje y haga que la ruina caiga sobre la academia. Nadie querrá asistir a un lugar en el que los estudiantes han muerto de formas macabras en circunstancias misteriosas. Una vez que la academia deje de existir, podremos reclamarla como nuestro hogar por derecho.

—¿Y qué sucede con el rey y la reina actuales?

—¿Acaso no has prestado atención? —exigió Anastasia—. El arsénico también terminará con sus vidas. Acabaré con cada casa noble hasta que el derecho de Thomas sea el único que quede en pie. De esa forma también destruiré la Orden.

Ante esa declaración, dos siluetas encapuchadas dieron un paso adelante. Habían estado ocultas detrás de las pilas de huesos que nos rodeaban. Creí que había perdido la capacidad de asombro, pero solté un grito ahogado cuando la silueta más alta se quitó la capucha y apartó su capa para enseñar sus armas.

Daciana se encontraba erguida delante de nosotros, ataviada con pantalones y una túnica, y portaba la insignia del dragón junto con más dagas que la cantidad de bisturíes que Tío tenía en su laboratorio. Thomas le dedicó una mirada incrédula, pero aliviada y mantuvo la daga enjoyada firme en la mano.

—No habrá más muertes esta noche, *Contesă* —dijo Daciana con una reverencia burlona, apuntando una hoja hacia Anastasia—. Ileana, por favor desármala.

La segunda silueta se quitó la capucha, y me entrecortó la respiración. Mis ojos volvieron a posarse sobre Thomas con rapidez, temiendo que mi mente me jugara una mala pasada. Quizás estaba sumida en una pesadilla compleja y me despertaría pronto, sudorosa y enredada en las sábanas. Su hermana e Ileana eran… la verdad me asaltó en el mismo instante que lo hizo con Thomas.

Él me miró a los ojos y sacudió la cabeza, con una expresión de completo asombro grabada en el rostro. Había algo extrañamente satisfactorio en el hecho de que se le hubiera escapado una pieza del rompecabezas, aunque fuera solo por una vez.

La mirada de Anastasia se deslizó desde Thomas a Daciana y luego a Ileana, y la confusión dio lugar a la furia. Blandió su arma hacia el pecho de Nicolae.

—¿Cómo te has atrevido? —gritó mirando a Ileana—. ¡Tenía todo resuelto, todo! ¡Tú, miserable criada, no tienes derecho!

—Ríndete, Anastasia —ordenó Ileana con el tono de alguien acostumbrado a dar órdenes y a ser obedecido—. Tienes *două* segundos antes de que…

—¡No tengo que obedecerte! —Anastasia se lanzó hacia delante con los ojos en llamas mientras tiraba del martillo del arma hacia atrás para ejecutar a Nicolae. Pero Ileana fue más rápida. Su espada atravesó directamente el cuerpo de Anastasia. Observé, horrorizada, como se deslizaba hacia abajo por la hoja, lamiendo la sangre color rojo oscuro de sus labios y riendo.

—*Ucis… de… o servitoare* —dijo Anastasia con un jadeo, goteando sangre fresca de la boca que se mezclaba con el charco rojo del suelo—. Una Báthory asesinada por una criada. Qué apropiado.

Rio de nuevo, y la sangre burbujeó en su garganta. Nadie intentó ayudarla mientras moría asfixiada por su propia fuerza vital. Era demasiado tarde. Como el hombre al que había asesinado en el tren, Wilhelm Aldea, la criada Mariana y la joven del pueblo y su marido, no había forma de traerla de vuelta del Dominio de la Muerte.

Era una imagen que, junto con los asesinatos del Destripador, supe que me perseguiría durante el resto de mi vida.

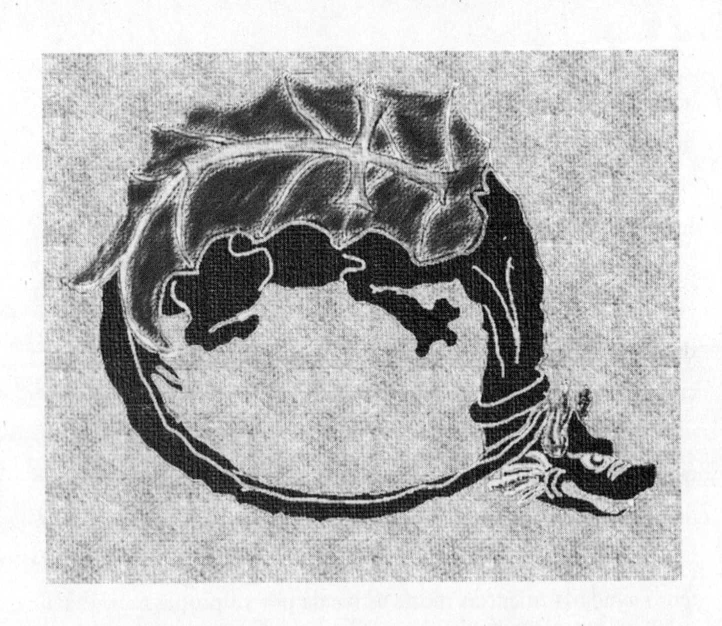

Orden del Dragón, c. década del 1400.

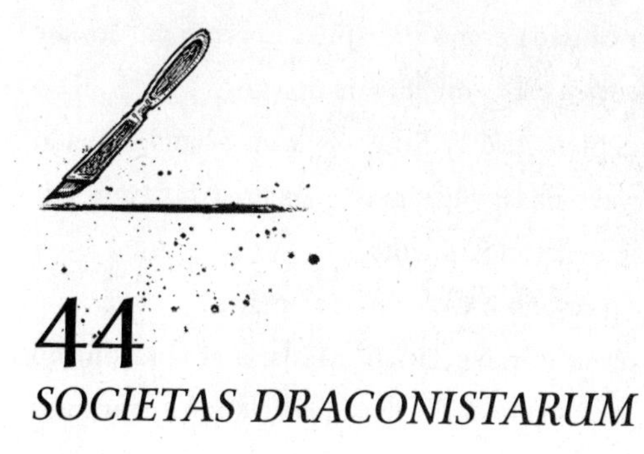

44
SOCIETAS DRACONISTARUM

CRIPTA
CRIPTĂ
CASTILLO DE BRAN
22 DE DICIEMBRE DE 1888

Observé cómo la sangre goteaba lentamente de la punta de la espada de Ileana, con las palabras atragantadas en la garganta, casi ahogándome. Esa era la única razón por la cual no había vomitado sobre el cuerpo empalado de Anastasia. Mi amiga. Contemplé cómo la vida abandonaba sus ojos y me horroricé ante la serenidad que se depositó en ella, aunque tenía el cuerpo entero cubierto de rojo y negro tanto por la sangre seca como por la fresca.

Thomas pasó las manos por mis brazos, pero no fue suficiente para evitar que los escalofríos llegaran a lo más profundo de mi alma. Ileana, la joven que yo consideraba mi criada, era parte de una sociedad guerrera secreta y había asesinado a una mujer como si hubiera cortado un trozo de queso duro. Justo delante de mis ojos. Aunque Anastasia a duras penas era inocente. Sabía que Ileana no había tenido otra opción y sin embargo… me acurruqué contra

Thomas, demasiado cansada como para preocuparme por lo que cualquier persona pensara sobre mi falta de decoro.

—¿Te encuentras bien, Audrey Rose? —Ileana aceptó un paño de Daciana y limpió su espada, y la sangre manchó la hoja antes de desaparecer con el siguiente movimiento.

—Por supuesto —respondí de forma automática.

«Bien» era un término tan relativo. Me latía el corazón, mi cuerpo funcionaba y estaba viva. En la superficie me encontraba perfectamente bien. Era mi mente la que quería encogerse e hibernar del mundo y de todas sus crueldades. Estaba cansada de la destrucción.

Thomas desvió la mirada del cuerpo de Anastasia y la posó en su hermana. Podía ver cómo su mente giraba en torno a un hecho y luego pasaba al siguiente. Me di cuenta de que era su forma de lidiar con la devastación. Necesitaba resolver el rompecabezas para encontrar la tranquilidad en una tormenta salvaje.

—¿Cómo? —preguntó.

Daciana sabía precisamente lo que él le estaba preguntando.

—Cuando cumplí dieciocho, recibí una herencia parcial de Madre. Algunas de sus posesiones, joyas, vestimentas elegantes, obras arte y un conjunto de cartas. En un principio las cartas eran solo recuerdos de ella… historias sobre cómo había conocido a Padre. Cuánto nos quería y nos adoraba. Tarjetas de cumpleaños que había escrito con antelación para mí. Una nota para cuando me casara. —Ileana enjugó una lágrima de la mejilla de Daciana—. Durante mucho tiempo, no las pude leer. Pero entonces, una tarde de nevada, nos encontrábamos atrapados dentro. Volví a sacar las cartas y leí una. Luego las ojeé hasta el final.

—¿Y? —preguntó Thomas—. Por favor no alargues el suspenso.

—Madre contaba historias de nobles que todavía creían en las formas de la Orden. Que deseaban que la corrupción quedara erradicada del sistema de gobierno. Ellos la contactaron por nuestros lazos familiares. No para que se convirtiera en miembro, sino para que les ofreciera un lugar seguro para sus reuniones. ¿Recuerdas la pintura del dragón de sus aposentos?

Thomas asintió, y su rostro se volvió más sombrío de lo que alguna vez lo había visto. Recordé el dibujo que había hecho en el tren, y la historia que había compartido acerca del recuerdo que tenía sobre él.

—Fue un honor concedido a tu familia. Y todavía lo es —dijo Ileana en voz baja.

—A la Orden le gustaría que consideres ofrecer tus servicios, Thomas —dijo Daciana—. Necesitamos gente honesta que no tema a la hora de erradicar a los corruptos.

Hubo un silencio prolongado mientras Thomas consideraba la propuesta.

—En esencia, la Orden es solo un grupo de vigilancia. —Observó a su hermana y a Ileana—. No son la ley, pero creen poder defenderla mejor que los gobernantes.

—No. —Los ojos de Daciana se agrandaron—. ¡No creemos eso en absoluto! La Orden significa mantener el equilibrio. Mantener el orden. En general, el poder corrompe. Sabio es el hombre, o mujer, que acepta su rol como parte de un todo. Somos una línea de defensa. La familia real nos ha solicitado ayuda.

Mientras Thomas acribillaba a su hermana con más preguntas, Ileana me observaba con demasiado detenimiento para mi gusto.

—Esta ha sido una noche larga para todos, así que seré breve —interrumpió—. Soy un miembro de alto rango de la *Ordo Draconum*. Nuestra misión siempre ha sido mantener el orden y la paz.

En un tiempo fue para la familia Drácula; ahora es tanto para la nobleza como para el pueblo. Nuestra lealtad es hacia nuestro país. Lo que incluye a toda nuestra gente.

—Ah. Ya veo. —Thomas entrecerró los ojos—. ¿Así que Daciana ha sabido desde siempre cuál es la posición que tienes?

Ileana asintió.

—Ella ha guardado mi secreto, y espero que vosotros dos hagáis lo mismo. Muy pocos están al tanto de mi relación con la Orden. Soy la primera mujer a la que han invitado a formar parte de sus filas. Daciana es la segunda.

—¿Cómo supisteis que debíais infiltraros en el castillo? —pregunté, ignorando el charco de sangre que había a mis pies. Una parte de mí deseaba espolvorear aserrín sobre el suelo—. Supongo que os debieron haber enviado aquí por una razón.

—Sí. Debido a la llegada de los miembros de la Casa de Basarab, me ordenaron infiltrarme en el personal. Después del primer asesinato en Brașov, la Orden consideró necesario contar con alguien que estuviera cerca del pueblo. También estaría en la posición adecuada para escuchar los rumores que circulaban en la academia. Los cotilleos de las criadas y los sirvientes. Parecía un lugar excelente para obtener información.

Reflexioné sobre ello y recordé la clase de Radu sobre la Orden y quiénes integraban sus filas.

—¿Cómo puede ser que el director no te haya reconocido como noble?

Ileana sonrió con tristeza.

—Moldoveanu, como la mayoría, no les presta mucha atención a los que están a su servicio. ¿Sin mis galas? Me convierto en cualquiera. —Levantó un hombro—. Quizá sea más observador debido a sus habilidades particulares, pero no es infalible.

—¿Por qué te ha llevado tanto tiempo detener a Anastasia? —pregunté—. ¿Por qué has esperado hasta este momento?

—No sabíamos que era ella. —Daciana se movió hacia delante y rozó el brazo de Ileana con gentileza—. Hemos estado recorriendo los túneles durante la última semana, esperando descubrir algo de información. Anastasia era inteligente. Se trasladaba mucho. Nunca pudimos dar con ella.

—Yo había pensado que la mayoría de sus preguntas eran extrañas. Al menos, valía la pena investigarla —agregó Ileana—, pero cuando la encontraron «muerta», no supimos qué pensar. Nicolae parecía haberse convertido de nuevo en sospechoso, pero nunca había estado en el lugar en el que habían asesinado a las víctimas. A la Orden no se la conoce por resolver crímenes. Hicimos lo mejor que pudimos al armarnos con conocimiento. Por desgracia no fue suficiente.

El príncipe Nicolae rodó a un lado y escupió espuma. Me reproché no haber pensado en él antes y haberlo sacado de esa cámara. Thomas se inclinó junto a él y le sostuvo la cabeza en alto. Le dedicó una mirada de preocupación a Daciana.

—Necesita un médico. Debemos llevarlo de vuelta al castillo. Quizás ya sea demasiado tarde.

El viento se coló a ráfagas por las grietas de la ladera de la montaña. Me estremecí cuando el aire helado se abrió paso por mi vestimenta húmeda. Me había olvidado de que llevaba puestos solo mis interiores.

Haber sobrevivido a los túneles parecía haberle sucedido a otra joven en otro tiempo. Sin perderse ningún detalle, Thomas señaló a su hermana.

—Quizás podrías ofrecerle tu capa a Audrey Rose.

Daciana la envolvió alrededor de mis hombros y me abrazó con firmeza.

—Gracias. —Respiré hondo ante la calidez de la capa y exhalé mientras el cansancio se asentaba en mi cuerpo. Observar cómo alguien moría era algo que deseaba evitar, aunque sabía con certeza que esa no sería la última vez que me enfrentaría a una muerte violenta.

—Vamos —dijo Daciana—. Permitidme que os conduzca hacia la calidez de una chimenea. Los dos parecéis a punto de desmayaros.

• • •

Salimos a trompicones de la morgue del sótano, cansados, golpeados y sosteniendo a un estudiante moribundo entre nosotros. Nos esperaban el director y varios guardias. El profesor Moldoveanu respiró bruscamente y vociferó órdenes:

—Llevad al príncipe con Percy y haced que le administren fluidos de inmediato, y suministradle algo para el arsénico. Percy ha estado trabajando en un tónico.

Dăneşti se nos acercó a toda prisa y ubicó al príncipe en una camilla con ruedas.

—*Adu doctorul. Acum!* ¡Ahora!

Los guardias reales se llevaron a Nicolae del lugar, y el sonido de la camilla chirrió durante todo el camino por el corredor. Yo me desplomé en el suelo, demasiado exhausta para seguir de pie. Thomas se dejó caer junto a mí. Mi compañero de viaje a través del Infierno. Casi reí. Liza había estado en lo cierto una vez más, Thomas me seguiría hasta las entrañas de Hades sin pestañear. A menos que estuviera guiñando un ojo de manera inapropiada, por supuesto.

—Exijo saber qué sucede en esta academia —gruñó Moldoveanu de forma mecánica—. ¿Por qué estáis cubiertos de suciedad y sangre y arrastrabais al príncipe por los túneles?

Levanté la cabeza y miré a Thomas. Ni siquiera sabía por dónde comenzar. Habíamos dejado a Daciana y a Ileana en los pasadizos. No querían dar a conocer sus identidades a nadie. A mí me resultaba difícil recordar la historia que se suponía que debíamos contar, pero me incorporé un poco mientras Thomas me apartaba el pelo del rostro.

—Es una historia muy larga —dije—. Pero para ser breves, Anastasia fingió su propia muerte…

La mueca burlona de Moldoveanu se desvaneció mientras le contaba los detalles de nuestra búsqueda en los túneles. *Poezzi Despre Moarte* y los poemas que contenía. Las cámaras de la muerte de las que apenas habíamos escapado. El linaje familiar de Anastasia y cómo deseaba cazar al príncipe Drácula y convertirlo en su prometido. No omití nada sobre los envenenamientos con arsénico o la manera en la que ella empalaba a determinadas víctimas. Una lágrima se deslizó por su mejilla mientras le contaba la historia de la verdadera muerte de su pupila. Sujeté el libro de poemas y se lo entregué. Deseaba no volver a verlo nunca más.

Cuando terminé, Thomas levantó un hombro.

—Al parecer, deberíamos recibir algo de crédito extra. Impedimos que una asesina destruyera la academia.

Los ojos de Moldoveanu ya no estaban llorosos. Estaban congelados y muertos.

—Vuelvan a sus dormitorios y guarden sus pertenencias de inmediato. Yo decidiré qué hacer con ustedes dos después de la festividad. Su carruaje los esperará al amanecer. No vuelvan a aparecer por aquí hasta que yo lo diga. Lo que puede ser nunca.

Sin expresar ni siquiera unas palabras de agradecimiento, el director abandonó la morgue del sótano, y escuchamos el sonido intenso de sus pasos que acompañaron sus duras palabras de despedida.

Thomas me ofreció la mano.

—¿Soy yo o tú también crees que estamos comenzando a gustarle?

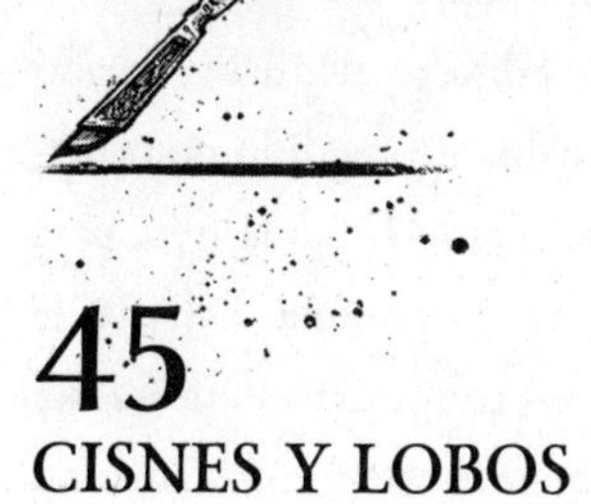

45
CISNES Y LOBOS

RESIDENCIA CEL RĂU-CRESSWELL
BUCAREST, RUMANIA
24 DE DICIEMBRE DE 1888

—¡Ay! ¡Ya estáis aquí!

Daciana bajó por la majestuosa escalera tan rápido como su vestido adornado con cuentas se lo permitió. Era raro estar allí de pie, rodeada de cosas tan hermosas. Cada borde de los muebles se encontraba bañado en oro y reflejaba la luz de las velas. Era asombroso de todas las maneras correctas. Hice una reverencia cortés cuando se acercó, y Daciana hizo lo propio.

—Es maravilloso veros en circunstancias más… civilizadas. —Me besó las mejillas y luego abrazó a su hermano con fuerza—. He logrado comunicarme con la señora Harvey antes de que se marchara a Londres, se encuentra arriba.

—¿Dormitando? —preguntó Thomas con un atisbo de sonrisa.

—No, no seas malvado —dijo Daciana—. Se está vistiendo para el baile. Daos prisa y preparaos. Nuestros invitados llegarán dentro de una hora.

Después de los hechos espeluznantes de la cripta, lo último que había ocupado mi mente era un baile. De hecho, apenas había tenido tiempo de recoger mis pertenencias. El director nos había echado del castillo con tanta rapidez que no habíamos podido despedirnos de nadie y mucho menos ir de compras. Dejé una nota para Noah, pero hubiera deseado despedirme en persona. Echaría de menos su mente brillante. Pensar en mi compañero de clase me trajo recuerdos más oscuros, e intenté no recordar el empalamiento de Anastasia, pero no tuve éxito.

Daciana extendió la mano de forma tentativa y me apartó de esas imágenes macabras. Me sujetó la mano con un poco más de firmeza para darme fuerzas.

—Alguien subirá en breve para ayudarte —indicó.

—No tengo nada que ponerme.

Intercambié una mirada nerviosa con Thomas, pero Daciana hizo un gesto para restarle importancia al asunto, y una sonrisa cómplice iluminó su rostro.

—No tienes nada de qué preocuparte —dijo—. Solo vendrán algunos amigos para compartir la Nochebuena. Nada demasiado extravagante. El mejor vestido que hayas traído bastará.

• • •

La habitación que Daciana había escogido para mí estaba bien amoblada. Exhibía toda la fineza que un noble pudiera desear, por no hablar de la hija de un lord.

Me detuve en el umbral un instante y admiré el esplendor. Una chimenea crepitaba con suavidad en un rincón, y no pude evitar acercarme para contemplar las pinturas que decoraban su repisa ornamentada. Colores vivos representaban las flores, montañas y naturalezas muertas de Bucarest. Me acerqué más e inspeccioné las obras de arte con interés. En la parte inferior, había un nombre familiar escrito con una hermosa caligrafía. La reconocí al instante.

Thomas James Dorin Rău-Cresswell.

Sonriendo para mis adentros, me acerqué a la enorme cama —que tenía un dosel hecho de paneles de tela de gasa— y me detuve. Sobre ella descansaba una caja de aspecto familiar envuelta en cinta de seda negra. Había olvidado abrirla cuando estaba en la academia y casi no recordaba el día en el que Thomas había intentado dejarla en secreto en mis aposentos. Recorrí el lazo con los dedos y me maravillé ante la suavidad y frescura de la seda.

Después de todo lo que habíamos atravesado, no podía creer que Thomas se hubiera acordado de guardarla. Tiré con lentitud de un extremo de la cinta y observé cómo se desataba. Al final, la curiosidad me asaltó, rompí la envoltura de papel y levanté la tapa. El papel de seda crujió de manera agradable cuando descubrí la tela lujosa que había debajo.

—Ah…

Alcé el vestido brillante de su caja y luché por reprimir la oleada repentina de emoción que me cerró la garganta. Thomas había comprado un poco de sol y sueños para mí. Algo lleno de luz para alejar las pesadillas que aún me acechaban. Unas diminutas piedras preciosas parpadearon a la luz de las velas mientras lo giraba hacia un lado y luego al otro. Era incluso más encantador que en el escaparate en Brașov. El amarillo parecía tan pálido y cremoso que me hacía querer hincarle los dientes.

Era uno de los vestidos más hermosos que alguna vez hubiera visto. No importaba cuánta muerte y horror existiera en el mundo, había cosas bellas con las cuales deleitarse. Mi corazón se aceleró cuando imaginé a Thomas volviendo en secreto a la tienda de vestidos y pidiendo que se lo envolvieran para regalo. Lo que me quitaba el aliento no era el aspecto monetario del regalo, sino el hecho de que lo hubiera comprado simplemente para deleitarme.

Sostuve el vestido contra el pecho y bailé por toda la habitación, permitiendo que la falda de tul girara por el aire como si fuera mi compañero entusiasta. Me di cuenta de que no podía esperar a enseñárselo a Thomas para convertirme, quizás, en un rayo de sol naciente que iluminara su ánimo a modo de agradecimiento. Aunque el señor Thomas Cresswell no hiciera uso del título de príncipe, y eso estaba perfectamente bien, siempre sería el rey de mi corazón.

• • •

El baile que había ofrecido Daciana no era un espectáculo modesto. Era algo propio de una reina.

Victoria y las demás jóvenes del té parlotearían sobre el inmenso despliegue lujoso de bocadillos, pasteles, frutas y carnes, cuyas sobras hubieran servido para alimentar al pueblo entero de Brașov. La comida había sido moldeada con formas de animales fantásticos que no podía distinguir del todo desde donde me encontraba. Deseé que Liza estuviera conmigo para admirar juntas la exhibición. No había recibido una carta de respuesta, pero contuve la inquietud. Todo iba bien.

Me moví por el extenso balcón, maravillada ante el espectáculo de entretenimiento que se llevaba a cabo en el centro del salón. Unas bailarinas llevaban tiaras de diamantes con plumas asombrosamente blancas a cada lado de sus sienes de cabello plateado, y se asemejaban a cisnes que alzaban vuelo.

Los corsés que hacían juego con sus vestidos estaban confeccionados enteramente de plumas blancas con tonos de gris. Sin embargo, eran sus guantes los que atraían la mayor parte de la atención mientras revoloteaban por la pista de baile. El encaje negro azabache comenzaba en las puntas de sus dedos y se transformaba en zarcillos transparentes de gasa semejante a la niebla que se enroscaban alrededor de sus codos.

Me quedé allí, hechizada, mientras ellas saltaban con gracia de un pie al otro. Algunos invitados las observaban, pero la mayoría estaban inmersos en conversaciones.

—Una lástima.

Me volví y me encontré con Ileana, quien hizo un gesto hacia los invitados. No pude reprimir una exclamación que escapó de mis labios. Atrás había quedado el disfraz bordado de criada y el vestido de campesina. En su lugar se encontraba una joven resplandeciente ataviada con un vestido elegante digno de una princesa.

Un aplique bordado con forma de mariposa extendía sus alas a lo largo de su busto amplio e invitaba a los ojos a viajar por la tela que caía desde sus hombros. Era casi tan impactante como la persona que lo llevaba puesto. No pude dejar de admirar a esa joven que había hecho tanto por su amada tierra. Ella era la clase de nobleza que el mundo necesitaba. Alguien que no temía adentrarse en lugares aterradores por el bien de su pueblo.

No era sorprendente que Daciana estuviera enamorada de ella. Era difícil no admirar su coraje y energía.

Hizo un gesto hacia los invitados.

—Nunca se detienen a admirar la *magie* que tienen a su alrededor.

—No esperaba que asistiera tanta gente —admití—. Cuando Daciana mencionó un baile modesto para amigos cercanos...

—Mis palabras se desvanecieron cuando Ileana soltó una risita—. Los Cresswell sin duda tienen un gusto por lo dramático. Al menos sé que es hereditario. Aunque creo que Thomas es un poco más exagerado.

—Daciana también tiene sus momentos.

Nos quedamos sumidas en un silencio compartido durante un instante. Todavía había una cosa que no había descifrado. Encaré a Ileana.

—Aquella noche en el pasillo, ¿vosotras os llevasteis el cuerpo de la morgue de la torre? Cantabais… —Ileana asintió con lentitud—. Radu mencionó que la Orden celebraba ritos de muerte en los bosques. ¿Era eso lo que hacíais? ¿Conocíais a la víctima del tren?

—Sí. —Ileana contempló a la multitud, pero adoptó una mirada introspectiva—. Ese era mi hermano. Cuando descubrí que Moldoveanu le practicaría una autopsia… —Tragó saliva con esfuerzo—. Eso está en contra de nuestras creencias. Daciana me ayudó a llevar su cuerpo adonde pertenecía.

—¿Así que *existe* un lugar de encuentro en el bosque?

Transcurrió un instante y supuse que Ileana calibraba sus palabras, decidiendo cuánto compartir.

—Hay un lugar sagrado, vigilado por lobos. La mayoría ni siquiera se acerca, gracias al folclore y a los huesos que ocasionalmente se encuentran por allí. —Esbozó una sonrisa que se desvaneció con rapidez—. Alimentamos a los lobos con animales grandes. Ellos esparcen los huesos por su cuenta. Es una buena historia para los supersticiosos. Nadie quiere despertar la ira del alma inmortal de Vlad Drácula.

—Es un buen método de engaño —comenté—. Lamento lo sucedido. Perder a un hermano es algo terrible.

—Lo es. Pero podemos llevar sus recuerdos con nosotras y tomar fuerzas de ellos. —Ileana sujetó mi mano enguantada con la suya y la apretó con gentileza—. *Am nevoie de aer.* Si ves a Daciana, hazle saber que estaré en la azotea. Aquí todo está muy… —arrugó la nariz— sofocante para mi gusto.

Después de despedirme de ella, me acerqué a las escaleras y me armé de valor para descender.

Me quedé parada con la cadera apoyada contra la barandilla, posando la mirada en la multitud de invitados vestidos con colores vivos. Las mujeres llevaban vestidos de color verde y dorado y toda clase de rojos, desde el verde más oscuro hasta el rojo del vino especiado.

Pasé las manos por mi corsé reluciente. Unas gemas color amarillo pálido y dorado estaban cuidadosamente cosidas a la magnífica tela, lo que simulaba la luz solar proyectada sobre la nieve. No podía negar que me fascinaba el vestido y que me sentía como una princesa. El pensamiento me recordó las veces en las que la abuela me había envuelto en saris enjoyados.

Eché un vistazo alrededor del salón deslumbrante, y mis ojos devoraron cada brillante decoración nueva. Ramas de pino espolvoreadas con purpurina colgaban sobre las ventanas y repisas. Divisé ramitas de muérdago ubicadas de manera astuta y tranquilicé mi corazón.

Quizás me permitiría comportarme con mayor libertad. Tan solo una noche. El Empalador había sido derrotado, la academia se encontraba a salvo de la ruina, y era hora de relajarse y disfrutar de la victoria antes de que descubriéramos si habíamos aprobado el curso de evaluación. La carta debía llegar pronto y con ella, las noticias de nuestro destino para el siguiente semestre.

Un joven cruzó el salón como una sombra. Lo observé abrirse paso entre las parejas de invitados, dirigiéndose con seguridad hacia su destino mientras levantaba dos copas de ponche de una bandeja que pasaba por allí. Se detuvo en la base de las escaleras y me miró a los ojos.

Thomas parecía exactamente como el príncipe que era, fuera su derecho al trono distante o no. Se me aceleró el corazón cuando bebió un sorbo de su copa y al mismo tiempo me devoraba con la mirada.

Recogí las capas de mi falda y descendí por la gran escalera, cuidadosa de no tropezar con los escalones. No podía creer cuántos invitados habían asistido al baile de alguien que había asegurado que pasaría la festividad a solas con la señora Harvey. Daciana sin duda avergonzaría a Tía Amelia con sus habilidades de anfitriona. La mitad de los habitantes de Bucarest parecían estar presentes, y cada vez llegaban más invitados. Una noche tranquila con amigos, claro que sí.

Mientras llegaba a la base de las escaleras, divisé a la señora Harvey bailando a un lado de los invitados, con las mejillas agradablemente teñidas de rubor.

—Dejarás a todos boquiabiertos, Wadsworth. Tu carné de baile será legendario —dijo Thomas, y me dedicó esa media sonrisa que yo adoraba mientras me ofrecía una copa.

Bebí un sorbo, ya que necesitaba todo el coraje líquido que pudiera tolerar. Las burbujas me cosquillearon en la garganta mientras descendían bailando. Rápidamente bebí otro sorbo.

—En realidad, planeo quedarme debajo del muérdago la mayor parte de la noche.

—Quizás quieras reconsiderar eso, Wadsworth. Es una planta parásita, ya sabes. —Thomas sonrió—. Por supuesto, si tú lo deseas, evaluaré a cualquier pretendiente. No querrás que ninguno se deje llevar. Eso es lo que hacen los amigos, ¿verdad?

Las jóvenes también estarían merodeando alrededor de él. Tenía el pelo de color castaño peinado de forma experta, su traje estaba confeccionado para resaltar su contextura delgada pero bien definida y los zapatos de cuero que llevaba puestos brillaban a la perfección.

Estaba tan apuesto que quitaba el aliento.

—Tú estás… normal, Cresswell —comenté con una expresión mayormente seria después de notar que había estado observándome tomar nota de cada uno de esos detalles. Las comisuras de su boca se curvaron—. En realidad, esperaba más. Algo un poco más… principesco. Me decepciona que no hayas traído una peluca empolvada.

—Mentirosa.

Lo ignoré, terminé el ponche y lo deposité en una bandeja que pasó a mi lado. Mi cabeza se dejó llevar por el líquido caliente, que vibró a través de mis venas como si fuera gasolina esperando la chispa que la encendiera. Thomas echó la cabeza hacia atrás y vació su propia copa con una velocidad sorprendente. Lo observé contemplar una vez más mi figura y tomarse libertades para apreciar cada curva que mi vestido resaltaba. Todavía no podía creer que lo hubiera comprado para mí.

Dio un paso adelante, colocó una de sus manos grandes alrededor de mi cintura y me atrajo hacia un vals mientras la música comenzaba a tocar.

—Nos hicimos una promesa, ¿recuerdas?

—*¿Mmm?*

Estaba teniendo inconvenientes para concentrarme en otra cosa que no fueran sus pasos firmes conduciéndome por el salón en un círculo embriagante tras otro. Era difícil dilucidar si la culpa era del ponche o del joven caballero que tenía delante de mí. Apoyé una mano sobre su hombro y la otra en su mano enguantada, y me permití dejarme llevar por la magia de la canción y la atmósfera fantástica. Ese era un espectáculo invernal, y contrastaba de forma extrema con el infierno que habíamos atravesado.

—Cuando estábamos en Londres —Thomas llevó los labios hacia mi oreja y susurró palabras resonantes que me encendieron la sangre—, prometimos que nunca nos mentiríamos.

Me acercó hacia él hasta que no quedó una distancia decente entre nosotros. No fue algo que me molestara mientras serpenteábamos y nos desplazábamos entre las faldas ondeantes, con la multitud de invitados formando un tapiz de alegría. El resto del salón se transformó en un sueño al que no estaba prestándole atención. Había algo mejor que los sueños, algo más tangible en mis manos. Solo necesitaba extender los brazos y asegurarme de que él era sólido. No un fantasma de mi pasado.

—¿Quieres la verdad, Cresswell? —Envolví los brazos alrededor de su cuello hasta que nuestros cuerpos no supieron dónde comenzaba uno y dónde terminaba el otro. Hasta que el único pensamiento que consumió mi mente fue acercarme incluso más a él, dejar que él también atrapara un poco de mi fuego. Ninguno de los invitados pareció notar mi comportamiento impropio, pero incluso si alguien lo hubiera hecho, probablemente no me hubiera importado.

—Sí. —Thomas acercó su boca a la mía peligrosamente durante un instante, lo cual hizo resonar una cuerda salvaje dentro de mí. Recorrió mi espalda con las manos de forma relajante y provocadora—. Por favor.

No me había percatado de que habíamos conseguido ubicarnos en un recoveco situado detrás de helechos plantados en macetas. Sus hojas largas y abanicadas funcionaban como pantallas para alejar la fiesta bulliciosa de nuestro escondite. Estábamos a solas, lejos de ojos curiosos, lejos de las normas y restricciones de la sociedad.

Thomas colocó un mechón de mi pelo detrás de la oreja, con una expresión un tanto triste para el lugar en el que nos encontrábamos.

—Mi madre te hubiera adorado. Siempre decía que necesitaba una compañera. Alguien que fuera mi igual. Me aconsejaba no conformarme con alguien que sonriera y aceptara mi papel como marido. —Echó un vistazo hacia la multitud, y sus ojos se volvieron vidriosos—. Estar aquí es... difícil. Mucho más de lo que había pensado. La veo en todos lados. Es una tontería... pero con frecuencia me pregunto si estaría orgullosa. A pesar de lo que otros dicen de mí. No sé qué pensaría.

Pasé la mano por el frente de las solapas de su traje y lo arrastré hacia las profundidades del recoveco. La oscuridad hacía que las confesiones fueran más fáciles de pronunciar, me consolaba de una forma que la luz nunca podría hacerlo.

—Estaría orgullosa —afirmé. Thomas se movió con nerviosismo en su traje, mirando el suelo—. ¿Quieres saber lo que pienso? ¿La verdad?

—Sí. —Me miró a los ojos sin tapujos—. Haz que sea escandalosa también. Esto se está volviendo demasiado serio para mi gusto.

—Creo que...

Mi corazón tartamudeó. Thomas me observaba con gran intensidad, como si pudiera adivinar algún secreto que yo aún debía revelar para mí misma. Miré sus ojos moteados de dorado. En ellos vi mis propias emociones reflejadas. Nada de muros ni juegos.

—Creo que deberías dejar de decir que me besarás, príncipe Drácula. —Se encogió como si mis palabras lo hubieran herido. Acerqué su rostro de vuelta al mío—. Y simplemente deberías *hacerlo*, Cresswell.

Al comprender mis palabras, sus rasgos se iluminaron y no dudó en llevar su boca a la mía. Trastabillamos hacia la pared, y su cuerpo entero me envolvió con su calidez. Deslizó las manos por mi cuerpo y las enredó en mi pelo mientras me besaba con mayor intensidad. El mundo encorsetado se disipó. Las restricciones y las normas se habían convertido en ataduras del pasado.

Solo quedábamos nosotros, de pie bajo un cielo repleto de estrellas, ajenos a todo salvo a cómo nuestros cuerpos encajaban como constelaciones. Él era mi igual en todo sentido. Me quité los guantes y les di la libertad a mis dedos para que recorrieran los planos de su rostro sin obstáculos, y él hizo lo mismo. Su piel era suave debajo de mi roce. Thomas retrocedió y me acarició con cautela el labio inferior con el pulgar, su respiración era apenas un carraspeo.

—Audrey Rose, yo…

Acerqué su rostro al mío y le di a su boca algo más interesante para hacer. A él no pareció importarle la interrupción mientras explorábamos nuevas formas de comunicarnos.

Al final, nos alejamos de nuestro escondite detrás de los helechos y bailamos y reímos hasta que me dolieron tanto los pies como el estómago. Me di cuenta de que esa noche no estaba destinada a la tristeza y a la muerte. Era un momento para recordar lo extraordinario que se sentía estar viva.

Querida señorita Wadsworth:

Estoy seguro de que no será una sorpresa para usted, pero debo informarle que no ha sido aceptada en la academia esta temporada. Después de considerarlo exhaustivamente, he decidido que los estudiantes que se han ganado el puesto durante este curso han sido el señor Noah Hale y el señor Erik Petrov. Ambos han exhibido una conducta ejemplar así como habilidades forenses sobresalientes. Quizás en otro momento usted cumpla con lo que se le ordena. Una gran parte de la educación consiste en escuchar a quienes tienen más experiencia y un rango superior, algo en lo que usted ha fallado de forma rotunda en más de una ocasión.

Sin embargo, en representación de la academia, le ofrezco mi más sincero agradecimiento por haber asistido a nuestra institución. Quizás consiga adquirir un conocimiento diestro en ciencias forenses con mayor práctica y perfeccionamiento, aunque eso queda por verse.

Mis mejores deseos.

La saluda atentamente,

Wadim Moldoveanu

Director del Instituto Nacional de Criminalística y Medicina Legal

Academia de Medicina y Ciencias Forenses.

EPÍLOGO
UN DESTINO EMOCIONANTE

RESIDENCIA CEL RĂU-CRESSWELL
BUCAREST, RUMANIA
26 DE DICIEMBRE DE 1888

El príncipe Nicolae se apoyó contra el sillón del vestíbulo. Su rostro había adelgazado, pero había recuperado su complexión habitual de color oliva. Nunca me había sentido más complacida de verlo.

—Pareces menos cadavérico —soltó Thomas sin miramientos. No pude evitar reírme. A pesar de todo el crecimiento que había visto en él, quedaban algunas asperezas que limar. Giró hacia mí con el ceño fruncido—. ¿Qué? ¿Acaso no está mejor?

—Me alegra que se encuentre bien, príncipe Nicolae. Ha sido… —Decir que había sido «horrible» lo que había atravesado parecía demasiado leve para lo que había sufrido. Lo que todos habíamos sufrido. Respiré hondo—. Algún día será una gran anécdota que les contaremos a nuestros hijos.

—*Mulțumesc*. Me puedes llamar «Nicolae», simplemente. —Comenzó a esbozar una sonrisa pero no la dibujó por completo en su rostro—. Quería daros las gracias personalmente. Y también disculparme.

Sujetó un trozo de pergamino del cuaderno que había estado sosteniendo y me lo ofreció.

Era uno de los dibujos que había hecho de mí, aquel en el que yo estaba representada como la condesa Drácula. Lo miré a los ojos e ignoré cómo Thomas resoplaba por encima de mi hombro.

—Nadie lo creyó —dijo, con las palmas hacia arriba a modo de explicación—. Intenté advertirle a mi familia, y luego a la corte real actual, pero creyeron que había enloquecido. *Nebun*. Luego... cuando Wilhelm murió... ni siquiera entonces me escucharon. Así que decidí enviar amenazas. Esperé que tomaran precauciones. Supuse que si nuestro linaje recibía amenazas, creerían que solo sería cuestión de tiempo antes de que el rey y la reina también las recibieran. —Señaló el dibujo—. Pensé que tú eras la culpable. Dibujé esto con la intención de distribuirlo entre los habitantes del pueblo. Si la academia no escuchaba... Dănești o Moldoveanu... creí que quizás el pueblo se encargaría de cualquiera que pareciera un *strigoi*. Yo... me disculpo.

Thomas no dijo nada. Me incorporé y sujeté las manos enguantadas del príncipe con las mías.

—Gracias por la verdad. Me alegra que nos despidamos en mejores términos que cuando nos conocimos.

—A mí también me alegra. —Nicolae se esforzó para ponerse de pie utilizando un bastón ornamentado y después se acercó renqueando hacia la puerta—. *Rămâi cu bine*. Cuídate.

• • •

Esa tarde, me llevaron a mi habitación una caja grande que estaba amarrada con un cordel junto con su recibo. Era el mejor regalo de Navidad que alguna vez hubiera comprado para mí misma. Sin preámbulos, corté el cordel y abrí la tapa.

En el interior había un par de pantalones negros doblados junto con una blusa de seda. Mi mirada se detuvo en la parte más preciosa del paquete: el cinto de cuero con hebillas doradas. Cuando volviera a Londres, sería alguien a quien respetar. Esperaba que Padre me aceptara, aunque quizá sería un poco más paciente con él al principio. Hice a un lado las preocupaciones y me di cuenta de que no veía la hora de probarme la ropa nueva. Me desvestí de inmediato.

Me enfundé en los pantalones, los abotoné alrededor de la cintura y me maravillé ante cómo mi silueta parecía haber sido bañada en la tinta más elegante y luego expuesta al sol para secarse. Curvas suaves se arqueaban sobre mi cadera y luego se estrechaban hacia mis piernas. A continuación, me coloqué la blusa por encima de la cabeza y la aseguré con una serie de ataduras antes de meterla debajo de los pantalones.

La costurera había confeccionado una camisa sedosa, pero también tenía la firmeza suficiente como para mantener mis atributos en su lugar. Estaba hecha a la perfección.

Pasé las manos sin guantes por la camisa y alisé sus arrugas mientras giraba de un lado a otro frente al espejo. Mi silueta se destacaba de tal forma que no me confundirían con uno de mis compañeros cuando volviera a las clases de Tío, aunque me vistiera como uno de ellos. Una parte de mí quería sonrojarse ante cuánto revelaba de mi cuerpo esa clase de vestimenta. Pero en su mayoría sentía que deseaba caminar con la cabeza en alto. Pocas veces había experimentado semejante libertad de movimiento con todas mis faldas y ataduras.

Con un gran esfuerzo, me aparté de mi reflejo y saqué el cinto de cuero de la caja. Pasé una pierna por él y aseguré las hebillas contra el muslo. Deslicé mi bisturí en su lugar y sonreí. Si había sentido la necesidad de ruborizarme antes, ese era un nivel nuevo de indecencia con el que juguetear. Necesitaría llevar puesto mi delantal para evitar los susurros y las miradas fijas. Ahora parecía…

—Estás asombrosa.

Me di la vuelta, y mi mano fue hacia el metal frío del bisturí que llevaba enfundado contra el muslo. Permití que mis dedos rozaran la hoja suave antes de dejar caer la mano.

—Escabullirse en el dormitorio de una joven dos veces en un mes es indecoroso incluso para tus estándares permisivos, Cresswell.

—¿Aunque me escabulla en mi propia casa? ¿Y cuando he traído un regalo?

Tenía una sonrisa felina dibujada en el rostro cuando depositó un lienzo junto a la puerta, entró a las zancadas en la habitación y me rodeó. Sin tapujos, inspeccionó cada centímetro de mi vestimenta y luego se me acercó tanto que sentí el calor de su cuerpo.

Repentinamente cohibida, hice un gesto hacia la parte trasera del lienzo.

—¿Puedo verlo?

—Por favor. —Thomas extendió un brazo—. Complace tus deseos.

Caminé hacia la pintura y la giré, y se me cortó la respiración ante la imagen. Una sola orquídea relucía como si hubiera sido encapsulada en hielo. Me acerqué más y me di cuenta de que me había equivocado. La orquídea era un cielo salpicado de estrellas. Thomas había pintado el universo entero dentro de los confines de mi flor favorita. Un recuerdo de él ofreciéndome una orquídea durante la investigación del Destripador atravesó mi mente.

Apoyé la pintura contra la pared y levanté la mirada.

—¿Cómo lo has sabido?

—Yo... —Thomas tragó saliva con esfuerzo, mirando fijo la pintura—. ¿La verdad?

—Por favor.

—Tienes un vestido con orquídeas bordadas. Cintas del púrpura más oscuro. Te gusta ese color, pero no tanto como a mí me agrada complacerte. —Respiró hondo—. ¿En cuanto a las estrellas? Esas son de mi preferencia. Más que las prácticas médicas y las deducciones. El universo es vasto. Una ecuación matemática que ni siquiera yo tengo la esperanza de resolver. Porque las estrellas no tienen límites; su número es infinito. Lo cual explica por qué mido mi amor por ti con ellas. Una cantidad demasiado interminable como para calcularla.

Con la lentitud suficiente para acelerar mi corazón, extendió la mano y me quitó un alfiler del cabello. Un conjunto de rizos negros cayó como una cascada por mi espalda mientras el alfiler dorado iba a parar al suelo.

—Estoy totalmente hechizado, Wadsworth. —Quitó otro alfiler, luego otro, y liberó mi cabello de sus restricciones. Había algo íntimo en el hecho de que me viera con el pelo desatado en esa habitación privada. Y en su confesión. Como si fuera un idioma secreto que solo hablábamos nosotros dos.

—¿Sugieres que tus sentimientos son el resultado de alguna clase de hechizo? —bromeé.

—Lo que quiero decir es... No puedo fingir que no... supongo que lo que digo es que han pasado algunos meses. —Thomas se restregó la frente—. Esperaba hacer que las cosas fueran un poco más... oficiales. De algún modo. Del modo en que tú prefieras, en realidad.

—¿Oficial en qué sentido? —Mi corazón golpeteó dentro de mi pecho y buscó una grieta por la cual escapar. Apenas podía creer que estuviéramos teniendo esta conversación, en especial a solas. Aunque tampoco podía creer que Thomas prácticamente me hubiera dicho «te quiero». Que era justo lo que necesitaba volver a escuchar. Solo una vez sin que le insistiera.

—Ya sabes en qué sentido, Wadsworth. Me niego a creer que has interpretado mis afectos de forma errónea. Estoy enamorado de ti. Y es un sentimiento permanente.

Allí estaba. La confesión que había anhelado. Se mordió el labio con nerviosismo sin saber, pese a todos sus poderes de deducción, si yo alguna vez lo querría de la misma manera. Quería recordarle nuestra conversación —sobre como no había fórmula para el amor—, pero descubrí que mi pulso latía acelerado por una razón completamente diferente.

Estaba lista para aceptar la mano del señor Thomas Cresswell. Y era algo que me aterraba y emocionaba al mismo tiempo. Me observó mientras yo me enderezaba y levantaba el mentón. Si me entregaba ante mis propios sentimientos, necesitaba estar segura de una sola cosa.

—¿Le pedirás permiso a mi padre para cortejarme? —Necesitaba saberlo—. ¿Qué sucede con mis sentimientos? Quizás prefiera a Nicolae. No me lo has preguntado de forma directa.

Thomas sostuvo mi mirada sin inmutarse.

—Si eso es verdad, entonces dímelo y nunca volveré a mencionar el tema. Nunca podría forzar mi presencia sobre ti.

No pude evitar pensar en el inspector que había trabajado en el caso del Destripador con nosotros. En sus segundas intenciones.

—Es una declaración encantadora. Pero hasta donde yo sé, ya podrías haber hablado con mi padre y fijado una fecha. Algo similar ha sucedido antes.

—Blackburn era un idiota. Yo creo que siempre deberías decidir en el asunto. No se me ocurriría excluirte de tu propia vida.

—Es probable que Padre… no estoy segura. Quizás no esté de acuerdo con una postura tan moderna. Con que tú me pidas permiso a mí antes que a él. Creí que te importaba su opinión.

Thomas llevó una mano hacia mi rostro y trazó con cautela senderos de fuego a lo largo de mi mandíbula.

—Es cierto, quiero la aprobación de tu padre. Pero quiero tu permiso. No el de alguien más. Esto no puede funcionar de otra manera. Tú no me perteneces. —Rozó mis labios con los suyos. Con gran suavidad, tanta que quizás los había imaginado. Cerré los ojos. Cuando me besaba, podía persuadirme de que construyera un barco de vapor y viajara hacia la luna. Podríamos orbitar juntos alrededor de las estrellas—. Tú eres tu propia dueña.

Di un paso adelante hacia el círculo de sus brazos, apoyé una palma contra su pecho y lo guie hacia el sillón mullido. Se dio cuenta demasiado tarde de que había algo más grande que un gato persiguiéndolo; había atraído la atención de una leona. Y él ahora era mi presa.

—Entonces te elijo a ti, Cresswell.

Me regocijé en el hecho de que tropezó con el sillón, con los ojos bien abiertos. Me moví más cerca hasta quedar de pie delante de él y le di un empujoncito burlón en la pierna con mi rodilla.

—No es educado jugar con tu comida, Wadsworth. ¿Acaso no te…?

—Yo también te quiero. —Capturé sus labios con los míos y permití que sus brazos me rodearan y me dejaran inmóvil. Él abrió la boca para profundizar nuestro beso, y yo sentí cómo los cielos se dividían en el interior del universo de mi cuerpo. No me importaba Anastasia ni sus crímenes. O cualquier otra cosa que no fuera...

—Por más que odie interrumpiros... —Daciana tosió con delicadeza desde el umbral de la puerta—. Tenemos una visita. —Observó mi nuevo atuendo y sonrió—. Estás fenomenal. Muy intimidante, al estilo «Heraldo de la Muerte».

Thomas soltó un quejido mientras me apartaba de sus manos y luego le lanzó a su hermana una mirada fulminante de la que Tía Amelia se hubiera enorgullecido.

—Heraldo de la Muerte me llamarán a mí en el pueblo si continúas estropeando todos nuestros encuentros clandestinos, Daci. Ve tú a entretener a la visita.

Daciana le sacó la lengua.

—Deja de refunfuñar. No te queda bien. Me encantaría entretener a nuestro invitado, pero tengo la sensación de que a Audrey Rose le gustaría saludarlo.

Intrigada, alisé mi arriesgada vestimenta. Tenía el pelo desatado, pero la curiosidad me arrastró fuera de mis aposentos y bajé las escaleras antes de poder recogérmelo. Me detuve al final y casi hice que Thomas cayera al suelo cuando se dio de bruces conmigo.

Un hombre de pelo rubio que llevaba unas gafas doradas familiares se paseaba por el vestíbulo con las manos revoloteando a sus costados. Necesité cada ápice de autocontrol no saltar a sus brazos.

—¿Tío Jonathan? ¡Qué sorpresa más agradable! ¿Qué te ha traído a Bucarest?

Su mirada se concentró de pronto en mí, y observé cómo sus ojos verdes parpadeaban a modo de respuesta ante mi vestimenta.

Cabía la posibilidad de que el cinto de cuero para el bisturí que llevaba en mi muslo le causara una embolia, pero lo tomó con tranquilidad. No se inmutó ante el estado de mi pelo, lo cual fue un milagro en sí mismo. Tío observó al joven que estaba a mi lado y se retorció el bigote. Me aferré a la barandilla, sabiendo por el gesto que sus noticias no eran buenas.

Miedos irracionales destellaron delante de mis ojos.

—¿Todo está bien en casa? ¿Cómo se encuentra Padre?

—Él se encuentra bien. —Tío asintió para confirmar el hecho—. Sin embargo, me temo que vosotros dos tal vez os demoréis en volver a casa. Me han convocado desde Estados Unidos de América. Hay un caso forense alarmante, y requiero la ayuda de mis dos mejores aprendices. —Sujetó un reloj de bolsillo de debajo de su capa de viaje—. Nuestro barco sale desde Liverpool el primer día del año. Si queremos llegar allí a tiempo, debemos salir esta noche.

—No estoy seguro de que esa sea una idea sensata. ¿Qué piensa lord Wadsworth de todo eso? —Thomas se enderezó y se mordió el labio de la preocupación—. Yo supongo que a mi padre no le interesa. ¿Acaso alguien se ha comunicado con él?

Tío sacudió apenas la cabeza.

—Está viajando, Thomas. Ya sabes lo difícil que es recibir el correo, por esa razón vine en persona.

Un rizo de cabello cayó sobre la frente de Thomas, y deseé extender la mano y apartarlo de su rostro así como disipar sus preocupaciones. Apreté su mano con suavidad antes de acercarme a mi tío.

—Vamos, Cresswell. Estoy segura de que nuestros padres nos darán su aprobación. Además —dije, y mi tono se volvió juguetón—, me gustaría tener otra aventura contigo.

Un destello de picardía iluminó su expresión. Sabía que estaba recordando lo que él me había dicho al final del caso del Destripador.

—Soy irresistible, Wadsworth. Es hora de que lo admitas. —Extendió el brazo, con un interrogante en la mirada—. ¿Vamos?

Le eché un vistazo a mi tío y noté que una sonrisa se dibujaba en su rostro. Siempre había querido cruzar el océano, y negarme a aceptar otro caso y a viajar en un barco de lujo parecía una tontería. Me concentré en el brazo extendido de Thomas, sabiendo que me ofrecía mucho más que sus mejores modales. Me regalaba todo el amor y la aventura que el universo podía ofrecerme.

El señor Thomas Cresswell, el último heredero del príncipe Drácula, me ofrecía tanto su corazón como su mano.

Sin dudarlo, acepté el brazo de Thomas y sonreí.

—¡A Estados Unidos de América!

GUÍA DE PRONUNCIACIÓN

Aldea – Al-DI-a

Anastasia – a-nas-TA-sia

Andrei – AN-drei

Basarab – ba-sa-RAB

Brașov – bra-SHOV

cel Rău - chel-RŌ

Cian – KI-an

Daciana – da-SIA-na

Dănești – Da-NESH-ti

Dorin – DOR-in

Dracul – DRA-cul

Drăculești – Dra-cu-LESH-ti

Erik – E-rik

Ileana – i-LIA-na

Liza – Lai-sa

Mihnea – mi-na

Mircea – MIR-cha

Moldoveanu – Mol-DA-va-nō

Nicolae – NI-ko-lai

Noah – NO-ah

Percy – PER-si

Pricolici – pri-cō-LICH

Radu – ra-du

Strigoi – stri-GOY

Ţepeş – TE-pesh

Voivode – VOY- vōde

Wilhelm – VIL-jelm

NOTA DE LA AUTORA

Licencias históricas y creativas tomadas por la autora:

Como es habitual en la belleza de la ficción, hay algunas verdades históricas en el corazón de esta novela y mucha imaginación añadida tanto para embellecerla como para darle un tinte aventurero. Muy a mi pesar, el *Expreso de Oriente* no se detuvo en Bucarest sino hasta principios de 1889 (algunos meses después de que Thomas y Audrey Rose lo tomaran para viajar a la academia durante el invierno de 1888), pero siempre me ha fascinado el tren y no me pude resistir a comenzar la novela con él. Me pareció muy romántico hasta que apareció el cuerpo empalado...

Por desgracia (o quizás no), el Castillo de Bran nunca fue una academia ni hospedó a estudiantes de Medicina durante su extensa historia. Aunque su figura se popularizó en la ficción y en las películas, Vlad III (Vlad, el Empalador) solo residió en el castillo durante su segundo reinado antes de atacar a los sajones en Brașov. Dado que se lo conoce como «el Castillo de Drácula» (gracias a la descripción similar que hizo Bram Stoker de él, aunque existen argumentos que ponen en duda si el castillo en sí mismo inspiró su famoso cuento vampírico... lo cual es una historia para otro momento), decidí que sería la ubicación perfecta para que actuara un asesino en serie que simulaba ser un vampiro.

Durante el período de tiempo en el que trascurre la novela, el Castillo de Bran había sido entregado al departamento de servicios forestales de la región. Me pareció interesante imaginármelo como una Academia de Medicina y Ciencias Forenses y no como el castillo abandonado y deteriorado en el que realmente se convirtió durante treinta años, hasta que los ciudadanos de Brașov se lo obsequiaron a la reina María de Rumania.

Algunas descripciones de su interior —de la biblioteca, por ejemplo— están inspiradas en la catedral real del castillo y fueron embellecidas para servir a la historia. El vestíbulo y las escaleras que conducían hacia arriba y hacia abajo y los candeleros con forma de dragón son producto de mi imaginación. También me tomé la libertad de añadir pasillos, pasadizos y laberintos secretos debajo de los niveles principales. Me gusta la idea de imaginar que Vlad III tuviera varias formas de escapar de su fortaleza, si algún ejército invasor o usurpador hostil planeaba terminar con su vida y hacerse con el control de su adorado país. Para más información sobre el castillo y su cronología histórica, visitad bran-castle.com. Podréis encontrar muchos datos fascinantes enumerados allí, y el sitio también ofrece unas fotografías magníficas.

La Orden del Dragón fue una orden de caballeros secreta de la que Vlad III y su padre (Vlad II) fueron miembros. Se basó en las cruzadas, pero no estuvo activa durante la época de la historia. (Y es probable que no contaran con integrantes mujeres, lo que no hubiera evitado que mis chicas temerarias invadieran el club de chicos y blandieran sus espadas).

Algunos datos sobre los hechos científicos mencionados:

El ADN fue descubierto en 1869 por un químico fisiólogo llamado Frederich Miescher. Él lo había llamado «nucleína», ya que lo había encontrado en el interior del núcleo de los glóbulos blancos. Audrey Rose, al ser estudiante de medicina forense y alguien que leería todo lo que pudiera sobre los avances de la ciencia, lo hubiera admirado con mucho fervor.

Marvin C. Stone patentó las bombillas modernas en el año 1888, aunque la más antigua fue utilizada por los sumerios en el año 3000 antes de la era común.

Albores del feminismo/feminismo moderno: Audrey Rose hubiera encontrado como fuente de inspiración libros como *Vindicación de los derechos de la mujer*, de Mary Wollstonecraft, que se publicó en el año 1792, casi cien años antes de esta aventura. (Tanto en Estados Unidos de América como en Europa, las mujeres estaban luchando por el derecho al voto, así que no es descabellado imaginar a la madre de Audrey Rose transmitiéndole ideas «modernas» que la impulsaran a estudiar ciencias forenses en lugar de contraer matrimonio).

Los apellidos Drăculeşti y Dăneşti:

En esta historia, el príncipe Nicolae Aldea y los miembros de su familia son ficticios. De hecho, la mayoría de los apellidos son un guiño a las familias involucradas con el gobierno dinástico de Rumania previo a la década del 1800. El nombre de Nicolae está inspirado en Nicolae Alexandru de la Casa de Basarab.

Una parte interesante de mi investigación estuvo dedicada a la familia real y a cómo podía extender la dinastía nombrando a hijos «bastardos» como gobernantes. Os sugiero que leáis sobre la Casa de Basarab y la Casa de Dăneşti si estáis interesados en ahondar vuestros conocimiento sobre la genealogía de estas familias. Eran los linajes principales de los gobernantes medievales de Valaquia y la fuente de inspiración para la rivalidad entre Thomas y Nicolae. Técnicamente, ni Thomas ni Nicolae podrían haber sido considerados príncipes, ya que sus familias no controlaban la región hacía largo tiempo, pero esto es ficción y me encanta creer que Thomas es el antipríncipe Encantador de los sueños de Audrey Rose. (Aunque en realidad él es muy encantador debajo de su fría apariencia exterior).

En esta historia, el linaje de la madre de Thomas desciende de Vlad el Empalador a través de Mihnea cel Rău. (El hijo de Vlad el Empalador). Mihnea tuvo herederos, y yo imaginé que la madre de Thomas estaría emparentada con ellos.

La condesa Elizabeth Báthory fue miembro de la nobleza húngara y es considerada una de las asesinas en serie más prolíficas de todos los tiempos. Se cree que asesinó a cerca de setecientas personas (en su mayoría sus criadas), y recibió los apodos de Condesa Drácula y Condesa Sangrienta. Los rumores aseveraban que se bañaba en la sangre de sus víctimas, lo que le valió aún más la comparación con Vlad III y con un vampiro a través de la historia. Escogí el nombre de Anastasia inspirándome en una de las hijas de la condesa Báthory.

Dato curioso: existe un cuento popular rumano en el cual una princesa llamada Ileana es raptada por monstruos y salvada por un caballero. Para este relato, quise reimaginarla como la heroína de su propia historia.

Transilvania:

Transilvania es la región histórica de Rumania donde se encuentran situados el Castillo de Bran y la ciudad de Brașov. Durante este período de la historia se la llamaba Transleitania y era parte de los Territorios de la Corona de San Esteban, que estaban gobernados por Austria-Hungría. Para este libro, conservé el nombre de Transilvania y Rumania, y espero que los historiadores y los entusiastas en la materia no se vean demasiado molestos con mis modificaciones. Tengo raíces en Europa del Este e intenté hacer mi mejor esfuerzo por capturar a las características de la región y de su folclore tan precisamente como me fue posible.

• • •

Cualquier otra discrepancia histórica (como dejar de lado el protocolo victoriano en lo que respecta a sujetarse de las manos, encargar un cinto para portar armas, etcétera) fue ideada para beneficiar tanto a la trama como a los personajes y para crear un relato gótico atractivo (eso espero).

AGRADECIMIENTOS

Querido lector, gracias por seguir a mis personajes en su aventura oscura (y sangrienta) y por todo el amor hacia Audrey Rose y Thomas en las redes sociales. «Cressworth» es mi cosa favorita en el MUNDO. (Aunque «Well Worth» también me hace reír). Os adoro a cada uno de vosotros. Gracias. Gracias. Mil millones de gracias.

Agradezco infinitamente a mi superagente, Barbara Poelle, por su talento, criterio agudo, por la idea de que Audrey Rose y Thomas asistieran a un curso acelerado de medicina forense y por su capacidad infalible de hacerme reír durante los días previos a una entrega y durante cualquier otro escollo que la vida me presente en el camino. (¿Recuerdas aquellos meses de tratamientos neurológicos para combatir la enfermedad de Lyme y aquella vez que se me hinchó el rostro y tuve un sigmatismo grave antes de reunirme con JP?) Gracias por ser mi guerrera, B. No podría haber hecho NADA de esto sin ti… o sin esos regalos fabulosos que me enviaste.

Gracias a todo el equipo de IGLA, estoy muy feliz de haber encontrado un hogar entre vosotros. A Sean Berard de APA, gracias por acompañar a *A la caza de Jack el Destripador* al Gran Tour de Hollywood. Mis personajes adoraron la alfombra roja. Gracias a Danny Baror y Heather Baror-Shapiro por colocar mis libros en las manos de lectores de todo el mundo.

A Jenny Bak, mejor conocida como la Editora Mágica y amiga, trabajar contigo desde el comienzo de esta novela ha sido increíble. Tu entusiasmo por volver el argumento un poco más oscuro y espeluznante hace realidad todos mis sueños de supervillanos. Te aseguro que estás repleta de *magie* por hacer que este argumento e historia cobraran vida. En especial después de que intentara destruirla tras ese primer borrador. Lo que tiene mucho que ver con los muertos vivos y con todo el asunto de Drácula y los vampiros ahora que lo pienso… todos los juegos de palabras son intencionales. ¡No puedo contenerme! Brindo por aventuras más oscuras y mágicas en el libro tres.

James Patterson, todavía no me alcanzan las palabras de agradecimiento por cambiar mi vida. ¡Hurra por un par de niños de Newburgh que nunca dejaron de soñar! Sasha, Erinn, Gabby, Sabrina, Cat, Tracy, Peggy, Aubrey, Ned, Mike, Katie y todos los que trabajan para JIMMY books/Little Brown y que estuvieron involucrados en la edición, producción, ventas y producción artística de mi trabajo. Gracias por convertir este documento en una bellísima obra de arte tangible y por su dedicación a la publicidad, ventas y marketing, es decir, por impulsar mi libro de todas las formas posibles. Es un hecho corroborado por Cresswell que tengo el mejor equipo de la industria editorial. (Un agradecimiento especial para Sasha y Aubrey por ayudarme a pulir la novela corta de Thomas mientras Jenny se ocupaba del adorable bebé Bak).

Mamá y papá… no sé si alguna vez pueda daros las gracias lo suficiente por alentarme a ser tan creativa como lo fui de niña y adolescente. La confianza que me tuvisteis me ha permitido creer que podía convertir cualquier sueño en realidad y me ha dado el impulso para intentarlo. Gracias por estar allí para ofrecer vuestro apoyo —y bromas y juegos de palabras médicos— y por cuidarme cuando viví tiempos difíciles. ¿Quién diría que una chica que escribe sobre sangre se descompondría tanto cuando se la sacan a ella? Las palabras «Vial/Vile» siempre me harán reír de forma inapropiada; os quiero a ambos más de lo que cualquier palabra humilde pueda expresar.

Kelli, eres la mejor hermana del mundo. Gracias por tu extraordinaria habilidad para leer y criticar los primeros borradores. *Dogwood Lane Boutique* sigue siendo mi lugar favorito para comprar la ropa para los tours (y, seamos sinceras, objetos para #bookstagram), y estoy muy orgullosa de que hayas cumplido tus propios sueños. Y por el descuento familiar... ☺

Laura, George, Rod, Jen, Olivia, tío Rich, tía Marian y Rich, os quiero a todos y soy muy afortunada de teneros. Jacquie, Shannon y Beth, gracias por celebrar TODO esto conmigo. Ben siempre es un placer tenerte cerca y no solo porque les traes juguetes increíbles a los gatos.

Simona y Cristina de *Bibliophile Mystery*, *mulţumesc*. Gracias por leer y corregir mi humilde intento de escribir en rumano y por asegurarse de que fuera correcto para los nativos de ese idioma. ¡No puedo esperar a visitaros en Bucarest y Braşov pronto!

En este negocio es absolutamente indispensable contar con un equipo que esté presente en todo el proceso. Aquí nombro a algunas personas del mío: Kelly Zekas, Alex Villasante, Danika Stone, Kristen Orlando, Sarah Nicole Lemon y Precy Larkins, gracias por leer, enviar mensajes, alentarme y ofrecerme consejos tan sabios y brillantes como lo son cada uno de vosotros.

Traci Chee, tu amistad y sentido del humor siempre me mantienen de buen ánimo. Todavía río cada vez que pienso en llorar por Pink, la cantante, y no por el color, y en la confusión gigantesca que las fechas de entrega nos ocasionan a todos. Gracias por tus consejos maravillosos sobre mi segundo borrador y por todas nuestras increíbles conversaciones telefónicas, mensajes y e-mails que intercambiamos a lo largo del año. Trabajar con nuestros libros juntas fue un sueño hecho realidad, y nuestra amistad es incluso más fascinante. ¡Estaría perdida sin ti!

Stephanie Garber, eres una de las amigas más mágicas que una chica pudiera desear. ¡Nuestras conversaciones acompañadas de café o vino son las mejores! (Y los gifs que intercambiamos también son bastante espectaculares. En especial cuando se trata de Stormtroopers vestidos con tutú). Estoy muy segura de que somos hermanas del alma por la frecuencia con la que completamos las oraciones de la otra. También te agradezco de antemano por una sala repleta de Julianes en tu próximo libro. De nada, lectores ☺.

A Irina, también conocida como Phantom Rin, tus ilustraciones para esta serie son épicas y fascinantes. Cada vez que veo uno de tus bocetos, me pellizco. Gracias por darles vida a mis personajes de formas tan deliciosamente estremecedoras y hermosas. No pude evitar utilizarlas como inspiración para los dibujos de Nicolae y espero haberles hecho justicia.

Brittany, también conocida como «la extraordinaria fabricante de velas», de *Novelly Yours*, gracias por algunas de las velas más lujosas y magníficas inspiradas en libros. Nunca superaré lo bonito que pueden parecer las salpicaduras de sangre o el brillo de la mica sobre una vela. Una mención especial para Jessica de *Read and Wonder* por diseñar los señaladores magnéticos que incluyen citas, ¡adoro los sombreros de copa de Audrey Rose y Thomas! Jess, de *Wick and Fable*, tu mezcla de té Cresswell y Audrey Rose me da vida.

Estoy infinitamente agradecida a TODOS los blogueros y *bookstagrammers* que están allí afuera, y un agradecimiento especial para: Ava y los Caballeros de Whitechapel; Kris, de *My Friends Are*

Fiction (también conocida como mi compañera amante de la pizza); Rachel, de *A Perfection Called Books*; Hafsa y Asma, de *Icey Books and Icey Designs*; Melissa, de *the Reader and the Chef*; Brittany, *de Brittany's Book Rambles*; Bridget, de *Dark Faerie Tales* y Stacee, también conocida como *Book Junkee*, es decir, mi animadora Cresswell, quien me impulsa a añadir MÁS escenas de besos; no puedo darles las gracias lo suficiente por hacer lo que hacen tanto por mí como por mis libros. Pilar, «Pili», tus gifs diarios de Sherlock son siempre bienvenidos, y tu adoración por Thomas en el universo de Twitter lo vuelve más engreído. Será verdaderamente insufrible al final del libro tres.

Sasha Alsberg, eres una verdadera joya; gracias por querer tanto a Audrey Rose y por alentarla tanto. ¡Me alegra mucho compartir las estanterías (y nuestra obsesión por las casas históricas) contigo! También agradezco INFINITAMENTE a todos los *booktubers* que han subido videos INCREÍBLES o han propuesto lecturas conjuntas tanto de *A la caza de Jack el Destripador* como de *A la caza del príncipe Drácula*. No dejo de sorprenderme por su amor y apoyo a este difícil mundo victoriano.

Goat posse (Anita, Lori, Bethany, Ashlee, Riley, Precy, Mary, Kalen, Eric, JLo, Lisa, Amy, Michelle, Darke, Justin, Jennifer, Angela y Suzanne), vosotros sois algunas de las mejores personas que hay en el mundo. #GoatWub a todos vosotros.

Libreros y bibliotecarios: mi respeto hacia vosotros no tiene límites, tal como el número de estrellas en el cielo es ilimitado. Los libros son armas poderosas y vosotros las blandís con el mayor cuidado y precisión. Gracias por todo lo que hacéis tanto por los lectores como por los escritores de todo el mundo.

«Oh, muerte soberbia, ¿qué festín se prepara en tu antro eterno,
para que así de un golpe hayas derribado tan ferozmente
a tantos príncipes?».

—*Hamlet*, acto V, escena II
William Shakespeare

Si has disfrutado de

A la caza del príncipe Drácula,

¡sigue leyendo este contenido extra de cartas entre Thomas y Daciana!

13 de septiembre de 1888

Querida Daciana:

Te escribo sumido en las circunstancias más nefastas. Me temo que, o me he enfermado, o me han administrado un elixir raro sin que yo me diera cuenta. Quizás no sea nada, pero mis síntomas se acrecientan a diario. Me he percatado, en reiteradas ocasiones, de que mi mente vaga y siento un cosquilleo de lo más peculiar en las palmas. Casi como si estuviera electrizado. Aunque la mera idea es absurda. ¿Por qué estaría... exaltado... cuando se trata de una emoción tan frívola? También hay momentos en los que el pulso se me acelera por razones que no he sido capaz de deducir. Al menos, no se me ocurre una buena razón.

He luchado contra ello, juro que es así, pero en contra de mi buen juicio, al parecer siento un apego emocional. Por otra persona. Para ser más específico, por una joven que se viste como un joven y que asiste a mi clase de medicina forense.

Es algo abominable. (La situación, no sus pantalones).

Necesito ayuda con este asunto de inmediato. Dime, ¿cómo se cura un malestar así antes de que se propague? Ya ha afectado mi mente, y temo que mi corazón sea el próximo en caer en esta trampa.

Tu hermano agonizante,
Thomas

3 de octubre de 1888

Querido hermano:

¡Tu dilema actual suena realmente terrible! Le encargaré a mi tienda favorita de Londres que me confeccione un vestido de duelo de inmediato. Que los cielos no permitan que fallezcas a causa de esta plaga de «sentimientos» y que no me quede otra opción que llevar puestos en tu funeral los diseños del año pasado. Estoy segura de que será un evento fastuoso. Sabes que a nuestra madrasta le fascinan las grandes fiestas. Es una lástima que te lo pierdas.

Ahora que he dejado a un lado tu melodrama, yo me encuentro bien, gracias por preocuparte de manera tan considerada por mi bienestar. (¡Maleducado!). Praga me ha parecido increíble, los paisajes y sonidos, la gastronomía... ¡tienes que dejar Londres y venir lo más pronto posible! Piensa en lo divertido que sería, asistir a fiestas y cortejar a las jóvenes.

Aunque, a juzgar por tu última carta, quizás no desees incurrir en ninguna clase de coqueteo. Qué burla del destino que hayas encontrado a alguien que te guste de verdad. (¡Qué horror!). Has hablado con ella, ¿verdad? (¡Espero que no solo la estés contemplando con deseo como un perro lo haría con un hueso!). De no ser así, ese sería con seguridad el primer paso para curarte de ese condenado malestar.

¿Acaso la asesina que lleva pantalones tiene nombre? Quiero saber todo acerca de esta joven misteriosa que te ha cautivado... y que es la causa de tu futura muerte.

Tu adorada hermana,
Daciana

13 de octubre de 1888

Daci:

Imagino —dado el tiempo que has tardado en responder— que ha debido tomarte años depositar tanta sabiduría en esa carta breve. Al parecer, ambos no podemos ser excepcionalmente talentosos y apuestos.

La señorita Audrey Rose Wadsworth es la joven que continúa hechizando mi mente. Y sí, de hecho, le he hablado. En este momento, nos encontramos inmersos en la investigación de un asesino en serie, por lo que no podré acompañarte en tu Gran Tour.

A pesar de la necesidad urgente de resolver este caso, el mes pasado, cuando estábamos realizando una autopsia, me di cuenta de que mi mirada se deslizaba hacia los zapatos de satén de Wadsworth. No me ha llevado mucho esfuerzo deducir que posiblemente ella había tenido que salir de su hogar a toda prisa. Tampoco me ha resultado difícil imaginar el vestido que habría llevado puesto antes ese día, lo elegante que tendría que haber sido para combinar con los zapatos y cuán deslumbrantes se habrían visto sus rasgos junto con ese color pálido. Casi me ha abofeteado a mí mismo con uno de mis guantes una vez que he caído en la cuenta de lo que hacía... estoy terriblemente enfermo.

He seguido tus consejos y he hablado un poco más con ella, pero eso solo parece empeorar mis síntomas y causar una expresión de molestia casi permanente en su ceño. Estoy seguro de que debe haber una forma más eficiente de lidiar con este asunto, ¿no es así?

Thomas, tu hermano condenado sin esperanza.

P. D.: ¿Cómo se encuentra Ileana? Imagino que no se sentiría muy contenta si tú coquetearas con otras personas.

21 de octubre de 1888

Mi queridísimo hermano:

¿No ha sido el grandioso y difunto Shakespeare quien de forma tan célebre ha escrito «La brevedad es el alma del talento»? No te enfades conmigo porque heredé el mejor sentido del humor. Me ha tomado mucho tiempo responder porque, me atrevo a recordártelo, estoy viajando por el continente y no sentada en casa esperando la correspondencia con ansiedad. No te preocupes, nunca soñaría con coquetear con alguien que no fuera mi querida Ileana. Solo te he puesto a prueba para ver si me prestabas atención.

Dime, ¿acaso Audrey Rose siente algo similar con respecto a ti? De ser así, te suplico que no intentes cautivarla demasiado con tu encanto. He descubierto (está bien, Ileana lo ha señalado en numerosas ocasiones) que la mayoría de las personas no encuentran agradable nuestra inclinación a realizar deducciones cuando se refieren a ellas.

En cuanto a la mejor forma de transmitirle tu adoración... quizás puedas rozar un poco su mano o hacer un comentario efusivo sobre su gran escote. ¡Las mujeres adoran esa clase de cosas!

Con cariño,

Daciana

P. D.: ¿Qué significa ese sinsentido de « Wadsworth»? Y no, no hablaba en serio al sugerir lo de rozarle la mano o comentar algo sobre su persona. Esa es una buena forma de conseguir que nos abofeteen. Las mujeres no disfrutamos esa clase de tonterías en absoluto; por favor dime que no eres tan tonto.

8 de noviembre de 1888

Querida hermana:

Entre sus pasatiempos favoritos se encuentran abrir a los muertos y extirpar mi corazón. Dado el estado brutal de los cuerpos que investigamos, encontrar un momento apropiado para expresarme ha sido todo un desafío. Hablar de forma insinuante sobre nuestra última extracción de órganos no parece adecuado, pero creo que he conseguido transmitirle mi afecto creciente. (Aunque algunas veces me resulta un tanto difícil establecer una diferencia entre su exasperación y su cariño).

Debo confesar que quizás la haya besado esta noche. Bueno, ella me ha besado a mí. Supongo que ha sido más una decisión mutua, para ser honesto. Antes de que me lo preguntes, nos perseguían por un callejón y juro que creí que estaba a punto de perderla. Espero que no me haya besado porque estaba convencida de que ese sería su último beso, aunque ha sucedido después del ataque...

Es increíble lo que un ápice de perspectiva puede hacerle a una persona. Cuando he visto ese cuchillo contra su garganta... no he podido imaginar por qué me había empeñado tanto en luchar contra mis sentimientos.

He decidido que no hay una buena razón para seguir negando la verdad tanto frente a ella como delante de mí; me estoy enamorando cada vez más. Le he comunicado mis sentimientos. Hasta ahora, no ha escapado de mí corriendo y gritando, así que espero que esa sea una señal positiva de que ella comparte mi afecto.

Thomas, tu hermano perdidamente enamorado

19 de noviembre de 1888

Thomas:

Me he visto obligada a adquirir una capa exquisitamente cálida (y costosa en exceso) para combatir esa ráfaga repentina de aire ártico. Creo que el Infierno se ha congelado y este invierno promete ser muy frío. ¡Mi hermano, el Autómata de la Sociedad de Londres, está enamorado! Abiertamente enamorado, permíteme añadir. No te diré «te lo dije», pero lo hice, ¿verdad? Déjame recordarte que, después del funeral de nuestra madre, juraste amar solo a la ciencia. Se sentiría encantada de saber que has permitido que un poco de felicidad entre en tu vida.

¡Siento una enorme intriga por la señorita Audrey Rose Wadsworth! Sería un placer conocer a esa joven que abre cadáveres y derrite corazones helados, ya sabes que siempre he querido una hermana. No te ofendas, querido hermano. Cuando éramos niños hiciste un trabajo excelente trenzándome el cabello y quedándote despierto hasta muy tarde para jugar a nuestros juegos de espías. ¿Recuerdas la última vez que descubrimos ese secreto repugnante sobre el vizconde? Nunca había visto que el rostro de una persona adquiriera tales tonos de rojo; ¡fue maravilloso! Todavía me sorprende que nuestras cabezas no hayan terminado colgadas en la pared de su biblioteca.

¿Llevarás a tu adorada a casa para que conozca a la familia durante la celebración de Navidad? Tener la oportunidad de hablar con ella haría que el viaje (y el escrutinio insufrible de nuestra madrastra) valga la pena. A menos que no desees cortejarla formalmente... ¡canalla escandaloso!

Tu agradablemente atónita pero no demasiado sorprendida hermana,

Daciana

30 de noviembre de 1888

Querida Daci:

Deposito esta carta en el correo de París. (Algo que con seguridad ya has notado por el matasellos). Hemos resuelto nuestro último caso, aunque Wadsworth ha tenido que pagar un costo muy grande. No podía tolerar la idea de que ella enfrentara las secuelas de los actos de Jack el Destripador, y sabiendo que era uno de sus sueños, les propuse a su tío y a su padre la idea de asistir a una academia en Rumania. Por obra de un milagro, ambos han accedido sin reparos. Cuando lord Wadsworth le ha comunicado a ella las noticias, por primera vez la he visto feliz en semanas.

Esa imagen se ha sentido como si el sol se abriera paso entre las nubes luego de una tormenta.

Nos encontramos camino a la tierra de nuestra madre para estudiar medicina forense en un castillo de lo más encantador, en el que solía residir el querido amigo Vlad. En verdad espero que el cambio de aire ayude a Audrey Rose a escapar de sus fantasmas. He descubierto algo muy curioso: cuando ella se siente dolida, parece como si a mí también me hubieran propinado un golpe, o incluso apuñalado, y respirar se convierte en un desafío.

Solo han pasado algunos meses, y he descubierto que deseo cortejarla formalmente. ¿Es eso una locura? A veces cuando la miro veo cuán increíble podría ser el futuro. No creo que ella sepa lo maravillosa que es, sensible y analítica al mismo tiempo. Tiene fortaleza de voluntad y de mente, dos cualidades que no podría dejar de admirar aunque quisiera.

Si te encuentras en Bucarest, Brasov, o en sus alrededores mientras estás en tu Gran Tour, me gustaría mucho que conocieras a Audrey Rose. Tal vez tu influencia la ayude a enmendar las piezas de su corazón que han sido destrozadas. Te agradecería para siempre y estaría en deuda contigo.

Thomas, tu hermano, el que ya no posee un corazón oscuro y frío.

«Tened cuidado con los acuerdos de medianoche... Si no sois cautelosos, quizás perdáis la vida y el alma en ese mágico espectáculo deslumbrante...».

Audrey Rose Wadsworth y su compañero, el siempre fastidioso Thomas Cresswell, se han embarcado en el lujoso RMS *Etruria* con destino a su próxima investigación en Estados Unidos de América. Una vez a bordo, las siete noches de entretenimiento carnavalesco —que incluye la actuación de un joven artista de escapismo— se convierten en la distracción perfecta de la tarea lúgubre que tienen por delante. Pero el viaje se transforma en un espectáculo de horror cuando unas jóvenes aparecen muertas.

¿Podrá Audrey Rose develar el misterio antes del espeluznante acto final del asesino?

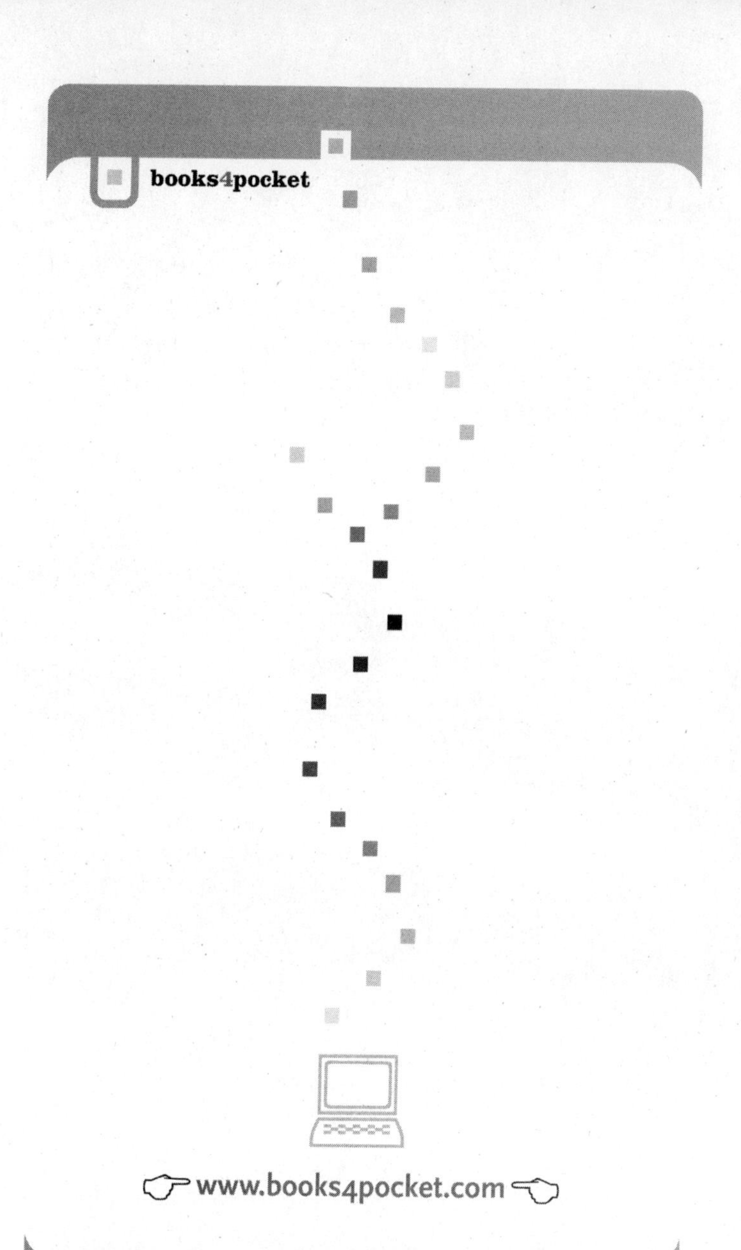
books4pocket
www.books4pocket.com